Cada vez que sus besos dibujaban un te quiero

AF275425

Biografía

Cristina Prada vive en San Fernando, una pequeña localidad costera de Cádiz. Casada y con tres hijos, siempre ha sentido una especial predilección por la novela romántica, género del cual devora todos los libros que caen en sus manos. Otras de sus pasiones son la escritura, la música y el cine. Es autora de la serie juvenil *Tú eres mi millón de fuegos artificiales* y, entre otras, de las novelas *Somos invencibles,* *#nosotros #juntos #siempre, Forbidden Love* y *End game.*

Encontrarás más información de la autora y su obra en:

- **f** @cristinapradaescritora
- **◎** @cristinaprada_escritora
- **♪** @cristinaprada_escritora

Cristina Prada
Cada vez que sus besos dibujaban un te quiero

Esencia/Planeta

La lectura abre horizontes, iguala oportunidades y construye una sociedad mejor.
La propiedad intelectual es clave en la creación de contenidos culturales porque
sostiene el ecosistema de quienes escriben y de nuestras librerías.
Al comprar este libro estarás contribuyendo a mantener dicho ecosistema vivo y
en crecimiento.
En **Grupo Planeta** agradecemos que nos ayudes a apoyar así la autonomía creativa
de autoras y autores para que puedan seguir desempeñando su labor.
Dirígete a CEDRO (Centro Español de Derechos Reprográficos) si necesitas fotocopiar
o escanear algún fragmento de esta obra. Puedes contactar con CEDRO a través de la
web www.conlicencia.com o por teléfono en el 91 702 19 70 / 93 272 04 47

Adaptación de la cubierta: Booket / Área Editorial Grupo Planeta a partir
  de la idea original de Tiaré Pearl
Ilustración de la cubierta: Shutterstock
Primera edición en Colección Booket: octubre de 2024

Depósito legal: B. 14.372-2024
ISBN: 978-84-08-29369-9
Composición: Realización Planeta
Impresión y encuadernación: Liberdúplex, S. L.
Printed in Spain - Impreso en España

Aviso de contenido *(Trigger Warnings)*

Cada vez que sus besos dibujaban un te quiero es una historia de ficción que no pretende ser ejemplo de nada, solo haceros disfrutar y enamoraros.

En esta historia aparecen comportamientos que pueden llegar a considerarse tóxicos. Hay escenas de alto contenido sexual.

Si sigues leyendo, el corazón te va a latir muy rápido. Te lo prometo.

1

—Yo, Benedict Fisher, te tomo a ti, Olivia Rose Sutton, como mi legítima esposa. Prometo amarte incondicionalmente, respetarte y confiar en ti, y prometo solemnemente cuidar de ti y serte fiel hasta que la muerte nos separe.

Benedict me mira y una sonrisa se escapa de mis labios sin que pueda hacer nada por evitarlo. Cojo aire mientras lo observo deslizar una hermosa alianza por mi dedo anular. Estoy completa y absolutamente enamorada de él. No puedo pensar en otra cosa y creo que tampoco quiero.

—Yo, Olivia Rose Sutton, te tomo a ti, Benedict Fisher, como mi legítimo esposo. Prometo amarte incondicionalmente, estar siempre a tu lado y compartir tus alegrías y tus penas, y prometo serte fiel hasta que la que muerte nos separe.

Le pongo su alianza y me muerdo el labio inferior conteniendo otra sonrisa, ¡pero es que no puedo dejar de sonreír! Sus ojos verdes se llenan de una veintena de preciosas emociones. Sonríe, sonrío y, como si ya no pudiese contenerse más, enmarca mi cara entre sus manos y me besa, ignorando el discurso del cura acerca del amor y la compresión.

Todos estallan en risas por nuestro arrebato, pero no nos importa y seguimos besándonos, besándonos y sonriendo.

—Yo os declaro marido y mujer —sentencia el sacerdote, resignado.

Benedict se separa lo justo para atrapar de nuevo mi mirada.

—Va a ser increíble, preciosa.

—Lo sé —afirmo.

Los invitados empiezan a aplaudir y volvemos a besarnos.

Después de un delicioso almuerzo lleno de platos con nombres interminables en francés y una deliciosa tarta de *mousse* de chocolate belga, cerezas y caramelo, llega la hora del *champagne* y el baile.

—La boda está siendo maravillosa —me felicita una de las ejecutivas de Fisher Media.

Yo sonrío mientras me descalzo con discreción. Los Louboutin que llevo son de infarto, pero me están destrozando los pies.

—La verdad es que no podría haberla soñado de otra manera.

Cuando los pongo sobre el suelo de mármol, suspiro aliviada. Espero haberlo hecho también con discreción.

—Tus padres parecen muy felices —apunta amable.

Sonrío evitando la respuesta y, sin quererlo, los busco con la mirada, a mi padre con su esposa Candance y a mi madre y mi padrastro Robert.

La ejecutiva en cuestión se despide y aprovecho para seguir observando cada detalle, a los camareros, a los invitados... mientras mis pies se relajan. Apoyo los codos en mi regazo y me inclino hasta dejar descansar la barbilla en las manos. No podría haber deseado una boda mejor, es como un sueño hecho realidad.

—Parece que estás buscando algo.

Su voz me saca de mi ensoñación y me giro con la sonrisa preparada. ¿Cuántas veces he sonreído ya? Debo de haber batido algún tipo de plusmarca mundial. También me pregunto cuántas veces me he quedado mirándolo embobada; esa cifra seguro que, sí o sí, es de récord. Aunque la culpa no es mía, el hombre más guapo del planeta Tierra va de esmoquin. Me lo está poniendo muy complicado.

Benedict me dedica su espectacular sonrisa y se sienta junto a mí.

—Vámonos de aquí —me pide desdeñoso y divertido—. Esta boda es un coñazo.

Yo disimulo una risa, casi una carcajada, y lo miro mostrándome todo lo seria que puedo. Benedict se acomoda en la silla, cruzando sus largas piernas, y se echa hacia atrás, curioseando entre las fuentes con bombones y frutos rojos que los camareros han dispuesto en las mesas.

—Pues le pagaste mucho dinero a una organizadora para que la montase —repongo.

—Y no incluyó ni un mísero descanso para echar un polvo, ¿te lo puedes creer?

Benedict se lleva una fresa a los labios. A mí no me queda otra y rompo a reír de nuevo.

—No podemos irnos —trato de hacerle entender cuando mis carcajadas se calman—. Nuestras familias están aquí.

—¿Tu familia, a la que no le importamos absolutamente nada, o mi familia, a la que no le importamos absolutamente nada?

Frunzo los labios meditando la respuesta.

—La tuya, sin duda alguna —sentencio.

Benedict sonríe y un segundo después se inclina sobre mí.

—La única persona que me importa de toda esta habitación eres tú y quiero sacarte de aquí, remangarte ese vestido hasta las caderas y echarte el polvo de tu vida con él puesto para celebrar que estamos casados.

Me humedezco el labio inferior, conteniendo mi cuerpo, que acaba de prenderse en llamas como el símbolo del sinsajo ante semejante promesa.

Benedict vuelve a sonreír, pero su gesto se ha transformado en uno sexy, duro, medio. La sonrisa que esconde secretos y placer que solo nos incumben a nosotros dos.

Sin pronunciar una sola palabra, entrelaza nuestras manos con fuerza, se levanta y tira de mí para que lo siga.

—Espera —le pido—, no llevo zapatos.

Benedict se vuelve, me mira un mero segundo y una chispa traviesa y arrogante brota en sus ojos verdes justo antes de inclinarse, agarrarme de las caderas y cargarme sobre su hombro.

—¡Benedict! —grito divertida, con la risa inundando mi voz—. ¡Bájame!

—De eso nada, señora Fisher —concluye rotundo, echando a andar.

Los invitados con los que nos cruzamos sonríen encantados por el espectáculo, pero la mayoría de ellos están concentrados en sus conversaciones, el *champagne* o la pista de baile.

—Bájame —le pido de nuevo, pero ni yo hago mucho esfuerzo por conseguirlo ni a él parece importarle que abandonemos así el majestuoso salón del hotel Fairmont Olympic de Seattle.

—Benedict, tenemos que hablar.

La voz de su padre nos detiene en seco y automáticamente me muero de la vergüenza. Estoy echada sobre su hombro, por el amor de Dios.

—Tú y yo no tenemos nada que hablar.

Consigo girar la cabeza a tiempo de ver a Gerald Fisher observándome, sin disimular un ápice que no me quiere cerca de su hijo.

—Es obvio que sí —replica centrando otra vez sus ojos marrones en él.

—No va a pasar.

—Benedict.

—Y deberías agradecerme que os haya invitado a mi boda.

—No estás teniendo el comportamiento más acertado, hijo —interviene Laura, la madrastra de Benedict.

—Yo no soy tu hijo —le deja claro, pero no suena furioso o inquieto. Solo se está reafirmando en algo que para él es obvio y con lo que no le importa lo más mínimo que estén de acuerdo o no. Hay quien diría que es pura arrogancia, pero es mucho más y para Benedict duele mucho más—. Y ahora, si nos disculpáis... —Me acomoda sobre su hombro y echa a andar de nuevo—. Te llamaré a la vuelta —se despide de su hermanastro.

—Cuando quieras, hermanito —responde este divertido.

Alejados ya unos metros, alzo la cabeza y sonrío mortificada. Sin embargo, el gesto no tarda más que unos segundos en transformarse en uno absolutamente feliz. Gerald Fisher no se merece tener los hijos que tiene. No hay nada bueno que decir de él. ¿Se comportaría igual en la boda con Blair?

Benedict me deja en el suelo junto al imponente Lexus GS negro, último modelo. Lo empujo torciendo los labios para disimular una sonrisa, que él me devuelve encantado con su salida de tono. No voy a negar que me gusta que lo haya hecho y no es solo por lo evidente. Benedict es así, desdeñoso y divertido, pero en público siempre se coloca una especie de disfraz de frialdad con el que marca una distancia con el mundo. Así que, cuando se comporta exactamente como es, da igual la circunstancia que sea, me hace feliz.

—Señora Fisher —me saluda el chófer con un sobrio gesto de cabeza, manteniéndome abierta la puerta trasera del coche.

Al oír mi recién estrenado apellido, sonrío.

—Hola, Kane.

—Al aeropuerto —nos interrumpe Benedict, y hay un toque de impaciencia en su voz.

Él asiente y ocupa su puesto al volante. Yo miro a Benedict y él vuelve a dedicarme esa sonrisa para que me olvide del pequeño detalle de que, si por él fuera, hasta su chófer debería comunicarse conmigo por email para que no tuviera que dirigirle la palabra en respuesta.

—¿Vas a decirme ya adónde vamos? —inquiero

cuando nos incorporamos al tráfico de la Quinta Avenida.

—Al aeropuerto —responde burlón.

Entorno los ojos, divertida. Él apoya la cabeza en el asiento de piel blanco roto y me mantiene la mirada. Deberían prohibirle ser tan rematadamente guapo.

—¿El Caribe? —pregunto cambiando de estrategia, dejándome caer también contra la tapicería, con el cuerpo ladeado para tenerlo de frente.

Hamacas, agua cristalina, cócteles con hierbabuena y buena música. No estaría mal.

Benedict me observa un segundo más y finalmente niega con la cabeza.

—¿La Polinesia?

Más hamacas, más agua cristalina, templos budistas. Tampoco estaría nada mal.

Niega de nuevo.

—¿Europa?

—Europa es un sitio muy grande.

Sonrío. ¡Vamos a Europa!

—¿Francia?

—No.

—¿Inglaterra?

—No.

Sonríe. El condenado disfruta haciendo crecer mi curiosidad. Lo pienso un instante y ahora la que sonríe completamente encantada soy yo.

—Vamos a Italia —sentencio convencidísima.

—En Europa hay más países aparte de esos.

Niego con la cabeza. Vamos a Italia. Lo sé.

—¿Roma?

—Frío.

—¿Venecia?

—Frío, frío.

—Maldita sea, Benedict Fisher —estallo, muerta de curiosidad—. ¿Adónde demonios me llevas?

—¿Qué me das a cambio de saberlo?

Abro la boca indignadísima.

—Absolutamente nada —contesto alzando la barbilla, altanera.

—No eres muy buena negociando.

—Por eso he acabado casada contigo.

Benedict entorna los ojos y, antes de que pueda escapar, me agarra de las caderas y me sienta a horcajadas sobre él.

—Estas son tácticas de gestión de negocios fraudulentas, señor Fisher —suelto entre risas.

—Voy a llevarte a Capri.

Mis carcajadas se transforman en una sonrisa encantada e inmediatamente imagino el agua del Mediterráneo, una preciosa playa, todo el tiempo del mundo para los dos. Mis ojos azules se encuentran con los suyos verdes y a nuestro alrededor vuelve a crearse esa suave sensación de que todo lo que no seamos nosotros ha quedado en un segundo plano, lejos, muy lejos de aquí.

—Gracias —susurro.

El brillo en los ojos de Benedict cambia, crece, se llena de un deseo voraz, conjugándose a la perfección con toda su seguridad, con su exquisita elegancia y su indomable insolencia.

Se acomoda debajo de mí y, con un movimiento de caderas, su miembro, duro como el acero, se encuentra con mi sexo.

Gimo y me agarro a sus hombros por puro instinto.

Benedict me mira lobuno, se inclina sobre mí y humedece la tela de mi vestido sobre mis pezones con su

14

cálido aliento. Todo mi cuerpo se tensa y el placer me recorre entera, como si fuera un cohete propulsado con electricidad pura.

Me enseña los dientes. Gimo de nuevo. Me muerde. Me besa.

—Estamos en el coche —digo con la voz hecha un completo caos.

—Me la has puesto dura desde que te he oído pronunciar los votos, he aguantado una puta eternidad.

Le desabrocho el pantalón con dedos torpes y rápidos.

Él me rompe las bragas.

Se hunde en mí y nuestros jadeos, al unísono, entrecortan el ambiente.

—Si la miras un solo segundo —le advierte a su chófer con la voz trabajosa, pero increíblemente amenazante—, te despido.

—Entendido, señor —responde profesional.

—Estás loco —me quejo entre risas.

—Por ti, preciosa.

2

*11 de mayo de 2024, exactamente cuarenta
y dos días antes*

—Tienes que reducir el ruido de estos hilos conductores de la programación —exigió mi jefe, el señor Nichols, dejando caer sobre mi mesa un dosier con lo que parecían doscientos archivos Excel con encriptado HTML—. No podemos permitirnos que los usuarios tengan que esperar entre cinco y siete minutos a que se cargue la interfaz.

Asentí y abrí la carpeta, dispuesta a ponerme con ello enseguida.

—Tienes que ir a la reunión de I+D+i —me recordó.

Asentí de nuevo. Me levanté veloz. Cogí dos de los dosieres que tenía apilados en una esquina de mi escritorio y puse sobre ellos el iPad corporativo. En Fisher Media cada grupo de trabajo estaba formado por un líder de equipo, cuatro ingenieros y una secretaria. De esos cuatro ingenieros, se elegía a uno como ayudante del jefe, básicamente una especie de delegado de clase que además tenía que funcionar de enlace con los otros departamentos en las reuniones. A mí me había tocado esa suerte.

Eché a andar hacia la sala de conferencias mientras el señor Nichols revisaba su tablet junto a mi mesa.

—Sutton, ¿aún no has ido a Recursos Humanos? ¡Mierda!

Me paré en seco y cerré los ojos sin volverme.

—Increíble —se quejó mi jefe condescendiente, casi a punto del resoplido.

Me giré y lo miré mal. El señor Nichols era uno de esos cerebritos que con veintipocos acaba trabajando en Google, Microsoft o Fisher Media, la empresa tecnológica más puntera de la Costa Oeste. Sin embargo, al aceptar el puesto, debió de pensar erróneamente que el primer día de trabajo, con el pase de aparcamiento, le darían las cualidades sociales necesarias para ser el jefe.

—Todos los empleados de Fisher Media tienen que rellenar una ficha, facilitando un contacto al que la compañía pueda avisar en caso de emergencia —continuó—. Pon a tu madre, como hacemos todos. No es tan difícil —gruñó pasando junto a mí.

En cuanto me sentí libre de atención, chasqueé la lengua contra el paladar. Estaba totalmente de acuerdo con que la teoría era muy fácil, pero la práctica para mí resultaba un pelín más complicada. ¿A quién ponía como contacto? ¿A mi madre, quien, concentrada en su nueva familia, pasaba de mí, o a mi padre, quien, concentrado en su nueva familia, pasaba de mí? Era como Maisie en la película *¿Qué hacemos con Maisie?*

Cabeceé y me dirigí a Recursos Humanos. Era algo que iba a tener que hacer tarde o temprano, me gustase o no, y no quería que mi jefe tuviese que llamarme de nuevo la atención sobre ese tema.

—Buenos días —saludé deteniéndome tras el mostrador de la secretaria del departamento.

Ella sonrió como respuesta. Parecía muy simpática. Quizá podría preguntarle si querría ser mi contacto de emergencia.

—Soy Livy Sutton, del Departamento de Microingeniería Informática. Tengo que rellenar mi ficha de contacto para casos de emergencia.

Ella asintió. Cogió una tablet que descansaba en un soporte y, tras deslizar un dedo por la pantalla un par de veces y picar otras tantas, me la tendió. La foto de mi ficha de empleados estaba en el centro, como si fuera un perfil de Facebook visto con la aplicación del móvil. Una vez más, me alegré muchísimo de haber decidido maquillarme aquella mañana en contra de lo que he hecho el resto de mi vida, y sonreí porque me vi guapa y eso no pasaba muy a menudo. Mi pelo es rubio, pero siempre está hecho un desastre, como si me hubiese declarado una guerra secreta (y no tiene intención de rendirse) y mis ojos, azules, supongo que son bonitos, pero son solo un detallito tras unas gafas de pasta negra en una cara del más absoluto montón. Soy poca cosa, pero no me importa. No soy de esas personas a las que les gusta ser el centro de atención.

—Revise la información de su ficha, por favor —me pidió la secretaria—. Es una formalidad.

El repiquetear de unos tacones nos distrajo y las dos giramos la cabeza a tiempo de ver a una de las asistentas ejecutivas de marketing caminando hacia la mesa, con un vestido entallado y unos zapatos altísimos.

—Mi ficha, por favor —dijo y, a pesar de haber utilizado esas dos últimas palabras, en ellas no hubo rastro de amabilidad.

La secretaria asintió y cogió otro de los iPad.

Yo seguí revisando mi información. ¿Licenciada en el MIT? Sí. ¿Llevaba dos meses trabajando en el Departamento de Microingeniería Informática? Sí. ¿Mi jefe era una mala persona? Sí. ¿Era Arthur Nichols? Sí. ¿Creía que estaba renunciando a todos los sueños y esperanzas laborales para poder pagar el alquiler? Sí, de ocho a cinco, de lunes a viernes.

—Está todo bien —le informé.

La chica de marketing cogió la tablet que le tendió la secretaria y alzó la mano en un displicente gesto para hacerla callar mientras deslizaba el dedo sobre la pantalla hasta el final de su ficha.

La chica suspiró, pero no dijo nada. Yo la miré y sonreí con empatía.

—Tenéis que poner nombre completo, dirección y teléfono de vuestro contacto y cerrar el informe con vuestra huella digital.

Lo pensé de nuevo. ¿Padre ausente, madre ausente? La finalidad de un contacto de emergencia es que, si te pasa algo, esa persona venga, te ayude, te cuide. Ni Beau Sutton ni Addison Harris harían eso.

La mujer a mi lado escribió veloz un número y tecleó el resto de los datos. Apretó el pulgar contra la pantalla para que reconociera la huella, pero no funcionó. Volvió a intentarlo.

Lo medité un momento más. ¡Al diablo! Moví los dedos y garabateé un teléfono, un nombre y una dirección falsos.

—Esta estupidez no funciona —se quejó la asistente de marketing al poner el dedo por tercera vez—.

Avisa a uno de los frikis de informática para que lo arregle. —Le dedicó una falsa sonrisa—. Tengo cosas que hacer.

La secretaria me miró. Yo carraspeé y me subí mis gafas de pasta negra con el índice.

—Yo soy una de esos frikis —apunté girándome hacia ella— y mi opinión profesional es que, el mismo día que te robaron el alma, perdiste también tu huella dactilar.

La secretaria se apresuró a taparse la boca con la palma de una mano para aguantarse una sonora carcajada. La asistente me observó de arriba abajo a la vez que se echaba el grueso de su melena negra a un lado, preparándose para todo lo que pensaba decirme. Después de la escuela media y el instituto, esas chicas no me asustaban.

—Supongo que debí haberme dado cuenta de que eras uno de ellos. ¿Os ponen un uniforme para que parezcáis todos unos marginados antisociales o algo así?

Me encogí de hombros, restándole importancia a sus palabras, y también a ella. Eso es lo que más le molesta a este tipo de gente, y eso también lo aprendí en la escuela media y el instituto.

—Mi ropa de trabajo incluye obligatoriamente Converse y vaqueros —contesté a la vez que me encogí de hombros; bueno, y con ironía, algo que también se nos da muy bien a los marginados—. Si no, ¿cómo van a identificarnos el resto de inteligentísimos ejecutivos y a llamarnos *bichos raros* para que los ayudemos cuando no sepan leer donde pone índice y no pulgar?

Presioné mi índice sobre mi tablet, el programa soltó un pitidito de aprobación y mi huella apareció en la pantalla, cerrando mi archivo. Le entregué mi iPad a la secretaria y le di las gracias con una sonrisa.

Sin más, giré sobre mis Converse azul grisáceo, el mejor color de Converse del mundo, y eché a andar. Me monté en el ascensor, pulsé el botón de mi planta y esperé a que las puertas se cerraran con la mirada al frente.

—Perpetuar estereotipos es una lucha que nos corresponde a todos —me despedí socarrona, cruzándome de brazos.

La mujer de marketing me miró hirviendo de pura rabia y no pude evitar sonreír satisfecha. Puede que fuera una marginada, pero serlo molaba mucho más de lo que todos esos estirados pensaban.

Ocupé mi asiento en la reunión de I+D+i. Aún no había comenzado ni parecía que iba a hacerlo en breve, así que coloqué mis manos sobre mi montón de carpetas y activé mi iPhone. Estaba curioseando una cuenta de Instagram que siempre colgaba unas fotos chulísimas de paisajes urbanos —la fotografía era mi *hobby*, pero no era demasiado buena, ni tenía una cámara de esas con las que hacer maravillas—, cuando varias personas entraron y se acomodaron en la mesa. Entendí que había llegado el momento de empezar, así que cerré la aplicación, silencié el móvil y lo dejé bocabajo sobre la mesa, y entonces, al alzar otra vez la cabeza, lo vi, a él... y no era un *él* cualquiera. Era Benedict Fisher, el CEO de la compañía. Tenía veintiocho años, el pelo castaño claro y los ojos verdes. Era muy guapo y también muy atractivo, pero no tenía fama de mujeriego como se le supone a esta clase de hombres con poder y dinero. Muy al contrario, el señor Fisher marcaba una distancia con el mundo. No era antipático ni malhumorado, simplemente creaba una frontera a su alrededor esculpida con elegancia y una escrupulosa seriedad, que podía llegar a resultar muy intimidante. En los dos meses que llevaba trabajando en la empresa, nunca lo había visto sonreír. Supongo que hay quien podría decir que todo eso no era más que la actitud que le corresponde tomar a un director ejecutivo, más aún si es el de una de las compañías más en auge del país, pero siempre había pensado que había algo más.

—Si les parece, podemos dar comienzo a la reunión —dijo uno de los hombres que había entrado con el señor Fisher.

Las luces de la sala se oscurecieron y las pantallas se llenaron con interminables líneas de programación y gráficos de funcionalidad y *feedback* para con los usuarios en diferentes entornos. Uno de los ejecutivos de I+D+i se dispuso a hablarnos de los nuevos nanochips.

Yo tenía claro que debía estar escuchando y pendiente a los gráficos, y en cierta manera lo estaba, pero algo en el centro de mi cuerpo, en un sitio muy muy concreto, no paraba de pedirme que alzara la cabeza y lo mirara, solo una vez, solo para comprobar si todos los comentarios que les oía a las otras chicas en la sala de descanso sobre que era el hombre más guapo que habían visto jamás, o cómo una sola mirada suya podía hacer que te temblaran las rodillas, eran verdad o producto de sus respectivas imaginaciones.

Con discreción, llevé mis ojos hasta él y recorrí su cara. No tenía los rasgos muy marcados, ni la mandíbula cuadrada; era algo más sutil y también más masculino, como si sin palabras te estuviese diciendo que no necesitaba de esos artificios. Mis ojos se perdieron en su pelo perfectamente peinado y bajaron de nuevo hasta estudiar cada detalle de su traje a medida azul, su camisa blanca debajo y la corbata también azul que resaltaba sobre ella.

Objetivamente era guapísimo hasta decir basta, pero había algo más, él era algo más; una mezcla perfecta entre magnetismo e instinto, y por eso resultaba imposible no quedarse contemplándolo embobada.

En ese preciso instante, Benedict Fisher desvió la vista de los gráficos y nuestros ojos se encontraron. Frunció levemente el gesto, apenas un segundo, sin dejarme ver si lo hacía por sorpresa o enfado, y rápidamente aparté la vista de él y la concentré en las pantallas. En los siguientes segundos pude notar su mirada aún sobre mí y comprendí que las chicas también tenían razón en eso, era capaz de conseguir que te temblaran las rodillas.

Tan rápido como dio la reunión por terminada, el señor Fisher se levantó, se abotonó grácil su chaqueta y echó a andar rodeado de los mismos ejecutivos con los que había entrado en la sala. No pude evitar observarlo hasta que desapareció y, en todos esos segundos, sentirlo inalcanzable.

Regresé a mi departamento y continué trabajando. A eso de las cinco, uno de mis compañeros perdió la cabeza por completo y apagó el ordenador sin esperar a que se cerrase del todo y se levantó muy convencido.

—Son más de las cinco —protestó metiendo las cosas en su mochila—. Trabajamos en una de las compañías informáticas más importante de Estados Unidos, es decir, que somos algo así como los mayores frikis del país, y nos lo montamos de puta pena. No hay máquinas de pinball, ni neveras llenas de Red Bull y Coca-Cola. Ni siquiera decidimos nuestro propio horario.

Sonreí parapetada tras mi Mac. Tenía toda la razón.

—Así que yo, Tom Ladford, me largo —sentenció—. Puede que tenga que volver mañana, pero hoy me voy a un bar a tomarme una birra. ¿Te apuntas, Barry? —preguntó señalando a otro de mis compañeros, dos mesas más adelante.

—Ya te digo —respondió levantándose.

—¿Sarah? —continuó señalando por escrupuloso orden.

Ella asintió y se levantó.

—¿Sócrates?

—No puedo —respondió el chico italobrasileño que ocupaba la mesa anterior a la mía.

—¿Por qué? —protesto mi compañero, el que había iniciado la revolución.

—¡Tom! ¡Vamos! —lo llamaron Barry y Sarah desde la puerta del ascensor, bloqueándola para que no volviera a cerrarse.

—Tengo que terminar este informe o soy hombre muerto.

—Seguro que ese informe puede esperar, joder.

—¡Tom! —volvieron a gritar, impacientes.

Tom empezó a andar hacia atrás.

—Eres un aburrido —le recriminó a Sócrates cerca, muy cerca, de la puerta.

—Piérdete —respondió con una sonrisa.

Genial. Había llegado mi turno e iba a decir que sí. Salir con los compañeros del trabajo, una cerveza, sonaba bien. La alternativa era seguir metida allí y después irme a casa a ver una peli, sola.

—¡Nos largamos sin ti! —le soltaron como ultimátum a Tom desde el ascensor.

—Está bien —claudicó y, a toda prisa, giró sobre sus talones y echó a correr, olvidándose de mí.

Dejé escapar todo el aire de mis pulmones al tiempo que hundí mis hombros. Es cierto que podría haberme autoinvitado, pero ese no era mi estilo y tampoco quería quedar como una entrometida. Me subí las gafas con el índice y volví a teclear, quitándole toda la importancia. No la tenía. Además, esa noche pensaba ver una peli buenísima, *La invasión de los ladrones de cuerpos,* pero la versión antigua, la de 1956, con Kevin McCarthy y Dana Wynter. Me encanta el cine de ciencia ficción de los cincuenta. Es divertido y misterioso a la vez, y enseñó a todos los jóvenes norteamericanos que los monstruos verdes, mitad humanos, mitad serpientes, siempre viven en los lagos.

Más o menos dos horas después, despejé mi mesa, salí del departamento y esperé paciente el ascensor. Al montarme, me entretuve en anudarme los cordones de una de mis zapatillas; las puertas se cerraron y, antes de que pudiera pulsar ningún botón, el elevador empezó a subir en vez de bajar.

—Maldita sea —murmuré mirando la pantallita LED perfectamente iluminada. Quería marcharme a casa.

Seguía anudándome los cordones cuando las puertas volvieron a abrirse. El leve pitido me hizo alzar la cabeza y unos increíbles ojos verdes me mantuvieron así al otro lado. Benedict Fisher estaba de pie, frente a la puerta abierta, observándome, y algo dentro de mí que ni siquiera era capaz de describir empezó a extenderse, a inundarlo todo. Era guapo, pero era más que eso, y me di cuenta de que ese más, en realidad, era otra manera de no saber poner en palabras lo que me hacía sentir.

Frunció el ceño suavemente, otra vez no más de un segundo que de nuevo no me dejó ver si lo hacía por estar confuso o enfadado. Su mirada se volvió más intensa y también más intimidante. Con toda probabilidad, se estaba preguntado por qué no me levantaba de una maldita vez y le dejaba coger el ascensor que él mismo había pagado.

Obligué a mi cuerpo a obedecer y me alcé. Di un paso atrás para hacerle sitio y de inmediato él lo dio hacia delante, como si hubiese sido un gesto instintivo que en su cuerpo se convirtió, además, en otro lleno de elegancia.

—¿A qué planta va, señor Fisher? —musité.

Él no respondió. Alzó la mano y pulsó el botón del vestíbulo.

Las puertas se cerraron. El ascensor dio una ligera, casi imperceptible, sacudida y comenzó a bajar.

Su olor a madera, a menta, se comió a bocados el aire libre del cubículo hasta envolvernos a los dos. Olía rematadamente bien, olía como imaginas que huelen los hombres ricos y los chicos malos. Olía exactamente como tenía que oler.

Estaba nerviosa, pero él continuaba observándome y esa especie de descaro me dio el valor para alzar la cabeza y mirarlo también. No me gustaba que me trataran como a un bicho raro; no sabía si eso era lo que él pensaba, pero lo que de ninguna de las maneras iba a hacer era clavar mi vista en mis zapatillas como si tuviera algo por lo que avergonzarme.

Benedict Fisher volvió a fruncir el ceño, y otra vez fue algo fugaz. ¿Qué estaría pensando? La curiosidad se activó dentro de mí e, inconscientemente, entorné la mirada sin dejar de contemplarlo, estudiándolo.

En ese preciso momento su expresión se tensó y sus ojos se llenaron de un genuino enfado. Estaba claro que mi interés no le había hecho la más mínima gracia, pero en ese instante también el inconfundible pitidito anunció que las puertas se abrían de nuevo.

Sin decir nada, Benedict Fisher dio media vuelta y se marchó, y yo necesité un par de segundos para hacer lo mismo; en aquel ascensor olía demasiado bien y yo todavía me estaba haciendo muchas preguntas.

3

Cuarenta y un días antes de nuestra boda

El despertador sonó con *Something just like this*, de los Chainsmokers y Coldplay. Aparté mi colcha de Ikea con los pies y pataleé contra el colchón al ritmo de la música. Debo de ser la persona más rara del mundo, pero me encanta despertarme por las mañanas. Es un día nuevo y no sabes lo que va a pasar.

Fui baileteando hasta la ducha y canté a pleno pulmón debajo del chorro de agua. Cuarenta minutos y treinta y cuatro paradas de autobús después, estaba ya en Fisher Media.

Mi optimismo se diluyó cuando el día, poco a poco, fue transformándose en algo gris y bastante aburrido. Líneas de programación, líneas de programación y más líneas de programación, interrumpidas por una comida rápida en una pequeña cafetería a dos manzanas de la oficina.

A media tarde estaba tomándome un café, sentada en la mesa redonda de color haya que ocupaba casi por completo la sala de descanso de mi planta, mientras trasteaba con mi móvil.

Tres chicas entraron charlando y riendo. Me saludaron con un «hola» que les devolví. Se sirvieron café y robaron un par de galletas que algún pobre incauto había dejado en el armarito.

—¿Y qué tal te fue en la cena? —le preguntó una de ellas a otra.

—Muy bien —respondió con una sonrisa—. Fue Paul —añadió, y su sonrisa se transformó en otra más íntima, y también más intensa.

—Desembucha o te arrepentirás —la amenazó, divertida, la tercera chica.

Las tres se sentaron en la mesa, rodeándome.

—Resulta que mi hermano Anthony lo invitó, pero no me lo dijo, así que me lo encontré de golpe en medio del salón de casa de mis padres. —Una de las jóvenes se llevó la palma de la mano a la boca de pura expectación—. Creí que iba a desmayarme.

—¿Tu padre se dio cuenta? Porque ya sabemos cómo es... —dejó en el aire.

La chica negó con la cabeza con vehemencia.

—No —continuó, y esa sonrisita, que nunca se había ido del todo, se hizo aún más grande— y la verdad es que estuvo a punto. Paul me dijo que quería hablar conmigo y subimos a mi habitación y, no sé cómo pasó, pero me besó y seguimos haciéndolo y acabamos acostándonos.

—¿En casa de tus padres? —preguntó alarmada la que se había encargado de robar las galletas—. ¿Con ellos dentro?

—No lo planeamos —se excusó—, pero tampoco pudimos evitarlo.

—Uau —pronunció la primera chica, dejándose caer contra el respaldo de la silla—. Tuvo que ser superemocionante. ¿Sabéis lo más emocionante que he hecho en el último mes? Nada —se respondió enérgica.

Sus amigas la miraron con una mezcla de compasión y ternura. Yo la observé un par de segundos y estos me bastaron para entender que la situación la entristecía. También me había sentido así alguna vez y no necesitaba más tiempo para comprenderla.

Abrí la boca dispuesta a decirle que no se preocupara, que la cosa mejoraría o que, en el peor de los casos, y con toda probabilidad el más común, se acostumbraría, pero la amiga con la vida sexual agitada me interrumpió.

—No te preocupes, Callie —soltó con una seguridad absoluta—. Tu vida va a dar un giro de ciento ochenta grados y, cuando ya estés cansada de fiestas increíbles, de la mejor etapa de tu carrera profesional y de sentirte como una auténtica diosa, aparecerá un tío alucinante, romántico y divertido, y con el que el sexo será una locura.

Ella recapacitó sobre las palabras de su amiga y finalmente sonrió.

—¿Tan locura como montármelo en casa de mis padres con ellos en el salón? —inquirió socarrona.

—No tanta —replicó la otra soltando un bufido—. Si no me dio un infarto ayer, no me lo dará nunca. ¡Nos cruzamos con mi madre cuando bajábamos las escaleras!

Las tres comenzaron a reír y yo sonreí por pura inercia, como si el hecho de estar sentada en aquella mesa me convirtiese automáticamente en parte de la conversación.

—En serio —sentenció la primera—, tu hombre ideal está ahí fuera, esperándote, solo tienes que encontrarlo.

Sin darme cuenta empecé a pensar en sus palabras y de pronto me descubrí a mí misma dibujando las características de mi chico perfecto. Sabía que tendría más o menos mi edad. Sería muy guapo, pero con una belleza que pasaría desapercibida, porque no iría acompañada de trajes y corbatas, sino de gafas, vaqueros y el pelo revuelto. Sería inteligente y divertido, con un sentido del humor algo intrincado, que no tendría gracia para el resto, pero con el que nosotros dos nos moriríamos de risa. Le encantarían las películas de ciencia ficción como a mí y nos pasaríamos las horas escuchando música y jugando a juegos de mesa.

Sin embargo, lo que mi mente parecía querer señalarme con una decena de luces de neón era otra cosa más íntima y también más peliaguda. Aquellas chicas consideraban increíblemente emocionante el tener sexo con un chico en la misma casa en la que estaban sus padres. Entendía por qué lo hacían: la adrenalina, la idea de que te descubrieran... pero yo no podía dejar de pensar que el sexo tenía que ser otra cosa para alcanzar la categoría de extraordinario, más intenso, más fuerte, como si ellas estuviesen describiendo cómo era pintar con un único color cuando, en realidad, había millones de tonos. No era la primera vez que lo pensaba. Había estado con chicos y, aunque había sido divertido y muy satisfactorio, estaba completamente convencida de que tenía que haber más, que me estaban contando ese cuento a medias y que en algún rincón había un volumen secreto en el que el príncipe le hacía algo mejor a la princesa. Solo imaginarlo conseguía que quisiese apretar los muslos. El problema: no tenía ni idea de qué era ese «algo más».

Las chicas continuaron hablando y un par de minutos después se levantaron y se fueron.

—Adiós —se despidieron prácticamente al unísono, pero ninguna se quedó a escuchar lo que yo contesté.

Eran más de las seis y seguía en la oficina. Había prometido que no me marcharía sin dejar todo el trabajo listo y el señor Nichols no era de los que se tomaban demasiado bien los imprevistos del tipo «se quedó sin hacer porque me di cuenta de que estaba amaneciendo y yo continuaba sentada a mi mesa, con una de esas bolas gigantes de preso atada al tobillo».

A las ocho por fin, ¡por fin!, terminé con el último cifrado HTML, despejé mi mesa y salí del departamento.

En el ascensor me encontré con un grupo de chicas del Departamento Jurídico que también habían tenido que quedarse trabajando.

—Buenas noches, Bill —me despedí del guardia de seguridad al pasar junto a su mostrador, en mitad del repiqueteo de los tacones de las chicas contra el imperturbablemente brillante suelo de mármol de la recepción.

—Buenas noches, Livy...

—¡Señorita! —lo interrumpió una voz.

Me giré confusa cuando ya estaba a punto de alcanzar la puerta y vi a Douglas Jones, el vicepresidente del señor Fisher, caminar decidido en mi dirección.

—¿Es a mí? —pregunté, dándome la vuelta desconcertada.

Él miró a mi alrededor y, al comprobar que era la única que me había dado la vuelta, asintió con una sonrisa.

—Sí, es a usted, señorita...

—Livy Sutton.

¿A qué viene todo esto?

—Señorita Livy Sutton —repitió convencido, como si no tuviera ni una sola duda de que en efecto me buscaba a mí—, imagino que ya se marcha a casa, pero antes necesito que haga algo más.

—No soy del servicio técnico —le expliqué, suponiendo que se le había estropeado el ordenador en mitad de una videoconferencia con China... o viendo porno; normalmente era culpa del porno.

—No se preocupe —replicó sonriendo de nuevo—. Es relativamente sencillo, aunque de suma importancia. El señor Fisher necesita estos documentos —continuó, y por primera vez reparé en la carpeta que llevaba entre las manos—. Su secretaria ya se ha marchado a casa y a esta hora los servicios de mensajería ya no están activos. ¿Podría llevárselos usted?

Sentí la tentación de decirle que yo no era ninguna mensajera, pero decidí callarme.

—Le pagaremos un taxi hasta la dirección del señor Fisher y otro de vuelta a su casa y en su nómina de esta semana contará con una hora extra más.

Asentí, aunque no estuve del todo segura de por qué acababa de aceptar continuar trabajando un viernes a las ocho de la noche. Puede que fuera por una hora más de sueldo o por volver al West Side en taxi, pero también puede que fuera por saber dónde vivía Benedict Fisher.

—Perfecto —sentenció entregándome el dosier—. Le he anotado la dirección en la primera página.

El señor Jones se quedó allí, de pie, hasta que con el paso inseguro salí del edificio y paré un taxi. Sentía curiosidad; más que eso, empecé a imaginarme cómo sería su casa, en qué barrio estaría ubicada. Quizá en Madrona, Mont Lake o tal vez en una de esas mansiones increíbles rodeadas de una espesa arboleda de Madison Park.

—¿Adónde vamos? —me preguntó el taxista con un marcado acento ruso.

Era hora de salir de dudas. Abrí la carpeta y leí el pósit amarillo enganchado a la primera página.

—Al 320 de la Avenida Occidental Sur.

—Pioneer Square —certificó—, perfecto.

Una boba sonrisa se coló en mis labios. Pioneer Square es un barrio increíble y uno de mis preferidos en toda Seattle. Está lleno de tiendas de todo tipo, anticuarios, galerías de arte... En sus calles se ruedan películas muy a menudo y, si en algún momento llegas a cansarte de un lugar así de maravilloso, está solo a un par de calles del Pike Place Market en una dirección y del distrito internacional, con sus restaurantes étnicos, en la otra.

Me imaginé su casa de unas doscientas maneras diferentes y creo que me equivoqué un poco en todas ellas. Era una vivienda sencilla, de tres plantas, de un suave color terracota. Tenía la puerta grande en un tono muy oscuro sin llegar a ser negro, rodeada de un grueso marco blanco. Estaba perfecta, como si alguien se asomara a la fachada cada día y se asegurara de que no había una sola mota de polvo.

Subí los dos escalones que me separaban de la acera y llamé al timbre.

—¿En qué puedo ayudarla? —respondieron al otro lado.

Me puse nerviosa y me reñí por semejante tontería.

—Soy Olivia Sutton —respondí clara y concisa—.

El señor Jones me ha enviado con documentación para el señor Fisher.

Quienquiera que estuviera al otro lado no dijo nada más y, apenas un minuto después, la puerta se abrió. Un hombre afroamericano, alto y con la espalda cuadrada y ancha, vestido con un impecable traje oscuro, apareció en el umbral.

—Pase —me indicó escueto, haciéndose a un lado con la puerta.

Obedecí y, también con un lacónico gesto de cabeza, me dio a entender que debía seguirlo.

Si la casa por fuera resultaba sobria y elegante, en el interior había que añadir sofisticada. Un precioso vestíbulo, adornado con un juego de nueve cuadros pequeños, servía de antesala a un enorme salón. Un suspiro admirado se escapó de mis labios cuando comprobé que los inmensos ventanales del suelo al techo de la pared frontal daban a un patio que en la oscuridad de la noche parecía casi infinito. La estancia estaba presidida por un inmenso sofá y muebles en tonos blancos y metal, así como una gruesa alfombra de color gris. Otras expresiones que encajarían a la perfección con ese lugar serían minimalista, de diseño y caro, muy caro.

—El señor Fisher bajará enseguida —me comunicó.

Se retiró y volví a girar sobre mis talones con el informe en la mano, contemplándolo absolutamente todo. No había fotos, ni tampoco ningún adorno demasiado personal. Todo parecía distante... como él.

A las ocho y treinta seis ya llevaba allí más de quince minutos y no había rastro del señor Fisher, ni de nadie en realidad.

Giré sobre mí misma para observar a mi alrededor de nuevo y volví a quedarme embobada con la casa.

35

Había algo en ella que no era capaz de explicar, exactamente como me ocurría con su dueño.

A las ocho y cuarenta y nueve estaba empezando a impacientarme. ¿Dónde se había metido todo el mundo?

A las ocho y cincuenta y tres oficialmente estaba muy cabreada. Puede que fuese el último gusanito anónimo del *frikiland department*, pero no tenía ningún derecho a disponer de mi tiempo de esa manera.

—Es increíble —murmuré.

Resoplé y al volverme de nuevo di un respingo. Benedict Fisher acababa de bajar las elegantes escaleras y estaba frente a mí, observándome otra vez.

—¿Qué hace aquí, señorita Sutton?

—Le traigo la documentación que necesita.

Él se comió la distancia entre los dos con paso seguro y alzó la mano para coger el dosier que sostenía entre las mías. Nuestros dedos, involuntariamente, se encontraron sobre la cartulina color sepia y una corriente eléctrica brotó de ellos hasta todos los rincones de mi cuerpo, como siempre le pasa a la chica en las pelis.

Él volvió a fruncir el ceño y apartó la mano, llevándose la carpeta. También lo había notado. Solo había sido una fracción de segundo, pero algo en mi estómago se había despertado dando volteretas.

—Espere aquí —me ordenó.

Antes de que pudiese responder de alguna manera, se dio media vuelta y se marchó escaleras arriba.

Lo observé a punto de resoplar otra vez. ¿De qué iba? ¿Y qué demonios me pasaba a mí? Quería reaccionar, mandarlo al infierno, pero también me sentía curiosa, en muchos sentidos. Benedict Fisher conseguía que me hiciera muchas preguntas.

Pasaron otros quince minutos sin que él o cualquier otra persona apareciese y yo continuaba plantada en aquel inmenso salón. Suficiente. Nunca he sido precisamente una persona paciente y no tenía intención de empezar en aquel momento. Mi enfado se había multiplicado. ¿Hasta el punto de gritarle al jefe que se perdiese? Lo descubriríamos juntos.

Además, había algo, mi yo más estúpidamente imprudente, eso estaba claro, que se moría de ganas por saber qué estaba haciendo el señor Fisher. ¿Estaría sentado a su enorme mesa, trabajando con su ordenador, atendiendo una llamada o, tal vez, torturando a un miembro de la mafia rusa con sus propias manos y un cigarrillo en los labios, salpicándose su camisa favorita de sangre...? Tenía la sensación de que con él todo era posible.

El piso superior como el inferior, con media decena de puertas, todas en un elegante gris perla.

Me detuve frente a la última, que estaba entreabierta, casi encajada, y me subí mis gafas de pasta negra con el índice. Empezaba a estar nerviosa y ni siquiera entendía por qué. No estaba haciendo nada malo, solo buscar a mi jefe. Esa premisa era bastante sencilla, pero, en contraposición, el corazón me latía cada vez más y más deprisa.

Tal vez no debería estar allí. Tal vez debería marcharme.

Empujé con suavidad la madera, mi respiración ya era un caos, y lo que vi al otro lado, sencillamente, cambió algo dentro de mí, como si las piezas de mi vida, por fin, encajasen en su lugar.

4

El avión aterriza en el Capodichino, en Nápoles. ¡Estoy tan nerviosa! ¡Nunca he estado en Italia! ¡Ni en Europa!

—Vamos —apremio a Benedict dirigiéndome a la salida.

Él me observa con una suave sonrisa en los labios y me deja hacer. Con el primer pie que pongo en la escalerilla, el sol tenue y naranja del amanecer me recibe. Todo es aún de un ligero tono gris, pero el aire aquí ya es diferente, como si una dulce canción de fondo te susurrara que estás en el lugar más romántico del planeta.

Benedict pasa a mi lado, me coge de la mano y me obliga a bajar.

—El viaje todavía no ha acabado, preciosa.

Rodeamos el avión y un moderno helicóptero se levanta frente a nosotros.

Suspiro asombrada, lo que hace que Benedict se gire hacia mí y vuelva a sonreír sexy y canalla, encantado de cómo estoy reaccionando.

Me ayuda a montarme en la parte de atrás de la aeronave y él lo hace a mi lado. Cuando nos elevamos del suelo, la sonrisa maravillada que nunca ha abandonado mis labios se hace un poco más grande.

—¡Benedict! —lo llamo cuando veo la pequeña isla surgir en mitad del mar Mediterráneo.

Pero él no está prestando atención a las increíbles vistas, sino que me mira a mí.

Divertida, pongo mi mano en su mejilla para girarle la cara.

—Concéntrate en lo importante, Fisher.

Benedict sonríe como respuesta.

—Es maravillosa —musito admirada, y no lo digo por decir. El amanecer continúa su camino y los rayos de luz inciden directamente en el agua cristalina, que se mece ligeramente, llegando a una paradisíaca playa de rocas oscuras. Los techados de las casas se pintan con el sol, se tiñen de claridad, de un centenar de suaves emociones.

Nada más bajarnos del helicóptero, un hombre con una sonrisa inmensa y un carísimo traje de Armani sale a nuestro encuentro.

—Bienvenidos a Grand Hotel Quisisana, señores Fisher.

Benedict aprieta mi mano con dulzura, sabiendo exactamente en qué estoy pensando, y vuelvo a sonreír feliz. ¡Sí! ¡Soy la señora Fisher!

Nos guía a través del hotel hasta la *suite* presidencial. Todo lo que veo es mármol blanco, sol y refinadas cortinas blancas.

—Espero que disfruten de su estancia —comenta abriendo las puertas y descubriendo una habitación de cuento de hadas, con una cama enorme y una terraza kilométrica con vistas al mar.

Hace un gesto casi imperceptible y tres botones del establecimiento entran diligentes con nuestro equipaje.

Echo a andar con paso lento, como si todavía no pudiese creerme nada de lo que está pasando. El millonésimo suspiro admirado se escapa de mis labios al pasear la vista por los muebles, las flores, los dibujos del suelo, los brocados del techo, las vistas. Me siento como en una película de los años cuarenta, llena de un exquisito lujo y la deliciosa sensación de que cualquier deseo puede hacerse realidad.

Al girarme, ya a los pies de la terraza, me doy cuenta de que ni siquiera había notado que los empleados han desaparecido. Ya solo queda el director del hotel, el mismo empleado que nos recibió en el helipuerto. Sigue explicándole algo a Benedict, pero sus increíbles ojos verdes están sobre mí. Ese algo que nos une ha vuelto a brillar, a atarnos, y ya no existe nada más.

Avanza hacia mí interrumpiendo al director, quien tras unos segundos sonríe profesional y se marcha de la estancia.

—¿Te gusta? —le pregunto sin poder dejar de sonreír. Su mirada se vuelve más intensa. No responde—. Creo que es imposible que hubiese alguien a quien no le gustara. Este lugar es...

Benedict me estrecha contra su cuerpo y me besa con fuerza, eliminando cualquier centímetro de aire entre los dos. Las palabras se diluyen en mi mente y en mi lengua y ni siquiera soy capaz de recordar el adjetivo concreto que pensaba usar. Tampoco me importa demasiado.

Deja caer su frente contra la mía, con sus labios tan cerca, pero sin llegar a tocarme, que duele.

—Necesito estar dentro de ti ya —sentencia.

Nos deja caer en la gigantesca cama cubierta con sábanas blancas y sus manos vuelan bajo mi falda.

Yo también lo necesito más que a nada.

Los siguientes días son increíbles. Nos pasamos las mañanas en la cama, riéndonos, besándonos, disfrutando de tenernos solo para nosotros. Comemos en cualquier restaurante de la isla, a veces en uno muy pequeño, en uno de los edificios de colores con vistas a la playa llena de barquitas. Y al atardecer nos bañamos durante horas y solo subimos al hotel para continuar haciéndolo en la bañera. Es una luna de miel de ensueño, llena de comida deliciosa, sol y sexo, muchísimo sexo.

—Quiero comer pizza —digo muy convencida, saliendo del baño con uno de los vestidos que me compré ayer. Es sencillo, playero, y me encanta. Además, solo me costó doce euros; teniendo en cuenta que estamos en Capri, es toda una ganga.

Benedict me recorre con la mirada y camina decidido hasta mí.

Tuerzo los labios, divertida, y lo apunto con el índice.

—Ni se te ocurra, Fisher —lo amenazo—. Vamos a salir.

—La culpa es tuya por ponerte ese vestidito —replica sin ningún remordimiento—. Me está dando muchas ideas.

Por suerte para mí, la *suite* tiene un tamaño kilométrico y, antes de que consiga atraparme, logro escabullirme hasta un lado de la cama, dejándola de barrera entre los dos. En cuanto Benedict ve el mueble que he elegido para mantenerlo a raya, sonríe canalla. No lo culpo, puede que no haya sido la elección más acertada.

—Vamos a salir —le dejo clarísimo.

Pienso salirme con la mía.

Benedict tuerce los labios en ese gesto tan increíblemente sexy.

—Tengo mis dudas —repone insolente.

Entorno la mirada fingiéndome todo lo hostil que soy capaz, pero no puedo aguantar mucho y acabo sonriendo. Tampoco me culpo. Es guapísimo y me ha encerrado cinco días en villa orgasmo y ha tirado la llave. En semejantes circunstancias es complicado resistirse.

—No podemos estar todo el día enredados. Lo entiendes, ¿verdad? —trato de hacerle ver entre risas.

Él se encoge de hombros, como si no viera el problema que le estoy planteando.

Sus ojos verdes se posan en los míos y me mantiene la mirada hasta que, cogiéndome por sorpresa, clava la rodilla en la cama, estira su armónico cuerpo y me atrapa de una muñeca. Trato de huir, pero no lo consigo. Benedict tira de mí y acabo arrodillada frente a él, en el centro del colchón.

Sus manos rodean mi cintura y bajan peligrosas hasta el final de mi espalda. La electricidad vuelve, lo inunda todo, y sus ojos, su seguridad, su masculinidad, me sacuden de más maneras de las que ni siquiera puedo explicar.

—Sabes que haría cualquier cosa por ti, ¿verdad? —dice con su voz deliciosamente ronca.

—Lo sé.

Sonrío. No tengo ni una mísera duda.

Alzo las manos y las pierdo en su pelo castaño claro, suave y revuelto. Desde que estamos aquí se ha olvidado de que existen los peines y siempre se lo ha acomodado con los dedos.

Lo miro y mis manos siguen el camino que marcan mis ojos... la curva de su mandíbula, sus perfectos labios, su nariz. Mi índice y mi corazón acarician su ceño y una tenue sonrisa inunda los labios de ambos. Tomo una bocanada de aire y creo que simplemente lo respiro a él. Estoy completa y absolutamente enamorada de Benedict Fisher.

—Te quiero —pronuncio.

Su sonrisa se ensancha hasta enseñarme la que guarda solo para mí, y las mariposas revolotean en mi estómago.

—Así que pizza... —dice divertido, fingiéndose resignado, pero los dos sabemos que detrás de esas tres simples palabras hay mucho más.

Yo asiento feliz como una niña.

—Ven —me ordena tirando de mi mano, bajándose de la cama y cogiéndome en brazos para que haga lo mismo—. Conozco el lugar perfecto.

Pienso que iremos al restaurante del hotel o, quizá, a algún lugar pequeño y recóndito que solo conozcan los habitantes de Capri. Seguro que, sea donde sea, la pizza estará increíble, pero Benedict me sorprende llevándonos hasta el helipuerto.

Solo diez minutos después aterrizamos en la azotea de un edificio altísimo. Aún puede verse Capri a lo lejos, y también un castillo levantado en mitad del mar y, frente a él, la ladera de una montaña cubierta de casitas con las fachadas de colores. Está anocheciendo y todas las viviendas se han llenado de luz, dibujando la idea de que cada una de esas ventanas iluminadas está contando el principio de una historia.

Continúo mirando el paisaje y el Vesubio, al otro lado de la bahía, entra en mi campo de visión, dándome la pista que me faltaba.

—¿Me has traído a Nápoles para comer pizza?

Benedict niega con la cabeza.

—No, te he traído al mejor sitio del mundo donde comer pizza.

Entrelaza nuestros dedos y tira de mí, y yo acepto sin dudar.

—Ahí están los taxis —me indica señalando una hilera de coches blancos aparcados al otro lado de la calzada.

—No, quiero caminar —repongo, y ahora soy yo la que tira de él para que nos alejemos en sentido opuesto.

Benedict sonríe como respuesta y, sin más, nos perdemos en la ciudad.

El barrio en el que estamos se llama Mergellina y ese tan bonito en la ladera de la montaña es Posillipo. Callejeamos mezclándonos con centenares de personas, motocicletas y vehículos que van en cualquier dirección. Nápoles es una ciudad increíble, ruidosa y rápida, como si viviese sumida en un caos permanente, pero también es muy divertida y hospitalaria, convirtiéndose en uno de esos rincones especiales del planeta que son aún más bonitos por dentro que por fuera.

—*Scusi* —Benedict detiene a un hombre cargado con un cubo de plástico azul lleno de una especie de bolas negras con púas—, *per andare alla pizzeria Da Michele?*

Lo observo con una sonrisa perpleja y llena de sorpresa al mismo tiempo. ¿Sabe hablar italiano?

El hombre le responde, pero creo que lo hace en otro idioma. Al menos no suena como las palabras que ha pronunciado Benedict, que lo mira prestando atención a cada explicación y a cada gesto de mano que hace para acompañar.

—*Grazie* —se despide mi marido (¡mi marido!).

—*Aspett* —nos pide el hombre caminando los pocos pasos que nos habíamos alejado—, *voglij ca pruov chest.*

Lo miro sin entender absolutamente nada.

—*E' pa signurin* —añade.

Me observa con una sonrisa y frunzo el ceño. ¿Me está hablando a mí?

Alza el cubo, ofreciéndome lo que hay dentro. ¿Qué demonios son esas cosas? De repente una se mueve y doy un respingo, pegándome a Benedict, que se muere de risa a mi lado.

—Quiere regalarte uno —me explica.

Sus palabras hacen que lo mire a él y arrugue la frente un poco más.

—¿Para que me lo lleve a casa?

Benedict rompe a reír.

—Para que te lo comas.

Mi ceño fruncido es sustituido por una mueca de asco en toda regla.

—¿Eso se come?

—Es un erizo de mar. Es marisco.

Me asomo al cubo con resquemor. Ahora entiendo qué son esas púas, pero definitivamente parece más un arma de mano que una almeja.

—*E' un obsequio, signurí, lat accettá* —continúa hablando el napolitano.

—Si no te lo comes, va a ofenderse —me advierte

Benedict con una sonrisilla, disfrutando del momento que estoy pasando.

—¿Y por qué no te lo comes tú? —me quejo—. Está bien —sentencio antes de que pueda añadir nada más. Este hombre ha sido un encanto y no pienso hacerle el feo.

Asiento con una sonrisa. El señor deja el cubo en el suelo, coge uno de los erizos y, con un grueso y pequeño cuchillo que lleva en el bolsillo trasero de los pantalones, lo abre en dos. El interior del erizo es blanco y una pulpa naranja asoma de él. El hombre lo rocía con un chorro de limón, que también lleva en el cubo, y me lo tiende.

No lo dudo. Seguro que está buenísimo. Además, dudar es una estupidez. Si no estás dispuesto a hacer algo, olvídalo; si quieres hacerlo, hazlo, pero toma una decisión y sé consecuente.

Benedict se mordisquea el labio inferior, observándome, divertido. Yo cojo un trozo de pulpa bajo su atenta mirada y me la como... ¡Uau! ¡Está delicioso!

—*Buon, e?* —dice el napolitano con una sonrisa.

—Sí, está buenísimo —respondo intuyendo a qué se está refiriendo.

Benedict se acerca con un par de billetes en la mano, pero el tipo alza las suyas en clara señal de que no piensa aceptarlos, recoge su cubo y continúa caminando.

—*Grazie mile* —se despide Benedict.

—*Grazie* —repito por pura intuición.

—*Arrivederci, signurí* —se despide levantando una mano, sin volverse y sin dejar de andar.

Benedict me observa con la misma preciosa sonrisa en los labios. Se acerca decidido a mí para robarme lo que queda de erizo, pero yo soy más rápida y, a punto de echarme a reír, rebaño lo que queda con el dedo y me lo llevo a la boca.

—Estaba exquisito —certifico.

Benedict niega con la cabeza disimulando una sonrisa, rodea mis hombros con un brazo y nos hace andar de nuevo.

—Eres muy perspicaz —se burla.

—Es una de mis innumerables virtudes. Ya deberías tenerlo claro, Fisher.

Benedict me reprende por mi impertinencia con la mirada y una media sonrisa como el profesor más sexy del mundo.

—¿Y por qué lo que hablaba el hombre no sonaba igual que lo que hablabas tú?

—Porque él hablaba napolitano. Tienen su propio idioma, pero todos entienden el italiano.

Asiento entusiasmada.

—¿Y dónde aprendiste italiano?

—¿De verdad quieres saberlo? —pregunta a su vez.

Asiento de nuevo.

—Quiero saberlo todo de usted, señor Fisher.

Él me observa y por un segundo guarda silencio, como si le sorprendiese que alguien se interesase por él, por las cosas que le han pasado, más allá de su talento para la ingeniería informática o su empresa.

—Lo aprendí en el instituto —responde; al principio sus palabras suenan incluso un poco aturdidas—. Tenía que elegir una lengua extranjera. La clase de francés estaba llena de niñas pijas que pensaban convencer a sus padres para que las llevaran de vacaciones de verano a París, así que me quedé con el italiano.

—Creía que estarías encantado de estar en una clase llena de niñas pijas —comento con el sarcasmo marca de la casa—. ¿No es eso lo que os gusta a todos los chicos?

—Veo que nos conoces muy bien —replica socarrón.

—¿Me estás diciendo que no os gustan las chicas guapas?

Benedict se muerde el labio inferior solo un segundo, con la mirada entornada, sopesando mis palabras.

—Podría soportar ese suplicio —contesta burlón—, pero me gustan más las chicas listas. Son más divertidas.

Sonrío encantada y, para qué negarlo, muy orgullosa. Benedict es inteligente, guapísimo, rico... Podría tener a la chica que quisiera y me ha elegido a mí, lo que significa que yo, Livy Sutton, he elegido rematadamente bien. Me he quedado con uno de los buenos.

Seguimos caminando, sin alejarnos nunca demasiado del mar, que en esta ciudad parece acariciarlo todo. Vemos el Palacio Real y el Teatro di San Carlo, el ayuntamiento y la iglesia de la *Santa Croce* hasta que finalmente llegamos a la pizzería Da Michele, mundialmente conocida por ser el lugar donde Julia Roberts comía una *margherita* en *Come, reza, ama* y, a juzgar por la cola casi kilométrica, debe de salir en todas las guías de viaje, amén de ser una de las preferidas por los propios napolitanos.

Benedict me lleva de la mano hasta la puerta del local y allí habla con un hombre, imagino que preguntándole por otro, ya que a los pocos segundos un empleado de unos cuarenta años y de pelo oscuro sale del interior con un mandil salpicado de salsa de tomate. Se dan la mano, intercambian dos o tres frases mal susurradas y el camarero asiente al tiempo que le hace una señal a Benedict para que lo sigamos.

Él me mira y me guiña un ojo mientras nos adentramos en el establecimiento. ¡Acabamos de saltarnos la cola!

La pizzería por dentro es como la propia ciudad, ruidosa, rápida y divertida, y además huele a masa recién hecha y a albahaca fresca. Las paredes son de azulejos blancos y verdes y el bullicio de las risas, las conversaciones y los encargos a cocina se adueñan de cada centímetro cuadrado del ambiente.

El hombre nos indica que nos sentemos en una mesa donde ya están ubicados otros dos chicos. En este sitio no se desaprovecha un metro de espacio.

Benedict pide por los dos mientras yo miro a mi alrededor, como siempre intentando captar cada detalle.

—¿Qué dice ahí? —pregunto señalando un cartel algo desvencijado.

Benedict se gira y tras unos segundos vuelve a llevar sus ojos hasta mí.

—Cuenta la historia de cómo se inventó la pizza más típica de Nápoles, gracias a la reina Margherita.

El mismo empleado que nos hizo entrar nos trae dos cervezas Peroni heladas. Le doy un trago a la mía, pero Benedict la ignora mientras sigue mirándome a mí.

—He decidido que quiero que te encargues del microprocesador.

Me atraganto con la cerveza por la impresión y pronuncio un «¿qué?», entre toses.

Mi recién estrenado marido sonríe por mi reacción.

—Eres una de las mejores ingenieras informáticas de la compañía —continúa— y sé de sobra que fuiste tú y no Nichols quien descubrió los fallos en la fase de pruebas y los solucionó.

¿Qué?

—¿Cómo... cómo sabes que fui yo?

—¿Y tú cómo pudiste siquiera creer que no lo descubriría?

Lo hice sin pesar. Solo quería salvar el microprocesador para que todo su esfuerzo no hubiera sido en vano.

—¿Estás enfadado?

Benedict vuelve a tomarse un par de segundos para observarme.

—Ya no —sentencia con ese deje de masculina seguridad brillando en su voz.

—Mejor —replico. Y yo también sueno segura. Lo estoy—, porque no tienes motivos. Solo traté de salvar todo el tiempo y el dinero que habías invertido.

—Tendrías que habérmelo contado.

—Ese mismo día rompimos.

Tuerzo los labios. Les he ordenado una decena de veces a mi mente y a mi corazón que el recuerdo de ese día deje de doler, pero no consigo que capten el mensaje.

—Tú te marchaste —me recuerda, y su voz suena más ronca, pero también más dolida.

—Tú dejaste que lo hiciera.

—¿Y qué querías que hubiese hecho?

—No lo sé.

Respondo rápido, pero en el fondo no estoy convencida de no estar mintiendo. Creo que una parte de mí sabe perfectamente lo que deseaba que hubiese hecho en aquel momento.

Benedict frunce el ceño, como siempre apenas un segundo, sin dejarme ver qué sentimiento oculta tras ese gesto, y simplemente volvemos a mirarnos. Marcharme de su casa aquella noche fue lo más complicado que he hecho jamás, pero tuve que hacerlo. Después de lo que dijo, no me quedó otra opción, mi mundo se había roto en pedazos.

El camarero irrumpe con una pizza en cada mano y las deja en la mesa con lo que imagino que es un «buen provecho» en los labios.

Benedict aparta la mirada, centrándola en cualquier otro rincón del local, y su cuerpo se tensa suavemente.

—Deberíamos comer —propone devolviendo su vista a las pizzas.

Yo lo observo un segundo más. Creo que hablar de ese día, de cómo nos sentimos entonces, no me afecta solo a mí. Cabeceo. No voy a permitir que nos arruinen esta noche. Lo arreglamos. Estamos juntos. Es lo único que importa.

—*Margherita* y *marinara...* y... —digo mirando las pizzas— claramente *marinara* —elijo tomando una porción y dándole el primer bocado.

¡Por Dios! ¡Está de vicio!

Un gruñidito de placer se me escapa y consigo arrancarle una sonrisa a Benedict.

—Está riquísima —le certifico—. Me parece que vas a tener que traerme aquí todos los viernes por la noche, señor Fisher.

Su sonrisa se vuelve más canalla y algo dentro de mí brilla feliz.

—Depende de lo que haga para ganárselo, señorita Sutton.

—Soy una mujer casada —le recuerdo con la boca llena de pizza—, respete mi apellido.

Los dos sonreímos y doy un nuevo bocado. Se acabaron los recuerdos tristes.

5

Regresamos caminando hasta el helipuerto, disfrutando otra vez de la ciudad. De vuelta en Capri, el viento arrecia con algo más de fuerza y el calor de las noches de junio se atempera.

Al pasar junto a la cama, me descalzo y, sintiendo el mármol bajo mis pies, camino hasta la terraza.

—¿Adónde crees que vas?

Su voz llega amenazante desde el otro extremo de la habitación. Me giro a tiempo de ver cómo se detiene al final de la pared que sirve de recibidor del dormitorio principal y deja caer su hombro contra ella. Su camisa blanca perfectamente remangada deja al descubierto sus antebrazos y los botones del cuello desabrochados, el inicio de un torso de infarto. Sin embargo, nada físico es comparable al atractivo que parece rodearlo en este preciso instante en el que está dejando que la arrogancia gane en sus ojos verdes a todo lo demás.

—Voy a salir un rato a la terraza. Me encantan las vistas.

—A mí también me encantan las vistas —replica— y no vas a moverte de aquí.

Los músculos de mi vientre se tensan con su amenaza, como si hubiese dado el primer paso hacia un delicioso juego que llena el aire de la estancia de placer anticipado.

—¿Y por qué no iba a hacer lo que quiero hacer? —lo desafío.

—Porque yo sé lo que te mueres de ganas de hacer de verdad o, siendo precisos, lo que te mueres de ganas de que yo te haga.

Provocativo. Torturador. Jodidamente engreído. Todo eso es Benedict Fisher.

Trago saliva por puro instinto y la sangre comienza a rodar caliente por mi cuerpo.

—Desnúdate —me ordena.

Mi cuerpo arde. Es demasiado atractivo, demasiado sensual, demasiado él.

Sin embargo, algo, no sé, una parte de mí con muy poco sentido común, decide que, si yo tengo que ganarme las cosas, el señor Fisher también.

Niego con la cabeza con una sonrisa increíblemente impertinente.

Benedict se humedece el labio inferior sin levantar su mirada de mí.

—¿No me has oído, Livy? —pregunta amenazante.

—Puede ser o, siendo precisos, puede ser que no me dé la gana.

Benedict ahoga una sonrisa maliciosa y sexy en un suspiro fugaz. Niego con la cabeza, disimulando una sonrisilla de lo más impertinente.

Da un paso hacia mí, y yo lo doy hacia atrás. Me muerdo el labio inferior y el gesto se mezcla con mi respiración acelerada. Nos miramos, en el silencio, cargados de una suave electricidad, como dos imanes que luchan para no salir disparados contra el otro.

Benedict ladea la cabeza, sexy. Sonríe peligroso solo un segundo... y echa a correr hacia mí. Yo suelto un gritito por la sorpresa, pero logro reaccionar a tiempo y salgo disparada. No lo dudo. Atravieso la *suite* y salgo al pasillo. Benedict corre tras de mí. ¡Ni siquiera sé cómo he conseguido huir! ¡Es mucho más rápido que yo!

—Perdonen —me disculpo con una pareja con la que me topo en el pasillo.

Estallo en risas. La adrenalina satura cada pedacito de mi cuerpo. ¡Esto es divertidísimo!

Llego a un salón inmenso, donde una decena de personas disfruta de una tranquila copa con vistas al mar y una canción de James Blunt suena de fondo. Me cuelo entre las mesas, entre los camareros, y salgo a la espectacular terraza. Bajo unas escaleras, otras, mis pies tocan la madera clara del gigantesco terrado del comedor, ya cerrado a estas horas de la noche.

Sus manos rodean mi cintura. Me levantan. No puedo dejar de reír.

Benedict me gira y de un paso me estrecha entre su cuerpo y la pared, dejando sus ojos muy cerca, demasiado cerca de los míos. Mi risa se calma hasta transformarse en la sonrisa que solo él sabe dibujar en mis labios. Los manteles de lino blanco se levantan con una oleada de viento. Huele a sal, a arena y a deseo.

—Has huido de mí.

—Ha sido divertido —contesto sin poder dejar de sonreír.

Su mirada se vuelve más intensa y ese algo sin nombre ni color que nos une nos aprieta hasta dejarnos casi sin aliento. Me pregunto si siempre me sentiré así cada vez que lo mire, si alguna vez el corazón dejará de latirme tan deprisa.

—Eres mía —sentencia y suena indomable, salvaje, absolutamente perfecto.

—Soy tuya —respondo embriagada de todo lo que me hace sentir.

Benedict se inclina sobre mí y sus labios se estrellan contra los míos. Me besa con fuerza, conquistándome centímetro a centímetro.

Mmmm... estoy en el paraíso. Hundo la cara en la almohada y sonrío absolutamente relajada y feliz. Una calidez suave, muy suave, me recorre el hombro y la nuca.

Mmmm... esto es aún mejor.

—Despierta, dormilona.

Benedict me besa en el cuello, besos cortos y húmedos, dulces y glotones. Me enseña los dientes y una corriente eléctrica se extiende por todo mi cuerpo.

Jadeo despacio a la vez que me giro y disfruto de cómo se mueve hasta colocarse sobre mí, sosteniendo el peso de su cuerpo con sus manos apoyadas en el colchón, flanqueando mi cabeza.

—Despierta —me ordena acariciando mi nariz con la suya.

—¿Qué quieres? —pregunto abriendo los ojos.

Su perfecto rostro aparece frente a mí y esas cosquillitas que sentía se vuelven algo mucho más interesante. Tengo un marido guapísimo y ahora está encima de mí, ¿qué más se puede pedir?

—Aprovechando que estoy en Italia, tengo un par de reuniones de trabajo —me explican—. Nada importante, pero pasaré el día fuera y quiero que vengas conmigo.

Sonrío impertinente.

—Quieres, ¿eh? —replico con un tono parejo a mi sonrisa—. Ahora solo te falta saber qué es lo que quiero yo.

—Sé perfectamente lo que quieres tú —afirma arrogante.

Vamos a tener que bajar al señor Fisher a patadas de su pedestal.

—Te lo tienes demasiado creído.

—Y tú mientes de pena.

—Solo estoy dejando que te confíes.

—Pues lo has conseguido.

Hago una mueca al tiempo que le doy un codazo y él rompe a reír. Me encanta oírlo reír, así que puede que se me olvide un poco que no me considera nada amenazante.

—¿Y adónde vamos? —pregunto—. ¿Otra vez a Nápoles?

—A Roma —responde como si no tuviera la más mínima importancia.

Abro la boca, alucinada. ¡¿Roma?! ¡Es increíble!

—Vaya —comenta divertido, rodeado de toda esa desdeñosa seguridad—, parece que ahora sí que quieres venir conmigo. Una lástima que ya no tenga tan claro si quiero que me acompañes.

Antes de que pueda responder, Benedict se levanta y se dirige al baño con toda su arrogancia creciendo a cada paso. Apenas unos segundos después, el agua de la ducha comienza a correr. Yo me quedo en el centro de la cama con la mirada clavada en el techo.

—Te doy la oportunidad de venir aquí y convencerme.

Tuerzo los labios mal disimulando una sonrisa.

—¡No la quiero, Fisher! —grito a punto de echarme a reír, sin moverme.

El silencio, interrumpido solo por la fuerza del agua, se hace con la habitación y mi respiración comienza a acelerarse nerviosa y entregada, como si una parte de mí, puede que toda yo, en realidad, ya supiese lo que va a ocurrir y estuviese deseándolo.

Benedict irrumpe en la habitación, viene decidido hasta la cama, me atrapa por las caderas, venciendo mi forcejeo y mis risas, y me carga sobre su hombro, echando a andar en el mismo instante.

—¡Bájame! —le pido con la voz llena de carcajadas.

—Follarme a mi mujer en la ducha, hacer que se corra hasta que solo recuerde mi nombre, Roma —enumera—. Un plan perfecto.

Yo no lo habría descrito mejor.

No tardamos más que una hora en llegar a Roma y ya en el coche que nos lleva desde el aeropuerto Leonardo da Vinci hasta el centro de la capital italiana no dejo de mirar por la ventanilla cada monumento, cada fuente, cada edificio, cada reliquia histórica. No es una ciudad, Roma es magia.

El impecable Jaguar callejea por una suerte de intricadas calzadas hasta el punto de desorientarme. Esto es muy diferente a Seattle y sus ordenadas manzanas. Finalmente, se detiene en mitad de una concurrida calle. Benedict baja primero y rodea el vehículo para darme la mano en cuanto lo hago yo. Miro el edificio, asombrada. Es antiguo, pero en absoluto viejo, y de un precioso color salmón que resalta elegante frente a sus vecinos de blanco calizo. Las aceras están flanqueadas por árboles verdes y frondosos y un cartel *vintage* de Martini se ve a lo lejos, presidiendo la calle.

—Esta ciudad es maravillosa —murmuro admirada.

Benedict sonríe y automáticamente lo hago con él. No podría haber soñado una luna de miel mejor.

—Regresaré para llevarte a cenar —me informa.

Asiento, pero no puedo evitar morderme el labio inferior. Confiaba en que se olvidaría de esas reuniones y subiría conmigo. Benedict se inclina sobre mí y tengo que contenerme para no lanzarme en sus brazos.

—Sé lo que estás haciendo —susurra.

—¿Y está funcionando? —inquiero para nada arrepentida.

Su gesto se transforma en uno más sexy y sus ojos dominan por completo los míos. Deseo y placer. Placer y sexo. Sexo. Sexo. Sexo. No puedo pensar en otra cosa. Su cálido aliento ya baña el mío. Alzo la cabeza buscando sus labios.

—Disfruta de la *suite*, preciosa —susurra, y sin más se marcha.

Abro la boca absolutamente indignada y lo veo regresar al coche con ese aire de suficiencia que se le da tan rematadamente bien, sabedor de todo lo que ha causado y orgullosísimo de haberlo logrado.

—¡Eres un provocador! —me quejo, pero solo sirve para que su sonrisa se vuelva aún más canalla y me guiñe un ojo, el muy descarado.

Benedict monta de nuevo en el Jaguar y lo saludo con la mano; sé que me está observando tras las ventanillas tintadas y no va a moverse de ahí hasta asegurarse de que estoy sana y salva en el hotel.

—Te quiero —le digo antes de girar sobre mis talones y entrar.

De inmediato, una mujer, con su nombre en una brillante placa dorada prendida a su elegante chaqueta, se acerca a mí.

—¿Usted debe de ser la señora Fisher? —pronuncia en un impecable inglés.

Asiento.

—Venga conmigo —me pide llena de amabilidad—. Nuestra *suite* del ático está preparada para usted.

Tomamos el ascensor ubicado junto a una cuidada escalera de mármol, escoltada por un Neptuno en piedra oscura con el tridente dorado. Todos los que dicen que Roma es una ciudad hecha de arte, no se equivocan. Esta misma escultura podría ser un Bernini y a nadie le sorprendería.

Al llegar a la última planta, un enorme pasillo se extiende ante nosotros. Sigo a la empleada, que se detiene en la puerta del fondo. El sol entra por las ventanas del corredor y todo está bañado de una cálida luz naranja.

La mujer abre. Yo, embobada con la luz, la sigo hasta la propia habitación y... ¡por Dios!, un suspiro de completa sorpresa se escapa de mis labios al tiempo que me tapo la boca con las palmas de las manos. La fantástica habitación está llena de flores y de bolsas, de las que sobresale papel de seda, con el nombre de los mejores diseñadores: Valentino, Chanel, Stella McCartney... Hay también al menos una veintena de cajas de zapatos, en las que esos nombres son sustituidos por otros: Manolo Blahnik, Louboutin, Marc Jacobs. Sobre una hermosa mesita hay una fuente llena de *macarons* y, junto a ella, una botella de Dom Pérignon *rosé* enfriándose en una champanera.

—¿Todo esto es para mí? —pregunto sin apartar las manos, al borde del colapso.

La empleada asiente.

—Desde luego. El señor Fisher insistió en que debíamos mimarla.

Entro y dos mujeres me saludan con una sonrisa. La vista a través de la ventana me roba inmediatamente la atención y sonrío como una idiota al ver la cúpula de la basílica de San Pedro irrumpir en el cielo de Roma.

—Todo es maravilloso —repito una y otra vez.

No sé qué decir. No me puedo creer que Benedict haya organizado algo así para mí.

Las siguientes horas son una locura increíble. Una de las mujeres resulta ser la directora de la *boutique* del hotel, quien me enseña todos los vestidos y zapatos, que no dudo en probarme. Me explica qué es lo que me sienta mejor y cómo combinarlo con los complementos que ha seleccionado para mí.

Cuando terminamos, me ofrecen la posibilidad de darme un relajante baño y, al pasar a la estancia con tal objetivo, compruebo que la bañera ya está llena de agua y espuma. Hay velas y todo huele a mandarina. Al salir, la otra mujer me espera para hacerme la manicura y la pedicura, masaje de pies incluido, *oh, yeah*.

Es la nueva versión del paraíso y me lo estoy pasando de cine.

Ya a solas en mi habitación, vuelvo a sacar los vestidos, a observarlos como si tuviera un tesoro entre las manos. Todos son tan elegantes, tan sofisticados... Nunca había tenido nada así, creo que ni siquiera había estado cerca de uno. Normalmente, voy en vaqueros y camiseta y mis pocos vestidos son los que una chica de veintitrés años puede permitirse, no un Vivienne Westwood.

Mi móvil comienza a sonar. Busco el origen del sonido con la mirada y sonrío al divisar mi teléfono encima del sofá.

—¿Diga? —Descuelgo sin mirar.

—¿Cómo lo has pasado?

Su voz me hace volver a sonreír.

—¿Tú qué crees?

Camino hasta la salida de la terraza y apoyo el hombro en la pared. Creo que no podría cansarme de estas vistas.

—Terriblemente mal —se burla—. Ha sido mi venganza, señora Fisher.

—Pues no sé qué he hecho —replico impertinente—, pero tendré que repetirlo para que vuelvas a vengarte de tan cruel manera.

Los dos reímos y las mariposas revolotean en mi estómago.

—Las cosas se han complicado un poco —me anuncia, y suena cansado. Benedict adora la tecnología, investigar sobre ella, revolucionar el mundo. Sin embargo, detesta que lo sienten en una sala llena de ejecutivos a los que solo les interesan los números—, pero creo que podré estar en el hotel sobre las nueve.

Miro el reloj. Faltan casi cuatro horas.

—No te preocupes —respondo—. Sabré cómo entretenerme. Saldré a dar una vuelta.

—Mejor que no —replica con ese tono que no da lugar a dudas... y que no me importa lo más mínimo.

—Recuerdas que soy una mujer adulta y puedo tomar mis propias decisiones, ¿verdad?

Benedict resopla al otro lado de la línea.

—No quiero que salgas sola.

—¿Sola o sin ti?

—Sin mí —concluye sin una pizca de arrepentimiento.

—Pues entonces es una lástima que pueda decidir por mí misma —me parafraseo.

—Si sabes lo que te conviene —susurra con la voz ronca, buscando que me derrita para salirse con la suya—, no lo harás.

Río escandalizada.

—Voy a fingir que no he oído esa última frase.

—Más te vale que no, preciosa.

Sin darme opción a responder, cuelga.

Desafío aceptado.

6

Me siento un poco intimidada para llevar uno de los
vestidos nuevos, así que me pongo uno de mis vaqueros,
una camiseta, me calzo mis sandalias y salgo de la *suite*.
Pienso ver todas las obras de arte que pueda, tomarme
un *cappuccino* en una plaza llena de palomas y tirar una
moneda a la Fontana di Trevi.

Sonrío cuando pongo los pies en la acera. El portero
me dedica una profesional sonrisa y un movimiento de
chistera, correspondo al saludo y echo a andar. Hoy está
siendo un día genial.

Más o menos dos horas después, tras atravesar un
parque precioso, hacerme una foto en la Piazza del Po-
polo y cruzar el río Tíber por el puente Milvio —ese
lleno de candados de enamorados que siempre sale en
las pelis—, decido hacer un alto para tomar un café.
Como no podía ser de otra manera, está delicioso. Ahora solo tengo que encontrar la Fontana di Trevi. Soy
como una versión de Indiana Jones recorriendo las calles de Egipto.

Llevo una hora caminando. Empiezo a estar realmente cansada, pero sin duda merece la pena cuando giro por una intricada callecita y el rumor del agua, de la gente, me llega desde unos metros más adelante. Todo parece llevarte justo a este lugar, como si estuvieses atravesando el *backstage* de un teatro. La plaza, pequeña, se abre ante mí y la verdad es que, si estaba agotada, ni siquiera lo recuerdo. Separada por una escalinata, la Fontana di Trevi se levanta delante del palacio Poli. Es sencillamente... extraordinaria. ¡Ni siquiera sé qué palabras usar para describirla! Es grande. Es especial. Es diferente a cualquier otra. Puede resultar incluso apabullante, porque cuando desciendes las escaleras y te acercas a la fuente, te conviertes en parte de ella y lo disfrutas todavía más.

No lo dudo. Me saco un cuarto de dólar del bolsillo de los vaqueros y le doy la espalda al agua. Nunca he creído demasiado en esas cosas —Dios, el destino, el karma—, pero hoy quiero hacerlo.

—Deseo que Benedict y yo seamos felices siempre. —Beso la moneda y, con los ojos cerrados, la lanzo a la fuente.

Me giro de inmediato tratando de buscarla, pero ya se ha mezclado con las miles de piezas que hay en el fondo.

Observo el monumento un rato más, perdiéndome entre el resto de los turistas, y miro el reloj. Están a punto de dar las nueve y después de la caminata me muero de hambre. Lo mejor será que regrese al hotel.

No tengo ni la más remota idea de qué camino debo tomar. Abro Google Maps y trato de orientarme, pero fracaso estrepitosamente. Aquí todas las calles parecen conectarse unas con otras sin ningún orden. Hora de probar a la antigua. Echo un vistazo a mi alrededor, tratando de elegir a alguien a quien poder pedirle indicaciones. A unos pasos de mí hay una chica más o menos de mi edad charlando con otra, perfecto.

—*Buonasera* —digo a un paso de ella. Si no entendí mal al camarero del *cappuccino*, así es como se dice «buenas tardes».

—*Buonasera* —responden amables.

Me muerdo el labio inferior. ¿Cómo demonios pregunto lo que tengo que preguntar?

—¿Inglés? —inquiero esperanzada, encogiéndome de hombros por ser una negada total para los idiomas.

—Sí —contesta una de ellas con una sonrisa—. Hablo inglés, *più* o menos.

Sonrío aliviada. ¡Genial!

—Necesito volver a mi hotel, pero no sé cómo hacerlo.

Ella me escucha con atención y finalmente asiente.

—¿Cómo se llama?

Abro la boca dispuesta a contestar, pero casi en el mismo segundo la cierro. Vuelvo a abrirla y vuelvo a cerrarla. ¡Mierda! ¿Cómo se llama el hotel?

La chica enarca las cejas esperando mi respuesta. Estoy a punto de admitir que no tengo ni la más remota idea, cuando recuerdo algo: la llave de la habitación. Ahí debe de poner el nombre.

Meto la mano en el pequeño bolso que llevo cruzado, saco la tarjeta, feliz de llevarla encima, aunque lo cierto es que no recuerdo cuándo la he guardado, y se la entrego a una de ellas.

Esta sonríe y la gira entre sus manos para leerla, pero en ese mismo segundo su gesto denota confusión.

—Esta tarjeta es de un hotel que está en Capri, el Quisisana.

¡Joder!

Resoplo mortificada.

—¿Recuerdas la dirección del hotel?

Hago memoria. Intento rememorar si he visto el nombre de la calle, del establecimiento, algún letrero.

—He andado unas tres horas —trato de explicarme— y he cruzado el río y un parque enorme.

Estoy empezando a agobiarme. En Roma debe de haber algo así como un millón de hoteles.

Una de las chicas, la que no habla mi idioma, mira a su amiga, supongo que extrañada por mi actitud. Conversan en italiano y yo me alejo unos pasos tratando de recordar cualquier detalle, por ínfimo que sea.

—Espera —me pide—, mi amiga dice que podrías mirar tus correos en el móvil. En el email de reserva vendrá el nombre del establecimiento.

Tuerzo el gesto.

—Mi marido ha organizado el viaje —respondo—. Estoy de luna de miel.

La chica abre mucho los ojos y, después de la traducción, su amiga también. Imagino lo extraño que resulta ver a la novia sin el novio, perdida en Roma.

—¿Y por qué no lo llamas? —pregunta como si fuera obvio e imagino que lo es, pero no puedo hacerlo. No quiero darle pie a que piense que soy una muñequita que necesita que la salven. He sido una inconsciente saliendo sin un mapa o sin los datos básicos del hotel guardados en el móvil. Ha sido un error y no volverá a pasar, pero para Benedict esa sería la confirmación de que no tendría que haber salido sin él.

En ese preciso instante mi *smartphone* empieza a sonar en mi bolso. Lo saco y su nombre se ilumina en la pantalla. Son las nueve en punto. Improviso una sonrisa al tiempo que les enseño el teléfono. Ellas me devuelven el gesto y yo me alejo unos pasos.

—Hola, Benedict.

—¿Dónde estás? —Está enfadado, mucho.

—En la Fontana di Trevi.

No tengo por qué mentirle.

—Te dije que no salieras sola —me recuerda, y su voz suena dura e intimidante.

—No, me dijiste que no saliera sin ti. No soy tu muñequita, Benedict.

—No voy a discutir esto por teléfono.

—Yo tampoco quiero hacerlo. Estaba de camino al hotel.

—Estás a más de una hora andando —gruñe—. Iré a buscarte.

—No lo necesito.

Adoro que tenga detalles, que se ofrezca a venir a recogerme, pero en esta situación en concreto estamos hablando de autonomía e independencia. Puedo regresar sola, porque soy quien toma esa decisión, y él tiene que empezar a entenderlo.

—Cogeré un taxi —añado—. Solo dime el nombre del hotel. No lo recuerdo.

—¿Y cómo pensabas volver?

—Me las habría apañado.

Una risa fugaz, irónica y malhumorada atraviesa la línea escondida en un suspiro aún más breve.

—Es la hostia —sisea entre dientes—. Hotel Baglioni Regina. Via Veneto, número setenta y dos.

—Gracias —digo, pero dudo mucho de que haya escuchado mi respuesta. Ha colgado—. Genial —murmuro para mí.

—¿Todo bien? —pregunta la chica, acercándose con cautela.

Asiento.

—Sí —miento—. ¿Sabes dónde puedo coger un taxi?

—Claro.

Una de ellas señala la bocacalle que debemos tomar y las dos me acompañan hasta una avenida más grande y con más tráfico. Solo a unos metros hay una parada, aunque no hay ningún vehículo esperando en ella. El camino es corto, pero nos da tiempo a charlar un poco. Se llaman Teresa y Pía y comparten piso aquí, en Roma.

—Esta noche vamos a salir —me explica Teresa—. Vamos a ir a cenar y después a una disco increíble. ¿Por qué no os venís?

Suspiro.

—No lo sé.

Ella niega con la cabeza y las manos. Es cierto lo que dicen: los italianos se comunican más con los gestos que con las palabras.

—Nos vamos a divertir.

Sonrío y, antes de que pueda decir nada, me quita mi teléfono de las manos y escribe su número.

—Llámanos.

Un coche blanco aminora la velocidad y se detiene junto a la parada.

—Tu taxi —me informa con una sonrisa.

—Muchas gracias, chicas —me despido.

Ellas vuelven a sonreír como respuesta y yo me encamino al automóvil con paso ligero.

El taxi no tarda más de diez minutos en dejarme en la puerta del hotel. Me bajo desanimada. Tengo claro que llevo razón, pero entre mis planes para la luna de miel no estaba discutir con mi marido.

Pido una llave en recepción y voy hasta la última planta. El sonido de la puerta al abrirse se mezcla con un nuevo resoplido. Vamos a discutir, lo tengo clarísimo.

Empujo la madera lacada y recorro el recibidor. Unos segundos después, Benedict entra en mi campo de visión. Está sentado en uno de los sofás, con la camisa blanca remangada y los primeros botones desabrochados. Su chaqueta y su corbata están abandonadas de cualquier manera en el otro extremo del tresillo. Tiene los codos apoyados en los muslos y sus manos, entrelazadas, suavemente suspendidas entre sus piernas.

Alza la cabeza y sus ojos verdes se cruzan con los míos. Soy plenamente consciente de que no ha tardado en mirarme porque no se hubiese dado cuenta de que estaba aquí, sino porque no quería hacerlo.

Doy una larga bocanada de aire. No tengo nada de lo que arrepentirme.

—Sé que estás enfadado y lo siento, Benedict, pero no tienes motivos —señalo cruzándome de brazos. No tengo nada de lo que arrepentirme.

Se humedece el labio inferior sin apartar su mirada de mí.

—Puedo salir donde quiera y como quiera, independientemente de que tú me acompañes o no. Soy adulta.

Continúa en silencio, pero sus ojos cada vez están llenos de más cosas. Sin pronunciar una sola palabra, se levanta decidido y camina hacia mí. El deseo, la rabia, la determinación, todo comienza a crecer en él.

En cuanto llega hasta mí, rodea mi cintura con sus brazos y me estrecha contra él con fuerza, besándome con el mismo enfado con el que ha hecho todo lo demás. Mi cuerpo responde al suyo como si fuera arcilla en sus manos, y un gemido largo y profundo se escapa de mis labios.

—Puedo tomar mis propias decisiones —sentencio contra su boca.

Benedict no responde y tampoco deja de besarme. Me levanta a pulso y echa a andar hacia el dormitorio. Rodeo su cintura con mis piernas y me aprieto aún más contra él.

—Soy independiente y tú tienes que respetarlo.

Me deja caer contra la cama y de inmediato él lo hace sobre mí. Vuelve a asaltar mi boca, a besarme como si nada más en el mundo importara. Toma mis manos y las lleva por encima de mi cabeza, sosteniéndolas con una de las suyas.

Coge algo de la mesita, no veo el qué; lo cierto es que no me interesa lo más mínimo.

—No quiero que decidas por mí —susurro con la respiración trabajosa.

La deliciosa rudeza de una cuerda rodea mis muñecas y mi cuerpo se relame febril pensando en lo que vendrá.

Benedict me besa otra vez largo, salvaje, y a continuación me da un beso más pequeño, más rápido, pero lleno de la misma intensidad. Arrodillado, con sus piernas flanqueando mis caderas, toma los dos extremos de la cuerda y tira de ellos hasta que mis muñecas quedan perfectamente inmovilizadas contra el cabecero de la cama.

Su mirada atrapa la mía. Estoy excitada, con el placer anticipado inundándolo absolutamente todo. Lo deseo. Lo necesito. Lo quiero. Benedict se inclina sobre mí. Sus labios otra vez casi tocan los míos.

—Si no quieres que decida por ti, preciosa —susurra con la voz sexy y ronca—, empieza a tomar buenas decisiones.

Frunzo el ceño desconcertada. Él se levanta sin dudarlo un solo segundo y se dirige hacia la puerta.

—Benedict, ¿adónde vas?

—A cenar —responde como si fuese obvio, largándose. ¡Largándose!

Miro boquiabierta el pasillo. ¡Estoy flipándolo! Sin embargo, me tomo un segundo para analizar la situación. Es imposible que se haya ido. Con toda probabilidad, estará esperando en el salón. Solo es un estúpido pulso. De pronto el sonido de la puerta principal de la *suite* cerrándose invade toda la estancia. ¡Se ha largado! ¡No puede ser verdad!

Empiezo a tirar de mis muñecas, más cabreada de lo que he estado en toda mi vida. ¡¿Cómo se ha atrevido a hacer algo así?! ¡Maldito capullo! Tiro con más energía. Obviamente no funciona.

—Piensa, Livy, piensa —me digo—. Eres más inteligente que esto.

Observo el cabecero. Pienso. Pienso. Pienso. Levanto las manos al tiempo que arrastro el culo hacia la parte superior del colchón. Poco a poco, y también de forma bastante torpe, todo hay que decirlo, consigo sentarme. Acerco la boca al amarre y con los dientes voy deshaciéndolo hasta que las cuerdas se aflojan, así que tiro con fuerza y consigo desatarme. ¡Sí!

El hecho de estar libre, lógicamente, no ha menguado un mísero milímetro mi monumental enfado, pero, a diferencia de hace unos minutos, esta vez no necesito tomarme un solo segundo para pensar, para saber qué hacer. Lo tengo clarísimo.

Voy hasta el vestidor de la *suite* y descuelgo uno de

los vestidos que me han traído esta mañana; de hecho, cojo el más pequeño y provocativo que encuentro, uno de lentejuelas doradas sencillamente alucinante. Me lo pongo, me subo a unos tacones *nude*. Me cambio las gafas por lentillas y me maquillo lo mejor que sé.

Esta noche voy a quemar Roma.

7

La discoteca está en el centro histórico de la ciudad. Teresa me ha enviado la localización por WhatsApp, así que llego sin problemas.

Pululando alrededor de la puerta, e incluso en el resto de la calle, hay muchísima gente. Lo vamos a pasar de cine. La verdad es que hace mucho, con toda probabilidad demasiado, que no voy a una discoteca, pero estoy completamente convencida de que es como montar en bici, algo que nunca olvidas.

—Ey, Livy —oigo que me llaman.

Me giro hacia la voz. Es Pía, junto al portero.

—*Andiamo* —me indica, haciéndome un gesto con la mano para que la siga.

Esquivo a la multitud que se arremolina en la entrada tratando de llegar hasta ella. Algún que otro chico me mira mal; no los culpo, me estoy colando sin ningún remordimiento.

—*Biglietto?* —me demanda el portero e imagino que me está pidiendo la entrada.

—*É una amica* —responde Pía por mí—. *Noi siamo*

dentro, non possiamo lasciarla fuori, sola, dai. Tu sei un gentiluomo.

Pía, que no debe medir más de un metro cincuenta, ni siquiera deja contestar al portento de dos metros que tiene delante, me coge de la mano y tira de mí para que la siga al interior de la disco.

La música suena a todo volumen, algo electrónico, lleno de ritmo. Es *Blow your mind*, de Dua Lipa. ¡Genial! ¡Me encanta esta canción! Debe de haber como trescientas personas aquí, pero no tardamos más que unos minutos en llegar a la barra, donde nos espera Teresa.

—¡Livy! —grita alzando las manos al verme—. Qué bien que hayas venido.

Sonrío por la bienvenida. Son muy simpáticas.

—¿Dónde está tu marido?

Tuerzo el gesto, pero lo disimulo rápido y me controlo para no decir que no lo sé, pero que actualmente tampoco es que me importe demasiado, ya que se ha comportado como un completo capullo.

—Trabajo —apunto escueta—. No ha podido venir.

Teresa se encoge de hombros, otra vez con toda esa empatía, como junto a la Fontana di Trevi.

—No pasa nada —repone con una sonrisa—. Te presentaremos al resto de nuestros amigos.

Golpea a un muchacho en el hombro y de inmediato un grupo de chicos y chicas que charlaban entre ellos se gira hacia nosotras. Teresa me los presenta a todos, al menos diez personas más, pero, como soy un desastre para los nombres y la música está altísima, no recuerdo más que el de una chica llamada Roberta y el de un chico llamado Cesare.

Una hora después estamos bailando en el centro

de la pista. Me he tomado una copa que me ha sentado de maravilla y estar cantando ahora, sin ningún tipo de acierto, un clásico italiano remezclado por Bob Sinclar llamado *Far l'amore* me está animando aún más. Sin embargo, lo cierto es que, aunque yo misma me parezca rematadamente estúpida, no dejo de pensar en Benedict. Sigo muy cabreada, pero también empiezo a estar triste por haber discutido con él, aunque el malnacido no se lo merezca.

—Deja de mirar el *telefonino* —me riñe Teresa cuando estoy a punto de sacar el móvil y tiene razón. Las parejas hablan, no se castigan, y Benedict tiene que entenderlo de una maldita vez.

Además, si no me ha llamado es porque no sabe que me he marchado. La tristeza acaba de esfumarse y mi enfado se ha multiplicado por mil. Si no hubiese conseguido desatarme, llevaría más de una hora sola en esa cama. ¡Joder!

—¿Otra copa? —le pregunto a Teresa.

Ella asiente con una sonrisa.

—Esa es mi *yankee*.

Mientras esperamos nuestro turno en la barra, uno de los amigos del grupo se acerca a Teresa. La aleja agarrándola del brazo y, tras un par de frases, le sonríe con esa clase de sonrisa que los chicos ponen cuando quieren convencer a una chica de que se olviden del mundo con él. Ella baja la mirada, y, aunque intenta disimularlo, sonríe... la sonrisa que ponemos nosotras cuando solo queremos decir «¿por qué has tardado tanto?». Finalmente, alza la cabeza y asiente. Él no lo piensa y la besa.

Sonrío contemplando toda la escena. Parece que Teresa ya no va a necesitar esa copa.

De regreso a la pista de baile, me cruzo con Pía, Roberta y algunos chicos más. Pía me explica entre gestos que van a por algo de beber. Yo asiento. Los esperaré cantando a pleno pulmón.

—Hola —me saludan cuando llego al lugar donde estábamos instalados.

El saludo me pilla por sorpresa y me atraganto con mi cóctel. Creía que estaba sola.

—Hola —respondo girándome hacia la voz—. Cesare, ¿verdad? —añado satisfecha por haber recordado un nombre.

—Sí, y tú eres Livy.

Su inglés es muy bueno.

—No sabía que hablaras mi idioma.

Se encoge de hombros.

—Me defiendo.

La música cambia y otra más estridente y también más rápida comienza a sonar.

—¿De qué parte de Estados Unidos eres?

—Nací en New Haven, en Connecticut, pero vivo en Seattle.

—¿Y qué tal es vivir allí? ¿Es como en las películas?

Sonrío. Supongo que sí, aunque también podría aprovechar para explicarle que no todos los norteamericanos somos como John Wayne, con un rifle en una mano y la bandera en la otra. Estados Unidos es un lugar increíble para vivir, con sus pros y sus contras, con gente que merecería que la apartaran de la vida en sociedad y con otra que hace que esa sociedad valga la pena, pero, sobre todo, es el lugar donde, con mucho esfuerzo y un poco de suerte, tus sueños pueden hacerse realidad.

Abro la boca dispuesta a decírselo, pero no tengo

76

ocasión. Una estela de pura rabia pasa por delante de mí y lo tumba de un puñetazo.

—Pero ¿qué coño...? —dejo en el aire, alucinada.

Benedict se gira hacia mí con la mandíbula tensa y el cuerpo en guardia. Por un momento, en mitad de toda esta locura, nos miramos a los ojos y, si no fuera precisamente eso, una locura, diría que está asustado.

No me da opción. Me sujeta de la muñeca y tira de mí para que lo siga.

—No vamos a dejarlo ahí tirado —protesto zafándome y deteniéndome en seco.

Benedict lanza un juramento entre dientes y se vuelve despacio. Creo que nunca lo había visto tan cabreado.

—No pienso irme sin saber que está bien —le dejo claro.

Si él está enfadado, yo también.

Me giro hacia Cesare. Ya han llegado varios de sus amigos. Camino hasta él, pero cuando estoy solo a un par de pasos, me dedica una mirada con la que obviamente me está diciendo sin palabras que no quiere tenerme cerca.

—Lo siento —murmuro, y echo a andar en dirección contraria.

Al pasar junto a Benedict, ni siquiera lo miro. ¡Estoy demasiado furiosa! ¡Se ha pasado muchísimo! Continúo avanzando hacia la salida. Puedo notar cómo él lo hace tras de mí. Me pregunto cómo reaccionaría si algún chico se me acercase ahora o si yo me acercara a alguno. Por un momento pienso en ponerlo a prueba solo para que se sienta tan mal como me siento yo. ¡No puede comportarse así, maldita sea!

En la calle, el viento me recibe. La temperatura debe de haber bajado un par de grados. Después de esta tarde tengo el nombre del hotel grabado a fuego en mi mente, así que pedirme un taxi y volver sola no me supondrá ningún problema. Lo ha tumbado en el suelo de un puñetazo. ¡Solo estábamos hablando! No puedo pensar en otra cosa.

—Livy —ruge, pero yo finjo no oírlo—. Livy —repite. Su enfado está creciendo. No me importa. El mío también—. Livy, joder —prácticamente grita, agarrándome del brazo y obligándome a darme media vuelta.

Yo me suelto sin dudar. Está claro que mi gesto no le ha gustado lo más mínimo, pero ¿adivináis qué?, a mí, el suyo, mucho menos.

—¿Qué demonios hacías en la discoteca con ese tío?

—¡Nada! —estallo—. ¡No estaba haciendo absolutamente nada! Solo estábamos hablando. Y si me hubieses preguntado en lugar de comportarte como un maldito neandertal, habría podido explicarte que, en realidad, había venido con dos chicas que conocí hoy en la Fontana di Trevi y que Cesare es uno de sus amigos.

—Cesare —repite entre dientes, malhumorado y muy muy arisco.

La gente pasa a nuestro alrededor, nos mira con más o menos discreción y sigue caminando.

—Me he comportado como un maldito neandertal —sentencia con su halo de seguridad resplandeciendo con fuerza una vez más—, pero ¿a quién coño le importa?

—¡A mí! —respondo exasperada—. No puedes hacer esa clase de cosas, Benedict.

—Estabas hablando con otro tío, bailando, riéndote con él —gruñe—. ¿Te haces una jodida idea de cómo me he sentido cuando he regresado a la habitación y no estabas?

—¿Te haces una idea tú de cómo me he sentido yo cuando te has largado dejándome allí?

Benedict ladea la cabeza y aparta la mirada, solo un segundo, un gesto fugaz, pero una prueba en toda regla de que mis palabras han tenido un eco en él.

—Estaba muy cabreado contigo, Livy, y quería castigarte, como ahora. Me desobedeciste.

—¡No! Tomé mi propia decisión e, independientemente de que fuese acertada o no, tenías que respetarla.

—Ese anillo —ruge señalando mi alianza de boda— significa que eres mía.

—No, significa que somos uno, que vamos a respetarnos y a apoyarnos siempre. Te quiero más que a nada, pero no voy a renunciar a lo que soy por ti.

Benedict clava la mirada al frente, a ningún punto en concreto en realidad, al tiempo que se lleva las manos a las caderas. Se humedece el labio inferior y su cuerpo se tensa un poco más. Sigue luchando. Creo que desde que lo vi por primera vez en Fisher Media no ha dejado de hacerlo un solo día. Una punzada de culpabilidad me atraviesa y estoy a punto de flaquear, como si el amor incondicional que le tengo me pidiese a gritos que me olvidase de todo y me tirase en sus brazos, pero aguanto el tirón. Esto va de muchas más cosas aparte de las obvias; se trata de definirnos como personas, como marido y mujer.

—No puedes desaparecer —dice al fin y su voz sigue sonando casi salvaje, pero también justo aquí, justo ahora, vulnerable.

Dejo escapar un suspiro acelerado.

—No puedes comportarte así. Estamos casados.

No necesitas ordenarme que me quede en un hotel para asegurarte de que volveré.

Mis palabras le hacen volver a buscar mi mirada y atraparla. La rabia, la decepción, todo lo que siente cada vez que recuerda lo que pasó, se hacen cristalinos, pero, sobre todo, puedo notar su corazón latiendo casi desesperado. Muerto de miedo.

—Siempre voy a volver —susurro llena de la aplastante seguridad que me da todo lo que siento por él.

Todo sería infinitamente más sencillo si ella no hubiese hecho lo que hizo. A veces pienso que todo sería infinitamente más sencillo si no me hubiese enamorado de un hombre como él, pero creo que no tuve elección la primera vez que puse los pies en su casa y tampoco la tengo ahora.

—Livy —y no lo dice, lo ruge, cabeceando, luchando contra todo lo que ya vivió.

—Siempre voy a volver —repito caminando los pasos que nos separan. Tomo su cara entre mis manos y lo beso. Benedict se queda muy quieto, pero yo no me rindo, vuelvo a besarlo y él reacciona abrazándome con fuerza, levantándome del suelo, devolviéndome el beso.

—Siento lo que he hecho —reconoce mirándome a los ojos—. No tendría que haberme largado.

Estamos tumbados en la cama del hotel, solo iluminados por Roma un puñado de plantas más abajo.

—¿Cuándo fue la primera vez que castigaste a una chica?

¿Quiero saberlo? No lo sé, pero sí quiero poder entenderlo y para eso necesito todas las piezas del puzle.

Benedict, recostado en la cama, con el codo clavado en el colchón y la cabeza apoyada en la mano, acaricia los botones de su camisa sobre mi piel.

—Fue después de que pasara todo aquello, la primera mujer con la que estuve. Pero, en realidad, la primera vez que castigué a una chica fue mucho antes, con dieciséis años. Descubrí que me mintió y, cuando nos acostamos esa noche, no la besé, aunque ella me lo suplicó.

Es muy fácil ver que no está orgulloso, pero también que no habría sabido comportarse de otra manera.

—¿Por qué lo hiciste?

—Es complicado —contesta apartando su mirada y su voz se evapora como si estuviese reviviendo cien recuerdos diferentes.

A veces creo que nunca deja de luchar, de sufrir.

—A partir de ahora —le digo arrodillándome en el colchón justo frente a él—, cuando queramos expresarnos, usaremos palabras —enarco las cejas como si estuviese hablando de algo increíblemente complicado a la par que revolucionario. Lo pillo por sorpresa y Benedict tuerce los labios, divertido. Mucho mejor, Fisher— o simplemente nos diremos «te quiero». Te quiero, Benedict.

Su sonrisa se ensancha y yo le devuelvo el gesto.

—Ahora tú. Puedes hacerlo. Te veo capaz —lo pincho—. Repite conmigo —le propongo impertinente—: Te-quie-ro, y sería un gran momento para que añadieras un «preciosa».

Benedict me coloca un mechón de pelo tras la oreja y deja que su palma acaricie mi mejilla. Yo muevo la cabeza, prolongando el contacto, disfrutando de la caricia.

—Tengo una frase mejor —susurra.

Abro los ojos y de inmediato busco su mirada.

—Te veo, preciosa.

Algo dentro de mí se enciende y brilla, y el amor activa la maquinaria de mi cuerpo y me hace sonreír y suspirar bajito y darme cuenta de que lo quiero aún más que hace quince segundos.

—Es perfecta —digo.

Benedict me coge de la cintura y tira de mí inclinándome. Me besa, sus manos vuelan por mi cuerpo y, antes de que pueda decir algo al respecto, estoy debajo de él.

8

Podría decir muchas cosas para enumerar lo que viene ahora, pero mi parte musical ha ganado la partida y lo voy a hacer con Dean Martin y su *Arrivederci, Roma*, para de inmediato pulsar el botón de avance en mi lista de Spotify y caer de lleno en el *Hello, Seattle* de Owl City. He vuelto a casa.

—Buenos días, señora Fisher —me saluda Kane mientras me mantiene abierta la puerta de atrás del flamante Lexus negro.

—Buenos días, Kane.

Si en Capri, en Nápoles, en Roma no podía dejar de mirar por la ventanilla, absorta en cada detalle que descubría, en Seattle me pasa exactamente lo mismo. Adoro mi ciudad. Es divertida y tiene mucho que contar.

Cuando el coche se detiene, en mitad de la Avenida Occidental Sur, en plena Pioneer Square, no puedo evitar adelantarme, abrir yo misma la puerta y bajarme con una sonrisa.

—Parece que estás deseando volver a casa —comenta burlón Benedict, rodeando el imponente automóvil y caminando hasta mí.

Mi respuesta: otra sonrisa. Estoy feliz. La luna de miel ha sido un maravilloso paréntesis, pero nuestra vida como marido y mujer comienza ahora.

Subo impaciente las escaleras y me detengo esperando a que Benedict abra la puerta principal. Tras marcar el código en el discreto panel, la empuja suavemente, pero, cuando voy a entrar, cogiéndome por sorpresa, desliza una de sus manos por mi espalda, la otra tras mis rodillas y me coge en brazos.

—¿Qué haces? —pregunto con una sonrisa de tonta enamorada en los labios. Una eficaz traducción de «sea cual sea el motivo, por favor, no dejes de hacerlo».

—Es la tradición —responde sin más.

Atravesamos el recibidor y Benedict me deja en el centro del salón. En cuanto mis pies tocan el suelo, toma mi cara entre sus manos y me besa. Al separarse, solo unos centímetros, un suspiro del mismo cariz que mi anterior sonrisa se escapa de mis labios.

—Tengo que ir a Fisher Media —me anuncia.

Asiento. Creo que ahora mismo podría decirle que sí a cualquier cosa.

—Tus cajas están en la biblioteca —continúa—. Sé que me pediste que no desembalaran tus cosas sin ti, pero he dado orden a Jefferson y a la señora Smith de que te ayuden en todo. Además, Kane regresará aquí después de dejarme en el trabajo.

—Qué eficiente —me mofo.

Benedict frunce los labios tratando de disimular que mi comentario le ha hecho gracia.

—Espero que tú también lo seas, preciosa —replica

en absoluto arrepentido—. No quiero ver tus cajas desordenando mi casa ni un día más.

Me da una palmada en el culo y se dirige hacia la puerta. Yo entorno los ojos, mi mirada más amenazante.

—Mis cajas no desordenan tu casa —me quejo—, más bien la llenan de estilo.

—Cuatro trapos de una empollona de Connecticut —replica desdeñoso—. No lo creo.

Abro la boca indignadísima.

—Eres un malnacido, Fisher —sentencio fingidamente hostil.

Él sonríe sexy y divertido como respuesta y, sin más, sale del salón.

A solas, suelto un profundo suspiro mirando a mi alrededor. Todavía puedo recordar a la perfección el primer día que estuve aquí. Tengo la sensación de que ha pasado una eternidad desde entonces, pero ni siquiera ha llegado a dos meses. Creo que es porque todo desde aquel momento ha sido demasiado intenso.

—Buenos días, señora Fisher —me saluda Jefferson entrando en la habitación con su impecable traje de tres piezas de color negro, como siempre.

—Buenos días, Jefferson —respondo con una sonrisa—. ¿Qué tal está?

Él me mira, sonríe cortés, pero no responde. Yo tuerzo los labios sin que el gesto me abandone. No voy a rendirme.

—Me gustaría empezar a desembalar mis cosas —le informo—. Si no tiene nada que hacer, ¿podría echarme una mano?

—Por supuesto, señora Fisher.

—Genial.

Quince minutos después ya estamos manos a la

obra. La señora Smith también nos ayuda, así que nos deshacemos de las primeras cajas en tiempo récord. Pienso en cambiarme, pero desecho la idea. No quiero perder tiempo, aunque reconozco que llevar mis vaqueros y una camiseta en vez de este vestido (¡precioso!) me facilitaría mucho las cosas. A cambio me he bajado de los tacones y me he recogido mi pelo rubio en un destartalado moño.

No he parado de hacerles preguntas tipo «¿qué tal han estado estos días?», «¿ha pasado algo interesante?», «¿han echado de menos a Benedict?», pero las respuestas siempre han sido una profesional sonrisa. Aun así, como dije antes, no voy a rendirme.

—Señora Fisher —me llama Kane entrando en la biblioteca.

Alzo la mirada de una caja llena de libros y la llevo hasta él.

—¿Sí?

—Gerald Fisher está aquí.

¿Gerald? ¿El padre de Benedict?

—¿Le has comentado que Benedict está en la oficina?

Kane asiente.

—Desea hablar con usted.

Frunzo el ceño, desconcertada, y, para qué negarlo, también algo inquieta. Ese hombre no es buena persona. No me gusta que esté aquí.

Pienso en avisar a Benedict, pero solo conseguiría que cruzara la ciudad como un loco para presentarse aquí.

—¿Debería hablar con él? —le pregunto a Jefferson, pero acto seguido caigo en la cuenta de que no va a responderme y alzo la mano suavemente, ahorrándole la sonrisa—. Se me olvidaba que no puedes contestarme.

«Puedo con esto», me insuflo valor. Gerald Fisher no es más que un hombre. No tengo por qué estar nerviosa.

—Dile que iré enseguida, Kane.

Este asiente y sale. Echo a andar tras él. En el camino recuerdo el desastroso estado de mi pelo, me lo suelto y lo peino con los dedos. Pienso en regresar a por mis zapatos, pero no quiero hacerle esperar y alargar esto más de lo necesario.

—Buenos días, señor Fisher —lo saludo.

Él me barre con la mirada lleno de hostilidad y, al reparar en mis pies descalzos, chasquea la lengua contra el paladar con suavidad en un claro gesto de desaprobación.

—Veo que ya te has puesto cómoda.

El comentario pica, pero decido ignorarlo.

—¿En qué puedo ayudarlo?

—No pienso perder el tiempo —anuncia sin ninguna intención de sonar amable o, al menos, cordial—. Dos millones.

Frunzo el ceño, desorientada.

—¿A qué se refiere?

Gerald Fisher avanza por el salón hasta llegar a la enorme mesa y deja caer dos carpetas gemelas con varios documentos sobre ella.

—Divórciate de Benedict y te daré dos millones de dólares.

Algo dentro de mí se colapsa y casi al mismo tiempo se llena de una ira monumental. ¡¿Quién demonios se cree que es?!

—Señor Fisher —pronuncio, controlándome por no estallar—, se está equivocando...

—¿Cinco? —me interrumpe displicente—. ¿Diez?

Di la maldita cifra, pero te quiero fuera de esta casa hoy mismo.

Tomo aire. Sé que debería pensar en Benedict, contar hasta diez, calmarme, pero Gerald Fisher no se lo merece y si Benedict estuviera aquí... si Benedict estuviera aquí ya lo habría echado a patadas.

—Ni siquiera cien —sentencio—. Solo me alejaré de Benedict cuando sea él quien me lo pida. Su dinero no me interesa lo más mínimo. No firmamos una separación de bienes, pero tenga claro que, el día que me marche, solo lo haré con lo que traje.

Gerald Fisher aprieta los dientes.

—Te lo recordaré cuando esta pantomima de matrimonio se acabe.

Oprimo los puños con rabia junto a mis costados.

—Perfecto —replico, y mi enfado me hace sonar segura y determinada, exactamente como quiero sonar—, pero hasta entonces esta sigue siendo mi casa, así que fuera de aquí.

—Realmente no sé en qué pudo pensar Benedict para casarse contigo —farfulla abotonándose la chaqueta—. No le llegas a Blair ni a la suela de los zapatos.

Blair... Me pregunto si alguna vez dejaré de sentir este cortante miedo cada vez que oiga su nombre.

—Lárguese —siseo.

Lo observo marcharse con una bola de pura rabia en la garganta que casi me impide respirar. Es una persona horrible. No se trata de un padre protegiendo a su hijo, hablamos de un hombre controlador que pretende mover a las personas de su vida como si fueran fichas de un tablero de ajedrez.

Resoplo, tratando de tranquilizarme, pero no funciona demasiado bien. Cojo el teléfono con la idea de llamar a Benedict, pero contándoselo solo lograría preocuparlo y enfadarlo. Este sería un momento genial para tener una mejor amiga o, al menos, una amiga. Resoplo de nuevo y, tras pensarlo unos segundos, marco un número de teléfono.

—¿Diga? —responden al cabo de seis o siete tonos.

—Hola, mamá, soy Livy.

—Cariño —me saluda afectuosa—, ¿qué tal estás?

—Muy bien —me obligo a decir, aunque me resulta fácil; ese *cariño* ha estado genial—. Acabamos de volver de Italia. Os he traído regalitos a ti, a Robert y a mis hermanos.

—¿Italia?

Frunzo el ceño, extrañada.

—Sí —murmuro—, ¿no lo recuerdas?

—Ajá —contesta distraída.

No es exactamente la preocupación de madre que se presupone ante un viaje transatlántico.

—Te conté que Benedict me había llevado allí de luna de miel.

—Ajá —repite.

Se oye un rumor al otro lado de la línea, alguien hablando.

—Y que regresaríamos en dos semanas. —Me callo esperado los típicos «¿qué tal lo has pasado?», «¿cómo ha ido el vuelo?», otro «ajá» al menos, pero nada—. Y bueno... hoy han pasado dos semanas.

Silencio. Me siento ridícula.

—¿Mamá?

El rumor vuelve. Parece estar hablando con alguien.

—Cariño.

—¿Sí? —respondo, y mi voz suena más esperanzada de lo que me hubiese gustado. Seguro que se ha distraído por algo importante y ahora me hará unas diez mil preguntas sobre el viaje.

—Está aquí Joyce. Quiere que nos tomemos un té antes de salir a hacer los recados. Hablamos después. Te llamo —suelta veloz, sin darme la oportunidad de intervenir—. Adiós, cariño.

—Adiós, mamá —pero solo lo digo para mí, ya ha colgado.

Cabeceo. No me hundo. No soy de esa clase de chicas que tira la toalla y, por otra parte, ya debería estar acostumbrada a no ser una de las prioridades en la vida de mi madre (aunque estar por debajo de su amiga Joyce ha dolido).

Marco un nuevo número y espero. Dos tonos.

—¿Diga?

—Hola, Candance —saludo a mi madrastra—. Soy Livy.

—Hola, Livy —contesta animada—. ¿Qué tal tu luna de miel?

Recuerda que no estaba en este continente. Punto para Candance.

—Muy bien —respondo feliz—. Hemos regresado hoy. ¿Qué tal vosotros?

Mi madrastra empieza a explicarme lo ocupados que están ahora que Ruth ha empezado la escuela media y Claire, las actividades extraescolares: natación, yudo, francés, chelo (¡uau!); las ganas que tiene de irse de viaje para desconectar, aunque solo sea un fin de semana, y que mi padre le ha prometido que se marcharán los cuatro a Vermont muy pronto a pasar unos días.

—¿Quieres hablar con tu padre? —pregunta tras diez minutos de charla.

—Sí, por favor.

Oigo el teléfono cambiado de manos y el murmullo de una conversación rápida cuando alguien no tapa bien el auricular del teléfono.

—Hola, Livy —me saluda.

¿Está enfadado?

—Hola, papá. ¿Qué tal estás?

Guardo silencio esperando a que responda, pero no lo hace.

—Acabamos de volver de Italia. Ha estado genial. Os he comprado un montón de regalitos. A Claire le traigo un disfraz de princesa. Seguro que, cuando se lo pruebe, no querrá quitárselo...

—Livy —me interrumpe. Está demasiado serio y yo empiezo a estar demasiado nerviosa.

—¿Sí?

—Te quiero muchísimo, pero mientras sigas casada con Benedict Fisher no quiero volver a verte.

—Yo... —siento como si hubiesen tirado de la alfombra bajo mis pies—. No lo entiendo, papá. Sé que no te gustó que nos casásemos tan rápido, pero lo quiero.

—Livy, ni siquiera se dignó a llamarme para hablar conmigo. Lo hicisteis todo a mis espaldas. ¿Cómo pretendes que esté contento con esto?

Una sonrisa de lo más mordaz, pero también de lo más triste, se escapa de mis labios. Hay cosas que sencillamente no son justas.

—Lo último que quería era disgustarte, papá, y si crees que no hicimos las cosas de la manera más adecuada... —pienso en disculparme, pero, en realidad, no tengo por qué y me sobran los motivos para tomar esta actitud—... es tu problema. Quiero a Benedict y espero que este matrimonio sea para siempre. Estoy convencida de que los dos vamos a luchar para que así sea. Si en algún momento, da igual cuándo, cambias de opinión y nos quieres en tu vida, estaremos encantados de estar ahí. Si no, adiós, papá.

El silencio más duro vuelve a apoderarse de la línea hasta que mi padre suelta un profundo y pausado suspiro.

—De verdad espero que seas muy feliz. Adiós, Livy.

Y esta vez ni siquiera me despido, porque sé que no hay nadie al otro lado de la línea.

Me dejo caer en el sofá blanco y resoplo... Creo que por tercera vez desde que tuve la maravillosa idea de aceptar ver a Gerald Fisher. Lo que más me molesta de todo es que sigo cometiendo los mismos errores. ¿Por qué no soy capaz de aprender? A mi madre no le importo absolutamente nada; a mi padre, por mucho que se sienta ofendido, tampoco. Decidieron rehacer sus vidas, casarse, tener otros niños, y yo simplemente no entraba en sus planes. No dudo de que me quieran, ¿qué padres no querrían a su hija?, pero solo lo hacen porque es algo que viene de serie, algo que no puedes elegir. Todo lo demás, como asegurarte de que forma parte de tu vida, no es una prioridad para ellos.

¡Basta! Nada de lamentarse y mucho menos recrearse en el lamento, que es mil veces peor. Livy Sutton sabe ocuparse de Livy Sutton y, además, actualmente Livy Sutton tiene al hombre más maravilloso del mundo a su lado. Livy Sutton, mejor dicho, Fisher, es feliz.

Los dosieres en la mesa llaman mi atención. No lo dudo y los rompo en pedazos. Voy a luchar por Benedict cada día, me da igual lo difícil que se empeñen en ponérnoslo todos, y sé que él va a luchar por mí.

Regreso a la biblioteca para continuar desembalando cajas y, gracias a la eficiencia de Jefferson y la señora

Smith, terminamos más rápido de lo que esperaba. Pensaba coger mi portátil, salir al inmenso jardín y trabajar un poco, pero tengo una idea mejor. Me calzo mis tacones y voy a Fisher Media.

Son más de las ocho, así que el edificio, en mitad de la Tercera Avenida, está cerrado. Me pego al cristal y le hago señas a Harry, el guardia de seguridad nocturno, hasta que me ve.

—Buenas noches —me saluda abriendo la puerta y retrocediendo un paso para permitirme entrar—. ¿Ha olvidado algo?

—Buenas noches. No... yo... solo quería ver al señor Fisher.

Al oír mis palabras, parece caer en la cuenta de todo lo demás y de inmediato cuadra los hombros.

—Lo siento, señora Fisher —repone nervioso—. ¿Puedo ayudarla en algo?

Sonrío, también nerviosa.

—No —trato de calmarlo—. Solo quería ver a Benedict... quiero decir, a mi marido... quiero decir, al señor Fisher.

«Lo estás haciendo de pena, Livy Sutton.»

Harry asiente y se hace a un lado y yo me encamino a los ascensores. Ha sido muy violento y ni siquiera sé por qué. Es un tipo genial.

La planta cuarenta y dos está desierta. Todos los directores de departamento deben de haberse marchado ya a casa. Camino guiada por la luz de la ciudad y por la del *hall* previo al despacho de Benedict. La mesa de Betty, su secretaria, está vacía. Imagino que la mandó a su casa hace horas.

Llamo suavemente a la puerta y tras unos segundos la empujo con cautela, asomando la cabeza.

—Hola —lo saludo agarrando la madera con las dos manos—, ¿molesto?

Benedict alza la cabeza del ordenador y me busca con la mirada, con el ceño fruncido en ese gesto que no me deja ver si es de confusión o de enfado, aunque esta vez no importa, sé que no está molesto.

—¿Qué haces aquí, preciosa? —pregunta indicándome con la cabeza que avance hasta él—. ¿Todo bien?

Asiento.

—Sí —respondo echando a andar—. Es solo que había terminado la mudanza y no quería cenar sola.

Cuando aún estoy a unos pasos de él, Benedict estira su perfecto cuerpo sobre el taburete en el que está sentado, me agarra de la muñeca y me deja entre sus piernas. Me besa y automáticamente me siento mejor.

—¿Todo bien? —repite.

Vuelvo a asentir.

—¿En qué estás trabajando? —pregunto con la muy poco discreta intención de cambiar de tema, al tiempo que me coloco un mechón de pelo tras la oreja y me giro hacia la mesa, llena de papeles y con el prototipo de un procesador robotizado a sesenta hercios sobre ella.

Benedict me observa, estudiándome.

—Si ha pasado algo, quiero que me lo cuentes —exige, y el tono de su voz se vuelve más ronco y también más intimidante.

Pierdo la mirada al fondo de la habitación. Contárselo no va a solucionar nada, pero no voy a negar que, desde que me encontré con su padre esta mañana, no he podido pensar en otra cosa, aunque no tenga muy claro por qué me está afectando tanto.

—¿Cómo es Blair? —inquiero de pronto.

Benedict guarda silencio un par de segundos hasta

que finalmente me sujeta de las caderas y me obliga a girarme entre sus brazos, atrapando mis ojos azules con los suyos verdes.

—¿A qué viene esa pregunta?

—A nada —miento—. Solo es curiosidad —miento, miento—. No es importante —miento, miento, miento.

—Preciosa, no quiero hablar de Blair.

—Solo es curiosidad. —Y tengo la sensación de que, aunque no tenga muy claro cómo ni por qué, estoy mintiendo.

Benedict me observa, otra vez, estudiando mi gesto. Creo que siempre he tenido esa habilidad, la de poder leer en mí.

—No merece la pena —sentencia—. Está fuera de mi vida.

Doy una bocanada de aire, tratando de que sus palabras sean el bálsamo a cómo me siento ahora mismo.

—Y si lo que tienes es curiosidad —continúa con esa voz fabricada para el pecado—, tengo algo mucho mejor.

Lo miro esperando a que continúe, pero el señor don torturador decide guardar silencio. Enarco las cejas, esbozando una sonrisa impaciente.

—Vamos —le pido.

Benedict ladea ligeramente la cabeza sin levantar sus ojos de mí en un gesto supersexy.

—Eres un provocador —me quejo empujándolo con dulzura.

Sus labios se curvan hacia arriba y esa fantástica sonrisa vuelve a aparecer.

—Podría conseguir que hicieses lo que quisiera —me desafía, y algo en su voz cambia, se endurece, y los músculos de mi vientre se tensan deliciosamente.

—Te lo tienes demasiado creído —replico cruzándome de brazos, pero no he conseguido que la sonrisa de tonta enamorada se borre de mis labios.

Benedict asiente suave e increíblemente condescendiente ¡y dejándomelo absolutamente claro, el muy cabronazo!

Abro la boca indignadísima, pero él se levanta y tira de mí para que lo siga. Podría protestar un poco más, pero decido reservarme para la próxima vez (está demasiado guapo).

Cruzamos la planta y tomamos el ascensor. Estoy expectante. ¿Adónde demonios vamos? Bajamos al piso veintiuno, mi planta, también desierta, y Benedict me conduce hacia una de las salas de trabajo. Todas tienen las paredes y la puerta de cristal, supongo que por una cuestión de esas, tipo empresa tecnológica de Palo Alto, de fomentar el corporativismo. Siguiendo esas paredes, se reparten seis escritorios, todos equipados con las últimas tecnologías. Al fondo hay un servidor que parece lo suficientemente potente como para hacer trabajar a todo el edificio sin despeinarse, y hay dispuesta una mesa redonda con seis sillas, un pequeño espacio de reunión. Sobre ella hay una tarjeta de memoria SD, que se ve minúscula en comparación a todo lo demás.

—¿Qué hacemos aquí? —pregunto.

Benedict mira la sala con una sonrisa.

—Este —dice señalando la sala— será tu nuevo puesto de trabajo. Aquí construirás el microprocesador.

¿Qué?

Ya lo mencionó en Nápoles, pero no concretamos nada, ni siquiera acepté. No tengo ni la más remota idea de qué decir. Me giro hacia la estancia, como si misteriosamente allí fuera a encontrar todas las palabras que me faltan ahora mismo.

—Benedict... yo...

—Ya hemos hablado de esto —me recuerda.

—Sí —respondo aún desconcertada—, hablamos y te dije que no era una buena idea...

—Preciosa —me llama, consiguiendo con un paso que su pecho cubra mi espalda—, tienes un potencial increíble. Eres una de las mejores ingenieras informáticas que conozco. Salvaste este proyecto prácticamente antes de que empezara...

—Benedict...

—Te lo mereces —concluye.

Hunde su nariz en mi pelo y aspira con fuerza. Rodea mi cintura con sus manos y yo coloco las mías sobre ellas.

—No quiero que nadie piense que me has dado este puesto porque nos hemos casado.

—Quien lo piense es un completo gilipollas.

—Benedict... —protesto.

Necesito que se lo tome en serio.

—Livy —me obliga a girarme y sus ojos se posan de inmediato en los míos—, quien crea una estupidez así —continúa sin asomo de dudas—, no te conoce lo más mínimo y, francamente, a mí tampoco.

Una tenue sonrisa asoma en mis labios. Es cierto. Benedict nunca se tomaría la molestia de colocar a una persona en un puesto si no creyera que es la indicada para ello. Nunca ha aceptado el nepotismo de ningún tipo. Por ese mismo motivo, nunca permitirá que Fisher Media salga a bolsa. Esta es su empresa y las cosas se hacen a su modo.

Doy una larga bocanada de aire, tratando de poner cada cosa en su lugar.

—Si no somos nosotros, ¿a quién coño le importa? —sentencia desdeñoso y divertido.

No está siendo arrogante ni un desagradecido. La verdad es la que es. Solo nos tenemos el uno al otro... Pero no me importa. Mi sonrisa se ensancha. Juntos podemos con todo, así que, sí, si no somos nosotros, ¿a quién coño le importa?

—Acepto.

Benedict sonríe, pero el gesto se transforma veloz en algo sexy, indomable, lobuno.

—Mejor, porque quiero estrenar tu mesa.

Tira de mi mano para que lo siga al interior de la sala, pero, con el primer paso que doy allí, me suelto.

—No tan rápido, señor Fisher —digo caminando despacio hasta mi mesa, deslizando mis dedos sobre la madera mientras la rodeo para alcanzar el otro lado—. Tenemos que negociar mi contrato. Soy una profesional muy solicitada.

Él se humedece el labio con ese gesto que me pone a mil mientras me mantiene la mirada, decidiendo qué va a hacer conmigo. Puede que eso también me ponga a mil.

—¿Cuáles son tus condiciones? —pregunta.

Dejo escapar la lengua entre mis dientes y lo observo de arriba abajo llena de descaro. He tenido un buen maestro.

—De rodillas —digo. La misma frase que él ha usado tantas veces.

—¿Así es cómo piensas negociar?

—Sí, y se me da muy bien.

—El problema, señora Fisher —contesta acercándose a la mesa con el paso lento y cadencioso, lleno de una seguridad casi mezquina—, es que a mí también.

Así que, si quiere que hinque la puta rodilla, tendrá que darme algo que merezca la pena.

—Soy muy inteligente.

Una media sonrisa dura y sexy se cuela en sus labios.

—¿Tengo pinta de contratar gilipollas?

Disimulo mi sonrisa justo a tiempo.

—Trabajaré de sol a sol —añado apoyando las palmas sobre el escritorio.

—Puedes hacerlo mejor.

—Le daré lo mejor de mí.

El doble sentido de la frase palpita entre los dos.

—Me darás todo de ti —sentencia tan cerca de mi boca que casi duele—. Quiero hasta el último centímetro.

Doy una bocanada de aire manteniéndole la mirada mientras todo mi cuerpo se revoluciona despacio, pero segura de que jamás devolveré la tierra conquistada. El calor y las llamas acabarán arrasándolo todo.

Me separo de él, ardua tarea, giro sobre mí misma y me siento en la mesa.

—Pues ven a buscarlo —pronuncio mirándolo por encima del hombro, sonriéndole dulce y trémula. No en un gesto ensayado, solo dejo salir lo que él me hace sentir.

Con Benedict no soy tímida ni necesito infundirme valor. Con él no me siento invisible.

Esa media sonrisa fabricada a base de libros de *dirty office* y fantasías con trajes italianos a medida se cuela en sus labios y rodea el escritorio consiguiendo que mi piel arda donde sus ojos de un millón de verdes se posan.

Cuando lo tengo frente a mí, contengo un gemido. Da un paso en mi dirección, pero yo niego con la cabeza.

—¿Ya has olvidado la primera cláusula del contrato, Fisher? De rodillas —le advierto sintiendo la sensualidad beberse la sangre de mis venas.

La arrogancia brilla con fuerza en su mirada. Clava las rodillas en el suelo y sus ojos me buscan dominándome desde abajo. El control no es para los que lo quieren, es para los que son capaces de tenerlo, para los que tienen un animal salvaje dentro rugiendo por romper la jaula.

Me agarra del culo con las dos manos y me arrastra al borde de la mesa, haciéndome gemir de nuevo. Los primeros besos en mis muslos encienden mi cuerpo, despacio, torturándome, provocándome.

Calienta mi sexo con su aliento por encima de la tela de mis bragas y echo la cabeza hacia atrás completamente extasiada.

Juega con sus dedos, con sus labios, haciendo la tortura aún mayor, consiguiendo que lo desee como no he deseado nada nunca.

—Por favor —gimo moviendo las caderas.

Benedict sonríe orgulloso.

—Por favor, ¿qué?

—Por favor, tú.

Mis palabras se entremezclan con el sonido de sus manos rompiendo mis bragas, con mis gemidos solapados, uno tras otro y otro y otro más. Su boca en el centro de mi sexo. Sus dedos deslizándose en mi interior, moviéndose justo como lo necesito.

—¡Dios!

Con una de mis manos me apoyo en la mesa. Pierdo la otra en su pelo mientras ya no puedo respirar, solo jadear, y las otras mesas, las sillas a mi alrededor, se van transformando en piezas de un paraíso. La luz, el ambiente, cambia y todo se llena de colores, de luces de neón, de chispas, de electricidad, de jodido placer.

—¡Benedict!

Me dejo caer sobre el escritorio, estirando el cuerpo, arqueándolo.

Me mete los dedos y los mueve sin sacarlos, haciendo que el placer se concentre peligroso, que todo tiemble, mientras su pulgar presiona mi clítoris, mientras su lengua me derrite.

No puedo más.

Placer.

Placer.

PLACER.

Y me corro sobre su boca, con los ojos cerrados y su nombre grabado a fuego en mi piel.

Benedict se levanta rápido, triunfal; destroza mi dicha postcoital con rudeza tirando de mis caderas y dándome la vuelta hasta que mis pies vuelven a tocar el suelo y mis pechos y mi mejilla descansan sobre la mesa.

Me separa las rodillas con una de las suyas y me embiste con fuerza.

¡Grito!

Desde el primer envite, son fuertes, hasta el fondo, sin piedad. Siento su pelvis chocar una y otra vez contra mi trasero. Mi sexo húmedo y resbaladizo lo recibe, lo echa de menos, lo quiere ávido y avaricioso todo para él.

Inclina el cuerpo hacia delante, clava las manos a ambos lados de mi cabeza. En esta posición la profundidad es brutal hasta casi llegar a doler, hasta morirme de placer.

—¿Te gusta que te folle duro, Livy? —susurra en mi odio.

¿Por qué su boca sucia es lo mejor de todo? ¿Por qué

me vuelve loca que sea un neandertal arrogante mientras lo hacemos? Que sea instintivo, primario, que tenga el control. No sé si alguna vez seré capaz de decirlo en voz alta, pero adoro que no me dé tregua, que me folle como si me odiase, dejarme llevar mientras él es todo lo salvaje que quiera ser, mientras me lleva más y más al límite. Mi recompensa es no poder dejar de gemir y un placer imposible de controlar y eso también lo adoro.

—Sí. Muy duro, por favor. —Mi voz apenas es un murmullo dulce y entregado.

—Joder —susurra, como si esas palabras le hubiesen tocado una tecla muy oscura y muy adentro y lo siento endurecerse aún más dentro de mí.

Reacciona moviéndose más fuerte, más deliciosamente perfecto.

—¡Dios! —grito.

Enrolla mi pelo alrededor de su puño. Tira de mí separándome de la mesa, pegándome a su pecho sin dejar de estamparse una y otra vez contra mi culo, manteniéndome exactamente donde quiere. Sus dientes se clavan en mi cuello, su mano baja hasta mis pechos, jugando con ellos, torturándome, pellizcándome.

Acaricia el centro de mi sexo.

—¡Benedict!

¡Es una puta locura!

—Podría morirme follándote —susurra en mi odio. No puedo dejar de gemir. De disfrutar. De desear. ¡De sentir!—. Podría morirme dentro de ti, con lo jodidamente bien que me haces sentir, y toda mi maldita vida habría merecido la pena.

—Benedict.

—Morirme ahora merecería la pena si antes puedo correrme dentro de ti.

Y un orgasmo desgarrador estalla en mi interior. Benedict Fisher es mi droga.

Él se sigue moviendo. Mi cuerpo empieza a temblar suavemente. Me echo a reír porque el placer es demasiado para poder asimilarlo y mi cuerpo decide que la felicidad tiene que salir a borbotones.

Más embestidas.

¡Dios!

Vuelvo a correrme justo antes de que él también lo haga.

Mis rodillas se vuelven plastilina, pero no importa porque Benedict me gira entre sus brazos y me coge a pulso. Yo rodeo su cuello con mis brazos, su cintura con mis piernas mientras sus manos se anclan en mi culo.

Me besa con fuerza y yo sé que siempre querré una dosis más.

Comienza a andar en dirección a su despacho.

—Aún no he acabado contigo —me advierte.

Y eso es lo que hace a mi cuerpo brillar.

9

Cuarenta y un días antes de nuestra boda

En la cama había una mujer. Estaba tumbada, bocarriba, y llevaba el cuerpo elegantemente cubierto por un conjunto de lencería negro. El pelo le caía en cascada, también negro y exuberante, sobre el hombro, pero nada de eso me llamó tanto la atención como sus manos. Una preciosa cuerda roja rodeaba sus muñecas y la ataba al cabecero de la cama. Tenía los ojos cerrados, la respiración agitada. Estaba completamente entregada a un placer que, en aquel momento, en aquella habitación, parecía más grande que ella.

Arqueó su cuerpo como si el deseo fuera tan fuerte que tomase el control, la poseyese y, a pesar de estar atada, la hiciese volar.

Juntó los muslos buscando calmar su excitación y pronunció algo entre gemidos. Un nombre. Su nombre.

—Benedict —susurramos al unísono.

—¿Qué haces aquí?

Su voz me sobresaltó y me separé de la puerta entreabierta de un respingo.

Me giré despacio y de inmediato Benedict Fisher entró en mi campo de visión. Tan alto como es, tan guapo y, desde que mi mente perversa había unido placer y pecado, aún más atractivo porque esa mujer estaba murmurando su nombre como si estuviera llamando a su único dios.

—¿Qué haces aquí? —repitió todavía más distante, más frío.

—Yo...

Lo cierto es que no sabía qué decir. Mi cabeza estaba trabajando a mil kilómetros por hora y otra parte muy concreta de mi anatomía palpitaba a la misma velocidad.

—Estaba buscándote —concluí.

El *buscándolo* se evaporó en la punta de mi lengua y la intimidad de ese gesto unido a todo lo demás se quedó flotando en el ambiente.

Su mandíbula se tensó y yo, en vez de ser lista y preocuparme de que el CEO de la empresa en la que trabajaba acababa de descubrirme espiándolo, sentí cómo algo dentro de mí hacía clic y cada cosa, puede que incluso yo misma, encajaba en su lugar. Acababa de encontrar ese «algo más» que no salía en la versión oficial de los cuentos de princesas.

El señor Fisher se movió brusco, rebosando masculinidad. Pasó junto a mí y empujó la puerta sin ninguna delicadeza. La mujer abrió los ojos y lo recorrió con la mirada ávida: sus pantalones de traje oscuros, su camisa blanca perfectamente remangada.

Él se inclinó sobre la cama y ella estuvo a punto de arder de puro placer anticipado. La desató con una habilidad pasmosa y le hizo un casi imperceptible gesto con la cabeza para que se marchara.

Ella soltó un gemido decepcionado, pero él parecía inmune, como si, desde que le había indicado que se fuese, hubiese dejado de existir para él.

La chica se levantó, recogió su ropa del elegante sillón junto al ventanal y salió de la habitación sin mirar atrás, en una rutina perfectamente aprendida... como la que tendría una sumisa.

Algo dentro de mí volvió a brillar, a agitarse, a tensar cada músculo de mi cuerpo. Y, sin embargo, también tenía clarísimo que debía marcharme, era más que obvio. ¡Era mi jefe!

—Quiero ser tu sumisa —solté con la voz alta y clara, dando los dos pasos que me separaban del umbral de la puerta y luego cruzándolo.

Benedict Fisher me recorrió de arriba abajo con una mirada fabricada a base de sensualidad, deseo y orgasmos de mujeres gimiendo su nombre. Creo que nunca había estado tan segura de algo, ni tan asustada. Creo que nunca me había latido tan deprisa el corazón.

—No —sentenció intimidante.

Tuve la tentación de bajar la mirada, pero no quise.

—Puede parecer que es un capricho —me expliqué; seguía sintiendo toda esa seguridad—, pero sé lo que quiero. Quiero ser esa chica. Quiero tener esa clase de relación.

El señor Fisher ni siquiera me contestó, ni siquiera volvió a mirarme, y echó a andar. Yo contemplé la estancia, buscando algo, una iluminación con la que lograr convencerlo. La enorme cama entró en mi campo de visión. Las cuerdas rojas estaban entonces sobre la almohada; a los pies, preparadas para el siguiente nivel del juego, había unas esposas y una fusta de cuero negro.

No lo dudé. Con toda probabilidad había perdido el sentido común, pero también con toda probabilidad, eso seguro, no me importaba absolutamente nada. Cogí los grilletes y me esposé con ellos. El sonido metálico al cerrarse se comió a bocados el aire de la habitación y Benedict Fisher se detuvo en seco.

—Sé lo que quiero —repetí.

Se giró despacio, irradiando toda esa calma y al mismo tiempo esa intimidante distancia. Se enfrentaba al sexo del mismo modo que se enfrentaba a los negocios.

Sus ojos verdes volvieron a recorrerme todavía con más lentitud, con fuego, y cuando se encontraron con las esposas, algo en ellos brilló con fuerza, intenso, hambriento, y yo nunca me había sentido más viva.

Volvió a ascender por mi cuerpo y volvió a clavarse en mis ojos azules.

—Márchate —sentenció.

Sin darme oportunidad a responder, reemprendió la marcha y salió de la habitación.

Lo seguí hasta el piso de abajo.

—No soy ninguna niña —le espeté deteniéndome a los pies de la escalera.

Él volvió a girarse en mitad de su gigantesco y aséptico salón.

—Tengo veintitrés años —añadí.

El señor Fisher se humedeció el labio inferior en un gesto lleno de condescendencia. Eso, en mitad del huracán de sensaciones que sentía en aquel momento, me enfureció. Él no me conocía. No sabía nada de mí.

—Sé lo que quiero —repetí más segura, más valiente.

Lo tenía tan claro que me resultaba casi ofensivo que él no fuera capaz de verlo. Había encontrado el santo grial del sexo, lo que sin saberlo llevaba buscando desde que con diecisiete años dejé que Toby Holloway me tumbara en el asiento de atrás de su Chevrolet.

Benedict Fisher me estudió un puñado de segundos más y echó a andar hacia mí. A cada paso que daba, mi respiración se aceleraba, todas mis terminaciones nerviosas se encendían. Ya sabía lo atractivo que era, pero en aquel instante todo pareció multiplicarse por mil, como si alguien hubiera colocado sobre toda aquella escena un filtro de intensidad.

Se detuvo lo suficientemente cerca de mí como para que su olor a madera, a menta, me sacudiera, y lo suficientemente lejos como para no poder tocarlo.

Se inclinó sobre mí y la habitación giró con fuerza, la temperatura se estrelló contra el techo, mi cuerpo gritó su nombre.

Dos de sus masculinos dedos tomaron la cadena que unía los grilletes y tiró de mí para dejarme aún más cerca, al borde de un principio.

Alcé la cabeza. Mis ojos bailaron de los suyos a sus labios. No respiraba, solo era caos.

—No —dejó claro una vez más.

Un murmullo atravesó el ambiente y las esposas liberaron mis muñecas. Me había soltado.

Se alejó.

—¿Por qué no puedes creerme?

—Porque te estás equivocando.

—No —repuse—. No lo estoy haciendo.

Frunció suavemente el ceño en ese gesto que no me dejaba ver si estaba sorprendido o furioso y algo cruzó su mirada, no sabría decir el qué.

—Quédate aquí y no te muevas un mísero centímetro —me ordenó.

Su frialdad relució potente y tuve la sensación de que había disfrutado con cada palabra, como si formaran parte de un viaje de autodescubrimiento. ¿Mi viaje de autodescubrimiento? ¿Significa eso que había aceptado?

Benedict se marchó escaleras arriba y yo me quedé allí, sola, con mi cuerpo al borde de una peligrosa combustión espontánea, no solo por la promesa implícita de sexo, sino por la emoción en sí. Follar ya no sería algo vacío, había encontrado lo que necesitaba para que fuera todo lo que tenía que ser.

Pasaron diez minutos. Mis expectativas habían ido creciendo. Pasaron veinte. Mi imaginación volaba libre. Pasaron treinta y algunas preguntas empezaron a rondar mi mente... ¿El señor Fisher pensaba volver? ¿Hacía bien en seguir llamándolo señor Fisher? ¿Dejarme allí esperando solo había sido una manera de librarse de mí? Cabeceé y no dejé que lo felizmente inquieta que me sentía se viese contaminado por nada más. Pasó una hora. Definitivamente, no iba a volver y yo me sentí como una verdadera idiota.

Me dirigí a la puerta del salón, desanimada, y en el mismo momento en el que mis pies empezaron a avanzar por el impoluto parqué, otros lo hicieron por las escaleras.

—No sabes lo que quieres —sentenció a mi espalda.

¡Maldita sea! Había sido una prueba y yo acababa de fallar.

Me giré hacia él y abrí la boca tratando de explicarme, pero volví a cerrarla sin saber qué decir.

—Márchate —me ordenó llegando al último peldaño.

—No —repetí.

¿Cuántas veces había pronunciado esa palabra desde que había llegado allí?

—No has pasado la prueba —me recordó inmisericorde.

—Lo sé.

—¿Entonces?

Era la primera vez que mantenía una conversación con él, pero me sirvió para darme cuenta de que, ya fuera trabajando, en su casa o follando, Benedict Fisher no era de la clase de persona que te ponen las cosas fáciles.

—Ponme otra.

No le permití decirme que no y, veloz, me quité la camiseta por la cabeza y me deshice de mis zapatos, mis calcetines y mis pantalones bajo su atenta mirada, quedándome en ropa interior. Ni siquiera estaba conjuntada y el recuerdo de aquella chica en su cama vestida como si acabara de salir de un desfile de Victoria's Secret me mortificó. Además, estaba aquello de la timidez. No es que lo fuese normalmente, pero tampoco era la persona más extrovertida del mundo. Estaba en un cómodo punto medio, «un gusano anónimo más que, en aquel momento, acababa de quitarse la ropa delante del hombre para el que trabaja», racionalicé. Dios. Dios. ¡Dios! Sentí la urgente necesidad de taparme con las manos, pero en el último segundo cerré los puños y los llevé junto a mis costados. Puede que no fuese extrovertida, pero sí era valiente y sabía lo que quería.

Benedict no levantó su mirada de mis ojos y, sin embargo, la sensualidad creció con un poder inmenso entre los dos. No miraba mi cuerpo desnudo, pero estaba dominando cada centímetro, me estaba atando a él de más maneras que si sus manos me estuviesen recorriendo entera.

—No me moveré —le dije.

Él volvió a guardar silencio y se dirigió de nuevo a las escaleras.

—Voy a demostrarte que puedo hacerlo —afirmé sin dudar.

Mis palabras no lo detuvieron.

10

Me despertó la luz del sol. Me revolví. Tiré de la manta con la que estaba tapada y me acurruqué. Al fin y al cabo, era una mantita muy agradable, muy suave, y olía rematadamente bien. Sonreí. La luz me calentaba las mejillas. Mmmm... me gustaba, me gustaba mucho.

Cuando abrí los ojos, fue un poco más... complicado. La sonrisa se borró de repente de mis labios y un nudo se cerró sobre mi estómago. No reconocía dónde estaba. Desorientada, me incorporé de golpe y la manta resbaló por mi cuerpo, dejando mi sujetador gris y blanco al descubierto. ¡Joder, estaba casi desnuda!

Me tapé y miré alrededor, asustada. Los recuerdos de por qué estaba allí y, sobre todo, por qué estaba allí prácticamente en bragas iluminaron mi mente en el mismo instante en el que mi mirada se cruzó con el señor Fisher, elegantemente vestido para ir al trabajo, sentado a la barra de la cocina con una taza de café en una mano y su tablet en la otra.

No me vio y yo, superada la enajenación transitoria de la noche anterior, decidí que era un momento ideal para levantarme sigilosa como un gato, recoger mi ropa y marcharme antes de que nadie se diera cuenta. ¡Joder! ¡Joder! ¡Joder!

Divisé mis pantalones y mi camiseta perfectamente doblados en el otro tresillo. Miré de nuevo hacia la cocina; él seguía de espaldas, concentrado en su iPad. Por un instante me fijé en su perfil, en cómo se dibujaba con suavidad, en cómo sus ojos se concentraban en la pantalla, en cómo parecía estar en otro mundo en el que solo cabían toda esa información, su inteligencia y él.

Pero, por Dios, no era el momento de contemplarlo como si viviera dentro de una novela romántica. ¡Tenía que salir de allí!

Me envolví en la manta, me incorporé discreta y me dirigí hacia mi ropa.

—Buenos días, señorita Sutton.

Me detuve en seco y cerré los ojos, maldiciendo mi suerte y su voz de escándalo.

—Buenos días, señor Fisher —respondí girándome.

Él aún miraba su tablet y yo no podía sentirme más mortificada. ¡Era mi jefe! No me arrepentía de lo que había hecho. Lo que vi, cómo me sentí, quería todo aquello, pero era como en esas situaciones en las que el bochorno solo vale la pena si consigues tu propósito, como pelearte en el Black Friday por el último *smartphone* con el setenta por ciento de descuento mientras una cámara de la CNN te graba y una reportera explica que la gente puede llegar a perder la cabeza en un arrebato de consumismo. Si te sales con la tuya, te sientes increíblemente bien; si no, como una pringada, y rezas porque nadie que te conozca esté mirando la tele... Claramente, yo no había conseguido mi objetivo la noche anterior.

—¿Qué tal ha dormido? —inquirió y, a pesar de que tenía claro que Benedict Fisher no era de la clase de hombre que bromea, diría que su tono de voz era socarrón.

—Bien —murmuré avergonzada y de inmediato me arrepentí—. Bien —repetí alto y claro.

Él asintió.

—Desayune —me ofreció.

Me quedé mirándolo sin saber muy bien qué hacer. ¿No estaba enfadado? Desde luego, yo no estaba vestida. Resultaba confuso. ¿Me estaba ofreciendo el desayuno para despedirme inmediatamente después?

El señor Fisher, al ver que no me había movido, dejó la tablet sobre la barra de la cocina y se giró despacio. Cuando nuestros ojos se encontraron, una chispa eléctrica brotó en el centro de mi estómago. Fue complejo y sencillo al mismo tiempo y también me asustó un poco. ¿Por qué me sentía así con él?

—Desayune —repitió la misma palabra, pero esa vez lo ordenó y la sensación que provocó en el aire de su casa en el centro de Pioneer Square no fue para nada la misma.

Su mirada se volvió más intensa sobre la mía porque él también había notado la diferencia, y la chispa eléctrica se convirtió en llamarada.

Asentí, me ajusté la manta un poco más para asegurarme de que no se me veía absolutamente nada al echar a andar y me dirigí hasta la barra de la cocina. Si iba a despedirme, no ganaba nada huyendo y, en ese caso, esa era la última oportunidad que tendría de estar cerca de él.

Me acomodé en el taburete vecino al suyo y un suspiro se escapó de mis labios cuando mi mirada se encontró con la enorme ventana panorámica al otro lado de la cocina, justo frente a la barra. ¿Cómo no pude reparar en ella la noche anterior? Tras un cuidado jardín, la ciudad avanzaba creciendo y ganando más y más altura. Pioneer Square se transformaba en el Pike Place Market, con el mercado reconvertido, en First Hill y, los dos, en Cascade, escondiendo el lago Union; el Merchants, la Smith Tower, el Arctic Club, las arboledas sin fin, el cielo más azul... Y todo coronado por los reyes de Seattle: la Aguja Espacial y la Gran Noria en el Waterfront Park, resaltando divertida sobre la bahía Elliott. Era sencillamente impresionante.

—¿Qué crees que soy? —preguntó.

Sus palabras estallaron mi burbuja y lo miré directamente a los ojos. Es curioso, pero con él nunca me sentí tímida, nunca tuve la necesidad de esconderme, como si algo me dijera que así era como debía ser, que no tuviese miedo, que me entregase; o quizá era algo más complejo y complicado, como si esa misma voz me contase que, en realidad, daba igual si lo hacía o no, porque él sería capaz de ver en mí.

—Un amo —respondí.

En ese preciso instante una señora de unos cincuenta años dejó delante de mí una taza de café humeante que olía como debían de oler las cafeterías de la plaza de San Marcos en Venecia.

La observé y sentí resquemor. Él había preguntado, debía suponer que no le importaba lo que su personal oyese, pero, aun así, me resultaba violento tener espectadores en aquella conversación.

—Gracias —le dije a la que imaginé que era la cocinera.

Ella me miró y asintió, pero no respondió. Eso también me pareció un poco extraño. Quizá también se sentía incómoda. ¿Llevaría mucho tiempo trabajando para Benedict Fisher? ¿Lo habría visto mantener esa conversación con muchas chicas? ¿Qué número exacto representaría aquel «muchas chicas»?

—Olivia.

Mi nombre en sus labios sonó diferente y mi ensoñación de chicas, cocineras y matemáticas se esfumó de golpe.

—Es Livy, en realidad —lo corregí volviéndome hacia él.

—Yo no soy un amo —contestó indicándome que no le importaba lo más mínimo cómo considerara yo que debía llamarme.

Racionalicé sus palabras y fruncí el ceño, confusa. Recordaba a la perfección lo que había visto.

—Pero ayer...

—Lo de ayer solo fue un día de mi vida —replicó infundiendo a las palabras toneladas de misterio.

Arrugué la frente un poco más. No sabía si se estaba riendo de mí, quería ponérmelo complicado o realmente estaba siendo sincero. Dos de aquellas posibilidades me intrigaron muchísimo.

—¿Y cuántos días de su vida son así?

Benedict Fisher fijó la mirada en las espectaculares vistas y se humedeció el labio inferior, apenas un segundo.

—Eso depende —contestó girándose de nuevo hacia mí, mirándome, de verdad, como no me habían mirado nunca.

—¿De qué?

—De mí.

Sonó sensual y peligroso y el deseo sencillamente se multiplicó por mil.

El señor Fisher recorrió mi cara con sus ojos verdes hasta detenerse de nuevo en mis ojos azules.

—¿Aún tiene claro lo que quiere?

No lo pensé. No quise.

—Sí.

—¿Y quiere esto?

¿Tenéis presentes esos cuadros del mil quinientos en los que se ve al diablo transformado en serpiente tentando a Eva con una apetitosa manzana roja? Ella sabe que puede que sea un error, que tal vez se arrepienta. Valora lo que tiene, pero también desea algo nuevo, quiere más. Incluso tú, mientras ves el cuadro, piensas que se está equivocando, que se va a arrepentir, pero Eva acaba aceptando la manzana y tú no puedes dejar de mirar. Eso se llama *tentación* y es más poderosa que el sentido común, que el miedo, que todo lo que sabes que deberías hacer.

—Sí —respondí.

Los labios del señor Fisher se curvaron hacia arriba apenas un milímetro, apenas un segundo, y el inicio de una sonrisa sexy y canalla se apoderó de ellos.

—Tenemos un trato, señorita Sutton —sentenció lobuno.

La cocinera regresó con un plato con tostadas francesas y fruta perfectamente lavada y cortada. Volví a darle las gracias, ella volvió a mirarme y a asentir, sin decir palabra alguna.

Cogí un trozo de fresa y me lo llevé a la boca. La fruta se deshizo, llena de sabor, contra mi lengua.

—¿Cree que se enamoraría de mí?

Su pregunta me pilló fuera de juego. La fresa se me fue por mal camino y empecé a toser.

—Qué presuntuoso —repliqué cuando conseguí volver a respirar con normalidad.

—Livy —me reprendió

Estaba claro que no le gustaba que nadie sacase los pies de tiesto.

—Vale —me disculpé. Me ajusté la manta y lo miré abiertamente, estudiándolo. El señor Fisher frunció el ceño con suavidad, sintiéndose violento. Él había preguntado, yo solo estaba evaluando el objeto en cuestión para tomar una decisión—. No —afirmé convencida.

Un segundo de silencio.

—¿No? —inquirió descolocado.

—No —repetí encogiéndome de hombros—. No es mi tipo.

No era ninguna idiota, ni tampoco una mentirosa. Mi cuerpo me había dado señales muy claras y explícitas de que lo encontraba increíblemente atractivo y que deseaba hacer muchas muchas cosas con él... pero el sexo no es amor. Pueden darse juntos, por supuesto, pero en ese caso resultaba obvio que sucederían por separado. Tenía muy definido mi tipo de chico y, además de no ser una idiota ni una mentirosa, mantenía los pies en el suelo y también tenía muy claro el tipo de chica que era yo y, sobre todo, la clase de mujeres que eligen los hombres como él.

—Mejor —concluyó—, porque en el momento en el que alguno de los dos sienta algo por el otro, se acabó.

Asentí, me parecía bastante lógico. Le di un bocado a mi tostada, de pronto tenía muchísima hambre.

Benedict volvió a fruncir el ceño de esa manera en la que yo no sabía si estaba confuso o malhumorado.

—¿No le supone un problema? —preguntó.

—¿Y a usted? —repuse—. Porque, para ser el que ha puesto la norma de nada de amor, parece no llevarlo muy bien —añadí enarcando las cejas.

Su mandíbula se tensó con suavidad.

—Todo claro, entonces —sentenció, y definitivamente estaba molesto.

—Como el agua.

Oí pasos a mi espalda y me giré, curiosa. Un hombre, de unos sesenta años, puede que más, entró en la habitación vestido con un elegante traje de tres piezas de color negro. La cocinera se acercó a él y mantuvieron una conversación en voz muy baja.

Casi en el mismo momento, otro hombre, el mismo que me recibió la noche anterior, se detuvo profesional junto a la puerta que daba al vestíbulo y cruzó las manos delante. Era muy fuerte y no parecía ser de los que se ríen muy a menudo. Tardé unos segundos, pero lo reconocí. Era el chófer del señor Fisher.

—Livy.

Otra vez solo una palabra, mi nombre, y todo a mi alrededor se tambaleó un poco.

—¿Siempre le cuesta tanto trabajo mantener la atención?

—La estoy manteniendo —repliqué—, solo que soy capaz de mantenerla en varios puntos a la vez.

—Pues le agradecería que a partir de ahora la mantuviera solo en mí.

Ese «solo en mí» sonó muy sexy, puede que incluso un poco lascivo.

—Solo en ti —repetí, y volví a sentir mucho calor.

Otra vez frunció el ceño suavemente, sin levantar sus ojos de mí.

—Me ha tuteado.

Era más que guapo, más que atractivo. Él era más.

—Bueno... —murmuré, embebiéndome de todos esos matices de verde—. Creo que podemos prescindir

119

de los formalismos. Estoy envuelta en una manta, en tu cocina, justo después de aceptar un trato que implica Dios sabe qué, Dios sabe cuándo.

—Y aun así, has aceptado.

—Sí.

Benedict Fisher ladeó la cabeza, observándome, estudiándome, en un gesto que, unido a todo lo demás y al camino cuesta abajo y sin frenos que parecía haber tomado mi cuerpo, convirtió la situación en algo mucho más íntimo. ¿Se sentiría él igual?

—¿Qué experiencia tienes?

—¿A qué te refieres?

—¿Qué has hecho cuando has tenido sexo con otros hombres?

Hice memoria, aunque no tenía por qué.

—No lo sé. Supongo que lo normal.

Benedict me dedicó una media sonrisa salpicada de condescendencia.

—*Normal* es una palabra más complicada de lo que parece.

—En mi caso, no —sentencié, y creo que soné resignada—. He tenido sexo normal en el sentido más normal de la palabra.

Algo en su mirada pareció cambiar de nuevo.

—¿Con cuántos chicos has estado? —volvió a sonar enfadado.

—Dos.

Benedict se levantó, se abrochó grácil dos de los botones de su chaqueta y, sin ni siquiera volver a mirarme, comenzó a andar. Yo lo observé, desconcertada. ¿Se estaba marchando? ¿Por qué?

—Jefferson, cuando la señorita Sutton acabe de desayunar, acompáñela al baño de invitados para que pueda vestirse —le ordenó al hombre que hablaba con la cocinera, caminando hasta él mientras se ajustaba los puños de su camisa blanca, que sobresalían elegantes de su traje azul oscuro—. Luego pídale un taxi para que la lleve a casa.

Yo me levanté de un salto, confundida. ¿Qué había pasado? ¿Era otra prueba?

—Benedict —lo llamé saliendo tras él.

Se detuvo y se giró, para observar cómo me dirigía hacia él. Jefferson y la cocinera, a un par de pasos, también me contemplaron y entonces recordé que solo llevaba la ropa interior bajo la manta. Mala elección de vestimenta para una casa de superlujo llena de personas que podían mirarme con condescendencia.

Me ajusté la manta una vez más.

—No entiendo nada —le dije cuando al fin lo tuve frente a mí.

Benedict Fisher no dudó.

—Esto se ha acabado, señorita Sutton —replicó con frialdad. Volvimos a los apelativos de educada cortesía, exactamente como si la última media hora de conversación no hubiese tenido lugar—. No me interesan las mujeres sin experiencia.

—No le seré ninguna carga.

Él se humedeció el labio inferior y tuve la sensación de que recordó un momento exacto, aunque estuve segura de que no tenía nada que ver conmigo y también, como si ya lo conociese, de que no iba a contármelo.

—En realidad sí lo será —sentenció—. No tengo ningún interés en ser el profesor de nadie.

Sin darme oportunidad a responder, continuó su camino y desapareció por la puerta que daba al vestíbulo, seguido de su chófer.

Lo primero que sentí fue desconcierto, pero duró poco y un vertiginoso enfado se lo comió todo.

Recogí mis cosas veloz y seguí a Jefferson hasta el baño de invitado. Pasé del resto del desayuno, y del taxi. Benedict Fisher podía meterse sus perfectos modales por donde le cupiesen. Ninguno de los dos empleados volvió a pronunciar una palabra hasta el profesional «Adiós, señorita Sutton».

Regresé a casa y lo primero que hice fue darme una ducha. Estaba muy cabreada. «Tenemos un trato, señorita Sutton.» Ésas habían sido sus palabras, él las había pronunciado, ¿y de pronto todo se había ido a la mierda porque solo había estado con dos chicos? ¿Qué demonios le pasaba a ese estirado, arrogante y estúpidamente inaccesible? No me conocía. No tenía ni idea de cómo era... Y por mí podía irse al infierno.

11

Treinta y siete días antes de nuestra boda

El lunes me presenté en la oficina como tocaba. Nadie de Recursos Humanos me había llamado para despedirme, así que entendí que seguía conservando mi puesto de trabajo como ingeniera informática.

El día estaba siendo gris, imagino que, en parte, porque yo no era la reina del ánimo aquella mañana y claramente supe que no iba a mejorar cuando el señor Nichols me llamó.

—Sutton —repitió malhumorado, y empezó a dar golpecitos con el bolígrafo en la pantalla de mi Mac. Supongo que no era la primera vez que pronunciaba mi apellido.

—¿En qué puedo ayudarlo?

—Reunión en la planta diecisiete.

Asentí. Cogí el móvil de encima de la mesa y abrí un documento de texto para anotar todas las indicaciones que fuese a darme.

—Explícale a Salas que el retraso en las reentradas

en el programa es culpa de Sistemas, no nuestra. El *software* no tiene el diseño adecuado. En cuanto a Rajput, si quiere que los primeros prototipos estén terminados antes de que finalice el mes, necesito que me dé las especificaciones de una maldita vez. Ha pasado de las medidas que concretamos sin importarle lo más mínimo. Soy ingeniero, no puedo ensanchar el titanio solo con mirarlo. No soy... no soy... ¿cómo coño se llamaba el dios del acero? ¡Heimdall! —concluyó victorioso, equivocándose de miembro de la mitología escandinava.

—Blader —lo corregí.

Me fulminó con la mirada, pero me encogí de hombros.

Me levanté y fui hasta la planta diecisiete. Cuando llegué, la reunión todavía no había empezado, así que decidí trastear un poco en el móvil. Estaba casi convencida de que quería irme de copas, despejarme un poco y olvidarme de todo; cuando regresara a mi oficina, podía probar a proponérselo a mis compañeros... Seguro que así no se marcharían sin mí.

Los ejecutivos comenzaron a llegar y por un momento un escalofrío me recorrió la columna. Seguía demasiado cabreada... y confusa... y, vale, decepcionada. ¿Y si Benedict Fisher acudía a la reunión? No sería tan raro y, con toda franqueza, yo aún no había decidido cómo me sentía; el alcohol probablemente me ayudaría a descubrirlo. En cualquier caso, verlo me parecía, cuando menos, complicado.

Entraron un par de ejecutivas de sistemas, uno de los chicos de marketing, Rashid Rajput y el vicepresidente de Fisher Media, Douglas Jones, el que me mandó a casa de Benedict. Cuando la puerta se cerró, suspiré aliviada, pero casi en el mismo segundo la decepción se hizo un poco mayor. Cabeceé frustrada. Solo esperaba que el señor Fisher se sintiese exactamente igual.

El encuentro avanzó relativamente rápido y, en cuanto tuve la oportunidad, me escabullí de vuelta a mi planta.

Estaba a unos pasos de mi oficina, con la mirada fija en mi móvil mientras revisaba las notas que había tomado en la reunión, cuando, no sé por qué, supongo que porque sí, alcé la cabeza y lo vi, a Benedict Fisher apoyado, casi sentado, en la mesa de mi jefe, con los brazos cruzados sobre el pecho, escuchándolo y observándolo con esa distancia que le imprimía a todo.

Estaba guapísimo, aunque la verdad es que eso no era ninguna novedad.

Solo mi jefe y el jefe de mi jefe estaban en la sala de trabajo. No había rastro de mis compañeros. Con toda seguridad, el señor Nichols les habría pedido que se marcharan para poder hablar a solas con el señor Fisher y yo era lo suficientemente lista como para saber que debía hacer lo mismo, pero, en lugar de eso, me acerqué a la puerta de cristal abierta y llamé con cuidado.

Mi jefe llevó de inmediato su mirada hacia mí.

—¿Qué? —preguntó. Parecía nervioso.

—La reunión ya ha terminado, señor Nichols.

Mi voz hizo que el señor Fisher se girase en mi dirección y algo en mi interior brilló con fuerza. También me recordaba, aunque solo fuera en el mundo de los sonidos. Quizá él también había pensado en mí.

—¿Y? —me apremió mi jefe.

—No sé si quiere que le pase las notas ahora o prefiere que los deje solos.

—Déjenos...

—Ahora —lo interrumpió el señor Fisher y fue una orden en toda regla.

No fue desagradable, ni sonó malhumorado, pues ese no era su estilo. Elegantemente distante, ¿recordáis? Así era Benedict Fisher.

Aparté un instante la mirada para centrarme y carraspeé justo antes de echar a andar con mis Converse, mis vaqueros y mi camisa de cuadros rojos y negros de Forever 21.

Me detuve frente a Benedict Fisher y junto a mi jefe. Me subí mis gafas de pasta color negro al puente de la nariz y empecé a hablar, repasando las notas.

—Salas ha hablado con Victoria Woods, de sistemas, y siguen manteniendo que el problema no está en el *software*. Según ellos, nuestra programación HTML no admite el suficiente *feedback* y los informes de error imposibilitan que el sistema se autorregenere a partir del fallo más reciente.

—Eso es una patochada —se quejó mi jefe—. ¿Les dijiste que limamos hasta el último hilo de programación?

—¿Cómo lo hicieron?

Alcé la mirada y me encontré de golpe con sus impresionantes ojos. No se lo estaba preguntando a Arthur Nichols, me lo estaba preguntando a mí.

—Con un algoritmo inverso —respondí.

Él me mantuvo la mirada. A veces podía resultar implacable, intimidante.

—¿A cuántos niveles?

—Solo en los impares, así dejamos suficiente espacio en los discos neutros y nos permitió manejar los errores en código binario sin perder calidad.

Nos miramos un poco más. Me perdí en ese millón de verdes.

—¿A quién se le ocurrió eso?

—A Livy —intervino mi jefe—, pero fue un trabajo de equipo.

Asentí. No era verdad. Fue idea mía y solo yo la trabajé, pero todos quedábamos mejor si parecía que sabíamos unir esfuerzos.

—¿Han probado a aplicar una solución similar con el microprocesador? —le preguntó al señor Nichols.

Mi jefe empezó a excusarse con que no era lo más adecuado, que el *software* no lo soportaría, que los hilos conductores no eran los apropiados. Dispuesto a defender su teoría, rodeó el escritorio de mi compañero Tom y comenzó a rebuscar entre sus cosas, lo que provocó que, de pronto, en un pequeño puñado de metros cuadrados, solo estuviésemos Benedict Fisher y yo. Mi cuerpo se activó solo y mi imaginación decidió ponérmelo complicado. Recordé a aquella mujer en su cama, todo el placer que sentía, y mi respiración, sin quererlo, comenzó a acelerarse suavemente.

De pronto, también, noté sus ojos verdes posarse en mis pies y subir por cada prenda que llevaba, por mi rostro, hasta perderse en los mechones rubios que me caían por el cuello, rebelándose contra el moño de bailarina que me había hecho aquella mañana. Sentí su calor. Sentí su mirada físicamente traspasar mi ropa y llegar a mi piel.

Lo observé esperando a que sus ojos se reuniesen con los míos. La distancia seguía en ellos, pero también había otras cosas; la intensidad era mayor, algo que parecía crecer hasta inundarlo todo, hasta atarme a él.

—Aquí están —dijo el señor Nichols caminando de vuelta hacia nosotros con varios documentos Excel en la mano.

—No será necesario —dijo el señor Fisher levantándose, sacándome de mi ensoñación—. Lo trataremos en la reunión de esta tarde.

Sin esperar respuesta, se marchó y yo sentí que volvía a recuperar el oxígeno a mi alrededor.

El resto del día y los tres siguientes fueron raros, no solo porque no tenía ni la más remota idea de cómo me sentía, sino porque tampoco la tenía de cómo se sentía él y eso era todavía peor.

El jueves por la noche, en mi diminuto apartamento, en la cama, a oscuras, no podía dejar de darle más y más vueltas a lo mismo. Benedict había dicho que no era un amo, pero, entonces, ¿qué hacía con aquella mujer derritiéndose de placer atada a su cama? No podía dejar de imaginarme en su lugar y había perdido la cuenta de cuántas veces había deslizado mis dedos bajo mi ropa interior pensando en él. Quería ser esa chica. Quería saber qué sentiría con las cuerdas rojas rodeando mis muñecas.

Tomé una determinación.

El viernes estaba nerviosa, tenía que reconocerlo, pero al mismo tiempo sabía que estaba haciendo lo que debía hacer.

Me concentré en el trabajo para que la jornada pasara lo más rápido posible y a las cinco en punto, mientras mis compañeros salían escopeteados camino de los ascensores, recogí mi mesa, hice tiempo y, cuando la planta estuvo desierta, subí a la número cuarenta y dos.

—Hola —saludé a su secretaria, una mujer de unos cincuenta años con un bonito vestido de flores estampadas—, ¿podría ver al señor Fisher?

Descolgó el teléfono y marcó el número cero.

—Señor Fisher, una empleada desea verlo, la señorita...

Me miró invitándome a decir mi nombre.

—Livy Sutton.

—La señorita Livy Sutton.

Esperó, no más de unos segundos, y tras un profesional «entendido», colgó.

—Puede pasar, señorita Sutton.

Sin darme cuenta, solté el aire que había retenido en mis pulmones. Por un momento pensé que se desharía de mí sin ni siquiera escucharme.

Empujé la puerta de madera lentamente y entré de la misma forma. Nunca había estado en su despacho y el primer impacto me robó el aliento. Era grande, mucho, y también frío, como él, como si todo lo que eligiese mostrar al mundo estuviese perfilado de la misma manera, como un enorme pedestal con el claro mensaje: «no necesito a nadie».

Benedict Fisher estaba sentado a su espectacular mesa, probablemente de un diseñador carísimo y de una madera aún más cara. Se dejó caer sobre el respaldo de su sillón de ejecutivo y alzó los ojos despacio, pausado, conectando de inmediato con los míos.

Mis Converse resultaron sigilosas sobre el parqué y, cuando me detuve al otro lado del escritorio, tuve la inquietante sensación de que, quizá, no comprendía cómo era el suelo que estaba a punto de pisar. Aunque... Frío. Arrogante. Peligroso. Así era Benedict Fisher.

—Hola —dije.

Él no respondió, pero sabía que no se sorprendía de que estuviera aquí. También me di cuenta de que una vez más no pensaba ponérmelo fácil. No me importó.

—Sé que el hecho de que tenga poca experiencia resulta un problema —me expliqué con voz segura. Sabía qué era lo que quería—, pero voy a solucionarlo.

Cuadré los hombros. No tenía nada por lo que dudar.

El señor Fisher ladeó la cabeza sin levantar sus ojos de mí y el gesto me pareció increíblemente sexy.

—¿Y cómo piensas solucionarlo?

—Como lo solucionan todas las chicas —respondí impertinente.

Él me reprendió con la mirada, pero eso tampoco me importó. Había tomado una decisión.

—Iré a bares y conoceré a chicos.

El señor Fisher guardó silencio durante largos segundos, incendiándome con la mirada allí donde sus ojos se posaban. No sabía por qué pasaba, pero estar juntos era como sentir electricidad, como si las ganas y el deseo emborronaran todo a nuestro alrededor.

—Haz lo que creas que tienes que hacer —sentenció envolviendo las palabras de toda esa frialdad.

Asentí.

—Siempre lo hago.

Sin decir nada más, giré sobre mis talones y salí de su despacho con el corazón latiéndome como un loco.

12

Treinta y siete días antes de nuestra boda

Había descubierto en su casa lo que quería y en ese momento podía elegir entre olvidarlo y seguir adelante con mi vida o hacer algo por conseguirlo. Claramente, había escogido la segunda opción.

No tenía nada que ver con Benedict. Por muy guapo o atractivo que fuese, eso iba sobre mí, sobre saber de una vez por todas si él era de verdad lo que yo esperaba/quería/deseaba. De mi viaje de autodescubrimiento.

En mi apartamento, me di una ducha, me sequé el pelo con el secador para poder dejármelo suelto y me puse uno de los pocos vestidos que tenía, acompañado de mis únicos tacones. Me maquillé y, delante del espejo, practiqué un poco de interacción social. No podía ser tan difícil. Solo tenía que buscar un chico, charlar con él, bebernos una copa y dejar que las cosas fluyeran solas. Sabía cómo funcionaba. No era la primera vez que iba a un bar, por el amor de Dios.

Hacía bastante que no salía, pero recordaba que la

zona de Ballard solía estar bastante animada los viernes por la noche. Fui en taxi hasta allí y entré en el pub más abarrotado que encontré.

Bedroom Floor, de Liam Payne, sonaba a todo volumen y la gente reía, charlaba o bailaba. Sonreí. Estaba en el lugar correcto.

Me acerqué a la barra a pedir una copa. Todo resultaría más fácil con un vodka con naranja en la mano. Sin embargo, una media hora después, seguía en el mismo sitio, observando y observando. Había muchos chicos y la mayoría de ellos estaban bastante bien, no podía quejarme, pero ninguno terminaba de parecerme el adecuado.

En ese preciso instante, dos tipos, más o menos de mi edad, se colocaron a mi lado para pedir. Uno de ellos tenía el pelo castaño y unos preciosos ojos azules. Su amigo le dijo algo y él sonrió y su sonrisa me inspiró confianza. ¡Era él! «¡Ahora o nunca, Sutton!»

—Hola —saludé sin pensármelo dos veces.

Él entornó los ojos, sorprendido, pero sin que su sonrisa desapareciera.

—Hola —respondió.

—Me llamo Livy —me presenté tendiéndole la mano. Yo tampoco dejé de sonreír.

—Will.

Me mordí el labio inferior, considerando si resultaría excesivo ofrecerle que se quedara conmigo a tomarse su copa mientras él me barría con la mirada con discreción.

—¿Puedo invitarte a una copa? —preguntó.

Mi sonrisa se agrandó.

—Ya tengo una —dije señalándole mi vaso—, pero puedes quedarte y charlamos.

—Claro.

Will se giró hacia su amigo, comentaron algo que no logré entender y el otro chico se marchó, dejándonos solos.

Las siguientes horas hablamos un poco de todo. Will había nacido y crecido en Seattle, más concretamente en Madison Park. Había estudiado Ciencias Sociales y trabajaba en una consultoría en el distrito financiero. Con la tercera copa, creo que los dos conseguimos reunir el valor necesario y, mientras sonaba *Manhattan*, de Kings of Leon, se inclinó sobre mí y me susurró:

—¿Salimos a tomar un poco el aire?

Al separarse, nuestros ojos conectaron y algo dentro de mí se decepcionó. No hubo calor. Nada giró. No sentí nada.

Había al menos una decena de personas alrededor del pub, la mayoría de ellas fumando o hablando por teléfono. Miré a mi alrededor sin saber muy bien qué hacer cuando Will me cogió de la mano y tiró de mí caminando de espaldas, mirándome con una canalla sonrisa en los labios.

Nos alejó unos metros y se dejó caer contra la pared del edificio vecino al pub.

—Tengo algo que proponerte —soltó sin rodeos, pero asegurándose de que todo su cuerpo, su mirada, su sonrisa, mandaran un mensaje sereno, incluso divertido—, pero no sé cómo vas a tomártelo.

Con la última palabra que pronunció, se mordisqueó nervioso el labio inferior y acabó sonriendo, casi riendo. Yo no pude evitar que el gesto se contagiara en mis labios y me crucé de brazos, divertida, con la mirada sobre él.

—¿De qué se trata?

—De la última copa en mi casa —sentenció.

Di una larga bocanada de aire sin apartar mis ojos de él. Mi sexto sentido me decía que podía fiarme. Mi mente, que ese era mi plan. Y el centro de mis muslos, que era un bombón. Sin embargo, una vocecita no paraba de recordarme que podía decir cuántas personas había junto a la puerta del bar sin necesidad de volver a mirar, el color de la pared o reconocer la canción que sonaba a lo lejos porque, el mundo, a mi alrededor, seguía ahí.

Cabeceé.

Mi sexto sentido. Mi plan. Mi bombón.

—Me parece una idea genial —respondí.

—Perfecto. —Su sonrisa se ensanchó—. Vamos.

Se incorporó y volvió a tirar de mi mano y yo me dejé hacer.

Will paró un taxi y nos dirigimos al sureste. Tras poco más de cinco minutos, el Ford amarillo tomó el leve desvió de la Segunda Avenida.

—¿Vamos a Pioneer Square? —pregunté.

—¿A que es un barrio genial? —convino Will.

Maldita casualidad.

Sin embargo, lo que en un primer momento me pareció eso, una casualidad, tres calles, dos giros y un semáforo después me puso nerviosa, y mucho. ¡Íbamos directos a la casa de Benedict! Cuando el coche se detuvo en el 320 de la Avenida Occidental Sur, no me quedaron dudas.

—Tú no vives aquí —afirmé confusa, bajándome del taxi.

—¿Cómo lo sabes? —inquirió con una sonrisa traviesa, pagando al chófer a través de la ventanilla.

—Porque Be... mi jefe vive aquí —respondí—. Vine a traerle unos documentos hace unos días.

Will entornó los ojos, pero enseguida relajó el gesto y sonrió.

—Benedict Fisher, tu jefe —añadió con un socarrón retintín—, es mi hermano, hermanastro. Tiene una casa de cine y pensé que nosotros dos podríamos aprovecharla un rato.

—¿Y él lo sabe? —pregunté extrañada.

—Claro que no. Mi hermano es un absoluto coñazo —bromeó—. Solo sabe trabajar.

«No solo», me dije enarcando las cejas, pero rápidamente disimulé el gesto. No quería tener que dar más explicaciones.

Contemplé la casa de arriba abajo. No terminaba de parecerme buena idea.

—¿Por qué no vamos a tu apartamento?

—Porque no tiene piscina —contestó como si fuera obvio.

Yo resoplé sopesando mis opciones. Había salido esa noche con un objetivo. Necesitaba esa experiencia. Will me miró y sonrió.

—Es enorme —concluyó, y lo hizo de tal manera que no pude evitar sonreír—. Si en algún momento no te sientes cómoda, nos marcharemos y, si quieres hacerlo sola, yo mismo te pediré un taxi.

Reflexioné sobre sus palabras en más sentidos de los que él siquiera podía imaginar. ¡Era una locura! Mi plan no iba así.

—Oye —llamó de nuevo mi atención dando un paso hacia mí—, sé que resulta imponente entrar ahí con un chico al que acabas de conocer, pero, por si yo no te parezco lo suficiente de fiar, te diré que mi hermano Benedict es un tío legal. Nunca, jamás, se aprovecharía de una chica, en ningún sentido, y me cortaría

135

los huevos si supiese que yo lo he hecho. Es de los buenos.

Asentí y lo hice sin ni siquiera pensar. No conocía a Benedict de verdad, pero algo me hacía creer ciegamente en esas palabras, como si una parte de mí supiese que eran ciertas.

Will me hizo un gesto para que pasara primero y caminé hasta detenerme frente a la puerta de Benedict.

Llamó y a los pocos segundos Jefferson, el jefe del servicio de Benedict, abrió la puerta. Miró a Will y, cuando hizo lo mismo conmigo, pude notar una décima de segundo de sorpresa en su profesional rostro.

—Buenas noches, Jefferson —lo saludó Will sin ningún cargo de conciencia por estar colándose en casa de su hermano—. Venimos a tomar algo y puede que a darnos un baño.

—Debo advertirle de que el señor Fisher ya ha regresado a casa.

Will torció el gesto.

—¿En serio? —prácticamente se quejó, y a continuación miró el reloj—. Normalmente, a esta hora siempre está en la oficina —refunfuñó a modo de explicación.

—Está trabajando en su estudio —le aclaró Jefferson.

Las palabras del empleado hicieron volver a sonreír a Will.

—Perfecto, entonces —concluyó con una palmada.

Tiró de mi mano para llevarme hacia el interior, pero yo me detuve en seco.

—Will, me has dicho que no estaría. No me parece que sea una buena idea.

—Ni siquiera va a enterarse de que estamos aquí

—trató de convencerme—. Se pasa las horas en su estudio sin ni siquiera salir a comer. No hay problema.

—No me parece una buena idea —repetí.

—Vamos —replicó divertido.

Tiró de mí y yo, uffff... me dejé llevar.

Seguimos a Jefferson, que nos dejó en la puerta del enorme salón. Will entró primero y yo lo seguí. Con el primer paso, la enorme estancia me pareció aún más intimidante que la última vez que había estado allí.

Will se dirigió hacia la cocina; era más que obvio que no era la primera vez que se plantaba allí, pues se sentía cómodo en esa casa. Nueva pista: Benedict sí era capaz de compartir su espacio con otras personas. Me pregunté a cuántas chicas habría llevado, si Benedict lo sabría, si alguna vez esas chicas habrían traído una amiga para él. Aquella línea de pensamientos no me gustó lo más mínimo y me deshice de ella.

De pronto un destello llamó mi atención y el patio y la piscina se iluminaron tenuemente. Di un paso hacia el enorme ventanal y no pude evitar suspirar. Era sencillamente precioso: el cuidado jardín, la piscina rodeada de un camino de colores terracota y, al fondo, una pequeña casita de los mismos colores que asomaba tenue, tranquila, escondida de la iluminación, como si fuera un bellísimo secreto.

—¿Por qué no me esperas en el patio? —me propuso Will—. Yo preparé un par de copas.

Asentí y salí.

La suave temperatura de las noches de finales de mayo me recibió. Al llegar a la piscina, me descalcé y, con cuidado, me senté en el borde, sumergiendo los pies en el agua. Esta estaba perfectamente atemperada. La sensación resultaba muy agradable. Necesitaba pensar o, al menos, eso creía. En realidad, lo único que necesitaba era hacerle caso a cada pedacito de mi cuerpo, detener eso y regresar a casa. Era cierto que quería esa experiencia, pero no podía adquirirla allí ni así. Era su casa. Eran hermanos.

Suspiré hondo. Estaba decidido. Iba a marcharme.

Me levanté con los zapatos en la mano, pero, cuando alcé los ojos, me detuve en seco. Benedict estaba bajo el umbral que unía el patio y el salón, observándome. Tenía un vaso bajo lleno de hielo y un líquido transparente. Lo sostenía con la punta de los dedos, dejándolo casi caer a la altura de su muslo. Aún llevaba la ropa de la oficina, pero no parecía sentarle igual, como si fuesen dos hombres diferentes compartiendo un mismo cuerpo.

Sus ojos atraparon los míos, mi corazón empezó a latir deprisa y su arrogancia, su halo de misterio y peligro lo inundaron todo.

Eché a andar hacia él, pero no por él, iba a marcharme. Era lo mejor. Benedict no me liberó de su mirada. Cuando pasé a su lado, mi respiración era un absoluto caos y los nervios, unidos a ese puñado de sensaciones que él despertaba en mí, brillaron con fuerza. Resistí el envite de su olor, de su calor, y continué caminando.

Will seguía en la cocina preparando las copas.

—Este sitio es increíble, ¿verdad? —me preguntó Will, abriendo una botella de vodka Grey Goose.

Sentí cómo Benedict se movía a mi espalda, como volvía a observarme sin ningún disimulo.

—Sí —respondí.

Me giré y busqué sus ojos, que dibujaron mis labios antes de clavarse en los míos. No sabía qué quería que dijera o hiciera, pero mi cuerpo estaba sobrealimentado de una sensación casi mística. Hay una canción que dice que cada pulgada de su piel es un santo grial que debes encontrar... y así me sentía yo, con la sangre caliente recorriéndome entera, con la curiosidad brotando sin límites, con la seguridad de que el camino que estaba marcando el deseo era el que quería tomar.

—Volvamos al patio —dijo Will pasando junto a mí camino de la terraza, con una copa en cada mano.

—Danos un minuto —le ordenó Benedict cuando pasó a su lado.

—Claro —respondió sin dudar—. Te espero fuera, Livy.

Pronunció mi nombre, pero ni siquiera lo escuché.

Los siguientes segundos seguimos en silencio, mirándonos, conectados. Will contemplaba el cielo fuera, algún grupo de chicas estaría tomando un taxi en la puerta del Earl's on the Ave., algún camarero demasiado guapo estaría ligando con una chica demasiado ingenua, Seattle seguía latiendo, la Tierra, girando, pero nada de eso tenía que ver con nosotros.

—Me estás mojando el parqué —dijo, y le dio un elegante sorbo a su vaso.

Me miré los pies y me encogí de hombros, mortificada. No le faltaba razón y aquel suelo parecía más caro que todo mi apartamento.

—Lo siento.

—¿De verdad estabas dispuesta a llegar hasta el final?

No esperaba sus palabras, pero no me pillaron por sorpresa.

—Sí.

—¿Por qué te entregas así?

No necesitó explicarse. Sabía a qué se refería. Me estaba preguntando por qué no me guardaba nada, por qué no me protegía, por qué no era egoísta y conservaba pedazos de lo que era solo para mí. Esa pregunta tampoco me pilló por sorpresa y tenía demasiado clara la respuesta.

—Porque sé lo que quiero —contesté.

Sin embargo, esa no era la verdadera respuesta. «Porque no tengo nada que perder», debería haber dicho. Estaba sola. Lanzarme de cabeza a por lo que quería me parecía el mejor plan porque, si no salía bien, como mínimo podría pensar que al menos una vez lo había dado todo.

—Es algo más que eso —repuso con sus ojos intensificándose sobre los míos.

Por un momento tuve la sensación de que podía ver dentro de mí y esa idea me asustó. Prefería que se quedara con la Livy Sutton que yo misma había construido para enfrentarse al mundo. Era mi coraza.

—Sube a mi habitación —me ordenó.

—¿Y qué pasa con Will?

—Sube a mi habitación —repitió con esa mezcla de elegancia y frialdad.

En cuanto puse un pie en las escaleras, Benedict se dirigió al patio.

Su dormitorio era exactamente como llevaba una semana recordando. Atravesé la puerta con el paso lento y los zapatos en la mano. Estaba nerviosa, inquieta, pero, aunque no podía entender por qué, me sentía más libre que nunca.

Todos los muebles tenían esa sobriedad minimalista: colores claros, solo funcionalidad, ni un adorno, nada que dijese algo sobre él.

Me senté en la cama, cubierta con una colcha gris con delicados dibujos concéntricos dorados.

No tardé más que un par de minutos en oír sus pisadas acercarse y detenerse en el marco de la puerta un segundo antes de reemprender la marcha y llegar hasta mí. Sus zapatos negros entraron en mi campo de visión y los observé un instante antes de subir la mirada por sus pantalones a medida azul oscuro, su precioso cinturón de un tono de gris casi negro, su camisa blanca, la porción de cuello que los primeros botones dejaban al descubierto, sus labios, sus ojos. Él.

Algo parecido a una sonrisa se coló en sus labios.

—¿Qué les haces a las mujeres? —pregunté.

Su sonrisa se redibujó en sus labios un poco más sexy y un poco más misteriosa.

—¿Qué crees tú que les hago a las mujeres?

No dijo nada en especial, no hizo nada, pero consiguió robar más pedazos de mi atención, conseguir que todo se volviera más sensual. Él era la tentación, la serpiente, la manzana.

—Dijiste que no eras un amo, pero vi a aquella mujer atada en tu cama.

Los labios se me secaron al final de la frase y el corazón me retumbó con fuerza en el pecho.

—Pero también dijiste que fue solo un día de tu vida y que, decidir cuántos eran así, solo dependía de ti.

—Veo que sí sabes mantener la atención —replicó, y hubo algo parecido a la socarronería en su voz.

—Te dije que lo hacía.

—¿Qué es lo que quieres saber de verdad, Livy? —preguntó, y su voz sonó más ronca.

A duras penas conseguía respirar, mis propios latidos inundaron mis oídos y los músculos de mi vientre se tensaron llenos de placer anticipado.

—¿Qué vas a hacerme a mí?

—Experimentar.

—¿Con qué?

—Con todo lo que nos dé placer.

Y el deseo se estrelló contra el techo.

13

Envuelta en el albornoz, entro en el vestidor. Cojo uno de mis vaqueros y una de mis camisetas, pero entonces, involuntariamente, mi mirada se topa con mis vestidos. El noventa por ciento de ellos me los regaló Benedict en nuestra luna de miel. La verdad es que son fantásticos y supongo que más apropiados para ir a trabajar, ahora que tengo un puesto de mayor responsabilidad. Además, soy la señora Fisher, eso en sí ya es un puesto de responsabilidad, ¿no? Doy una bocanada de aire, nerviosa. Lo último que quiero es no estar al nivel. Involuntariamente también, medito sobre las palabras de Gerald Fisher y, sin quererlo, otra vez, imagino cómo será Blair.

Cojo uno de los vestidos y con él entre las manos busco unas medias a juego. Se acabó pensar en lo que no tiene ninguna utilidad pensar. Está fuera de la vida de Benedict, nunca entró en la mía. Voy a concentrarme en ser feliz.

—Estás preciosa.

Su voz me hace girarme para verlo apoyado en el

marco de la puerta del vestidor, ya preparado con uno de sus impecables trajes.

—Quería vestirme adecuadamente para mi vuelta al trabajo.

Bajo la cabeza y observo mi vestido gris, el cinturón marrón y los tacones a juego. Nunca había ido en tacones a la empresa, pero eso es lo indicado, ¿no? Creo que vuelvo a estar nerviosa y creo que mi ropa es solo mi propia cabeza de turco. Me asusta volver a la oficina, cómo puedan reaccionar todos cuando sepan que soy la nueva líder del equipo del microprocesador.

Benedict avanza hasta mí con andar lento y cadencioso. Se detiene a un mísero paso y su olor me sacude lleno de maderas y la menta más suave.

—Estás preciosa —repite.

Alzo la cabeza persiguiendo su voz y me encuentro de frente con sus ojos verdes. Sonríe. Sonrío. Ancla sus manos a mis caderas y de un golpe me sienta sobre la cómoda, abriéndose paso inmediatamente entre mis piernas.

—Si no somos nosotros, ¿a quién coño le importa? —me recuerda.

Mi sonrisa se ensancha. Acaba de llevarse todos mis miedos.

—¿A quién coño le importa? —sentencio.

—Buenos días —nos saluda Kane, profesional.

—Buenos días —respondo.

Mi marido me cede el paso, caballeroso, y entro en el coche.

—¿Qué tal se presenta tu jornada? —le pregunto a

Benedict, que está comprobando unos correos en su teléfono.

Él me mira y me guiña un ojo como respuesta, con lo que obtiene una sonrisa por la mía.

Le dejo seguir atendiendo el trabajo y pierdo mi vista al frente.

—¿Qué tal la tuya, Kane? —inquiero al reparar en él.

El chófer me mira por el espejo retrovisor y sonríe profesional. Acabo de recordar que no puede dirigirme la palabra... y qué injusto, ¿no? Quizá el pobre tiene por delante un día horrible y le vendría bien compartirlo con el mundo.

Me agarro a la espalda del asiento del piloto y arrastro el culo por la tapicería hasta quedar casi en el borde.

—Si te espera un día duro, puedes contármelo —susurro discretamente, inclinándome hasta que vuelvo a encontrar su mirada en el espejo. Kane sonríe otra vez, pero no dice nada. Yo entrecierro los ojos—. Y si te han secuestrado, parpadea dos veces; llamaré a la poli y te rescataremos.

Kane trata de disimularlo, pero acaba sonriendo de verdad mientras Benedict, a mi lado, sonríe a la vez que cabecea resignado y divertido, sin levantar su mirada del teléfono.

Atravesamos el vestíbulo del edificio que alberga Fisher Media cogidos de la mano.

—Buenos días, señor Fisher, señora Fisher —nos saluda Bill, el guardia de seguridad.

—Buenos días —respondo.

En el ascensor, los nervios vuelven, pero no les doy espacio para quedarse. Estoy cansada de estar nerviosa.

Tengo que coger el toro por los cuernos de una maldita vez. Muevo la mano contra la de Benedict, para indicarle que me suelte, pero él parece no darse por enterado.

—Devuélveme mi mano —le pido en un susurro divertido. No quiero que el resto de los ejecutivos que llenan el ascensor nos oigan—, la necesito para trabajar.

—Te la devolveré cuando os haya dejado sanas y salvas en tu nuevo despacho.

Tuerzo los labios y Benedict me dedica su media sonrisa. Intento soltarme, pero reacciona apretando más posesivamente mis dedos.

—Benedict —lo reprendo.

Él frunce el ceño con suavidad sin dejarme ver si está enfadado, sorprendido o simplemente jugando. En ese momento las puertas se abren y los ejecutivos empiezan a salir. Sin embargo, yo no hago el más mínimo intento de echar a andar, lo que llama poderosamente la atención de Benedict. Cuando la última persona abandona el ascensor, las puertas vuelven a cerrarse y utilizo la mano que aún puedo controlar para pulsar el botón de parada.

—No quiero entrar ahí de tu mano, como si me estuvieras acompañando mi primer día de cole.

Él suelta un gruñido malhumorado.

—Tengo razón —me reafirmo—. Aquí no eres mi marido, eres mi jefe, y hasta donde yo sé, corrígeme si me equivoco —añado impertinente—, no llevas al resto de tus ejecutivos de la manita.

Benedict da el único paso que nos separa y con su otra mano me coloca un mechón de pelo detrás de la oreja, dejando que sus dedos me acaricien en el movimiento para acabar cogiéndome de la barbilla y levantándola para poder atrapar mi mirada. Vaya, a esto le llamo yo un cambio de estrategia.

—Porque sus manos no me gustan tanto como me gusta la tuya —susurra torturador, atacando una a una todas mis defensas—; huele genial y es muy suave y, cuando usas las dos para agarrarme la polla, me gustan todavía más.

Joder (un «joder» completamente admirado).

Milagrosamente, logro disimular un suspiro en un resoplido haciéndome la indignada. Benedict sonríe descarado.

—Eso ha estado muy fuera de lugar —lo reprendo; da igual que me haya excitado un poco (mucho).

Benedict se humedece el labio inferior. Una parte más de su tortura.

—¿Por qué?, ¿porque soy tu jefe? No sé si estás al tanto, corrígeme si me equivoco —me imita, el muy bastardo—, pero hay jefes que se tiran a sus empleadas.

Se inclina sobre mí. Su cálido aliento ya baña mis labios. Mis ojos bailan de los suyos a su perfecta boca. No se trata de que se le dé bien, maldita sea, se le da de cine.

Sin embargo, no puedo dejarme convencer. Tengo razón. Doy un paso hacia atrás al tiempo que tiro de mi mano y me suelto de la suya. Pulso el botón. Mi autocontrol se merece una medalla. Las puertas se abren.

—No tengo ningún interés en liarme con usted, señor Fisher. Estoy felizmente casada —digo, girándome un par de pasos después para guiñarle un ojo.

Benedict entorna los ojos sobre mí, me siento como el cervatillo desafiando kamikaze al lobo, pero una sonrisa, en contra de su voluntad, acaba colándose en sus labios. Pulsa el botón de la planta cuarenta y dos y las puertas vuelven a cerrarse.

—Me las vas a pagar —me advierte en un susurro demasiado sexy justo antes de que el elegante acero se interponga entre los dos. Lo último que veo son sus alucinantes ojos verdes.

Suelto un resoplido de puro deseo y acabo sonriendo. Maldito, Benedict Fisher.

Atravieso la planta y me dirijo a la sala de trabajo que Benedict me enseñó ayer. No se me escapa cómo me miran y cómo cuchichean. No los culpo y supongo que durante los primeros días será así. Ahora mismo soy el chisme de oficina más nuevo y jugoso que tienen.

Ya a unos pasos de mi puesto de trabajo, puedo ver al equipo esperándome. Son tres chicas y dos chicos. Benedict me aseguró que había seleccionado a los mejores ingenieros informáticos y de sistemas. Que el microprocesador salga adelante es muy importante para Fisher Media.

Antes de entrar, doy una última bocanada de aire. Puedo con esto.

—Buenos días —saludo al entrar.

Cuatro de ellos están de pie, junto a la pequeña mesa de reuniones, y la quinta se levanta al reparar en mi presencia.

—Buenos días —responden más o menos al unísono.

Tampoco se me escapa el hecho de que no parecen muy contentos de tenerme aquí. Decido obviar ese pequeño detalle.

—Soy Livy Sutton —me presento, y de pronto caigo en la cuenta algo—, quiero decir, Fisher.

El chico afroamericano y una de las chicas se miran entre sí. El otro chico me observa abiertamente y suelta un imperceptible bufido. Sí, definitivamente están encantados de trabajar conmigo. Otra vez opto por correr un tupido velo.

148

—Dirigiré este grupo de trabajo que tiene como objetivo construir el microprocesador que...

—¿Eso no tendría que hacerlo el señor Nichols? —me pregunta una de las chicas.

Aprieto los labios pensando la mejor respuesta.

—Me dices tu nombre, por favor —le pido.

—Sandra —contesta sin ninguna amabilidad.

—Pues, bien, Sandra... el señor Nichols sigue con su grupo de trabajo atendiendo otros proyectos, el señor Fisher...

—¿Su marido? —me corrige.

Asiento. Creo que ya no puedo dejar pasar más pequeños detalles.

—Sí, en efecto, es mi marido —respondo dando un paso hacia ella—, pero aquí, para todos, incluida yo, es el señor Fisher. Soy la ingeniera informática que dirigirá este proyecto y, ¿sabéis qué más soy?, licenciada por el MIT y la responsable de que el prototipo de este microprocesador en entorno cero no acabara en la basura gracias a una serie de cálculos inversos variables, basados en presoluciones cuánticas de la teoría de cuerdas. Aunque, por supuesto, si cualquiera de vosotros tiene una idea mejor, le cederé encantada mi puesto.

Guardo silencio por unos segundos, durante los que los miro a todos a la cara.

—¿Ninguno? —me aseguro, pero en el fondo de lo que me estoy asegurando es de no tener que mantener otra vez esta conversación.

Nadie dice nada.

—Perfecto —sentencio—, pues, a trabajar.

Todos se presentan: Sandra y Gordon son ingenieros informáticos como yo; Nevaeh y Ty, lo son de sistemas, y Kelsey es la secretaria de la oficina. Lo cierto es que parecen muy profesionales y muy simpáticos, pero no creo que yo les provoque lo mismo. Una vez que repartimos el trabajo, ninguno me dirige la palabra si no es para un asunto laboral e, incluso tratándose de eso, prefieren solucionarlo entre ellos que hacerme partícipe a mí.

Doy por hecho que solo necesitan tiempo para acostumbrarse a la nueva situación y me centro en mis propios quehaceres.

A última hora de la tarde, estoy en la sala de descanso. No es que me haga falta cafeína, más bien se trata de buscar una nueva perspectiva. El ambiente en la oficina es glacial. Le doy un sorbo a mi café y me apoyo sobre el mueble de cocina. Quizá solo necesitan que hablemos, algo más allá de la conversación de esta mañana, cuando básicamente tuve que demostrar quién era curricularmente para ponerlos en su sitio. No es cómo creo que deben hacerse las cosas, pero también soy plenamente consciente de que ha sido necesario.

¡Tengo una idea!

Miro el reloj. Acaban de dar las cinco. Tiro el café a la basura y salgo disparada a mi oficina. Quizá si los convenzo para que salgamos a tomar algo fuera de Fisher Media, con alcohol y buena música, todos nos relajaremos y mejoraremos el ambiente laboral.

Sin embargo, en cuanto llego a mi puesto de trabajo, la sonrisa se me borra de golpe. Todos se han largado. Miro mi mesa y hay cuatro tarjetas de memoria sobre ella, imagino que con los avances que han hecho cada uno de ellos. Ni siquiera quieren tener que dirigirme la palabra.

Resoplo. No pienso rendirme.

Sin embargo, el lunes solo fue el botón de muestra de una semana horrible. La relación con los chicos no mejora y las perspectivas para llevar el prototipo del microprocesador a buen puerto tampoco. Algo falla en nuestro trabajo y soy incapaz de ver qué es. Trabajar con el señor Nichols no resultaba fácil, pero, ante situaciones complicadas, mis compañeros y yo éramos un equipo de verdad y sabíamos que solo era cuestión de tiempo dar con la solución adecuada. Quien diga que cinco cabezas no piensan mejor que una, se equivoca de lleno.

El jueves está siendo particularmente complicado. Nada está saliendo como debería.

—Chicos, hay algo que estamos haciendo mal —trato de hacerles entender—. Con estas especificaciones es físicamente imposible que podamos construir el prototipo.

Todos me miran desde sus respectivas sillas en la mesa de reuniones. Ninguno suelta una palabra. Yo tomo aire intentando calmarme, hallar las palabras adecuadas. Tengo que motivarlos.

—El microprocesador es muy importante para Fisher Media, debemos esforzarnos.

Silencio.

—Sé que somos capaces de lograrlo. Solo tenemos que ver qué está fallando. He repasado los cálculos una decena de veces y están bien.

Más silencio.

—No entiendo qué estamos haciendo mal.

—No estamos haciendo nada mal —comenta Ty desde la parte opuesta de la mesa. Su comentario me hace mirarlo esperanzada, quizá tenga una solución—. Si los algoritmos están bien y las especificaciones funcionan en entorno virtual, es obvio que la que está fallando eres tú. Tú decides las líneas de cálculo y de programación, no nosotros.

Ese «nosotros» duele. Estoy sola.

Bajo la cabeza, pero solo un segundo. No me merezco esta situación y no voy a dejar que nadie me pisotee.

—Sí, es cierto que yo decido cómo se reparte el trabajo y de vosotros depende ejecutarlo —empiezo a decir—, pero, sobre todo, depende de vosotros moldearlo, convertirlo en algo mejor. Si solo pensáis resolver algoritmos y pasarlos de un programa a otro, podéis largaros por donde habéis venido y que os sustituyan por cuatro ordenadores, por lo menos las máquinas no me harán el maldito vacío.

Los miro. Solo quiero que reaccionen, que digan que son más valiosos que un ordenador, que de alguna manera quieren estar aquí... Pero los segundos pasan y el silencio sigue comiéndose el ambiente a zancadas hasta convertirse en casi sepulcral.

Todos me miran y creo que me odian un poco más.

Abro la boca dispuesta a añadir algo, pero en el mismo segundo la cierro, porque lo cierto es que tampoco sé qué decir. No sé qué demonios quieren escuchar.

—¿Podemos volver al trabajo? —pregunta Nevaeh.

Una sonrisa de apenas un segundo, decepcionada y triste, se escapa de mis labios.

—Claro —respondo, y los cinco se levantan y se alejan hacia sus mesas prácticamente en ese mismo instante.

Los observo sosteniendo aún la espalda de mi silla en la mesa de reuniones con las dos manos. Me siento mal. Sé que puedo conseguir que ese microprocesador salga adelante. Soy plenamente consciente de lo importante que es para Benedict, para esta empresa, pero no quiero trabajar en este ambiente y mucho menos ser la que lo provoca.

Resoplo. Necesito dejar de pensar.

No lo dudo. No quiero. Salgo de mi oficina y voy decidida hasta el despacho de Benedict, rezando porque no esté en alguna reunión. Saludo a Betty, su secretaria, y entro. La puerta al cerrarse y, sobre todo, el sonido del pestillo al correrlo le hacen levantar la cabeza. Sus ojos verdes me recorren entera, como si su cuerpo, instintivamente, ya supiese lo que el mío desea. Deslizo mis manos por debajo de mi falda y me quito las bragas de encaje mientras camino acelerada hasta él.

Benedict no dice nada, su mirada fabricada de fuego puro lo dice todo por él. Con un golpe de pierna casi violento separa su silla de su escritorio y se echa hacia atrás en el mismo instante en el que yo me coloco a horcajadas en su regazo.

Sus manos vuelan hasta mi trasero, las mías le desabrochan desesperadas los pantalones y liberan su perfecta erección. Benedict me recoloca sobre él, yo guio su polla hasta mi sexo con las dos manos. Entra. Me llena. Nos fundimos.

—Por Dios —gimo dejándome caer sobre él.

Era todo lo que necesitaba.

Benedict empieza a moverse a un ritmo torturador, rápido, duro, exactamente como hoy necesito que lo haga. Pierde su mano en mi pelo y tira de él para obligarme a alzar la cabeza. Estrella su boca contra la mía. Me come a besos. Sí, por favor.

Gimo. No pienso. Solo siento. No hay oficina. No hay mundo. ¡No hay nada! Grito. ¡Solo él!

Me corro con fuerza, con el placer, la adrenalina, saturando cada pequeño pedazo de mi cuerpo. Sus dedos se hunden en mis caderas, marcándome, y se pierde en mi interior, rugiendo contra mis labios.

Benedict mantiene nuestras frentes unidas mientras nuestras aceleradas respiraciones nos mantienen un poco más en nuestra perfecta burbuja.

Tras un puñado de segundos, de minutos, de horas, no lo sé, no me importa, Benedict se separa despacio. Sus maravillosos ojos siguen cada línea de mi rostro y una dulce sonrisa, preciosa y auténtica, se cuelga de sus labios.

—¿Vas a contarme a qué ha venido esto? —inquiere.

Sus manos siguen en mis caderas, llenando mi piel de calidez.

—¿No te ha gustado? —pregunto sonriendo también, tratando de desviar con muy poca discreción la atención.

—Joder, no voy a poder quitármelo de la cabeza en todo el puto día —sentencia, y yo me siento muy orgullosa. Este espécimen de ser humano del género masculino que parece haber sido sumergido en un lago de atractivo mientras una diosa lo cogía por el tobillo no va a poder dejar de pensar en mí. Me lo tomo como una clarísima victoria—, pero digamos que soy un hombre curioso y quiero saber por qué he tenido tanta suerte.

Finjo sopesar sus palabras cuando, en realidad, solo estoy buscando otra manera de salirme por la tangente.

—Porque claramente tienes una mujer que no te mereces —bromeo encogiéndome de hombros.

—Eso también es obvio —vuelve a sentenciar.

Busca mis ojos y, como siempre, tengo la sensación de que puede leer en mí.

—Preciosa —me reprende.

Tiene clarísimo que hay algo que no le estoy contando.

—Necesitaba olvidarme del mundo —confieso.

Su mirada cambia en una décima de segundo, como si una parte de él estuviese preparándose para salir disparado y tumbar de un puñetazo a quienquiera que haya hecho mi vida más difícil. Adoro que su primer instinto sea protegerme, pero esta vez no lo necesito y lo cierto es que tampoco puedo permitírmelo.

—¿Por qué? —pregunta con la voz endurecida.

—Hace usted demasiadas preguntas, señor Fisher —replico imprimiéndole algo de impertinencia y algo de humor a mis palabras, levantándome y alejándome camino de la puerta—. ¿Nunca se lo habían dicho?

Encuentro mis bragas en el suelo, las recojo y me las pongo.

Percibo un movimiento, sus pisadas determinadas y, en el momento en el que deslizo mi falda de vuelta por mis piernas, ya está frente a mí.

—Livy, dime qué ha ocurrido. No estoy jugando —me advierte.

—No ha ocurrido nada —contesto sin dudar—. Solo ha sido un día estresante.

—¿Por qué?

Está preocupado y yo soy la culpable, pero Benedict, como el noventa y nueve por ciento de los hombres, tiene que empezar a entender que las mujeres no queremos que nos solucionen los problemas, solo que nos escuchen.

—Puedo hacerlo sola —respondo, y mi voz también se llena de lo protegida que me siento. Su fuerza me hace ser más fuerte. Así es cómo funciona un matrimonio.

Benedict resopla. Está claro que eso no era lo que quería escuchar.

Alguien llama a la puerta.

—Señor Fisher —oímos a su secretaria al otro lado de la madera.

—No —contesta escueto.

Dejo escapar un suave suspiro sin apartar la mirada de él.

—Tienes que dejar de pensar que voy a romperme en cualquier momento —trato de hacerle entender—, puedo con esto.

—Quiero protegerte.

Doy un paso hacia él, apoyo las palmas de mis manos en su pecho y, poniéndome de puntillas en mis zapatos de tacón nuevos, le doy un dulce beso en los labios. Es muy tentador quedarme a vivir justamente aquí, justamente así, y dejar que él se ocupe de todo... muy muy tentador... pero ¿en qué clase de persona me convertiría?

—Te quiero —le recuerdo dejándome atrapar de nuevo por sus ojos verdes.

Voy hasta la puerta, libero el pestillo y abro. Su secretaria está de pie al otro lado sin saber qué hacer.

—Ya puedes pasar, Betty.

Ella sonríe aliviada, dándome las gracias en secreto porque de vez en cuando la ayude a controlar a su jefe. Yo le devuelvo la sonrisa.

Antes de reemprender mi marcha, vuelvo a dirigir la mirada hacia Benedict, que sigue inmóvil, observándome, buscando la forma de resolver los problemas a su manera.

—Confía en mí, Fisher —le pido, y me marcho definitivamente.

A eso de las cinco menos cuatro, parapetada tras mi ordenador corporativo, revisando por tercera vez un *software* que sé de sobra que está bien, tengo una idea; en realidad, es una remasterización de la misma idea que tuve el lunes: compraré unas cervezas heladas y las traeré. Sigo estando convencida de que solo necesitamos relajarnos, conocernos. Podemos conseguirlo.

Salgo del edificio de oficinas y camino un par de manzanas hasta una tienda de alimentación. Compro un *pack* de seis Budweiser y regreso a la empresa con una sonrisa.

—Podemos conseguirlo —me repito en el ascensor. No tengo dudas.

Me dirijo a la oficina, pero otra vez todo mi optimismo vuelve a caer en saco roto. Se han marchado. Solo queda Kelsey, nuestra secretaria, colgándose el bolso junto a su mesa. Miro mi reloj de pulsera. Son las cinco y dos minutos. Por Dios, ni siquiera soportan estar aquí un minuto más de lo necesario.

Al poner el primer pie en la estancia, Kelsey repara en mí.

—Creía que ya se había marchado a casa, señora Fisher.

He perdido la cuenta de las veces que les he pedido que me llamen Livy.

—No, esperaba que... —por inercia, miro las cervezas y ella también—... nada —sentencio.

—¿Necesita que me quede, señora Fisher?

—No, márchate a casa, Kelsey... y, por favor, llámame Livy.

—Prefiero señora Fisher —responde, gira sobre sus talones y se va.

No se me escapa el hecho de cuánto desdén hay en esas tres palabras, como si automáticamente hubiese dejado de ser una de los suyos.

Asiento y, desanimada, avanzo hasta mi mesa. Observo las tarjetas de memoria sobre mi teclado. Las recojo y me quedo contemplándolas. Sabía que ser líder de equipo no resultaría fácil, pero tampoco pensé que sería tan complicado. Miro a mi alrededor y resoplo. Creo que me he ganado marcharme ya a casa. Continuaré trabajando allí.

Guardo las tarjetas en mi bolso y salgo de mi oficina. Ya en la calle, antes de ponerme a caminar entre las decenas de personas que vuelven a casa, le mando un whatsapp a Benedict diciéndole que me marcho ya. Él me pide que espere, que Kane me llevará, pero le respondo con un montón de caritas lanzándole besos y salgo de la aplicación. Quiero pasear y pensar.

Ya ha anochecido cuando llego a Pioneer Square.

—Buenas noches, señora Fisher —me saluda la señora Smith desde detrás de los fogones. Huele deliciosamente bien.

Sonrío. Una cara amiga.

—Buenas noches —respondo deteniéndome al otro lado de la isla—. ¿Qué tal todo por aquí?

Ella me mira y asiente, pero, como siempre, no dice nada. Es una cara amiga, pero creo que actualmente me encantaría tener alguna que fuese capaz de dirigirme la palabra.

Echo a andar y mi mano se desliza perezosa por la encimera hasta que mis propios pasos marcan una distancia que hace imposible el contacto y salgo al patio.

Una bocanada de aire me llena las fosas nasales de un suave olor a jazmín.

Camino de la piscina, me quito los zapatos. Me siento en el bordillo y sumerjo los pies en el agua, siempre a esta temperatura tan ideal. Abro una de las Bud y le doy un trago con la mirada perdida en los rascacielos que despuntan en el cielo de Seattle. Recuerdo cómo me sentí la primera que estuve aquí. No puedo evitarlo y sonrío. Entonces no era consciente de cómo cambiarían las cosas, de a qué velocidad lo harían, del huracán en el que se convertiría mi vida.

—Hola, preciosa.

Su voz me coge por sorpresa y consigue volver a hacerme sonreír.

—Hola —respondo.

—¿Se puede saber qué hace una chica como tú en un lugar así? —pregunta burlón, metiéndose las manos en los bolsillos y caminando hacia mí. Ya no lleva la chaqueta y su impecable corbata resalta sobre su aún más impecable camisa.

—Un lugar horrible, ¿verdad? —sentencio contagiada de su humor, mirando a mi alrededor—. Creo que es incluso decadente, como si la vieja de *Grandes esperanzas* se hubiese mudado a Seattle.

Benedict se sienta a mi lado esbozando una sonrisa.

—¿Pudiste solucionar tu día?

Niego con la cabeza, ladeo el cuerpo para coger otro botellín del *pack* y se lo tiendo.

—No, pero para eso inventó Dios la cerveza.

Benedict la acepta y la abre sin ningún esfuerzo.

—¿Sabes qué inventó también?

Finjo meditarlo un momento y acabo negando con la cabeza de nuevo.

—Los maridos increíblemente atractivos.

Entorno los ojos, conteniendo una nueva sonrisa.

—¿Y sabes dónde podría encontrar uno de ellos?

—Por suerte para ti —dice señalándome—, aquí hay uno disponible —añade señalándose—. Me llamo Benedict, me gustan los ordenadores, el fútbol y nadar desnudo en piscinas decadentes —afirma presentándose como si fuera Miss Julio de la revista *Playboy*.

Tengo que luchar un poco más para disimular esta sonrisa.

—¿Qué me estás proponiendo?

—Sexo —contesta sin dudar—. Mucho sexo, de muchas maneras diferentes... y ver un partido de fútbol en mi ordenador mientras nadamos desnudos, por supuesto.

Le da un trago a su botellín. Finjo sopesar sus palabras, pero no puedo más y acabo sonriendo, riendo. Mi gesto se contagia en sus labios, pero en el suyo hay un punto satisfecho porque oyéndome reír ha conseguido exactamente lo que pretendía.

—¿Y tienes alguna referencia que pueda contrastar? —inquiero cuando mis carcajadas se calman—. Sobre todo, en lo referente a nadar mientras maneja un ordenador. Me parece un poco peligroso.

Benedict asiente despacio mientras deja su cerveza en el bordillo de la piscina. Me quita la mía y las coloca juntas.

—Señora Fisher —me llama.

—¿Sí, señor Fisher? —respondo divertida.

—Mojada está usted preciosa.

Frunzo el ceño, confusa, pero no me da tiempo a preguntar nada porque Benedict me agarra de las caderas ¡y nos lanza a ambos a la piscina!

—¡Benedict! —jadeo por la sorpresa, saliendo del agua—. ¡Estás loco!

Tampoco me deja decir nada más, porque me acerca a él y me besa con fuerza, rindiéndome a esta piscina, a todo lo que siento, a él.

—Sabes que haría cualquier cosa por ti, ¿verdad?

Son las mismas palabras que pronunció en nuestra cama de Capri.

Lo miro a los ojos y estos me terminan de decir todo lo que ya sé, que no tengo que dudar, que es el dueño de toda mi felicidad, que movería cielo y tierra por verme sonreír, que lo quiero.

—Sí —respondo llena de seguridad.

Me estrecha contra su cuerpo y mis piernas rodean su cintura a la vez que mis brazos hacen lo mismo con su cuello.

Nuestros mundos se construyen con las manos del otro.

El viernes promete ser igual que el resto de la semana y la mañana, el almuerzo y la tarde han sido exactamente así. Supongo que al universo no le gusta decepcionar a sus espectadores.

Hoy nos quedaremos hasta tarde y así se lo he hecho saber a todos; no quiero darme la vuelta para atender una llamada y que todos desaparezcan.

—Voy a por un café a la sala de descanso, ¿queréis uno? —me ofrezco.

El silencio por respuesta.

—Supongo que no —murmuro.

No sé qué tiene la diminuta sala de descanso, pero, como siempre, apoyada en el mueble, hasta casi sentarme, con mi café en la mano, comienzo a pensar, pensar y repensar en cómo puedo solucionar este problema y mi ánimo y optimismo se reactivan.

Regreso con una sonrisa. Estoy segura de que hoy será el día. ¿No dicen que a la tercera va la vencida?

Sin embargo, otra vez, y también van tres, me quedo de pie, inmóvil a unos pasos de mi sala de trabajo. No se trata de que todos se hayan marchado, es más, están, trabajando más diligentes que nunca, y lo están haciendo porque Benedict está aquí.

14

Lo contemplo sin poder creérmelo del todo; está en el centro de la sala, apoyado en el lateral de la mesa de Gordon, con los brazos cruzados sobre el pecho, observándolo todo, pidiendo explicaciones sin usar una sola palabra más de la necesaria, dejándoles claro con una sola mirada que no le gusta nada de lo que está pasando... ¡Y, joder, no me puedo creer que se haya atrevido a hacer algo así!

Cabreada como lo he estado pocas veces en mi vida, entro en la oficina. Benedict repara de inmediato en mi presencia y de reojo mira a uno de ellos, embadurnando el gesto con una intimidante frialdad. Ty se levanta y camina veloz hasta mí con varias carpetas en la mano.

—Ya hemos terminado de analizar la demo del *software* de la placa base del microprocesador —me informa entregándome los dosieres—. El intervalo de fallos en binarios es de un impositivo mayor a cero coma tres... eh..., señora Fisher —añade nervioso.

Asiento y cojo las carpetas.

—Señora Fisher —me llama Nevaeh a mi espalda.

Despacio, me giro hacia ella, aunque tengo la ligera sospecha de que ya sé lo que va a decirme—, he resuelto el tercer patrón de algoritmos; en cuanto al cuarto y el quinto, seguimos atascándonos en la misma línea de programación.

Asiento de nuevo. Se acercan Gordon y Sandra y también me ponen al día de los avances. Exactamente lo que llevan haciendo toda la semana a través de tarjetas de memoria por no tener que dirigirme la palabra. No necesito darle muchas vueltas para saber que Benedict les ha dejado claro cómo van a ser las cosas por aquí a partir de ahora.

Lo contemplo y mi marido frunce el ceño sutilmente, solo que en esta ocasión sé que lo está haciendo porque es él el que no sabe si lo que acaba de hacer me ha sorprendido, me ha gustado o me ha enfadado muchísimo. Obviamente, es la tercera opción.

—Chicos —les digo a ellos, pero lo sigo mirando a él—, es tarde, marchaos ya a casa.

Se miran entre sí, pero no dudan. Se levantan y más o menos deprisa despejan sus mesas y salen de la oficina. Nunca había oído tantos «buenas noches, señora Fisher» y mucho menos con tanto entusiasmo.

Los observo hasta que desaparecen en el ascensor. El resto de los equipos ya se han marchado. La planta está desierta.

—No me puedo creer que hayas hecho algo así —gruño entre dientes.

Benedict se humedece el labio inferior, imprimiendo a ese sencillo gesto un toque de sutil amenaza.

—Un «gracias, cariño» no estaría nada mal.

—¿Me estás hablando en serio? —prácticamente grito; de hecho, tengo que controlarme mucho para no hacerlo—. ¿De veras crees que me has ayudado lo más mínimo?

—No te respetaban, Livy —sentencia con la voz amenazadoramente suave—. Por un solo momento has creído que no he sabido que el día de ayer no fue el único *estresante* para ti —dice haciendo hincapié en la misma palabra que yo usé para mentirle acerca de cómo iban las cosas por aquí.

—¿Y crees que ahora van a mejorar?

—Sí —responde sin una mísera duda—, porque les he dejado cristalinamente claro lo que les ocurrirá si las cosas no son así.

—¡Exacto! ¡Se lo has dejado claro tú, no yo! Todos me veían como si solo fuera tu mujer y lo único que has conseguido hoy ha sido reforzar esa idea. —Ya no estoy tan segura de que me esté controlando—. Necesito que aquí seas mi jefe, no mi marido. Necesito que me trates como tratarías a los demás, porque esa es la única manera en la que el resto de los trabajadores de Fisher Media también lo hará. —Guardo un segundo de silencio tratando de respirar hondo y esas cosas—. Dime una cosa: ¿qué habrías hecho si este mismo problema lo hubiera tenido otro líder de equipo?

Benedict tensa la mandíbula, pero no contesta.

—¡Maldita sea, contéstame! ¡Necesito que lo entienda!

—Livy... —susurra.

—¡Contéstame!

—Lo habría despedido, joder —sentencia.

Su respuesta, por un instante, nos deja callados a los dos.

—Vaya —murmuro, y ni siquiera estoy segura de que haya sido un sonido.

165

Benedict chasquea la lengua contra el paladar, molesto.

—Livy —gruñe de nuevo.

—No —lo interrumpo—. Si es lo que crees que debes hacer, deberías hacerlo.

Benedict se incorpora de un salto comiendo a bocados la distancia entre los dos.

—¿En serio piensas que te despediría?

La mera idea de que yo pueda llegar a pensarlo lo ha enfadado más que todo lo demás. Resoplo exasperada.

—Creo que deberías hacer lo que tienes que hacer —me parafraseo—. No puedes darme un trato de favor. —Hago hincapié en cada palabra.

—Claro que puedo, joder —me deja clarísimo dando un paso más hacia mí—, y pienso hacerlo y, escúchame bien, Livy, porque esta es una discusión que tienes perdida: voy a ocuparme de que hasta el maldito conserje de esta empresa también lo haga.

—No es lo que quiero —replico sin amilanarme, manteniéndole la mirada.

Benedict oculta una sonrisa, breve, arisca y mordaz, en un bufido todavía más fugaz.

—¿Sabes? —empieza a decir cargado de arrogancia—. Yo tampoco quiero que mi padre se presente en mi casa ofreciéndole a mi mujer firmar un acuerdo para que se divorcie de mí y ella me lo oculte.

Mi expresión cambia por completo y siento como si me hubiesen tirado de la alfombra bajo mis pies.

—Así que está claro que ninguno de los dos va a conseguir lo que quiere —sentencia.

Abro la boca dispuesta a decir algo, pero prácticamente en el mismo instante la cierro. Benedict me observa un par de segundos hasta que murmura un «joder» entre dientes y echa a andar hacia ninguna parte.

Sigo muy cabreada, pero ahora también me siento culpable.

—¿Cómo te has enterado?

—Kane me lo contó.

Les pedí a Jefferson y a la señora Smith que me guardaran el secreto, pero no conté con Kane.

—No pretendía ocultarte nada —afirmo girándome para tenerlo de frente—. Solo quería evitar que te preocuparas.

—No tenías ningún derecho, Livy —prácticamente ruge—. Es mi padre y es un hijo de puta y quiero echarlo a patadas de nuestras vidas.

Sé que no es simplemente una declaración de intenciones, es un reproche en toda regla. Fui yo quien le pidió que lo invitara a nuestra boda y, muy en el fondo, aunque lo disfrazara de otra cosa, no quise contarle lo que había pasado porque no quería darle más motivos para odiarlo.

—Vas a ser sincera conmigo, Livy —me advierte—. ¿Qué fue lo que te dijo mi padre?

—Me ofreció dinero por dejarte.

Él bufa indignado, controlándose para no presentarse ahora mismo en Madison Park y partirle la cara a su padre.

—¿Cuánto?

—Mucho.

—¿Cuánto?

—Diez millones.

Tensa la mandíbula, todo su cuerpo; trata de calmarse, pero es incapaz y acaba estrellando los puños contra el escritorio de uno de los chicos.

—Esta jodida estupidez se acabó —ruge saliendo disparado hacia el ascensor.

—Benedict —intento sosegarlo, saliendo tras él.

—Kane te llevará a casa.

Pulsa el botón del elevador. Maldita sea, está en planta.

—Benedict, sea lo que sea lo que vas a hacer, no va a solucionar nada.

—Kane te llevará a casa —repite sin ni siquiera mirarme, accediendo al cubículo perfectamente iluminado.

—Mierda, Benedict...—replico entrando con él. No sé cuál de las dos cosas le molesta lo suficiente como para alzar la cabeza y clavar sus ojos en los míos—. No voy a ir a ninguna parte y tú tampoco.

Las puertas se cierran y pulsa el botón del vestíbulo.

—Claro que no, porque tú —sentencia haciendo hincapié en mi pronombre personal— te vas a casa y yo...

—A Madison Park a pelearte con tu padre, ¿verdad? —termino la frase por él—, a olvidarte de que eres un adulto y a comportarte como un adolescente que solo sabe resolver sus problemas a golpes. ¡Es tu padre!

—¡Es un gilipollas! —estalla—. Y tú deberías ser la primera persona que tendría que querer que le partiera la cara por cómo se permitió hablarte.

—¡Yo solo quiero que seas feliz, maldito neandertal! —exploto también.

—¡Y yo solo quiero protegerte!

—Si quieres protegerme, quédate aquí, habla conmigo, Benedict. Respeta cómo quiero que sea mi vida y mi trabajo.

Él me observa unos segundos y finalmente niega con la cabeza.

—Las cosas no deberían ser así —susurra, y tengo la horrible sensación de que no me lo está diciendo a mí, sino que se lo está diciendo a sí mismo.

—¿Y cómo deberían ser?

—Fáciles, Livy. Se supone que ahora deberían ser fáciles, joder.

Repite la misma palabra entre dientes a la vez que se gira, que otra vez se aleja de mí a pesar de estar encerrados en un ascensor, y a mí no se me escapa el «ahora» porque implica que él, en este preciso momento, nos está comparando con su propio antes.

—¿Antes fueron complicadas? —pregunto, y no puedo evitar que mis palabras suenen insolentes, un escudo para ocultar que lo que estoy es dolida.

—No vayas por ahí —me advierte en un salvaje susurro. Es la calma que precede a la tormenta.

—Tu padre me dijo que no le llego a Blair ni a la suela de los zapatos, que no entendía cómo podías estar conmigo después de haber estado con ella.

La mirada de Benedict cambia en una décima de segundo. Se llena de... ¿miedo?

—Eso es una estupidez.

—¿Cómo es ella?

—Livy —me advierte, aunque creo que en realidad me está llamando, regresando hasta mí.

—Solo dime cómo es, Benedict.

—Está fuera de mi vida.

—Solo necesito saberlo para ponerle cara; trabajo para no volverme loca —le pido casi desesperada—, porque no puedo dejar de imaginármela como la persona más increíble sobre la faz de la tierra.

Por Dios, me la imagino como una Charlize Theron con tres doctorados, ayudando a los niños indefensos del mundo, buscando una cura contra el cáncer y en verano plantando huertos en África. Definitivamente, nuestra imaginación es siempre nuestra peor enemiga, pero, además, en mi caso, otras muchas cosas juegan en mi contra. La relación que tuvo con Benedict, todo lo que ella significó para él. Blair es el nombre de todas las primeras veces de Benedict. Le enseñó que podía enamorarse, ser feliz.

—No voy a hacerlo, Livy. No pienso dejar que mi padre gane en esto haciéndote sentir mal por algo que no es más que una burda mentira.

—Te lo estoy pidiendo yo.

Por favor.

—Tú lo único que necesitas saber es que está fuera de mi vida —repite aún con más seguridad.

Toda su distancia ha vuelto a inundarlo todo y algo dentro de mí hace «clic».

—No puedes decidir por mí —le recuerdo llena de rabia, otro escudo porque estoy muy enfadada, pero, sobre todo, frustrada y decepcionada.

—En esto sí, sí puedo —sentencia.

Las puertas del ascensor se abren.

Creo que los dos acabamos de dejar bastante claras nuestras posturas.

Salgo del elevador y cruzo el vestíbulo. Benedict me sigue a unos pasos.

Kane nos espera al lado del Lexus, junto a la acera. En el camino hasta Pioneer Square, ninguno de los dos pronuncia palabra alguna. A pesar de mi enfado, me alegro de que por lo menos esté regresando conmigo y no de camino a Madison Park.

—Buenas noches, Jefferson —saludo a nuestro jefe de personal, entrando en la casa.

—Señora Fisher.

Sin detenerme, continúo caminando y tomo las escaleras. Benedict se para en el centro del salón. De reojo puedo ver cómo se lleva los brazos a las caderas, haciendo que su chaqueta azul se abra con el movimiento, mientras el sonido de mis tacones escalón tras escalón lo inunda todo bajo su atenta mirada.

—Livy, no hagas esto, joder. Vamos a hablar las cosas.

Alcanzo la parte del pasillo de la planta superior que puede verse desde la inferior.

—Resulta que yo también puedo decidir ciertas cosas por ti —le dejo claro sin ni siquiera detenerme ni mirarlo— y hoy duermes en el sofá.

—Livy —me advierte.

Sin embargo, no puede hacerse una idea de dónde puede meterse sus advertencias.

Entro en nuestra habitación, solo un par de segundos, y vuelvo a salir. Regreso al pasillo y le lanzó su almohada y una manta.

Benedict, aun viéndome, no se mueve y deja que las dos cosas se estrellen contra su pecho, con la mandíbula tensa, los brazos todavía en jarras y un enfado monumental.

—Buenas noches, señor Fisher —gruño a regañadientes para mí.

Maldita sea, estoy cabreadísima.

15

Treinta y siete días antes de nuestra boda

—Experimentar.

Di gracias a Dios por no tartamudear mientras pronunciaba esa palabra. El deseo estaba a punto de hacerme temblar.

Benedict sonrió, dejándome claro que conocía un secreto divertidísimo que yo ni siquiera podía imaginar.

—Cuando has estado con un chico, ¿qué cosas has hecho?

—Ya te lo dije. —Estaba nerviosa, excitada. Tenía la garganta seca y el corazón acelerado—. Solo he hecho cosas normales.

Esa última palabra sonó rara en aquella habitación.

Benedict se apoyó en la cómoda de diseño, escondiendo sus manos a la espalda. Solo un breve movimiento y un gesto y se envolvió con ese halo de distancia, de elegancia, atractivo a mil, casi intimidante.

—¿Qué cosas, Livy? —pregunto, pero, en realidad, fue una suave orden.

Recordaba perfectamente cómo fue estar con Toby, mi pareja en el baile de graduación del instituto y con quien perdí la virginidad. Recordaba también cómo fue estar con Mark, el camarero de un bar al que íbamos los viernes y con quien estuve intermitentemente durante todo el tercer año de universidad. Lo recordaba todo, pero no sentía nada.

—Habla, Livy. —Su voz sonó ronca y cálida a la vez y esa nueva orden caló en cada hueso de mi cuerpo.

—Quiero hacerlo, pero no sé qué decir.

—¿Te tumbó en la cama?

Sus palabras sustituyeron las mías y el deseo se volvió más pesado que el aire, llenando cada rincón, dibujándonos enteros, incendiando mi piel, despacio.

—Sí —respondí.

—¿Se tumbó sobre ti y empezó a besarte?

—Sí. —Mi voz sonó más trémula.

El millón de verdes de sus ojos me mantenían exactamente allí, exactamente así.

—Sus manos volaron por tu cuerpo, acariciándote. Su boca se hundió en tu cuello.

Ya no lo preguntaba. Se estaba adueñando de mis recuerdos, haciéndolos aún mejores, porque de pronto mi mente ya no se imaginaba las manos de Toby ni las de Mark, se imaginaba las suyas.

—Tenías la respiración acelerada —su tono se agravó un poco más. Involuntariamente, mis dedos se retorcieron, apretando la delicada colcha— y el corazón te latía...

—Deprisa —completé la frase por él.

Contuve un gemido. Sentía mi cuerpo frenético, febril.

—¿Te desnudó?

—Me... me desnudé yo.

Apreté los muslos. Benedict, controlado, dio una bocanada de aire. Le mantuve la mirada. Me sentí valiente, excitada, en el más jodidamente alucinante sentido de la palabra *salvaje*. Era su voz. Era la manera en la que miraba. Era él.

—Se colocó entre tus piernas, te embistió.

—Sí.

—Se hundió en ti y el puto mundo dejó de existir.

—Sí.

—Su cuerpo contra el tuyo hasta caer rendidos. No hay una sensación mejor.

—Sí —jadeé.

Benedict volvió a colocarse frente a mí y el deseo me sacudió de golpe. Alzó la mano y me cogió de la barbilla, obligándome a levantarla para atrapar mi mirada.

—El sexo es todo eso, Livy, pero también es mucho más. Es todo lo que uno quiere que sea —sentenció, como si fuera el mismísimo marqués de Sade—. Yo quiero probarlo todo. Quiero hacerlo todo. Quiero sentir todo el placer.

—¿Y cómo vas a conseguirlo?

—Eso es lo mejor. No hay límites. —Una sonrisa lobuna se dibujó en sus labios—. Deséalo y lo tendrás, y, al final, acabarás pidiendo cosas que ni siquiera sabías que querías.

La excitación me recorrió entera. Benedict tiró de mí y nos dejó frente a frente, tan cerca que dolía. Estaba hechizada y era el maldito mejor hechizo del mundo.

—¿Y tú qué deseas, Livy?

—A ti.

Su media sonrisa y su mano se deslizó por mi cuello,

lentamente, despertando cada una de mis terminaciones nerviosas. El reverso de sus dedos acarició furtivo mis pechos. Sentía que me estaba matando deliciosamente despacio. Su índice rodeó mi ombligo por encima de la ropa y descendió un poco más, solo dos tortuosos centímetros.

No pude más. Tampoco quise. Rodeé su cuello con mis brazos y me puse de puntillas buscando sus labios, pero en el último segundo Benedict se deshizo de mi agarre y me tiró sobre la cama. Gemí decepcionada y Benedict se humedeció el labio inferior, observándome a punto de la combustión espontánea.

Clavo su rodilla en el colchón y, tomándome de las mías, me separó las piernas. Avanzó por mi cuerpo hasta que sus ojos volvieron a dominar los míos desde arriba y cada uno de esos segundos de mi vida sonaron a tortura.

—¿Y cuánto me deseas, Livy?

—Creo que voy a volverme loca.

Su polla fuerte y dura encajó con una precisión casi mezquina entre mis muslos. Eché la cabeza hacia atrás y un largo jadeo se escapó de mis labios.

Benedict hundió su boca en mi cuello y su lengua se paseó por mi piel, marcando una línea perfecta de puro placer.

Volví a gemir. Era demasiado bueno.

Bajó hasta mis pechos y los calentó por encima de la tela de mi vestido. Perdí las manos en su pelo castaño. Atrapó mi pezón entre sus dientes. Jadeé. Gemí. Estaba absolutamente embargada de placer. Me mordió. Grité. Y cuando se separó, mi cuerpo se arqueó siguiendo la estela de sus labios, buscando más.

Agarró el bajo de mi vestido y se deshizo de él sa-

175

cándomelo por la cabeza. Depositó un beso sobre mi estómago. Bajó un poco más y me dedicó una vez más su media sonrisa.

—Deseas, tienes.

Y rompió mis bragas.

Su boca recorrió mi sexo. Me besó. Me chupó. Sus dedos me conquistaron entera.

—Benedict —gemí y ni siquiera sé qué buscaba llamándolo. Su nombre se había convertido en mi propio mantra.

Más besos perfectos. Más caricias perfectas.

Arqueé mi cuerpo una vez más. No podía contenerme. No sabía. No quería. Su cálido aliento. Sus dedos embistiéndome. Acariciándome. ¡Su boca!

—¡Benedict!

Y volé mientras un orgasmo me atravesó con la fuerza de un maldito volcán, llenándome de fuego, brasas al rojo vivo y un placer absolutamente maravilloso.

Se incorporó triunfal y se arrodilló entre mis piernas. Su mirada me recorrió de arriba abajo mientras yo trataba de calmar mi respiración sin ningún tipo de éxito. Nunca me había sentido tan deseada y sexy.

Llevó sus manos hasta su camisa y los botones empezaron a ceder ante cada ojal. Cuando deslizó la carísima tela por sus hombros, contuve otro suspiro e hice mi propia fotografía mental de sus anchos hombros, de su armónico torso, de los músculos que empezaban en sus caderas y se perdían bajo sus pantalones a medida.

Al regresar a sus ojos verdes, me topé con su media sonrisa divertida y engreída.

—¿Le gusta lo que ve, señorita Sutton? —preguntó insolente.

Lo intenté, lo juro, pero fui incapaz de contestar.

Su sonrisa se ensanchó mientras se desabrochaba el cinturón y los pantalones, dejando ver el inicio de sus bóxer blancos.

—Me encanta, joder. Me encanta cómo eres —sentenció provocador.

Se los bajó lo necesario para que una erección, potente y dura, saliera victoriosa de ellos. La tenía grande, gruesa, ligeramente curvada hacia arriba. Pensé en mis manos y enseguida entendí que las dos juntas no la cubrirían. Pensé en mi boca, y mis muslos, involuntariamente, buscaron cerrarse para darme alivio. Benedict tenía razón y solo había necesitado verlo casi desnudo para comprobarlo: ya deseaba cosas que ni siquiera sabía que quería.

Se inclinó sobre la mesita y cogió el sobre plateado de un preservativo. Sin liberarme de su mirada, lo rasgo con los dientes y gemí, como si esa imagen hubiese pulsado un resorte dentro de mi cuerpo que solo él conociese.

Se lo colocó en cuestión de segundos y, guiando su polla con la mano, me embistió con fuerza.

Grité.

¡Joder! ¡Grité porque era lo mejor que había sentido nunca!

—Necesito un segundo.

Era demasiado grande. Gemí. Me llegaba demasiado adentro.

—De eso nada —respondió sin piedad.

Empezó a entrar, a salir, a un ritmo vertiginoso, desbocado, delicioso, febril.

Placer. Placer. Placer.

Comenzó a condenarme poco a poco, embestida a embestida, porque el sexo ya nunca, jamás, podría parecerme igual de bueno.

La habitación estalló. Gemí. Grité. Jadeé. Mordí su

hombro. Mi cuerpo se arqueó. Una. Dos. Tres. Diez veces. Cerré los ojos.

—Benedict. —Me perdí en él, en cada una de sus ocho letras.

Se movió más rápido. Mejor.

¡Por Dios! El deseo se estrelló contra el techo, la excitación me robó la razón, cada vez que sus manos me acariciaban justo donde lo necesitaba, cada vez que sus besos me hacían soñar.

Y volví a correrme, con más calor, con más colores, con más LUZ.

¿Él se detuvo?

No.

Él era un torturador.

Se aferró a mi piel y la velocidad se trasformó en crudeza, en profundidad, llegando más lejos, haciéndome sentir aún más.

Sus labios se perdieron en mi mejilla y su cálido aliento irregular calentó mi piel.

—Joder —rugió contra ella—. Joder, preciosa.

Sus dedos marcaron mis caderas. Volvió el ritmo demencial. Mi cuerpo se encendió de nuevo. Ardió.

—¡Benedict! —volví a gritar.

Y estallé de placer por tercera gloriosa vez.

Clavó un puño en el colchón casi desesperado, una embestida más y se corrió con fuerza en mi interior.

—Sí, sí, sí —murmuré inconexa, con los ojos cerrados y el cuerpo hecho una madeja abandonada al placer. Ni siquiera creo que él pudiera oírme.

Benedict se separó despacio y me apartó el pelo de la cara. Yo abrí los ojos, satisfecha, y me encontré de inmediato con los suyos. Tenía los ojos más bonitos que había visto jamás.

—¿Estás bien? —me preguntó.

Yo asentí con una sonrisa y con toda probabilidad un par de veces más de las necesarias, lo que hizo que su media sonrisa volviese a sus labios.

—Me lo tomaré como un sí —se burló.

—Es usted muy inteligente, señor Fisher.

Benedict me besó, solo un beso, pero fue suficiente para volver a encender mi cuerpo. Se levantó y se dirigió decidido al baño. El agua empezó a correr. Yo me incorporé, cubriéndome con mi propio vestido, pensando si esa era alguna especie de invitación implícita, pero, antes de que pudiera decidirme, el agua dejó de sonar y Benedict regresó a la habitación con una toalla blanca a la cintura y echándose el pelo húmedo hacia atrás con la mano.

Cruzó la estancia con el paso seguro camino del vestidor.

—Date una ducha y vístete —me ordenó—. Te espero abajo.

Cuando se marchó, por fin pude recuperar la actividad cerebral y moverme.

Me levanté y me dirigí con el paso acelerado al baño. Antes de cerrar la puerta, no pude evitar mirar la enorme estancia que dejaba a mi paso, con la cama revuelta y el ambiente cargado de olor a sexo y a él, y una indisimulable sonrisa se coló en mis labios, expectante y divertida.

Era Eva y había mordido la manzana.

16

Treinta y siete días antes de nuestra boda

Bajé a la planta principal recogiéndome el pelo en una cola de caballo un poco destartalada. No tardé en divisar a Benedict al otro lado de la isla de la cocina. Solo llevaba unos vaqueros y una camiseta a medio camino entre el gris y el blanco, con unas Converse y el pelo revuelto. Estaba guapísimo. Al reparar en mí, me dedicó esa media sonrisa, como si secretamente sospechara que la tierra se saldría de su órbita el día que sonriera de verdad, y se giró para servir una taza de café.

Decidí dejar de observarlo y me dirigí hacia la isla.

—Me gusta tu gel. Huele muy bien —añadí comprobándolo en la piel de mi propio brazo.

El inicio de una sonrisa volvió a colarse en sus labios. Tenía la sensación de que le parecía muy inocente, pero al mismo tiempo conseguía sorprenderlo.

—Café —dijo tendiéndome la taza—. Siéntate.

Era amable y al mismo tiempo mandón.

—Gracias.

Cogí la bebida y me acomodé en uno de los taburetes. Sosteniéndola con las dos manos, bebí un poco. Él recuperó su taza y, con la palma de una de sus manos apoyada en la encimera, le dio un trago. Estábamos el uno frente al otro. Todo estaba en silencio, casi podría decirse que en paz, y la casa, por un momento, dejó de parecerme un sitio frío y distante.

—Tenemos que hablar de algunas cosas —me advirtió Benedict.

Ya no bebía café. Me di cuenta de que yo había estado contemplando la casa más tiempo del que creía y que todo ese rato él había estado estudiándome a mí.

—Sí, por supuesto —respondí cuadrándome de hombros.

—Lo primero que debe quedar claro es que, hagamos lo que hagamos, tiene que quedar entre nosotros. —No fue duro, pero tampoco tuve dudas de que no estaba jugando—. Me gusta la discreción.

—Sé guardar un secreto.

—Los secretos son divertidos —pronunció con un tono completamente diferente, travieso. Cuando alcé la mirada y nuestros ojos se encontraron, me guiñó uno, sexy, muy sexy, y todo mi cuerpo volvió a revolucionarse por dentro.

Uau.

De repente recordé un momento muy concreto en esa concreta cocina.

—¿Y no te preocupa el servicio? —pregunté—. La primera vez que hablamos de algo de... *esto* —lo definí a falta de una palabra mejor—, tu cocinera estaba delante.

—Mi servicio no me preocupa lo más mínimo —contestó con una seguridad absoluta.

—¿Por? ¿Has hecho que firmen un contrato de confidencialidad o algo parecido?

—O algo parecido —respondió jugando a eso de ser misterioso, con la misma sonrisa en los labios—. De todas formas, no tienes por qué preocuparte por ellos.

Fruncí el ceño. ¿A qué se refería?

—Jefferson, Kane y la señora Smith tienen prohibido dirigirle la palabra a cualquiera de las chicas con las que estoy.

Esa frase chocó contra mí como un tren de mercancías. Por un lado, me sorprendió, y mucho. ¿No podían hablarme? Eso resultaba casi medieval. Por otro, estaba esa expresión «cualquiera de las chicas con las que estoy». ¿Cuántas chicas habían desfilado por allí? ¿Cinco? ¿Diez? ¿Veinte? ¡¿Cien?! Por no hablar de que era lo mismo que decirme elegantemente que era una más. En definitiva, dolió, aunque no sabría explicar cómo ni dónde.

—Me parece un poco déspota. —Sin querer, soné más impertinente y también más enfadada de lo que pretendía—. No son esclavos. Tienen derecho a hablar con quien quieran.

Benedict sonrió de nuevo. Mi brote sindicalista le había parecido de lo más simpático.

—Es más sencillo que todo eso, Livy. «Buenos días», «entendido», «gracias»... Si necesitas algo, te atenderán. Para que ellos sean profesionales y tú tengas lo que necesites, no es preciso mantener largas conversaciones ni conoceros mejor.

—Como quieras.

Eran sus empleados, no los míos, así que no podía interferir en la relación laboral que ellos habían decidido establecer, pero claramente mi «como quieras» también tenía mensaje oculto: no me parecía bien, así que era más que probable que estuviera un poco dispuesta a saltarme esa regla en concreto.

—Nunca dormirás aquí.

Volví a buscar su mirada. Norma número dos.

—¿Por qué?

—Porque es lo mejor —respondió, y esa vez no estaba jugando a ser misterioso, aunque estuviese provocando el mismo resultado—. Cuando terminemos, da igual la hora que sea, Kane o yo te llevaremos a tu apartamento. ¿Dónde vives?

—Al sur.

Benedict asintió.

—En cuanto a lo de no confundir las cosas y enamorarse, ya lo dejamos claro.

—Clarísimo —lo interrumpí, mirándolo por encima de mi taza de café.

Me estudió un poco más con esos ojos llenos de tonos de verde. Volvió a sonreír.

—¿Tienes algo que decirme?

Lo pensé un instante.

—Creo que esta es la conversación más extraña que he mantenido a estas horas en toda mi vida.

Su sonrisa se ensanchó y ese algo que no sabía definir se despertó contento en mi estómago.

—Son las tres y cuarto de la madrugada —constató mirando su elegante reloj—, así que no sé cómo tomármelo. A esta hora nunca se tienen conversaciones normales. Aunque podemos intentarlo: háblame de tu familia.

—¿Qué?

La pregunta me pilló por sorpresa.

—Tu familia —repitió—. ¿Cómo son?

—Normales —murmuré.

No sabía qué decir.

La palabrita en cuestión hizo sonreír a Benedict al tiempo que, perezoso, desvió su vista a su taza de café. Sí, para mí esa palabra tampoco volvería a significar lo mismo.

—Mis padres se divorciaron cuando yo era pequeña y volvieron a casarse. Tengo cuatro hermanastros. Bailey y Faith, por parte de mi madre, y Ruth y Claire, que son las hijas de mi padre.

—Si eras pequeña, tuvo que ser complicado.

—Sí. —Pero no por los motivos obvios.

—¿Y los ves muy a menudo?

—Sí —mentí, y en el siguiente segundo guardé silencio porque no tenía ni idea de por qué lo había hecho—. Viven en Connecticut, pero vienen a visitarme y yo también voy a verlos a ellos.

—Una gran familia feliz, entonces.

Me obligué a sonreír y asentí.

—Lo que la distancia lo permite, sí.

—Ya estamos en paz —sentenció cogiendo mi taza vacía y llevándola con la suya a la pila—. Tú has conocido a mi hermano Will y yo ya sé un poco más de ti.

Hubo retintín en sus palabras y a mí me pareció muy importante dejar clara una cosa.

—No pasó nada entre Will y yo. Ni siquiera nos besamos.

Benedict fingió no oír esas dos frases. Rodeó la isla de la cocina y me cogió de la mano, tirando suavemente de mí para que echase a andar junto a él.

—Es tarde. Te llevaré a casa.

Asentí una vez más. Su mano contra la mía me gustó. Me gustó muchísimo.

Benedict me condujo hasta el vestíbulo, pero en lugar de utilizar la puerta principal, bajamos unas escaleras y accedimos al garaje. No tardé más que un instante en reconocer el elegante Lexus; junto a él había al menos tres coches más, todos igual de relucientes. Benedict apretó un pequeño mando que escondía en la palma de una mano y las luces de un increíble Bentley New Continental GT se iluminaron. No tenía nada que ver con la sobria berlina que lo llevaba a la oficina. Este era azul metalizado, deportivo y espectacular.

Me abrió la puerta y me deslicé en el asiento del copiloto.

Cuando arrancó, *Kids*, de OneRepublic, comenzó a sonar. Sonreí. Me encanta esa canción.

Benedict hizo rugir el motor bajo sus pies y nos pusimos en marcha. La hora jugó a nuestro favor y las calles de Seattle fueron para nosotros. Me pidió que pusiera mi dirección en el ordenador de a bordo del coche y así lo hice. Quería que al día siguiente fuera a su casa a las once o, lo que es lo mismo, en algo así como siete horas, y yo acepté.

Dejamos atrás Chinatown, Beacon Hill, la zona industrial, unos tres barrios más y al fin llegamos a Gatewood, el mío.

Benedict detuvo el vehículo frente a la entrada de mi edificio, en el 3.547 del suroeste de la calle Southern.

—Vaya, esto realmente está muy al sur —dijo burlón.

Torcí los labios conteniendo una sonrisa.

—Es un buen sitio.

—¿Vives sola?

Asentí.

—Nada de compartir piso —se reafirmó y frunció el

ceño, cayendo en la cuenta de algo que inmediatamente le hizo sonreír—. No sé por qué, te imaginaba con una compañera de piso, pintándoos las uñas de los pies en el sofá mientras escuchabais música y comíais galletas.

—¿Has probado alguna vez a pintarte las uñas y comer galletas al mismo tiempo?

Benedict fingió sopesar la respuesta a esa pregunta.

—No, la verdad es que no.

Ninguno de los dos pudo más y acabamos riendo. Me gustó oír su risa. Con ella desaparecía la distancia que marcaba con el mundo.

—Supongo que los hombres tenemos un imaginario colectivo muy pobre —se disculpó.

—Las chicas siempre os imaginamos bebiendo cerveza y hablando de fútbol.

—Y no os equivocáis —replicó—, la mayor parte del tiempo.

Volvimos a sonreír.

La canción que sonaba en aquel momento terminó y nos sumergimos en un suave silencio. Estaba muy cómoda. Seguía estando nerviosa, expectante, con algo en el estómago que no paraba de brincar y la respiración a punto de acelerarse. También me continuaba resultando distante y un poco intimidante, pero, a pesar de todo eso, estar con él me gustaba.

—Buenas noches, Livy —susurró con la voz ronca.

—Buenas noches, Benedict.

Me desabroché el cinturón. Lo siguiente era bajarme del coche, pero tuve la sensación de que ninguno de los dos lo quería.

—Recuerda que nos veremos mañana en mi casa —dijo—. A las once. Hablaremos de lo que quieres hacer, de lo que quieres probar.

Asentí, pero las dudas volvieron a asaltarme.

—¿Y cómo sabré lo que quiero hacer o probar?

Benedict sonrió apenas un segundo y se humedeció el labio inferior.

—Bueno —replicó inclinándose sobre mí, quedándose lo suficientemente cerca como para recordarme cómo me había sentido cuando me había tocado aquella noche, pero sin llegar a hacerlo—, lo de desear te ha funcionado bastante bien, ¿no?

Sentía que el corazón iba a escapárseme del pecho y que, de haberlas llevado, mis bragas también habrían huido. ¿Cómo podía oler tan bien?, ¿ser tan endiabladamente atractivo?, ¿tan seductor?

—Eso fue fácil —murmuré.

¿Quién no lo desearía?

Benedict se inclinó un poco más y, sin tocarme con ninguna otra parte de su cuerpo, me besó con fuerza. Yo gemí bajito y le devolví cada beso. En cuestión de segundos, una mecha que sentimos los dos se encendió. Las respiraciones se volvieron más trabajosas, los besos más hambrientos, más rudos, más desesperados. Benedict sonrió contra mis labios y se separó despacio. Su gesto se contagió inmediatamente en los míos. Todo había pasado tan rápido que ni siquiera nos habíamos dado cuenta.

—Buenas noches, Benedict —dije sin que la sonrisa se marchara.

—Buenas noches.

Me bajé saltarina, pero, cuando me alejé unos pasos, me detuve en seco; quería girarme, montarme en el coche y darle otro beso, pero no sabía cómo reaccionaría, si se enfadaría, ni siquiera si era algo que estaba dentro de las normas o no. Como ya había dicho, me hacía sentir muy cómoda, pero también me intimidaba. Me mordí el labio inferior, pensativa, y finalmente reanudé la marcha hacia mi edificio.

Justo antes de entrar, me despedí con la mano y subí hasta la tercera planta veloz. Cuando me asomé a la ventana, obviamente ya no estaba, pero no pude evitar sonreír como una idiota al tiempo que me dejaba caer en la cama. Había sido increíble.

Y había sido solo el principio.

17

Treinta y seis días antes de nuestra boda

A la mañana siguiente me levanté temprano. Me puse uno de mis pocos vestidos y guardé otro en mi bolso junto a unas bragas y el cepillo de dientes. Sabía que no me quedaría a dormir, Benedict me había dejado muy claro que eso nunca sucedería, pero quería estar preparada para cualquier contingencia (incluida hombres guapísimos que rompen bragas; deberían hacerse tarjetas con ese lema).

Poco después de las diez, salí de casa. Tardaría unos cuarenta minutos de autobús o, lo que era lo mismo, veintiocho paradas en el número veintiuno hasta Pioneer Square.

—Señorita Sutton.

Fruncí el ceño, confusa, al tiempo que me giré hacia la voz.

—¿Kane? —pregunté sorprendida y, no sé por qué, lo tenía frente a mí, al lado del imponente Lexus negro.

Él asintió profesional y me abrió la puerta de atrás

189

del coche. Miré la berlina reluciente y, aunque quise fingir que no me impresionaba porque esas cosas me pasaban todos los días, no pude más y acabé sonriendo.

El vehículo se incorporó al tráfico. *Giants*, de Take That, empezó a sonar y Seattle comenzó a desfilar por mi ventanilla en dirección norte.

—Es una pasada —murmuré dejándome caer contra la tapicería de color blanco roto.

Kane me miró a través del espejo retrovisor.

—No —me disculpé rápidamente—. No he dicho nada. Estaba hablando conmigo misma —continué explicándome—. Además, tranquilo, sé que el señor Fisher no os permite hablar conmigo. Aunque estaría bien que pudiésemos conversar, ¿no te parece? Así, ahora, por ejemplo, podríamos ir charlando, porque pareces una persona muy interesante. Fuiste militar, ¿a que sí? Seguro que fuerzas especiales y seguro que tienes un montón de anécdotas, historias increíbles de soldados. ¿Eras un SEAL? ¿Un Ranger, quizá?

De pronto caí en la cuenta de que no paraba de hacerle preguntas que en ningún caso él iba a poder responder.

—Lo siento —añadí torciendo los labios—, y si alguna vez necesitas hablar, aquí estoy.

No había olvidado mi brote revolucionario de la noche anterior.

Kane volvió a buscar mi mirada a través del espejo y asintió profesional.

—Buenos días, señorita Sutton —me saludó Jefferson al abrirme la puerta.

—Buenos días.

Con un gesto, se ofreció a coger mi bolso y me indicó con un gentil movimiento de su brazo que pasara primero. Jefferson era profesional, diligente y preciso. Era obvio que tenía una relación diferente con Benedict, una que implicaba más confianza, rollo Batman con su mayordomo, pero como en las películas de Christian Bale, no en las de Ben Affleck. Estoy segura de que Ben Affleck y su mayordomo tienen una relación complicada.

Entré en el salón en el mismo momento en el que Benedict bajaba las escaleras. Llevaba unos vaqueros y una camisa blanca remangada hasta los antebrazos. *Espec-ta-cu-lar.*

—Hola, señorita Sutton —me saludó llegando hasta mí.

Hundió sus manos en mi pelo y me besó. Desde luego, se le daban muy bien las bienvenidas.

—Gracias por enviar a Kane a recogerme —dije cuando se separó de mí.

Benedict me dedicó su media sonrisa.

—Te quería aquí lo antes posible —sentenció cerca, muy cerca de mis labios.

Deslizó su mano por mi costado hasta tomar la mía y tiró para que lo siguiera escaleras arriba.

Entramos en su dormitorio y nos detuvo a los pies de la cama, el uno frente al otro. Entre nosotros el ambiente pareció cambiar en una sola décima de segundo, todo se llenó de sensualidad, de intimidad, de algo que nos concernía exclusivamente a nosotros.

Benedict alzo la mano y recorrió el borde del escote de mi vestido con la punta de los dedos.

—¿Qué quieres hacer? —susurró.

Bajé la mirada. Estaba sobrepasada por todo lo que

estaba sintiendo, por el deseo crudo y caliente recorriéndome entera, pero también, en ese preciso instante, algo en mi interior brilló, me sentí valiente y alcé la
cabeza.

—Quiero hacerlo todo —respondí tan bajo que por
un momento temí que no hubiese podido oírme.

Benedict sonrío, su media sonrisa más sexy.

—Deseas, tienes.

Y juro que la habitación comenzó a girar.

Benedict se inclinó sobre mí y me besó hechizándo-
me con cada décima de segundo que sus labios se en-
contraban con los míos. Su mano se acomodó en mi
cuello y gemí cuando apretó justo lo suficiente para que
el placer subiese un escalón más.

Con él incluso los besos eran más, promesas llenas
de placer, de la idea de que mi cuerpo se fundiría despacio muy muy pronto.

Se separó de golpe, apenas unos centímetros. Yo me
quedé con los labios entreabiertos y los ojos cerrados un
instante más y, cuando los abrí, me encontré con el millón de verdes que ya me esperaba.

Su media sonrisa jodidamente sexy.

—De rodillas —me ordenó.

Un suspiro se me escapó y mi mirada volvió a perderse en su boca. El deseo me recorrió entera, como si
estuviese fabricado de chispas, fuego y malditas llama-
radas violetas.

Benedict se humedeció el labio inferior amenazante.

—No me hagas esperar —me advirtió.

Sin apartar la vista, suavemente me arrodillé frente a
él. ¿Estaba nerviosa? Mucho. ¿Estaba expectante? Todavía más. Era esa extraña mezcla de saber que, con
toda probabilidad, no estaba tomando las mejores deci-

siones de mi vida, pero que dejarme llevar merecía la pena. Ser kamikaze e imprudente por una vez. Arriesgarme. Jugar. Ganar.

Él lo sabía y lo alimentaba. Me provocaba. Me retaba.

Lentamente, se desabrochó los vaqueros. Cada botón que cruzaba el ojal me excitaba un poco más. Su polla dura abultaba el centro de sus pantalones llamando poderosamente mi atención.

—Mírame.

No dudé. Él me agarró de la barbilla y su pulgar se paseó por mi labio inferior.

—Sabes que eres mucho más insolente de lo que te conviene, ¿verdad? —Dibujó una sonrisa llena de malicia—. Va a ser una puta delicia cerrarte la boca con mi polla, o a lo mejor incluso así eres capaz de seguir desafiándome.

—Supongo que lo descubriremos juntos —contesté sin ni siquiera pensarlo.

Benedict volvió a humedecerse los labios hasta morderse el inferior con una sonrisa en ellos. Me volvía loca que hiciese eso.

—Supongo —repitió multiplicando la sensualidad por mil—. Sácala.

Obedecí. Moví las manos y bajé sus tejanos y sus bóxer blancos lo suficiente para liberar su erección. Era jodidamente enorme y mi respiración se aceleró como un acto reflejo perfectamente sincronizado.

La acaricié con la mano de arriba abajo, la sentí dura y suave. Le di un beso en la punta. Todo bajo su atenta mirada. Benedict dejó escapar un controlado resoplido, sin levantar sus ojos de los míos, de mí, demostrándome sin usar palabras que el mundo entero podía irse al infierno porque en aquel momento solo le importaba yo.

Me envalentoné. Crecí. Dejé que entrara más y más, regalándole húmedos besos al final. Sin dejar de acariciarlo.

—Más fuerte —gruñó.

Su respiración empezó a volverse más trabajosa. Me encantaba cómo sabía, cómo me miraba.

—Quiero que entre entera —ordenó.

El corazón comenzó a latirme deprisa. No sabía si sería capaz, pero tenía claro que quería hacerlo. Deslicé mi lengua por toda su longitud y, soltando por completo los mandos de esa nave, entregándoselos a mi libido sobrealimentada, obedecí y, cuando me tocó la garganta, tragué con ella dentro.

—Joder —siseo casi en un jadeo—. Otra vez.

Una sonrisa triunfal se coló en mis labios. Puede que él fuera el maestro, el marqués de Sade, pero esta alumna también sabía conseguir que, aunque solo fuese por un segundo, su mundo me perteneciese solo a mí. El gesto automáticamente se reflejó en los suyos más duro. Supongo que acabábamos de descubrir juntos que podía seguir siendo tan impertinente como quisiese incluso de rodillas.

—Otra puta vez —me exigió provocador.

Volví a obedecer. Su mirada ardió.

—Buena chica —dijo con la voz ronca.

Y esas dos palabras fueron como echar un tanque de gasolina al fuego de mi excitación.

Me moví más rápido. Apreté más fuerte. Me aprendí cada uno de sus sonidos.

Otro «joder» entre dientes y Benedict Fisher se convirtió en el mismísimo diablo, rey de la tentación.

Perdió una de sus manos en mi pelo, envolviendo su puño con él mientras su otra mano se anclaba en mi cuello. Sus caderas empezaron a embestirme. Tomó el control de cada movimiento, colocándome como quiso, manteniéndome en esa posición.

El placer estaba inundándolo todo, tensando cada uno de mis músculos, haciendo desesperada la necesidad de que me tocara, de que me follara. No podía dejar de gemir. Cerré los ojos para intentar controlarme de alguna manera.

—Mírame —rugió.

Lo hice. Sus ojos verdes ya me esperaban y la conexión fue casi mística.

Me embistió con fuerza, apretando mi cabeza contra su pelvis, haciendo que lo acogiese entero, que tragase con él, que casi me corriese solo por lo intenso que estaba siendo todo.

Me liberó y dio un paso atrás. Yo lo observé jadeante, con mi cuerpo acelerado, revolucionado, a mil malditos grados de temperatura.

Su respiración también era un caos, era el león decidiendo qué hacer con su presa. Salvaje, peligroso. Instinto puro y el hambre hablando por él.

Me cogió por la cintura y me tiró sobre la cama. Prácticamente me arrancó el vestido, me rompió las bragas y su boca se hundió en mi sexo a la vez que separó mis piernas cogiéndome por las rodillas.

Un grito desesperado escapó de mis labios mientras echaba la cabeza hacia atrás, buscando algo a lo que agarrarme. Su boca. Sus dedos. Su lengua. Su aliento... ¡Joder! Iba a volverme loca.

Me corrí.

Fuerte.

Borracha de placer y ardiendo como el sol en pleno mes de agosto.

—¿Crees que he acabado contigo? —dijo Benedict otra vez encima de mí, con sus manos sosteniendo su cuerpo clavadas en el colchón a ambos lados de mi cabeza, con sus ojos dominando los míos. Sin besarme, pero tan cerca que daba igual lo que acabase de pasar, yo no podía pensar en otra cosa.

—No —contesté.

—Claro que no, joder. Voy a follarte hasta que, por favor, me supliques que pare.

Mi cuerpo volvió a encenderse como si solo él conociera el interruptor secreto.

Se incorporó.

—De rodillas en la cama. Ya.

Se quitó la camisa camino de la sofisticada cómoda. Del primer cajón sacó algo que se guardó en el bolsillo de los pantalones, un destello rojo. Otra cosa que no fui capaz de ver la conservó en la mano.

Notaba su mirada primaria y arrogante en mi cuerpo, observarme, encenderme, conseguir que la expectación y las ganas subiesen un poco más.

El colchón cedió cuando se colocó a mi espalda. Mi respiración se desordenó porque el deseo me hacía latir demasiado rápido el corazón.

Su mano en mi cuello. Tiró de mí obligándome a girar la cabeza y me besó con fuerza. Los dedos de su mano libre no se hicieron esperar y bajaron. Gemí y se resbalaron sobre mi sexo.

—Sabes jodidamente bien —dijo con voz ronca contra mis labios—, hueles jodidamente bien —sus dedos siguieron moviéndose. Más gemidos— y me ponen como una moto los sonidos que haces. Eres un puto sueño.

Su otra mano bajó y me acarició el pecho, torturándome un poco más.

Noté algo metálico en la entrada de mi sexo sin que sus dedos dejasen de acariciarme. Mi cuerpo se tensó solo una décima de segundo, pero fue suficiente para que él se diese cuenta.

Un beso en la nuca.

Me derritió un poco más.

—Son unas bolas chinas —susurró en mi oído.

Me metió la primera sin dejar de acariciarme y el placer fue instantáneo.

—Cada vez que te miro se me ocurren diez putas fantasías nuevas.

La segunda. Más sensaciones nuevas, deliciosas. Placer. Gemidos.

—No pienso renunciar a ninguna de ellas si significa que voy a poder ver cómo te corres.

La tercera. Eché la cabeza hacia atrás hasta apoyarla en su hombro. Me fundí de placer.

—Ver cómo estallas de placer se ha convertido en mi nuevo espectáculo favorito, señorita Sutton.

Tan pronto como pronunció esa frase, separó su mano de mí y me empujó suavemente para hacerme caer de nuevo sobre el colchón, haciéndome apoyar las manos. Rápido tiró de mis caderas, colocándome como quería y *me-dio-un-azote-en-el-culo* moviendo las bolas en mi interior, ¡joder!, haciéndolas vibrar.

En el primer segundo, mi mente se cortocircuitó y todo se quedó en el más absoluto silencio, incluso yo me quedé congelada. Pero, entonces, el placer irrumpió llenando cada rincón de mi cuerpo. Gemí. Y una media sonrisa satisfecha se coló en los labios de Benedict.

—¿Otro? —preguntó.

—Sí —respondí casi en un murmullo, con el corazón latiéndome demasiado rápido.

Me lo dio.

Volvieron a vibrar.

El placer se comió a bocados todo lo demás.

—¿Otro?

Mi respiración era un absoluto caos.

—Sí.

Más gemidos. Más placer delicioso que sabía a manzanas y a pecado.

Benedict se agarró la polla y despacio empezó a jugar con ella en mi entrada, arrancándome un millón de jadeos nuevos. Entró solo un poco, volviéndonos locos a los dos, mojándome aún más, apretando mi cadera con fuerza para contenerse y no partirme en dos exactamente como quería hacer.

Comencé a murmurar su nombre como si fuera una oración.

Un condón. Y lentamente empezó a entrar en mi trasero.

—Benedict —gemí y mi voz se evaporó con su nombre.

Era parte de la locura. Estaba sobrealimentada, perdida en el placer más increíble que se adueñó del miedo y se lo tragó de golpe. Sí, la aprensión de no saber cómo sería estaba ahí, pero, francamente, estaba deseando averiguarlo.

—Joder —rugió.

Luchó, entró poco a poco. Dolió. Grité. Me quedé sin aire... Pero con la siguiente bocanada el placer más intenso que he sentido en mi vida estalló dentro de mí.

—Maldita sea —gemí por placer, por instinto, por estar saltándome todas las barreras, por ver lo lejos que quedaban y lo poco que me importaba. Bienvenida a tu propio despertar sexual, Livy Sutton.

—Voy a moverme muy despacio —anunció.

Asentí embargada de las sensaciones más increíbles, casi infinitas. Mi cuerpo rebosó expectación, de impaciencia. Entró. Las bolas chinas vibraron otra vez dentro de mí. Todo supo a revolución, a voces en carne viva, a fuegos artificiales.

—No te pares —le pedí.

—¿Crees que hay alguna puta posibilidad de que lo haga?

Me embistió de nuevo. Lo adoré. Salió. Lo eché de menos. Me llenó. Joder. Me llenó entera.

—Me gusta.

—Te juro que cada cosa que haga va a volverte loca.

Lo creí. Porque ya lo estaba cumpliendo.

Más estocadas. Gemí. Grité. Sentí. ¡Lo sentí absolutamente todo! ¡Lo quería absolutamente todo!

Y en ese momento, en aquella cama, lo tuve.

—¡Benedict!

Sus manos se clavaron en mis caderas.

El placer me atravesó, me pintó con los colores más brillantes, me hizo volar. ¡Tocar cada maldita estrella!

Ese orgasmo lo recordaré toda mi vida.

Benedict me liberó y yo me dejé caer sobre el colchón, dándome la vuelta por inercia.

El mundo aún giraba demasiado deprisa cuando se deshizo del condón y se puso otro en cuestión de segundos, me sacó las bolas chinas y su polla ocupó su lugar con fuerza. Más gemidos. Más placer.

—¡Dios! —grité sintiéndome más completa que nunca, ¡más viva!

Otra vez necesitaba un segundo, pero otra vez no me lo dio.

Se movía convirtiendo el deseo en el motor de un Fórmula Uno. ¡Por Dios, haciéndome adicta a eso!

Se dejó caer sobre mí y estrelló su boca contra la mía sin dejar de follarme. Envites fuertes, duros, llegando hasta el fondo cada vez, dejándome al borde de un precipicio de placer inmenso cada vez, haciéndome jadear, gemir, ¡gritar!, cada vez.

—Las manos —me ordenó.

No lo especificó, pero algo dentro de mí supo lo que quería y coloqué las muñecas juntas sobre mi estómago. Se sacó aquel destello rojo del bolsillo. La cuerda. Y me ató con ella.

Todo subió otro escalón. Cada cosa que probaba, cada mordisco a esa manzana me excitaba más, multiplicaba las ganas y el placer.

Benedict me cogió a pulso y me llevó contra la pared. Moví los brazos para pasar su cabeza entre ellos y poder abrazarlo a pesar de estar atada.

Mi cuerpo resbalaba entre el muro y el suyo con cada embestida. La sensación era brutal. Todas mis sinapsis nerviosas estaban hiperestimuladas. Comencé a temblar suavemente.

Me besó con fuerza. Lo recibí hambrienta. Las ganas lo guiaban. Follando era salvaje, con la misma arrogancia, con el mismo peligro, como si te enamoraras del rey de los lobos en mitad de un bosque, como si lo hicieras de quien no debes en el mundo real.

El placer empezó a ser demasiado grande para contenerlo.

—No puedo —gemí.

—Sí que puedes —me ordenó apretando mi culo

con las dos manos—. Hasta caer rendidos, ¿recuerdas? —pronunció torturador—. Hasta que tenga bastante de ti.

Y esa amenaza se alió con cada una de sus embestidas. Más fuertes. Más rápidas. Más alucinantes. ¡Más todo!

El placer serpenteó mi cuerpo como los caballos la tierra de una carrera y me corrí gritando su nombre, aferrándome a él, sintiéndome más libre que nunca porque mis muñecas atadas significaban que en el sexo por fin había aprendido a volar.

Sus dedos se clavaron en mi piel y Benedict se corrió dentro de mí.

De pronto un silencio de lo más dulce tomó la habitación y solo era capaz de escuchar nuestras respiraciones trabajosas tratando de calmarse.

Abrí los ojos y, cuando él hizo lo mismo, me zambullí en el verde más increíble que había visto jamás.

—Quieres oírlo, ¿verdad? —dijo con una sonrisa maliciosa.

Me mordí el labio inferior. No sabía por qué, pero lo quería.

—Sí. —Fui valiente.

—¿Y eso es lo que quieres ser?

—Sí. —Y lo fui aún más.

Él me mantuvo la mirada y un deje de orgullo cruzo sus ojos.

—Buena chica.

Por un momento mi respiración volvió a acelerarse. No entendía qué pasaba con esas dos malditas palabras, por qué me hacían sentir así, por qué me calentaban, por qué eran un premio que me quería ganar. Pero daba igual no comprenderlo porque sentirlo era increíble.

Benedict me cogió de la barbilla y me obligó a levantarla cuando acercó su cara un poco más para que nuestras miradas siguiesen conectadas.

—Mi buena chica —pronunció y cada palabra sonó a advertencia. No para mí, sino para el resto del maldito mundo—. Solo mía.

Me besó con fuerza, yo lo recibí de la misma manera y la intensidad solo necesitó un segundo para ganarnos la partida a los dos.

18

Treinta y seis días antes de nuestra boda

Noté sus labios contra los míos y me acurruqué contra su cuerpo. Benedict prolongó el beso y yo me estreché contra él. No sabía cuánto había pasado desde que se apiadó de mí y decidió dejarme dormir. Gemí contra sus labios y él sonrió. Parecía ser que, fuera cuando fuese, ya estaba preparada para otro asalto.

—Date una ducha y vístete. Te llevo a cenar y después a casa —me informó—. Te espero abajo.

Abrí los ojos justo a tiempo de verlo levantarse de la cama. Tenía el pelo húmedo echado hacia atrás y ya se había vestido.

—Necesito mi bolsa —le expliqué incorporándome, llevándome la sábana conmigo en el movimiento para continuar tapada. Era plenamente consciente de lo estúpido que resultaba eso, pero la valentía que Benedict conseguía despertar en mí sexualmente parecía transformarse en un pudor bobalicón justo después.

Él me dedicó su media sonrisa. Mi actitud le despertaba ternura.

—Está en la silla —respondió señalando el mueble junto al ventanal.

Asentí agradecida con una sonrisa y él salió de la estancia.

Fui hasta el baño con paso acelerado y me di una ducha. Mientras me secaba el pelo, envuelta en una mullida toalla blanca, me felicité mentalmente por haber sido tan previsora. Podría lavarme los dientes y regresar al salón con un bonito vestido. No tenía ni idea de dónde había acabado el otro ni en qué estado estaba.

Al mirarme en el espejo, torcí los labios. Era un poco, bastante, corto. No enseñaba nada ni era vulgar, pero desde luego tenía mucha menos tela en la zona de las piernas de lo que estaba acostumbrada. ¿Cuándo me lo había comprado? Probablemente con la intención de ir a alguna fiesta del instituto. Bajé tarareando una canción, aunque ni siquiera estaba segura de saber cómo se llamaba. Benedict estaba sentado en el brazo del sillón, comprobando algo en su teléfono móvil. Al verme, me recorrió de arriba abajo y se levantó lleno de seguridad.

—No vas a salir así —me advirtió, y juraría que ni siquiera había racionalizado esas palabras, que le habían salido directamente de la boca del estómago.

Yo fruncí el ceño y en el mismo instante sonreí alucinada.

—¿Qué estás diciendo?

Benedict me miró y también frunció el ceño, otra vez sin dejarme ver si estaba sorprendido o enfadado, aunque en aquella ocasión tengo la sensación de que ni siquiera él mismo lo sabía. La situación en la que nos había colocado le resultaba un terreno confuso y al mismo tiempo le ponía de un humor de perros.

Sin embargo, se rearmó sobre sí mismo en una sola décima de segundo.

—No quiero que salgas con ese vestido —me aclaró dando un paso hacia mí.

Yo me crucé de brazos.

—Pues entonces es una suerte que no tenga que pedirte permiso para elegir qué ponerme.

Tenía veintitrés años. Puede que el mundo todavía tuviese que enseñarme muchas cosas, pero tenía claro que, que un hombre, por muy guapo que fuese y por muy loca que me volviese en la cama, decidiese por mí, no era una de ellas.

Es cortísimo —se quejó.

—No enseño nada —repliqué— y, aunque lo hiciera, sigue siendo mi decisión.

—Livy... —me advirtió.

Negué con la cabeza. No iba a dar mi brazo a torcer.

Benedict dio un nuevo paso hacia mí sin liberarme de su mirada. Tuve la sensación de que estaba decidiendo qué hacer conmigo y algún rincón recóndito de mi cuerpo empezó a vibrar. Avanzó otro más y no supe por qué maliciosa ley de la naturaleza su atractivo pareció crecer enteros. ¡Ni siquiera entendía por qué! Se estaba comportando como un auténtico neandertal y un completo gilipollas.

No lo dudó. Me cogió de la cintura y me aprisionó contra la pared de su carísimo salón. Gemí y me besó despacio, asaltando mi boca con una exquisita lentitud, jugando con mi lengua, acariciándome, rindiéndome poco a poco. Gemí de nuevo una, dos, tres veces. Sus manos no se movieron de mi cintura.

Querían mandar el mensaje al resto de mi cuerpo que lo mejor de aquello eran sus besos, sus labios contra los míos, que no necesitaba nada más, y yo empecé a perder el control de mí misma, a arder.

—Me gustas —susurró contra mi boca—. Joder, Livy, me encantas.

Las palabras cayeron en el rincón exacto de mi mente, en el rincón exacto de mi cuerpo y, si ya estaba entregada, di el paso definitivo y cada parte de mi cuerpo le firmó a Benedict Fisher un cheque en blanco.

—Tú también me gustas, muchísimo —prácticamente tartamudeé entre jadeos.

—Desnúdate —rugió demasiado sexy para ser real.

Obedecí. En cuanto el vestido cayó al suelo, Benedict me empujó de nuevo contra la pared y me besó con más fuerza. Su mano bajó por mi estómago, avanzó detrás de la tela de mis bragas y su dedo se deslizó en mi interior.

La sangre húmeda y caliente recorría mi cuerpo con rapidez, tan dopada de placer y sexo como yo.

Eché la cabeza hacia atrás absolutamente extasiada, él me siguió para no interrumpir ni un solo segundo nuestros besos. Agarré ansiosa su brazo en una súplica silenciosa para que, por favor, no parara.

—¿Quieres que te folle? —susurró con la voz ronca y la boca sucia.

—Sí, por favor.

Me mordió el labio inferior, tiró suavemente hasta que el fino hilo de dolor se mezcló con una ola de placer y después me besó asegurándose de que esa ola se hiciera infinita.

—¡Benedict! —grité a punto de correrme.

Y.

Entonces.

Se paró.

Abrí los ojos, confusa, a tiempo de ver cómo se llevaba los dedos a los labios y saboreaba mi placer. No sé si fue porque me habían sacado de la burbuja de golpe o porque aquello era de lejos lo más sexy que había visto jamás, pero las piernas empezaron a fallarme.

—Acabo de descubrir lo poco que me gusta sentirme celoso —explicó lleno de naturalidad, de seguridad—, así que ¿quiere correrse conmigo dentro, señorita Sutton? Pues haga algo para solucionarlo.

Dio un paso hacia atrás y después, simplemente, caminó con esa misma seguridad y cero remordimientos de vuelta hasta el brazo del sofá.

Yo lo miré sin saber qué hacer. ¡¿Esa mierda iba en serio?! Una parte de mí había subido a su particular nube de amor. ¡Estaba celoso! La otra estaba muy cabreada. ¿De qué iba? Y las dos se reafirmaron en lo que tenía más que claro: tenía veintitrés años, era una mujer adulta, nadie iba a decidir por mí.

Recogí mi bolso y mi vestido del suelo y subí a la habitación. No voy a negarlo, pensé ponerme la ropa con la que había llegado esa mañana y bajar tan contenta en busca de mi orgasmo perdido, pero antes muerta que hacerlo. Yo tenía razón. Nadie iba a decidir nada por mí. Me da igual quién estuviese en frente.

Volví a ponerme el vestido de la discordia. Me arreglé el pelo y el poco maquillaje que llevaba y salí de su dormitorio.

El sonido de mis pisadas sobre los escalones me delató. Benedict alzó la cabeza y volvió a barrerme de arriba abajo. No puedo negar que seguía resultándome intimidante. Una chispa de enfado brotó en una mirada comida por el deseo.

Esa vez no dijo nada. Caminó hasta mí. Me bajó del penúltimo peldaño y me obligó a rodear su cintura con mis piernas mientras me besaba con ansia sin dejar de andar. Nos estrelló contra la pared y su perfecta polla encajó en mi sexo de la manera más loca y deliciosa.

Me besó recordándome lo bien que se le daba conseguir que me derritiera. Su boca en mi cuello. Sus manos volando por mi cuerpo. Él. Su olor.

—Por favor —supliqué llevada por toneladas de deseo. Necesitaba que acabara con aquella tortura, que me follara.

—¿Vas a darme lo que quiero? —preguntó contra mi cuello, calentando mi piel con su aliento.

—Benedict —gemí.

No podía. Él no debía pedírmelo.

Movió la cabeza y volvió a estrellar sus labios contra los míos.

—Me muero de ganas de estar dentro de ti —susurró con la voz ronca y ese millón de verdes poniéndome las cosas complicadas.

Y no sé si perdí por completo el sentido común o aprendí a jugar, porque lo que Benedict estaba haciendo era jugar, y eso podíamos hacerlo los dos.

Me mordí el labio inferior para ganar valor y para recordar contenerme, y empecé a mover las caderas resbalando sobre él.

Benedict dejó escapar el aire de sus pulmones controlado. Clavó la palma de la mano en la pared y me estrechó más entre el muro y su cuerpo. Era el instinto hablando por él y gruñendo que quería más.

Llevé las manos a su pecho y comencé a acariciarlo

despacio, tocando cada botón sin llegar a desabrochar ninguno... gimiendo un poco más de lo que mi cuerpo necesitaba hacerlo, mirándolo a través de mis pestañas.

—Sé lo que estás haciendo —me dejó claro con la respiración trabajosa.

—¿Y está funcionando?

No soné impertinente, ni segura de mí misma. Lo hice dulce, y fue algo totalmente involuntario. Me sentía así porque, al mismo tiempo que intentaba ser una mujer fatal, me moría de ganas de estar con él, incluso de estar con él así, porque significaba tenerlo cerca.

Benedict se humedeció el labio inferior y dejó escapar una sonrisa breve y mordaz, incluso un poco malhumorada. La mano que le quedaba libre voló hasta sus pantalones, camino que siguieron las mías. Nos deshicimos de todo lo que nos sobraba, un condón y Benedict se hundió en mí.

Los dos gritamos a la vez porque por fin le dimos nombre y escapatoria al deseo. Nos movimos rápido, duro, acompasados, incitando al otro. Los dos estábamos demasiado cerca incluso antes de empezar.

—¡Benedict! —grité.

Me apreté todavía más contra él, clavé mis dientes en su hombro y me corrí con fuerza, liberándome. Era placer y una corriente eléctrica con forma de catarsis.

—Joder —gruñó.

Guardó mi pelo en un puño y tiró de él para obligarme a alzar la cabeza y poder volver a besarme salvaje. Me embistió con más fuerza y se vació dentro de mí.

En el siguiente minuto, solo se oyeron nuestras respiraciones aceleradas.

Cuando levanté la cabeza, me encontré con sus ojos verdes, que ya me esperaban, intensos e increíbles. Aquella vez fue la primera en la que sentí que no había un solo gramo de distancia en ellos.

—Eres mía —prácticamente rugió.

Todo lo que Benedict siempre me hacía sentir se multiplicó por mil, lo bueno, lo malo y lo que nos hacía brillar.

—Soy tuya porque yo elijo serlo y no vas a decidir nada sobre mí que yo no quiera.

Soné más libre y valiente que nunca.

Me miró unos segundos y finalmente me besó, casi resultando violento, casi haciendo daño y provocándome demasiado placer porque acabábamos de sellar un acuerdo.

Me deslizó despacio contra la pared, haciéndome hiperconsciente de su cuerpo, haciéndose hiperconsciente del mío, hasta que mis pies tocaron de nuevo el suelo.

No dijo nada. Me cogió de la mano y me llevó a cenar.

19

Me despierto tan enfadada como me fui a dormir. No he podido dejar de darle vueltas a lo que ocurrió con su padre, a que no quiera hablar sobre Blair, a cómo se comportó en el trabajo. Ni siquiera creo que haya podido conciliar el sueño del todo en algún momento y, cuando lo he hecho, no he parado de tener pesadillas de esas en las que ruedas escaleras abajo o caes desde lo alto de un edificio.

Me pongo uno de los vestidos que Benedict me compró en Roma y me subo a un par de los muchos tacones que nos acompañaron desde la misma ciudad. Tienen el nombre de Christian Louboutin serigrafiado en letras doradas en el interior, así que imagino que deben de ser carísimos.

Bajo a la planta principal recogiéndome el pelo en una cola de caballo. Las lentillas me pican. Imagino que es por lo poco que he dormido.

—Buenos días, señora Fisher —me saluda la señora Smith cuando aún estoy a unos pasos de la barra de la cocina.

—Buenos días.

Hoy no estoy muy habladora. No es que normalmente pueda tener largas conversaciones con ella, pero siempre, voluntaria o involuntariamente, me descubro haciendo preguntas que invariablemente quedan en el aire o explicándole mi vida a alguien que ni siquiera me puede responder.

Deja una taza de café humeante delante de mí con una sonrisa con la que creo que trata de reconfortarme. Imagino que sabe que Benedict y yo discutimos.

—Gracias —musito.

Le doy un sorbo, pero en el fondo ni siquiera me apetece. Desanimada, apoyo el codo sobre el mármol de Carrara y dejo caer mi mejilla sobre mi mano. Ni siquiera me importa que sea sábado por la mañana y deba ir a trabajar; de hecho, fue idea mía. Estamos muy lejos de llevar el ritmo que deberíamos con el microprocesador. Además, a última hora se ha programado una reunión interdepartamental. Imagino que los chicos me odiarán un poco más por ello, pero «gracias» a mi marido, ya no lo expresarán.

—Genial —gruño entre dientes.

En ese momento unos pasos se apagan a mi espalda y tras un segundo vuelven a reanudarse determinados. Sé que es él.

Benedict entra en mi campo de visión retocándose los gemelos de su camisa blanca bajo su traje azul y se sienta, dejando uno de los taburetes de distancia entre los dos.

—Buenos días, señor Fisher —lo saluda la cocinera.

—Buenos días —responde él.

De inmediato le sirve un café.

La señora Smith se retira y nos quedamos los dos

solos, en silencio. Estoy tan enfadada... Noto cómo sus ojos verdes se me clavan, calentando mi piel donde se posan, pero no pronuncia palabra alguna.

Tras un período de tiempo indefinido, decido que he tenido suficiente guerra fría y me levanto. Lo mejor será que me marche ya a la oficina.

—Esto es una estupidez —gruñe Benedict cuando solo me he alejado unos pasos.

Sus palabras me detienen en seco y hacen que me gire despacio, cruzándome de brazos. Al fin y al cabo, sigo furiosa, y mucho. No puedo permitir que él lo olvide y mucho menos puedo olvidarlo yo. Sin embargo, he de reconocer que, cuando su mirada atrapa la mía, flojeo un poco.

Benedict deja escapar, controlado, todo el aire de sus pulmones y aprieta la mandíbula. Él también sigue muy cabreado.

—Blair es abogada —empieza a decir a regañadientes—. Trabaja en las oficinas en Seattle de Wachtell, Lipton, Rosen y Katz. Cuando nos divorciamos, se mudó a Madrona. Tiene veintisiete años y nació en Jacksonville. No sé qué más quieres saber.

Trago saliva.

—¿Cómo es?

—Pelo castaño, con los ojos marrones, un poco más alta que tú.

Lo escuchó sin perder detalle, con una curiosidad casi insana. Es abogada, no tiene los treinta y ya trabaja en el bufete más importante de Estados Unidos. Ya imaginaba algo así y ahora, definitivamente, me siento igual de mal. Soy una completa idiota. Está fuera de su vida, ¿por qué no puedo quedarme simplemente con eso?

—Livy, por Dios —ruge Benedict como si ya no pudiese soportarlo más—. Nada de esta mierda va a hacer que te sientas mejor.

Niego con la cabeza.

—No —murmuro al fin.

Se levanta de un salto, como si también fuese algo que no pudiese soportar más, camina hasta mí decidido y me besa con fuerza, cobijándome entre sus perfectos brazos.

—Lo siento —dice contra mis labios justo antes de volver a besarme.

—Yo también lo siento.

En sus brazos automáticamente me siento mejor, como si fuese capaz de recargar todas mis baterías.

—Te quiero —le digo.

Una sonrisa se cuela en sus labios y, guiado por el instinto puro, me besa con fuerza.

—Dímelo, por favor —le pido sin separarme un solo centímetro.

Él se aleja lo justo para que sus ojos puedan atrapar los míos.

—Te veo, preciosa —dice con mi cara aún entre sus manos.

Mi corazón se hincha de esperanza, pero al siguiente latido pierde el compás. Esas palabras son casi mágicas para mí, pero no son las que necesitaba oír en este instante.

Bajo la cabeza tratando de poner orden a cómo me siento ahora mismo. No puedo mirarlo a los ojos y pedirle que me diga que me quiere. Si él lo hiciese por ese motivo, tendría el mismo valor que si no lo hubiese hecho nunca.

Benedict lo entiende a la perfección. Me obliga a levantar la cabeza y vuelve a besarme.

—Te veo, preciosa —repite contra mis labios—. No quiero ver a nadie jamás.

Cierro los ojos. Trato de pensar de nuevo, pero el corazón gana todas las batallas y decide que eso es suficiente, que yo tengo suficientes «te quiero» en los labios y en el alma por los dos, porque la idea de perderlo, de la manera que sea, es sencillamente sobrehumana.

—Buenos días, señora Fisher —me saluda Ty en la puerta de la sala de trabajo.

—Buenos días.

No estoy de humor para recordarles por millonésima vez que me llamen Livy, ni tampoco lo estoy para oír un «mejor no». Son unos cabrones.

Al pasar junto a la mesa de Kelsey, nuestra secretaria de oficina, frunzo el ceño. Está vacía. Miro el reloj. Son poco más de las ocho y cuarto. Nunca se retrasa. Estoy a punto de preguntar cuando un rumor ajetreado me hace llevar la mirada hasta el ascensor. Kelsey está saliendo de él, quitándose la chaqueta, con varias carpetas en la mano, tratando de guardar las llaves en el bolso y sacar de él el móvil. Al verme junto a su mesa, suspira mortificada y acelera aún más el paso, prácticamente echa a correr.

—Buenos días, señora Fisher —me saluda dejando las cosas sobre su mesa en tropel y encendiendo el ordenador antes siquiera de respirar—. Siento el retraso. No volveré a pasar. Me quedaré durante el almuerzo para recuperar el tiempo perdido.

Parece preocupada.

—¿Estás bien? —indago a riesgo de llevarme un «gracias, pero no es asunto suyo». No sé, debo de ser sadomasoquista emocional y todavía no lo había descubierto.

Kelsey frunce el ceño, sorprendida por mis palabras, pero el gesto desaparece rápidamente y niega veloz.

—No es nada, gracias.

Sé que me está mintiendo, pero no somos amigas. Entiendo que no quiera contármelo.

—No tienes por qué dármelas.

Sin esperar respuesta, regreso a mi mesa y empezamos a trabajar.

La mañana pasa rápido y el ambiente ya no es tan tenso, básicamente porque la sombra de Benedict es alargada. Ninguno quiere perder su puesto de trabajo y el conservarlo pasa porque sean amables y cordiales conmigo. Lo pienso y tengo ganas de pegarme un tiro. Me siento como si fuera una mujer florero del Upper East Side a la que su marido ha comprado una tienda de ropa a dos manzanas de su ático de lujo.

A la una y media los chicos se van a almorzar. Yo decido quedarme. No tengo hambre y sí trabajo. Además, Benedict tiene una reunión. No me apetece comer sola.

Al levantar la cabeza, me doy cuenta de que Kelsey no se ha marchado con los demás como siempre.

—Kelsey —la llamo desde mi mesa.

—¿Sí, señora Fisher?

—Baja a comer —la animo—. Lo de esta mañana solo fueron quince minutos. No tiene importancia.

Ella niega con la cabeza.

—Tengo cosas que hacer —me explica— y no tengo hambre.

Asiento, aunque no creo que sea verdad. Tampoco creo que lo haga por recuperar el tiempo perdido.

Empiezo a repasar todos los archivos que debo presentar en la reunión. Recopilo todo lo que los chicos han hecho hasta ahora. Estoy pasando una hoja de Excel tras otra cuando de pronto una llama mi atención, en concreto la resolución de un algoritmo. Presto más atención. Reviso todo el documento.

—No puede ser —murmuro para mí.

Compruebo la información directamente en mis archivos. Hay un error garrafal y no lo he cometido yo. Mis líneas de cálculo son correctas, el fallo está en la resolución. Leo el encabezado de la página. Ha sido Gordon.

—Joder —gruño—. Kelsey —la llamo de nuevo desde mi escritorio, sin levantar la cabeza de las páginas que continúo revisando concienzudamente. Los algoritmos se resuelven en cadena. Si uno está mal, es más que probable que haya ido encadenando error tras error en los cálculos siguientes—, avisa a Gordon. Dile que necesito que esté aquí ya.

—Debe de estar almorzando —responde confusa.

—Lo sé —replico.

Joder. Joder. Joder.

Gordon regresa en unos cinco minutos. Por lo menos, me ha tomado en serio. Cuando le hago ver el fallo, en un principio, se prepara para negarlo convencido de que no puede haber cometido un error así y, al entender que efectivamente ha metido la pata hasta el fondo, me mira con cara de pánico. No lo culpo. Ese fallo nos retrasará semanas. Deberemos reelaborar mucho trabajo y estaremos aún más empantanados con la construcción del microprocesador. Con cualquier otro líder de equipo, le costaría el puesto. Siendo sinceros, yo me lo estoy pensando.

—Señora Fisher —me llama Kelsey acercándose a la mesa central—, la reunión va a empezar.

Miro el reloj. Son casi las tres.

—Recoge los documentos y llama al ascensor.

Ella asiente y se marcha.

Al entrar en la enorme sala de conferencias de Fisher Media, mi cuerpo automáticamente lo busca a él. Cuando mis ojos se encuentran con los suyos a través de la kilométrica estancia, por un segundo deja de prestar atención a los ejecutivos que lo rodean y simplemente me mira a mí. En cualquier otra circunstancia, sonreiría, incluso me ruborizaría un poco pensando en todas las cosas en las que se traducirá esa mirada cuando lleguemos a casa, pero hoy sé que es diferente. La discusión de esta mañana, cómo nos reconciliamos... Todo fue diferente y creo que los dos lo sabemos.

Finalmente, deja escapar todo el aire de sus pulmones pensativo, sin dejar de mirarme antes de volver a prestar atención a su conversación.

—Sus documentos —me saca Kelsey de mi ensoñación, dejando varias carpetas sobre la enorme mesa, frente a la silla que ocuparé.

—Gracias.

Ella asiente y se sienta en una silla a mi espalda con el resto de los asistentes y secretarios.

La reunión empieza prácticamente en ese mismo instante.

—Señor Ledovskoy —lo llama Benedict—, no estamos consiguiendo el rendimiento esperado con los servidores actuales.

El señor Ledovskoy es Clarence Ledovskoy, uno de los mejores ingenieros informáticos de Estados Unidos, especializado en macroestructuras de sistemas. No bromeé cuando dije que Fisher Media era una de las empresas tecnológicas más punteras del país, pequeña, sí, pero con un potencial increíble y todo gracias a Benedict. Es ambicioso y muy inteligente y ha sabido rodearse de los mejores profesionales.

—Los servidores actuales están bien diseñados —le explica Ledovskoy—, pero el rédito de tiempo que pierden en ejecutar el *software* es desorbitado.

—¿Y cómo vamos a arreglarlo?

Después de una media hora en la que intentamos buscar la solución más adecuada, la reunión avanza al siguiente punto y casi una hora después termina.

—Livy, quédate —me pide Benedict mientras el resto de los ejecutivos se levanta y abandona la sala.

Benedict también se incorpora. Camina hasta la puerta, intercambia un par de palabras con uno de los chicos del equipo del señor Nichols, recoge la tablet que le tiende y regresa a la presidencia de la mesa. Kelsey, a mi espalda, al ver que no me levanto, tampoco lo hace.

—¿Cómo va el microprocesador? —me pregunta en cuanto el último ejecutivo/ingeniero abandona la estancia.

—Bien —respondo sin parpadear.

Odio mentirle, pero ahora mismo no lo estoy haciendo con mi marido, sino con mi jefe, y esa idea me ayuda a sentirme menos culpable.

Benedict asiente.

—¿Habéis resuelto los hilos de programación terciarios?

—Sí.

—El algoritmo principal en entorno cero dio problemas... —deja en el aire.

Asiento. Maldita sea. Es demasiado listo.

—Y los seguirá dando, pero al menos ya sabemos dónde falla y podemos rediseñar todos los cálculos para asegurarnos un *feedback* progresivo más positivo.

—¿Probando diferentes cálculos en binario?

—Sí.

—¿Partiendo de los mismos algoritmos ajustando los cocientes?

Trago saliva. Siento como si me estuvieran acorralando.

—Sí.

—¿Mejorando los hilos de programación secundarios a partir de los terciarios?

—Sí.

—¿Y eso piensas hacerlo antes o después de contarme que hay un error en la resolución de los cálculos?

Le mantengo la mirada y suelto una bocanada de aire. Lo sabía desde el principio. Solo ha querido ver hasta dónde era capaz de cavar mi propia tumba.

—Benedict... —trato de explicarme.

—¿Se puede saber por qué me has ocultado algo así? —me interrumpe malhumorado—. Esto nos retrasará semanas, Livy. Quiero a Gordon en la calle.

No lo culpo. Yo misma lo había pensado, pero en el fondo no me parece justo. No puedo dedicarme a dar discursos sobre la motivación y lo importante que es que nos comportemos como un equipo y a las primeras de cambio echar a uno de ellos a los leones, por más que se lo merezca. El fallo fue suyo, pero yo soy la jefa, así que la responsabilidad es mía.

—No fue Gordon —digo intentando sonar lo más segura posible—. Fui yo.

Benedict frunce el ceño de esa manera en la que no me deja ver si está enfadado o sorprendido.

—¿Me estás diciendo que fuiste tú la que resolvió mal el algoritmo?

Me mira directamente a los ojos, frío, distante e intimidante a partes iguales. En el fondo lo que me está diciendo es «tengo clarísimo que no fuiste tú, pero quiero averiguar si eres capaz de mentirme a la cara».

Aprieto los labios. Hay que ser consecuentes.

—Sí.

Dos letras y la gigantesca sala se sume en un silencio sepulcral.

Benedict asiente varias veces y finalmente se humedece el labio inferior antes de levantarse grácil y abrocharse los botones de su chaqueta.

—Tienes una semana para solucionarlo o estáis los dos en la calle —me deja claro antes de marcharse sin mirar atrás.

Por un momento me quedo inmóvil, casi congelada, con la vista todavía al frente. Está cabreadísimo y yo acabo de apostar mi carrera profesional por alguien que a duras penas me da los buenos días.

Me dejo caer contra la silla. Era lo que tenía que hacer, por quien lo he hecho es irrelevante. Se trata de cómo soy yo y mis principios. Asiento y dejo que esa idea cale en mis huesos deshaciéndose de cualquier otra. Tengo claro por qué me he comportado así y volvería a hacerlo, aunque eso signifique acabar en la calle. Asiento de nuevo. Además, sé que puedo hacerlo. Solo tengo que trabajar duro.

Me levanto convencida, pero, al girarme, la manera en la que Kelsey me mira me detiene en seco otra vez. Me siento como si de pronto tuviera dos cabezas.

—¿Nos vamos? —pregunto algo incómoda.

Ella tarda un segundo de más en asentir, como si la

hubiesen sacado de una burbuja, y las dos salimos de la sala de conferencias.

El resto del día lo paso dándole vueltas a la misma idea. Necesito encontrar una solución y no se trata solo de repetir los cálculos o diseñar nuevos algoritmos si fueran necesarios, es el microprocesador. No vamos lo rápido que debemos porque algo falla y no sabemos qué.

A las cinco dejo escapar a los chicos, es sábado, pero yo opto por quedarme y seguir trabajando, por todos los motivos que ya he dicho, pero, sobre todo, para demostrar que este proyecto no me queda grande.

—Hola.

Su voz me hace levantar la mirada del ordenador. El día de hoy ha sido raro y complicado, sumado a todo lo que pasó ayer. Solo quiero irme a casa y acurrucarme con él.

—Hola —respondo.

Benedict sonríe, pero el gesto no le llega a los ojos y se deja caer contra el marco de la puerta, con las manos en los bolsillos.

—¿Estás bien?

Lo pienso y asiento.

—Es complicado, pero se solucionará.

Por un momento no sé si estoy hablando del microprocesador o de nosotros. Supongo que un poco de cada.

—Si alguien puede encontrar la manera, esa eres tú.

Sonrío, pero tampoco es un gesto entero porque creo que él también se refiere a nosotros.

—No podría haber nadie mejor que tú —añade y, despacio, gira sobre sus pies y echa a andar.

No quiero ser el «tú» de nadie que no sea él.

Sin dudarlo, salgo disparada. El veloz repiquetear de mis tacones le hace darse media vuelta y, sin pensarlo una sola décima de segundo, corre hacia mí. Me lanzo en sus brazos y él me estrecha con fuerza.

—Las cosas a veces se pondrán difíciles —digo acelerada, separándome para buscar su mirada—, pero no tenemos que rendirnos. —Poso mis manos en su pecho, pero las levanto inquieta al cabo de un segundo. El corazón me late desbocado, desmedido—. Yo no voy a rendirme y tienes que prometerme que tú tampoco lo harás.

Benedict recoge mis manos entre las suyas y las lleva de nuevo hasta su pecho, llenando mis dedos de calidez, calmándome.

—Tengo que ser el cabrón con más suerte de todo el puto mundo —sentencia mirándome a los ojos sin entender del todo que lo haya elegido a él, que lo quiera a él—. Te juro que no voy a rendirme, preciosa.

Sonrío y el gesto se llena de sus besos. Somos solo nosotros y lo demás no importa.

—Vámonos a casa —susurra contra mis labios con un deje exquisitamente pervertido.

Suspiro entregada y él sonríe, una sonrisa maravillosa y sincera.

—No puedo —me obligo a decir (y cuánto trabajo me cuesta)—. Tengo que seguir trabajando.

Benedict avanza por mi piel hasta que su cálido aliento se impregna en mi cuello, en el lóbulo de mi oreja.

—Creo que puedo convencerte de que cambies de opinión —susurra provocador.

Contengo otro gemido y me muerdo el labio tratando de concentrar mi mente en microprocesadores y algoritmos.

—Claro que podrías —contesto con una sonrisa nerviosa en los labios, empujándolo para recuperar mi espacio personal y el sentido común—, así que lárgate, cabronazo arrogante —le ordeno divertida, indicándole la puerta con el índice—. Tengo que trabajar.

Él ladea la cabeza increíblemente sexy y da un paso hacia mí y yo estoy a punto de tirarme en sus brazos y no bajarme jamás.

—¿Cabronazo arrogante? —pregunta siendo precisamente uno: con la voz ronca, la mirada llena de promesas de placer y ese cuerpo para el pecado llamando sin un gramo de remordimiento al mío—. Va a tener que darme muchas explicaciones cuando llegue a casa, señorita Sutton.

¿Señorita Sutton? Maldito bastardo descarado.

Yo me cruzo de brazos, muy digna.

—Lárgate —repito, pero la voz me traiciona y flaqueo un poco.

Benedict sonríe encantado y al fin se marcha de mi sala de trabajo. Lo observo hasta que se monta en el ascensor y resoplo de nuevo con el objetivo de evitar que una sonrisa de idiota enamorada me parta la cara en dos. Sobra decir que es una sonrisa tan grande que no lo consigo, así que me rindo y, con las mariposas revoloteando en mi estómago, regreso a mi mesa.

Acabo de tomar asiento cuando mi móvil me avisa de que tengo un nuevo whatsapp. Es de Benedict.

Kane te está esperando en la puerta
para llevarte a casa cuando quieras,
y tu cena de tu restaurante preferido
está de camino a la oficina.

Encojo las piernas y giro en mi silla ya riendo como una idiota.

> Benedict Fisher, oficialmente eres el
> mejor marido del mundo. Te quiero.

No llega respuesta, pero, para bien o para mal, después de todo lo que ha pasado, creo que hoy ya no la necesito.

Continúo trabajando. La cena me sienta de maravilla y me da las energías necesarias para, después de remolonear un poco, seguir delante del ordenador. Estoy en esas cuando oigo un ruido en la planta desierta, quizá unos pasos. Alzo la cabeza, asustada. El ruido vuelve. ¿Qué es? ¿Quién es? Y como el ser humano es como es, empiezo a plantearme las respuestas más lógicas posibles: un hombre con un hacha, el loco de *La matanza de Texas* con un hacha, el loco de *La matanza de Texas* con una sierra mecánica, que para algo es su arma preferida. Otro ruido. Joder. Me levanto muy valiente... eso sí, con el teléfono en la mano para llamar a Kane al mínimo indicio de peligro.

Solo he avanzado un par de pasos cuando el rumor se vuelve ruido de verdad y Nevaeh entrando en la sala de trabajo me hace pegar un respingo.

Ella sonríe llena de espontaneidad y el resto de los chicos, incluida Kelsey, entran tras ella.

—¿Qué estáis haciendo aquí? —pregunto sorprendida—. Es tardísimo.

No sé la hora exacta, pero ya ha anochecido y no queda un alma por aquí.

Gordon da un paso al frente.

—Kelsey nos ha contado lo que has hecho por mí, bueno, por todos nosotros en la reunión —se explica—.

Podrías haber dejado que me despidiera, pero, a pesar de saber que he sido yo quien se ha equivocado, me has defendido e incluso has puesto en riesgo tu propio trabajo.

Una tenue sonrisa se cuela en mis labios y busco a Kelsey con la mirada.

—Ahora somos nosotros los que no podemos dejarte sola en esto —sentencia Gordon.

Mis ojos vuelan de nuevo hasta él. Mi sonrisa se ensancha. No me puedo creer lo que estoy oyendo. Todos asienten y mi sonrisa se hace todavía más grande si es que eso es posible. ¡Por fin somos un equipo!

—Pues supongo que deberíamos ponernos a trabajar —añado feliz.

Todos caminan hasta la mesa de reuniones, pero yo me quedo quieta, esperando a que Kelsey llegue hasta mí.

—Gracias —le digo, y de verdad se lo agradezco.

—Gracias a ti, Livy.

Nos pasamos las siguientes horas trabajando, poniendo en común cada punto, cada idea, y entonces, al filo de la medianoche, simplemente sucede. Estoy observando el mismo algoritmo que llevaba observando una semana y creo que tengo la mejor idea de mi vida.

—Ya sé cómo vamos a conseguir que funcione el microprocesador —digo con una sonrisa satisfecha en los labios.

¡Vamos a conseguirlo!

Regreso a casa feliz como una niña, tanto que se me olvida que son casi las dos de la mañana y cruzo el salón corriendo y armando alboroto hasta llegar al estudio de Benedict. En cuanto me ve, mi sonrisa se contagia en sus labios.

—Lo has conseguido —afirma orgulloso, sin necesidad de que le confirme una sola palabra.

Corro hasta él y me colocó a horcajadas en su regazo. Lo beso feliz y él me devuelve encantado cada caricia.

—Sabía que lo lograrías —sentencia sin una mísera duda.

—Si lo he conseguido, ha sido por todo lo que tú has confiado en mí —repongo y es la pura verdad—. Tú eres mi superpoder, Fisher.

Benedict sonríe y vuelve a besarme.

—Quiero que decidas qué haremos con ese microprocesador, a qué lo destinaremos.

Eso... Eso es demasiado.

—Benedict...

—Ese microprocesador no va a ser un avance más —replica antes de que pueda continuar—. Será algo especial. Podremos ayudar a la gente, hacer sus vidas más fáciles. Así que es importante que sea un corazón quien tome las decisiones, no los números o las ventas. Por eso tienes que ser tú, preciosa. No hay una persona mejor.

Sonrío de nuevo. Es el mejor hombre que he conocido jamás y lo quiero aún más por permitirme ayudarlo.

—Acepto —respondo.

Ahora es él el que sonríe y, pillándome por sorpresa, se mueve debajo de mí, me toma de las caderas y se levanta conmigo sobre su hombro. Suelto un gritito encantada con su arrebato y él echa a andar.

—Voy a enseñarte otro de mis superpoderes —me explica sexy y divertido— y créeme que te va a encantar.

—Pervertido.

—El rey de todos ellos, preciosa.

No salimos de la cama el resto del fin de semana.

20

El lunes llego a la empresa con una sonrisa de oreja a oreja por múltiples motivos. El más reciente contra los azulejos de la ducha (dos veces). Además, esta noche el ayuntamiento organiza una fiesta increíble en el Mo-POP, el museo de la cultura pop de Seattle, diseñado por Frank Gehry, en honor de la Seattle Foundation, una de las organizaciones caritativas más importantes de la ciudad. Son increíbles. Llevan ayudando a todo aquel que lo necesite desde 1946.

—Buenos días —saludo a Sandra al salir del ascensor.

—Buenos días, Livy. Voy a I+D+i —me explica—. Necesitamos instrumental específico. Nevaeh cree que podremos empezar a construir la placa base hoy mismo.

Sonrío. Me parece una idea genial.

—Recuerda decirle a Sandisky que necesitaremos todo el ancho de banda a última hora de la mañana.

Ella asiente y se monta en el ascensor.

Al entrar en la oficina, me sorprende no ver a Kelsey en su mesa. Miro el reloj. Son las ocho y veintidós. No se había retrasado nunca y ahora lleva dos días seguidos.

Dejo mi bolso sobre la mesa, cojo la tablet y la enciendo camino del puesto de Ty. Tenemos que empezar cuanto antes a marcar los materiales que utilizaremos.

—Buenos días —lo saludo.

—Buenos días, Livy.

—¿Tienes la lista con el gramaje exacto?

Él asiente y me señala su pantalla.

A las nueve menos cuarto regreso a mi mesa. La de Kelsey sigue vacía. Me resulta rarísimo y empiezo a preocuparme.

Estoy revisando el *feedback* del *software* cuando unos pasos acelerados me distraen. Kelsey entra atolondrada en la oficina. Deja su bolso, su móvil, las llaves y dos sobres de plástico de colores llenos de papeles sobre su mesa y barre con la mirada la sala de trabajo, nerviosa, hasta que sus ojos se cruzan con los míos.

—Lo siento mucho —se disculpa avergonzada, caminando en mi dirección.

—Kelsey, ¿estás bien?

Es obvio que no.

—Le prometo que recuperaré el tiempo que he perdido a la hora del almuerzo —me dice juntando las palmas de las manos como si estuviera rezando e ignorando mi pregunta.

Yo la observo planteándome si debería seguir preguntando si está bien. Los chicos nos prestan atención, algunos más discretos que otros. Ella me mira mortificada. Supongo que no es el momento. «Además, no somos amigas», me recuerdo. No querrá contármelo.

—No te preocupes. Te he dejado algunas carpetas que quiero que archives sobre tu mesa.

Kelsey sonríe aliviada, aunque el gesto no le llega a los ojos, y sale disparada hacia su escritorio.

Avanzamos bastante y muy rápido y a la una y media los chicos bajan a comer, otra vez todos menos Kelsey. Como pasó el último día, le digo que puede marcharse a almorzar si quiere. Por el amor de Dios, el sábado estuvimos aquí hasta pasada la medianoche, pero insiste en recuperar el tiempo que ha perdido.

Unos quince minutos después bajo al Departamento de Informática a comprobar unos números y regreso luego al mío. Estoy saliendo del ascensor cuando unos gritos me hacen alzar la cabeza.

—¡Me parece increíble que esa sea su última respuesta! —Kelsey chilla a su interlocutor a través del teléfono fijo de su mesa—. ¡Son unos impresentables y unos malditos hijos de puta!

Cuelga cabreadísima, pero, en cuanto el auricular toca el aparato, vuelve a levantarlo y a colgarlo una y otra vez cada vez más fuerte, cada vez más enfadada, y rompe a llorar.

Frunzo el ceño, confusa, pero no tardo más de un segundo en echar a andar hacia ella.

—¿Qué te ocurre? —pregunto con el primer pie que pongo en la sala.

Al verme, da un respingo y, avergonzada, se seca las lágrimas.

—Lo siento —se disculpa—. Estoy bien.

—Déjate de tonterías —me quejo en un bufido—. Sé que no somos amigas, pero es obvio que necesitas hablar con alguien.

—Son... Son asuntos personales —replica con la voz interrumpida por sus propios sollozos—. No volverá a pasar.

¿Por qué es tan cabezota? ¡Necesita desahogarse! Pero si no quiere que la ayude, no puedo hacer nada. Hundo los hombros y finalmente asiento.

Empiezo a caminar en dirección a mi mesa, pero cuando solo me he alejado unos pasos, me vuelvo veloz.

—Tú no me conoces —protesto—. Soy una buena persona. Es horrible que yo misma lo diga —añado aún más deprisa, cayendo en la cuenta de mis propias palabras—, pero es la verdad. Trato de ser justa y generosa y sé escuchar. Tú prefieres pasar por algo que te ha hecho llorar y pelearte con el teléfono sola a contármelo, pero ¿sabes qué?, precisamente porque soy buena persona, sé que necesitas desahogarte, así que, si quieres, puedes tomarte el resto del día libre, pero, si no, estamos solas y soy muy buena guardando secretos.

Kelsey me mira con los ojos llenos de lágrimas.

—La verdad es que querría tomarme el resto del día libre.

Yo la miro a punto de echarme a llorar también. ¿De verdad eso es lo único que ha calado de mi discurso?

—Claro —claudico.

Alzo la mano, exhausta, y giro sobre mis talones para volver a mi mesa. Me rindo. Eso me pasa por tratar de alterar el *statu quo*.

—No es algo que me haya pasado a mí.

Sus palabras me hacen girarme, extrañada. Kelsey me mira dudando sobre si debe continuar o no y finalmente da un paso en mi dirección.

—Mi novia estuvo sirviendo en Afganistán y perdió una pierna. Hace tres meses la operaron y le colocaron una prótesis, pero no consigue adaptarse a ella y volver a caminar —me explica casi desesperada—. Puede que necesite otra prótesis, puede que otra ope-

231

ración. Los médicos no lo saben, pero hoy me han llamado de su seguro médico para decirme que pretenden darle el alta total, que no pueden dedicarle más tiempo.

Un sollozo infla su pecho y rompe a llorar de nuevo.

—Lo siento mucho, Kelsey.

—Le encantaba pasear —continúa diciendo con la voz interrumpida por el llanto—. Nos conocimos en los jardines japoneses. Adoraba Seattle, pasar las horas enteras recorriéndola, y ahora ni siquiera quiere salir de casa.

Se deja caer, abatida, hasta sentarse en su propia mesa y sigue contándome. Llevan saliendo cuatro años, tres viviendo juntas. Rory, así se llama, decidió servir en el Ejército para ayudar a su país. En teoría, solo debía ser un reemplazo, pero estando allí comprendió que no solo ayudaban a Estados Unidos, sino a todas las personas de Afganistán a tener un futuro mejor y decidió quedarse dos reemplazos más. Le faltaban tres días para regresar a casa cuando una granada de mano estalló junto a su jeep mientras patrullaban por una zona en la periferia de Kabul. La metralla le destrozo los tendones, los músculos y el hueso.

—Vamos a encontrar la manera de solucionarlo, ¿vale? —le digo—. Lo primero que vas a hacer es subir a Recursos Humanos y pedirles una ampliación de tu seguro médico con Fisher Media para que le cubra a ella con todas las garantías.

—Pero no estamos casadas.

Niego con la cabeza.

—Tú diles que el señor Fisher lo autoriza. Yo me encargo.

En mitad de todas las lágrimas, sonríe y el gesto se imita en mis labios.

—No sé si podrán hacer algo que no hayan hecho los otros médicos ya, pero es un paso.

—Muchas gracias, señora Fisher —me dice levantándose de un salto, cogiendo el móvil de su mesa y saliendo disparada hacia el ascensor.

—Livy —le recuerdo, pero ya lo hago al aire, aunque esta vez no me importa. Me alegro de haber podido ayudarlas. Solo he necesitado escucharla hablar un minuto de Rory para saber cuánto la quiere.

Termino todo lo que tengo pendiente para hoy y me marcho a casa. ¡Tengo que prepararme para la fiesta!

Me doy una ducha casi interminable y me paso más de media hora eligiendo qué ponerme. Creo que nunca me había probado tantos vestidos. ¡Creo que nunca había tenido tantos vestidos!

En ese preciso instante, oigo pasos en la habitación. Veloz, cierro la puerta del vestidor y echo la llave.

—Preciosa —me llama Benedict al otro lado, tratando de abrir.

Regreso rápido hasta donde abandoné el albornoz y me lo pongo sobre la lencería y las medias. No quiero que Benedict me vea antes de que esté lista.

—Preciosa —vuelve a llamarme.

Al fin abro y asomo la cabeza, solo la cabeza.

—¿Qué quieres? —pregunto muy digna alzando la barbilla.

Benedict frunce el ceño. Esta vez, claramente divertido.

—¿Qué me estás ocultando?

—No te oculto nada —me defiendo—, pero ¿no

sabes que no hay que molestar a una chica cuando se está preparando para una fiesta?

Benedict asiente suavemente sin levantar sus ojos de mí y se humedece el labio inferior.

—¿Qué llevas debajo de ese albornoz? —inquiere con su atractivo listo para el pecado.

—No pienso decírtelo.

—Mejor —replica con la voz tan ronca que me duele en una parte muy concreta de mi cuerpo—, porque voy a imaginármelo.

—Pues debería imaginar negro y encaje, señor Fisher.

Benedict me mantiene la mirada jugando a eso de ser jodidamente inaccesible, pero su cuerpo, como a mí el mío, lo delata y los dos pronuncian la palabra *sexo*.

—Necesito mi esmoquin.

Podría haber dicho «hoy he mandado sellar dos carpetas» que a mí me habría sonado a «follar, follar, follar», pero es que él ha mencionado la palabra *esmoquin*, luego mi mente perversa lo ha traducido por «pienso follarte sin quitarme el esmoquin» y me parece que he dejado de respirar.

Me hago a un lado con la puerta y lo dejo entrar. Para controlar mi cuerpo, optó por dirigirme al centro del vestidor, lejos de él, pero el espejo no es de ninguna ayuda y acabo observándolo coger uno de sus esmóquines y una camisa blanca y meterse en el bolsillo de sus actuales pantalones de traje una pajarita negra y unos gemelos de impecable platino.

Benedict camina hasta mí y se detiene a mi espalda. Una de sus manos vuela hasta mi cintura, agarrándome con posesión un segundo y deslizándose hasta el nudo de mi albornoz después.

Sus ojos verdes se posan en los míos a través del espejo. Soy suya y ni siquiera ha necesitado decir una palabra.

Sus hábiles dedos deshacen el nudo mientras yo ya me estoy derritiendo por dentro.

—Quítatelo —susurra en mi odio, y me regala un beso justo bajo mi oreja.

Obedezco y la lencería negra de La Perla resplandece en el espejo bajo su indomable mirada.

Benedict alza la mano y despacio pasea su índice por el borde de encaje de mi sujetador. Con la misma exquisita y tortuosa lentitud, baja la mano y su dedo sigue el contorno de mis bragas mientras sus ojos, los míos, se pierden en el movimiento en el espejo. Es lento, cadencioso, sensual, como una canción susurrada entre besos.

No sé por qué, pienso en *Lust for life*, de Lana del Rey con The Weeknd.

Benedict abre la palma de su mano sobre mi vientre, incendiando mi piel. Se mueve a mi espalda, haciéndome hiperconsciente de él. Me besa en el cuello, casi la nuca. Desciende un poco más, entre mis hombros; un poco más, el centro de mi espalda; un poco más, el final. Cierro los ojos. Gimo extasiada. Su mano se desliza por mi vientre, mi costado.

—Te espero abajo, preciosa.

Abro los ojos y los suyos me esperan en el espejo, erguido a mi espalda.

Sonríe atractivo y canalla, y sale del vestidor. Yo lo observo alejarse y, cuando ya estoy sola, suelto un largo suspiro, ¡no puedo hacer otra cosa!, para acabar abanicándome con la mano al tiempo que rompo a reír. Ha sido increíble.

Al final, me decido por un vestido negro de tirantes con un maravilloso cinturón. Por delante parece muy sencillo, con el escote recto, pero, por detrás, el corte llega casi hasta el final de la espalda, donde una fantástica gasa plateada llena de diminutas piedras también plateadas forma el dibujo de una mariposa. Me encantan las mariposas.

Presto mucha atención al maquillaje, tratando de recordar todos los consejos y trucos que la estilista me enseñó en Roma. Me dejo el pelo suelto y me subo a otros tacones de una altura casi imposible. Esta vez pone Manolo Blahnik en el interior, así que estoy segura de que también son carísimos.

Abro la puerta y miro a ambos lados antes de salir para asegurarme de que Benedict no está por aquí. Me detengo de nuevo antes de cruzar el pasillo descubierto a la planta inferior y lo llamo. Me da igual que parezca que tengo cinco años. ¡Estoy feliz!

—¡Benedict, ¿estás en el salón?!

—¡Sí!

—¡No te muevas!

—¡¿Por qué estamos gritando?! —pregunta divertido.

Yo sonrío, casi río.

—¡Porque no quiero que me veas!

—¡¿A partir de ahora vamos a follar a oscuras?! —se queja burlón—. ¡Qué aburrido!

—¡Benedict! —lo reprendo aguantándome un ataque de risa en toda regla. Es un cabronazo—. ¡Cierra los ojos!

—¡Está bien! —me promete.

Tomo aire y atravieso el pasillo. Tengo que contener un suspiro cuando lo veo de esmoquin en el centro de la sala. ¡Está espectacular! ¡Parece un maldito modelo de revista!

Bajo las escaleras y me detengo a unos pasos de él. No sé por qué, estoy nerviosa. Creo que es porque nunca me había puesto un vestido así, unos zapatos así. Quiero gustarle.

—Ya —murmuro.

Benedict abre los ojos despacio, pero su mirada no se mueve de la mía. Me dedica su media sonrisa y me hace un casi imperceptible gesto con la mirada para que gire sobre mí misma. Cuando vuelvo a tenerlo de frente, me muerdo el labio inferior. Estoy todavía más nerviosa.

—Quiero estar guapa para ti, para esa fiesta.

Se humedece el labio inferior.

— ¿Crees que hay alguna posibilidad de que no lo estés?

—Benedict...

—Estás perfecta —me interrumpe hundiendo sus manos en mi pelo y dándome un beso de película.

Kane detiene el Lexus frente a la entrada del museo. Benedict me guiña un ojo y se baja grácil del coche. Percibo flashes de fotógrafos, cuando nos llaman por nuestros nombres. La puerta se abre. Benedict me tiende la mano para bajar. Hay un centenar de periodistas abarrotando la Quinta Avenida Norte. Otras personas elegantemente vestidas acceden al museo. Benedict tira cariñosamente de mi mano para que eche a andar. Estoy embobada. Las luces, las imágenes proyectadas sobre la fachada, la suave música que llega desde dentro. No podría ser mejor.

Cuando accedemos al interior, mi sonrisa se ensancha un poco más. Los empresarios de la ciudad, las estrellas, las personas más importantes de la alta sociedad se pasean mientras charlan mostrando sus mejores galas con una copa de *champagne* en la mano.

—Es increíble —murmuro sorprendida.

Benedict sonríe.

—Te doy quince minutos antes de que te aburras soberanamente. —Coge dos copas de una bandeja que le ofrece un camarero y me brinda una a mí—. Estas fiestas son un completo coñazo.

—Eso es porque a ti no te gusta la gente —le hago ver impertinente.

Benedict tuerce los labios. Tengo toda la razón. Si pudiese, no se relacionaría con nadie, salvo con su hermanastro Will, con Jefferson y conmigo. Si aún estuviéramos en el instituto, alguien habría escrito «Benedict Fisher es un antisocial» en la puerta de uno de los baños (y con toda probabilidad, debajo habría anotado su teléfono por si quería quedar, por lo del atractivo desmesurado, ya se sabe).

—La gente, sobre todo esta —puntualiza haciendo un divertido hincapié—, está muy sobrevalorada.

—¿Por quién, exactamente?

—Por ellos mismos —contesta sin dudar, y yo no tengo más remedio que echarme a reír—. Eso es lo peor de todo.

—Señor Fisher —nos interrumpe un hombre de unos cincuenta años y elegante esmoquin blanco.

Benedict se gira con una expresión a medio camino entre la condescendencia y la insolencia. Debí imaginar que estas fiestas no le gustaban. Él es feliz con su ordenador, escuchando música de los Sex Pistols y bebiéndose una copa de vino.

Decido darle un poco de intimidad para que charle de negocios con tranquilidad y me alejo un par de pasos. Miro a mi alrededor mientras le doy un sorbo a mi copa de *champagne*. Está helado y delicioso. En el escenario, un chico respaldado por una orquesta de al menos cuarenta músicos, cada uno detrás de un pequeño atril, como en una de esas pelis antiguas, canta una canción preciosa, una versión del *The heart wants what it wants*.

Unos quince minutos después, me he acabado mi copa y parece que a Benedict le queda todavía un poco más para terminar. Le hago una seña para indicarle que voy a acercarme a la barra y él me guiña un ojo como respuesta, acompañándolo de una sonrisa perfecta. No necesito nada más.

—Una copa de *champagne*, por favor —le pido al camarero.

Él asiente profesional y gira sobre sus talones dispuesto a descorchar una botella. La barra, de una impoluta madera de secuoya californiana, circular, está en el centro del atrio; una columna de diminutas luces LED se yergue en el centro de esta y, siempre jugando con las propias luces, crea el efecto óptico de que llega hasta el techo, a una treintena de metros del suelo. Es impresionante.

—Lo cierto es que no me lo podía creer —susurra una mujer a mi lado, no a mí, obviamente, sino a otra mujer de unos cuarenta, como la primera, las dos vestidas y peinadas para la ocasión.

—Es imposible creerlo —certifica la segunda—. Trabaja para él, ¿sabes? No hay que ser muy inteligente para entender lo que está pasando. No es más que otra arribista descarada dispuesta a todo con tal de mejorar su nivel de vida.

Enarco las cejas. No están siendo nada amables.

—Es guapa, pero no tiene la más mínima clase. Desentona a su lado. Incluso en su propia boda.

—Disculpe, señorita. —Regresa el camarero—. No me ha indicado si desea el *champagne* seco o semiseco.

Me encojo de hombros, sin saber qué responder.

—Y es más joven que su primera esposa —continúa la segunda mujer.

—El mismo que ya he bebido estará bien —respondo.

—¿Y bebía? —pregunta cortés—. ¿Seco o semiseco?

No tengo ni la más remota idea. Estaba riquísimo, ¿eso vale como pista?

—Querida —replica la otra—, si eso fuera todo lo que la diferencia de su primera mujer... Blair es inteligente, sofisticada. Benedict Fisher ha perdido la cabeza.

¿Qué?

21

El camarero me observa esperando una respuesta, pero no sé qué decir. Están hablando de mí, de Benedict y de mí.

—Se casaron cuando hacía poco más de un mes que se habían conocido —le explica la una a la otra.

¿Cómo demonios saben eso? ¡No las había visto en mi vida! ¡No me conocen!

Quiero decir algo, pero al mismo tiempo estoy bloqueada. No nos conocen. No saben lo que tenemos. Yo quiero a Benedict. Su dinero no me interesa lo más mínimo.

—Él va a arrepentirse y obviamente volverá con Blair o, al menos, con alguna más adecuada. En el fondo esa chica me da muchísima pena. Terminará largándose por donde ha venido, sola y con las manos vacías. Benedict Fisher es demasiado inteligente como para que ella pueda sacarle un solo centavo.

Las dos asienten convencidísimas. Su padre, el mío, la gente de Fisher Media. Parece ser que nadie, independientemente de que nos conozcan o no, piensa que tengamos una oportunidad.

Sin embargo, en ese preciso instante, también recuerdo que su padre, el mío, la gente de Fisher Media, estas dos arpías, me dan exactamente igual. Cierro los puños con rabia junto a mis costados. Benedict y yo nos vamos a tener siempre el uno al otro. Si no somos nosotros, ¿a quién coño le importa?

—Seco —murmuro, pero mi voz suena segura. Lo estoy.

El camarero asiente. Espero a que me entregue mi copa y me giro hacia las dos mujeres. Una repara en mi presencia de inmediato, aunque estoy segura de que no me reconoce. Le doy un pequeño toquecito en el hombro a la otra y, cuando se vuelve, les dedico mi mejor sonrisa fingida.

—¿Y han oído también que ella tiene el mal gusto de ser pobre? —comento.

Una de ellas asiente tan convencida como antes, pero la otra me mira con desconfianza y algo de resquemor. Parece que la zorra número uno es más intuitiva que la zorra número dos.

—Él le compró ropa y zapatos cuando estuvieron en Roma de luna de miel —continúo—. Me han dicho que incluso el vestido que lleva esta noche se lo ha costeado él.

—No me lo puedo creer —responde una de ellas, llevándose una mano al pecho—. ¿Ha tenido el valor de presentarse aquí?

—E incluso de hablar con dos brujas entrometidas que no se dan cuenta de que no tienen clase, sino que dan pena.

—Pero... —la mujer se interrumpe a sí misma, conmocionada.

La otra da un paso atrás, tratando de librarse de esto. No sabe hasta qué punto está equivocada.

—Permítanme presentarme —digo mirando directamente a los ojos a la que pretende huir—. Soy Olivia Fisher —añado tendiéndoles la mano.

Mi mirada se vuelve más impertinente. La gente a nuestro alrededor nos observa de pasada. Estrechan mi mano aturdidas, básicamente por mantener las apariencias.

—Tengo veintitrés años —explico—. Si la memoria no me falla, cuatro menos que Blair. Trabajaba y trabajo en Fisher Media. Sé que no soy sofisticada, pero no me importa, y con toda probabilidad me falta clase para estar aquí, pero ¿adivinan qué?, eso me importa aún menos, porque, si ser o tener esas cosas significa que voy a convertirme en una mujer clasista y amargada como ustedes, francamente, prefiero volver a mi apartamento de alquiler al sur de la zona industrial y pasar hambre siendo una persona honesta.

Una de ellas abre la boca escandalizada, seguramente es porque he dicho «al sur de la zona industrial».

—Pero ¿saben qué? —añado como si de pronto hubiese caído en la cuenta de algo—... gracias a Dios, Benedict es mucho mejor que todos ustedes juntos y merece la pena, así que voy a quererlo toda la vida, vamos a follar como locos, vamos a tener un montón de críos y voy a morirme en mi casa de lujo en Pioneer Square, teniendo más dinero que las dos juntas. Disfruten de la fiesta.

Les sonrío y giro sobre mis talones, disfrutando de mi copa de *champagne*. En cuanto me alejo unos pasos, el gesto desaparece de mis labios. Sé que las he puesto en su sitio, ¡pero sigo tan cabreada! ¿Cómo se han atrevido a hablar así de mí, de mi matrimonio?

Bufo enfadadísima y me termino mi copa de un trago. Benedict tenía razón. La fiesta ya no me parece tan increíble.

Regreso al lugar donde dejé a Benedict hablando de negocios, pero no está. Extrañada, miro a mi alrededor. No hay ni rastro de él. Estoy a punto de sacar mi móvil para llamarlo cuando decido darme una vuelta. Es lo mejor. Así conseguiré relajarme un poco. No quiero que me vea afectada y se preocupe. No voy a darles ese poder a esas dos brujas.

Me mezclo con el resto de invitados, pero no me siento cómoda y voy hasta la salida para tomar un poco el aire. Atravieso la sala principal y alcanzo el vestíbulo. Hay varias personas charlando y un par buscando la tranquilidad de la sala casi desierta para hablar por teléfono.

Estoy a unos pasos de la puerta cuando oigo el bullicio de los periodistas. Resoplo viendo los flashes iluminar la entrada. No quiero salir y que me fotografíen sola cuando lo único que deseo es tomar un poco de aire, bueno y quizá gritar un poco. ¡Malditas arpías clasistas! Es mi primera fiesta de alta sociedad y creo que ya no soporto a esta gente. Ahora entiendo a Benedict.

Desando mis pasos y, sin darme cuenta, estoy a punto de chocarme con un torso que me esquiva con una habilidad pasmosa, sin derramar una sola gota de su Martini.

—Lo siento —me disculpo.

—No te preocupes —responde rápidamente—. Aunque también te aclaro que, si me hubieras tirado la copa, no habría sido tan amable.

Sonrío sin saber muy bien por qué. No parece muy simpático. Tiene el pelo rubio y largo, hasta los hombros, y los ojos grandes y marrones.

—¿Pensabas salir? —pregunta echando un vistazo al frente.

Yo también lo hago y acabo torciendo los labios.

—Quería tomar un poco el aire, pero parece que va a ser algo complicado.

—Novata —me espeta entre risas.

Lo miro mal.

—¿A qué ha venido eso?

—A que es obvio que es tu primera fiesta con prensa. Si no, sabrías que nunca hay que salir a tomar el aire —dice haciendo un impertinente hincapié en la última frase—, y quien dice tomar el aire, dice fumarse un cigarrillo, llamar por teléfono o tener sexo —añade, y no tengo más remedio que sonreír, casi reír— por la entrada principal. Para eso inventó Dios los pasillos de servicio.

Enarca las cejas remarcando lo dicho y yo asiento concienzuda.

—Parece que tienes mucha experiencia en este tipo de celebraciones.

—Qué remedio —se queja hastiado—. Por cierto, me llamo Eric Lazard —se presenta tendiéndome la mano.

—Livy Fisher —respondo estrechándosela.

Suelta un silbido y se deja caer contra una de las inmensas columnas que adornan el vestíbulo. Lo imito, apoyándome en la siguiente.

—Esta noche eres muy popular.

Asiento con desgana.

—No imaginé que las cosas fueran así.

—Bueno —responde tras darle un suave trago a su Martini—. Benedict Fisher es uno de los suyos.

—Benedict no es como ellos —lo defiendo sin dudar.

Eric sonríe.

—Pero es uno de ellos, lo quiera o no, y siempre van a juzgarlo... Y ahora a ti.

Apura su copa de un sorbo y se agacha grácil para dejarla en el suelo, junto a la columna. Cuando se incorpora, vuelve a apoyarse, otra vez, con ese hastío casi vital.

—No creo que me guste —replico recapacitando sobre sus palabras.

—Ya, pero tampoco puedes elegirlo, va en el lote del marido guapo y millonario.

¿De qué va?

—No me he casado con Benedict por su dinero, aunque nadie parezca creerlo.

Sé que no lo ha dicho con esa intención, pero estoy a la defensiva y odio sentirme así.

Eric se encoge de hombros.

—Ni creo que vayan a creerte. Te lo he dicho, Benedict es de los suyos, tú no.

—¿Por qué dices «de los suyos» y no «de los míos»? —caigo en la cuenta, perspicaz.

—Porque no lo son. Hubo un tiempo en que me esforcé sobremanera en intentar serlo, pero un día comprendí que era una absoluta estupidez. Ser un marginado tiene más ventajas.

Lo miro y, sin quererlo, vuelvo a sonreír. Nadie se definiría a sí mismo como un marginado, pues de alguna manera te estás condenando a ser un paria.

Un ruido nos distrae y los dos observamos a un par de chicas salir del salón principal, charlando y riendo, y coger uno de los pasillos. Eric me mira y asiente, indicándome mentalmente que tome nota. Vuelvo a sonreír, pero tengo la sensación de que no es la mejor de mis sonrisas. Quiero irme a casa.

—Si me perdonas, creo que voy a buscar a Benedict y marcharme a casa.

—Tu marido ha subido a la planta de arriba.

Las posmodernas escaleras de metal entran en mi campo de visión.

—Muchas gracias.

—No hay de qué, señora Fisher.

Le sonrío por última vez. Ha estado bien. Me ha hecho sentir comprendida.

En el primer peldaño, recojo el bajo de mi vestido y comienzo a subir. El gesto hace que me sienta un poco como Cenicienta y mi enfado disminuye un par de puntos.

La planta superior está desierta. Empiezo a caminar sin ningún rumbo en concreto, solo observando todo lo que me rodea: el imponente suelo de mármol, las columnas de metacrilato rojo que sirven de separadores entre pasillos. Frank Gehry redefine la palabra *diseño* en cada uno de sus edificios.

—No vuelvas a acercarte a ella.

No es una voz, es un rugido, y lo reconozco a la perfección: es Benedict.

—Pienso hacerlo todas las veces que sean necesarias.

También adivino a quién pertenece la otra: es Gerald Fisher.

Echo a andar en dirección a las voces y tomo uno de los pasillos. Está a oscuras, salvo por el haz de luz de una puerta entreabierta. Ralentizo el paso o por lo menos trato de volverlo más discreto.

—¿Recuerdas a Blair? —le espeta.

—¿Qué coño tiene Blair que ver con todo esto? —replica Benedict prácticamente en un grito.

—Ella era la mujer adecuada para ti. Tenía clase, reputación, dinero.

—Y no funcionó, joder. ¿Crees que no quería a Blair? —grita casi desesperado, con rabia—. ¿Por un puto momento has pensado que yo quise que nuestro matrimonio se terminara?

Estas dos preguntas me golpean en más sentidos de los que ni siquiera puedo entender y de pronto siento que he vuelto de una patada al salón de Benedict hace poco más de un mes, con la cara llena de lágrimas y el corazón destrozado, oyendo el nombre de Blair por primera vez.

—Entonces, ¿en qué cojones estabas pensando para dejarla escapar? —contraataca Gerald Fisher.

Benedict guarda silencio. Puedo notar su enfado desde aquí, toda la impotencia que siente. Me llevo la palma de la mano a los labios y contengo un sollozo.

—Olivia Sutton...

—Olivia Fisher —le advierte Benedict, y algo dentro de mí vuelve a poder respirar—, y más te vale no olvidarlo nunca, porque, si le haces daño, de la manera que sea, te juro por Dios que acabaré contigo.

—Escúchame...

—Tú no tienes nada que decir —sisea amenazante haciendo hincapié en cada palabra.

—Soy tu padre.

—No me hagas reír —gruñe Benedict entre dientes—. Te quiero fuera de nuestras vidas.

Esa última frase se queda en el aire, pesada.

La puerta se abre pillándome por sorpresa y me encuentro cara a cara con Gerald Fisher. Doy un paso hacia atrás y abro la boca dispuesta a decir algo, pero la verdad es que no sé qué. Como me pasó con esas dos arpías junto a la barra, me siento paralizada.

Gerald Fisher cabecea malhumorado y se aleja sin decir nada más.

—Livy —murmura Benedict confuso, frente a mí, aún en la sala iluminada.

Ahora es a él a quien miro sin saber qué decir. Los pasos de Gerald Fisher resuenan cada vez más lejanos hasta desaparecer pasillo a través.

—Lo siento —musito conmocionada.

No esperaba oír lo que he oído. No esperaba que me sorprendieran haciéndolo. He escuchado a Benedict decir dos veces que quería a alguien y ninguna de ellas ha sido a mí.

Doy un nuevo paso atrás. De repente estoy más triste, más enfadada.

—No tendría que haber escuchado tu conversación —me disculpo echando a andar.

—Livy, espera —me pide saliendo a mi encuentro.

Los ojos se me llenan de lágrimas.

22

—Creo que no estoy hecha para este tipo de fiestas —replico acelerada, prácticamente interrumpiéndolo—, para este tipo de gente. Dos mujeres estaban hablando en la barra...

—¿Qué mujeres? —inquiere tratando de entender la situación.

—No sé quiénes eran, pero estoy segura de que dijeron lo que todos han pensado en esa sala cuando nos han visto.

—Livy, ¿qué han dicho? —vuelve a preguntar, agarrándome de la muñeca para detenerme y obligarme a girarme.

Está cada vez más inquieto.

—Que yo no estoy a tu altura, que lo nuestro no va a funcionar.

Me sorbo los mocos y un sollozo corta mi respiración.

—Escúchame bien, Livy —su mano pasa rápido de la mía a mi mejilla y se une a la otra para enmarcar mi cara—. No me importa absolutamente nada lo que ninguno de ellos tenga que decir.

Cabeceo, tratando de dejar de llorar. Le aparto las manos.

—¿Y lo que tú mismo tengas que decir? —replico.

Benedict me mantiene la mirada mientras todo su cuerpo va tensándose y deja caer los brazos junto a sus costados con la misma impotencia y la misma rabia con las que lo dibujé mientras hablaba con su padre... de Blair.

—No eres capaz de decirme que me quieres, Benedict.

Resoplo demasiado nerviosa al tiempo que retuerzo los dedos de mis manos.

Los dos nos quedamos en el más absoluto silencio. Supongo que no puede decir nada en contra de eso y yo empiezo a sentir un miedo terrible de cómo las cosas están cambiando, tan rápido, de cómo cada vez lo quiero más, lo necesito más. Al principio no me importaba que no pudiese decirme esas palabras, pensaba que solo necesitábamos nuestro propio ritmo. Después di por hecho que yo tenía suficientes «te quiero» por los dos, porque estaba convencida de que él también lo sentía, aunque no pudiese expresarlo en voz alta. Ahora empiezo a dudar de esa última parte, por eso el miedo es mayor y la necesidad casi desesperada de oírselo decir también.

—Livy...

—Creo que lo mejor es que me marche —lo interrumpo echando a andar de nuevo.

Necesito salir de aquí.

Aún estoy en el pasillo cuando le oigo llamarme otra vez y sus pasos salir tras de mí. Yo acelero los míos y prácticamente salgo corriendo.

Necesito un segundo, necesito pensar.

Al llegar a la escalera ralentizo el ritmo para no llamar la atención, pero no me detengo. Consigo mantener las lágrimas a raya, pero eso también es muy complicado. Estoy huyendo de Benedict precisamente porque lo necesito tanto que duele demasiado que él no pueda ponerle voz a lo que siente por mí. Y lo peor de todo es que no puedo evitar pensar que esto se parece al autoengaño más cruel. ¿Qué pasa si lo que realmente sucede es que no me quiere? ¿Y si no puede decirlo porque no lo siente?

Alcanzo el vestíbulo y él lo hace prácticamente un segundo después. Está comenzando una nueva canción en la sala principal y la dulce melodía lo inunda todo.

—Livy —me llama de nuevo—. Livy.

No me detengo, pero Benedict vuelve a sujetarme de la muñeca y me obliga a hacerlo. Tira de mí suavemente para que me vuelva y, en cuanto nuestros ojos se encuentran, lo que veo en los suyos me deja al borde del abismo. Él también está enfadado, triste, asustado. Se siente como me siento yo.

—Ojalá pudiese decírtelo —pronuncia con la voz rota—. Ojalá no estuviese tan jodido. Ojalá no tuviese que luchar cada puto día.

—Benedict.

Sin poder dejar de llorar, acarició su mejilla y el contacto le hace cerrar los ojos, lo necesita como necesita respirar, y una lágrima resbala por su rostro.

—Pero hay algo que sí puedo hacer.

Contempla su alrededor y, sin dudar, tira otra vez de mí hasta llevarnos a la sala principal. La determinación, la seguridad, lo salvaje van reconstruyendo cada uno de sus pasos.

Atravesamos el salón llamando la atención de todos,

que murmuran a nuestro paso. Benedict les está mandando un mensaje a todo ellos. Me elige a mí y no le importa absolutamente nada de lo que ninguno de ellos tenga que decir. Nos detiene en el centro del salón y se gira hacia mí. No habla. Sus ojos lo hacen por él. Despacio, desliza su mano de mi muñeca hasta mis dedos y los entrelaza mientras su otra mano se posa en mi cintura y navega hasta la parte baja de mi espalda, estrechándome contra él.

La voz del chico se llena con la letra de *Time of our lives*, de James Blunt, la misma canción que sonada en nuestro hotel de Capri mientras corríamos sin poder parar de reír entre los camareros y los huéspedes.

Benedict nos mece despacio donde ni siquiera hay pista de baile, donde la alta sociedad no deja de observar a uno de los suyos y a una que nunca lo será, pero sus manos me hacen sentir protegida y crezco y me vuelvo valiente porque él me hace sentir así. No necesitamos la aprobación de nadie, ni el consejo, ni el futuro que nos quieran dar. Sus manos me llenan de luz y hacen que mi corazón vuelva a latir a mil golpes por segundo.

Solo somos nosotros.

Una tenue sonrisa absolutamente enamorada se apodera de mis labios y se refleja en los suyos. Seguimos moviéndonos. Seguimos bailando. Seguimos dejando que todo lo que sentimos nos haga más fuertes, mejores.

Solo somos nosotros y lo demás no importa.

La canción termina y Benedict nos detiene con suavidad. Se inclina despacio sobre mí y deja un beso corto, intenso, perfecto, en mis labios.

—Tú —susurra contra mi boca, haciendo hincapié en esa única palabra que nos aísla del mundo— eres lo único que me importa.

Vuelvo a respirar.

Benedict tira de mí y cruzamos otra vez la sala con una determinación aún mayor y con la mejor sonrisa en los labios. Estamos a punto de salir cuando mi mirada se cruza con la de Eric, junto a la barra, que alza ligeramente su Martini a modo de brindis.

Por suerte ya no quedan fotógrafos en la entrada. Benedict aprieta mi mano. Pienso en cómo hemos bailado y no puedo evitar sonreír; me muerdo el labio inferior tratando de contener el gesto, pero es inútil y, además, tampoco quiero.

Ya puedo ver a Kane, de pie junto al Lexus negro, cuando alguien llama a Benedict. Nos giramos a la vez, pero su mirada ya ha cambiado. Es obvio que ha reconocido esa voz al instante.

Es una mujer. Tiene el pelo marrón chocolate y los ojos oscuros. Su vestido azul marino le cae hasta los pies y forma una larga cola que resbala por la impecable alfombra. Sus rasgos son muy delicados, con una de esas bellezas que recuerdan a las princesas de los cuentos, y desde luego está caminando como una.

—Blair —pronuncia Benedict sin levantar los ojos de ella, apenas en un murmullo.

Y mi corazón vuelve a perder el paso.

23

La observo a ella, elegante, guapa, sofisticada, todas las cosas que ya sabía que era, e involuntariamente recuerdo las palabras de Gerald Fisher. Blair era una especie de fantasma para mí... La chica que había enseñado a Benedict que podía enamorarse, la primera que le hizo querer de verdad, todas sus primeras veces que importan en realidad, y ahora la tengo delante de mí.

Benedict gira la cara y sus ojos atrapan de inmediato los míos. Tiene la mandíbula tensa, todo su cuerpo lo está.

Yo ni siquiera sé qué decir. Eso me ha pasado demasiadas veces esta noche. Una señal inequívoca de que no debería estar aquí.

—Hola —nos saluda amable, llegando hasta nosotros.

—Hola —responde Benedict.

Ella me mira y sonríe con dulzura. En otras circunstancias habría dicho que me parece muy simpática.

—Tú debes de ser...

—Olivia —la interrumpe—, te presento a Blair. Blair, ella es Olivia, mi esposa.

Benedict vuelve a estrechar con fuerza nuestras manos. No es un gesto arbitrario ni vacío, pero tampoco sé cómo identificarlo. Creo que él tampoco esperaba que coincidiéramos así. El día ya había sido lo suficientemente complicado.

—Encantada —me apresuro a decir y, en realidad, ni siquiera sé por qué lo hago. Una cuestión de modales, supongo.

—Lo mismo digo —responde ella.

Vuelve a sonreír y yo le devuelvo el gesto. Es aún más guapa de lo que había imaginado.

—Siento molestaros —continúa—, pero necesito hablar contigo, Benedict.

Él se toma unos segundos para pensar en sus palabras y finalmente asiente. Blair se queda callada y toda la situación se vuelve un poco más violenta.

—¿Podría ser en privado? —le pide—. No serán más que unos minutos, Olivia.

Yo asiento aturdida. Benedict se gira hacia mí y automáticamente vuelve a atrapar mis ojos azules.

—Solo será un momento —me asegura.

Vuelvo a asentir, pero Benedict no se mueve y aprovecha este instante para estudiarme con la mirada, como si algo no terminara de convencerle.

—No te preocupes, de verdad —le digo, y las palabras suenan raras en mis labios. Es más que obvio que una parte de mí no quiere tener que pronunciarlas.

Benedict trata de leer en mis ojos y finalmente se inclina sobre mí y me da un dulce beso.

—Espérame en el coche —me pide—. Iré enseguida.

Asiento por tercera vez. Nuestras manos se separan y mi cuerpo, mi corazón, protestan como locos. Lo observo caminar hasta Blair, cómo ella le sonríe y los dos se alejan unos metros más.

Decido hacer lo mejor para mi salud mental y me giro dispuesta a entrar en el Lexus, incluso Kane me abre la puerta, pero en el último momento me freno en seco. No quiero que estén solos. No quiero que hablen. Quiero que él vuelva conmigo. Quiero que nos vayamos a vivir a otro continente. Antes de que pueda controlarlo, me doy media vuelta y los observo. Sin embargo, tan pronto como lo hago, me doy cuenta de que no es una buena idea y vuelvo la vista al frente. Otro resoplido. La cabeza me va a mil kilómetros por hora.

—No te haces una idea de lo bien que me vendría que pudiésemos hablar —le digo a Kane.

Él me sonríe lleno de empatía, pero, como siempre, mantiene silencio.

—Lo mejor es que entre en el coche —me digo a mí misma.

Y me obedezco, porque actualmente soy la única persona dispuesta a darme consejo.

Kane cierra la puerta y se queda de pie junto a ella. Otra vez no quiero, pero tardo aproximadamente dos minutos en inclinarme hacia delante y observarlos a través de la ventanilla.

Benedict asiente, con una de las manos en el bolsillo de su esmoquin. Ella también asiente y, tras despedirse con un ligero gesto de sus dedos, entra de nuevo en el museo.

Él se queda de pie, pensativo, con la mirada clavada en el suelo y, tras un minuto que se me hace eterno, se da media vuelta y regresa al coche.

Por supuesto, me dejo caer sobre la tapicería y finjo estar concentrada en mis propias manos. Sonrío nerviosa porque esté volviendo, lo cual es una soberana estupidez, pues en el rato que han estado hablando podrían haber decidido retomar su relación y fugarse a las Bahamas. Me muerdo el labio inferior conteniendo otro resoplido. Me siento idiota y confusa y una parte de mí también está enfadada, aunque no tenga claro ni por qué ni con quién. Sin embargo, cuando ya lo tengo a mi lado, no puedo evitar que una ola de puro alivio me recorra de pies a cabeza.

Alzo la vista y lo busco con la mirada.

—Hola —murmuro.

Benedict sonríe, pero no es una sonrisa plena.

—Hola.

—¿Todo bien?

En realidad, me gustaría preguntar «¿de qué habéis hablado?», pero no quiero ser una de esas mujeres. Ya tengo suficiente con sentirme como una de ellas.

Benedict asiente.

—Me vio subir a la planta de arriba con mi padre y quería saber que estaba bien.

No la culpo. Gerald Fisher es un hombre horrible y lo único que ha hecho ha sido complicarle la vida a Benedict. Es normal que se preocupara.

No sé qué decir, pero a la vez tengo la horrible sensación de tener un montón de preguntas sin respuesta. Vuelvo a clavar la mirada en mis propias manos. Benedict sigue en silencio. Es obvio que los dos estamos pensando en lo que acaba de pasar, en que por fin la he conocido, y el hecho de estar evitándolo es como aquella frase del elefante rosa sobrevolando una habitación.

—Es muy guapa —me armo de valor para decir, levantando la cabeza de nuevo.

—Sí —responde sin ni siquiera mirarme.

Doy una suave bocanada de aire.

—Y también muy elegante.

—Sí.

Creo que estoy perdiendo la perspectiva de adónde pretendía llegar con estas afirmaciones.

—Benedict... —pronuncio aturdida.

Él reacciona, girándose por fin hacia mí, tomándome de las caderas y sentándome en su regazo.

—Yo... —continúo, pero él no me da opción y me besa con fuerza y yo me dejo hacer y algo en sus besos me dice que está tan perdido como yo, tan desesperado, tan asustado.

Esa noche follamos porque los dos lo necesitamos, pero ninguno está realmente en esa cama.

24

Veintidós días antes de nuestra boda

Siempre había estado sola y la verdad es que ya me había acostumbrado. Mis padres se divorciaron cuando yo tenía cinco años y no tardaron en rehacer sus vidas con otras personas. Mi madre, con Robert, un dentista muy guapo y de buena familia. Mi padre, con Candance, una chica casi diez años menor que él que trabaja en la Universidad de Eastern Connecticut State.

Ellos seguían manteniendo una relación cordial, además de continuar viviendo en la misma ciudad, y mi custodia fue compartida. Supongo que al principio no hubo grandes problemas, pero después los dos sintieron que merecían empezar de cero y les resultaba complicado con una niña de seis años correteando por ahí. Conclusión: me convertí en Maisie en la peli *¿Qué hacemos con Maisie?*, una niña a la que sus padres quieren muchísimo, pero que no encaja en sus vidas.

Todo se hizo aún más evidente cuando tuvieron otros hijos. Los bebés necesitaban más atención... y las conversaciones del tipo «¿puedes quedarte con Livy una semana más?» empezaron a sucederse.

Creo que fue a los doce cuando dejé de pensar que las cosas algún día serían diferentes y simplemente me adapté a la situación. Del 1 al 15 de cada mes, con mi madre, del 15 al 30, con mi padre. Preparaba mi mochila yo misma e iba de una casa a otra en el autobús, incluso me usaban para enviarse papeles de algún asunto como la casa que tenían a medias, y donde ya no vivía nadie desde que mi madre se había mudado con Robert, o los gastos de mi manutención.

El día culmen de toda esta situación fue cuando mi madre, en marzo de 2006, después de que, como estipulaba el acuerdo de divorcio, hubiese llegado a su casa el día 1, no se dio cuenta hasta el 6 de que estaba allí.

No los culpo o, por lo menos, no los culpo del todo. Se casaron muy jóvenes y tuvieron una hija cuando pensaban que se querrían toda la vida, pero en realidad ni siquiera se conocían a sí mismos lo bastante como para saber si estarían dispuestos a aceptar todo lo que un matrimonio significaba. Cuando fueron lo suficientemente maduros y comprendieron lo que querían del amor y de la vida, encontraron a las personas adecuadas, se casaron y formaron sus respectivas familias.

Creo que fui una niña y una adolescente normal. No demasiado tímida, no demasiado extrovertida, con unos pocos amigos y que se centraba en las cosas que le gustaban: leer cómics en mi habitación, ir al centro comercial de vez en cuando y, sobre todo, los ordenadores.

Decidí estudiar en el MIT y obtuve una beca completa por mis buenas notas. Mis padres no protestaron y en septiembre de 2008 me mudé a Cambridge, al noreste de Massachusetts.

La universidad fue un poco más de lo mismo. Después decidí mudarme a Seattle y encontré un trabajo en Fisher Media y, aunque al principio me las apañé para seguir en contacto con mis amigos de la facultad, poco a poco la cosa se fue enfriando. Supongo que porque no éramos amigos de verdad, solo conocidos.

Todas estas pequeñas circunstancias me llevaron irremediablemente a las ocho de la tarde del 31 de mayo de 2024. Era mi cumpleaños y absolutamente nadie se había acordado de llamarme para felicitarme.

Decidí no tomármelo a pecho. Me preparé un bol de palomitas, las rocié con sirope de arce, mi superreceta secreta, y me senté en el sofá en pantalones cortos, camiseta de tirantes y el pelo recogido de cualquier manera para ver mi peli preferida: *El pueblo de los malditos.*

Sin embargo, apenas habían empezado los créditos cuando llamaron a la puerta. Pausé la película y, al tiempo que dejaba las palomitas sobre la mesita de centro y me incorporaba, miré el reloj. Eran las ocho y media de un miércoles cualquiera, ¿quién podría ser?

Con el ceño fruncido, caminé hasta la puerta y, cuando la abrí, ni siquiera entendí del todo cómo me sentí, como si te hubieras autoconvencido de que no quieres un trozo de tarta de chocolate, que seguro que sabe fatal, aunque está clarísimo que estará deliciosa; que no merece la pena el poco tiempo que tardarás en saborearla para todo lo que te engordará después, aunque sabes que sí lo merecerá. En pocas palabras, te convences de que no la quieres, pero entonces el dueño de la tienda te la regala y tú la devoras con una sonrisa de oreja a oreja. Pues exactamente así me sentí yo. Benedict estaba al otro lado de mi puerta.

Sonrió y yo no pude evitar hacerlo con él.

—Feliz cumpleaños.

Me mordí el labio inferior sin poder dejar de mirarlo, tratando de contener las doscientas sonrisas que querían dibujar mis labios en ese preciso instante. ¡Se había acordado!

—¿Cómo lo has sabido? —pregunté al recordar que en esos doce días con sus respectivas doce noches nunca le había dicho la fecha.

—Negaré esto ante cualquier comité de Recursos Humanos —respondió con una media sonrisa—, pero hice trampas. Miré tu ficha de empleados. —De pronto guardó silencio, cayendo en la cuenta de algo—. Quizá te he interrumpido y estás con tus amigos...

—No —me apresuré a contestar—. Pasa, por favor —añadí haciéndome a un lado con la puerta.

Benedict sonrió de nuevo y entró.

—Estaba a punto de ver una peli.

De repente recordé la ropa que llevaba y los dos parecimos reparar en ella a la vez. Benedict me recorrió de arriba abajo sin ningún disimulo hasta que sus ojos volvieron a posarse en los míos. El verde se había hecho un poco más intenso.

Yo también me fijé en su ropa. Llevaba el mismo traje negro con la camisa blanca y la corbata a juego con el que lo había visto en la reunión. ¿Había venido directamente desde el trabajo? Ese runrún en el estómago que no dejaba de sentir cuando él estaba cerca se activó, con fuerza.

—Mis amigas tienen que trabajar —mentí, aunque él no había seguido preguntando—. Lo celebraré con ellas el fin de semana.

Benedict asintió.

—Mis padres no han podido venir —continué mintiendo, y ni siquiera sabía por qué lo hacía. Supongo que a nadie le gusta parecer una marginada—. Mi padre... tiene trabajo y mi madre... mi hermanastro Bailey tiene fiebre.

Asentí varias veces antes de que él dijera nada, como si yo misma estuviera confirmando mi propia mentira.

—Mejor —sentenció sin asomo de dudas—. Así te tengo para mí solo.

Sus palabras me hicieron buscar de nuevo su mirada y derretirme despacio cuando una nueva sonrisa comenzó a apoderarse de sus perfectos labios.

—Genial —respondí con la voz demasiada aguda y demasiada baja—. Genial —repetí con tono de persona adulta—. ¿Qué te apetece que hagamos?

—Podemos ver esa peli.

¿En serio? ¿Quería ver una peli? ¿Conmigo?

—Genial —repetí, y estuve a punto de poner mis propios ojos en blanco. ¡Era la tercera vez que pronunciaba esa palabra!

Él volvió a sonreír, encantado por mi reacción, y yo me dirigí hacia la cocina.

—¿Una cerveza?

—Por favor.

Me siguió con el paso lento y nos encontramos a mitad de camino.

—Aquí tienes —dije entregándole el botellín helado de Budweiser.

Benedict alzó la mano y, cuando nuestros dedos se rozaron sobre el cristal lleno de gotitas de condensación, sentí una corriente eléctrica recorrerme de pies a cabeza. Gemí bajito, no tuve otra opción, y los dos nos quedamos clavados al suelo, en mitad de mi salón, mirándonos y pensando demasiadas cosas. Todas tenían que ver con lo bien que nos sentíamos cuando estaba encima de mí.

—La... la peli —murmuré reconduciéndonos y reanudando el camino hacia el sofá.

Me senté en el tresillo y creo que nunca lo había hecho de una manera tan rígida, casi ortopédica. ¡Estaba demasiado nerviosa con él allí! Sin embargo, Benedict, con toda esa elegancia que le hacía parecer sacado del mismísimo Londres, se sentó en el sofá, a mi lado, con una naturalidad pasmosa, le dio un trago a su cerveza y la dejó sobre la mesita. Sonreí, pero fue una sonrisa completamente diferente. Lo que había hecho implicaba familiaridad, intimidad, el sentirse cómodo con una persona porque es con quien realmente quieres estar.

También sirvió para que me relajara muchísimo. Me recoloqué en el sofá, escondiendo uno de mis pies descalzos bajo mi trasero y acercándome un poco más a él. Reanudé la peli y cogí las palomitas.

—¿Qué película es?

—*El pueblo de los malditos*, la versión de 1960 —respondí orgullosa—. Cuenta la historia de un pequeño pueblo de Inglaterra, donde, tras sufrir un misterioso desmayo colectivo, todas las mujeres descubren que están embarazadas —empecé a explicarle con voz misteriosa y ojos achinados—. Cuando los niños nacen, todos son albinos, con los ojos azules y tienen el poder de controlar la voluntad de los humanos.

Benedict se humedeció el labio inferior, disimulando una sonrisa.

—Suena terrorífico.

—Lo sé —respondí divertida, enarcando las cejas—. Es mi peli favorita.

Benedict sonrió y sin más, se giró hacia la televisión, prestándole toda su atención. Yo también pensaba hacerlo, pero, involuntariamente, me perdí en su pelo castaño perfectamente peinado, en sus ojos claros, en la manera como el armónico perfil de su rostro recortaba el aire, sus labios, su barbilla, su cuello...

«Livy Sutton, para», me corregí y me obligué a mirar a la pantalla.

De reojo pude ver cómo Benedict sonreía y sospeché que me había pillado.

—¡Sal de ahí! ¡Sal de ahí! —le grité a la tele.

Llevábamos una hora viendo la película y los niños ya habían aterrorizado a medio pueblo. En concreto tenían al protagonista acorralado, a punto de controlar su mente.

El hombre resbaló y cayó. Los niños oyeron el ruido y salieron tras él, al granero a oscuras junto a la casa a oscuras, en mitad de la noche. Definitivamente, alguien tenía que enseñar a ese pobre diablo a esconderse.

—No, no, no —murmuré absolutamente entregada a la película.

Por inercia, me acerqué un poco más a Benedict y me acurruqué contra su brazo. Él sonrió, casi rio.

—Creí que ya la habías visto muchas veces.

—Y la he visto —contesté sin moverme un ápice y sin levantar los ojos de la televisión. El prota había salido corriendo bosque a través. Uno de los niños lo siguió—, pero siempre me asustó.

Tropezó con una rama y volvió a caer. El niño apareció de la nada.

—No —repetí mientras me tapaba los ojos con las palmas de las manos y apoyaba la cara en su brazo.

Benedict se echó a reír lleno de ternura.

—¿No vas a mirar?

—No quiero mirar —repliqué—. Avísame cuando termine.

—Vale —contestó divertido.

El hombre gritó, la música de suspense subió, estridente. El niño le dijo que iba a morir.

—¿Ya? —pregunté.

—No.

Más gritos. Más música.

—¿Ya? —repetí.

—No —pasaron unos segundos—. No —otro puñado de segundos—. No —unos pocos más—. Ya puedes mirar.

Me incorporé, bajé las manos y en el mismo momento en el que mis ojos se posaron en la pantalla, uno de los niños mató al hombre con un hacha.

Grité asustada, incluso di un respingo, y Benedict rompió a reír otra vez.

—¡Eres lo peor! —me quejé, girándome hacia él y dándole un puñetazo en el hombro.

—Y tú eres una miedica —repuso sin remordimientos.

—Eso no es verdad —protesté—. Soy muy valiente. Es mi película favorita.

—Y seguro que, cuando la ves sola, te pasas la mitad tapada con una manta hasta las orejas.

Lo fulminé con la mirada conteniendo una sonrisa.

—Me reitero —sentencié alzando la barbilla—: eres lo peor.

Volví a intentar golpearlo en el hombro, pero él me

lo impidió agarrándome por la muñeca. Forcejamos sin dejar de sonreír hasta que me rendí y dejé caer el brazo. Ese debería haber sido el final, pero la presión de sus dedos se hizo más fuerte, solo un segundo, antes de liberarme. Mis ojos buscaron instintivamente los suyos y los encontraron esperándome.

Su mano se posó inocente en la piel desnuda de mi rodilla, pero, como pasó con mi muñeca, en un solo segundo, sus dedos se hicieron más posesivos y una media sonrisa se apoderó de sus labios, repleta de todas las cosas con las que se llenaba cuando el deseo hambriento ocupaba todo lo demás.

—Ponte de pie —me ordenó.

Mi cuerpo despertó. El corazón empezó a latirme acelerado contra el pecho. Tragué saliva instintivamente.

—¿Por qué? —inquirí con las palabras tomadas por todo el placer anticipado.

—Porque quiero disfrutar de ti.

Su voz ronca reverberó por todo mi interior y ni siquiera necesité pensarlo ni preguntar nada más.

Apagó la televisión. Me levanté despacio y aún más lentamente me coloqué frente a él. Benedict se echó hacia delante hasta casi quedar en el borde del sofá y levantó la mirada, otra vez buscando la mía. Su seguridad emanó a borbotones, su determinación y su control también. Me sentía borracha de todas las sensaciones que él despertaba en mí: el deseo, el placer, el sentirme viva, sexy, deseada, valiente.

Alzó las manos y las deslizó bajo la cintura de mis pantalones cortos. Se deshizo de ellos recorriendo mis piernas, con la mirada fija en lo que la tela, poco a poco, dejaba al descubierto, lleno de una sensualidad sin límites. Hizo lo mismo con mis bragas y, en mitad del silencio de mi apartamento, solo mi respiración hecha un caos resonaba entre los dos. Ni siquiera me estaba tocando, pero me miraba de la misma manera que si lo hiciera, como si ya estuviera disfrutando, como si ya me estuviese haciendo disfrutar a mí.

Se inclinó un poco más y dejó un beso justo en el centro de mi pelvis. Contuve el tirón de placer y me mantuve quieta, buscando sus ojos verdes, porque eran lo mejor de todo.

El segundo beso fue más largo, más húmedo. Movió la cabeza y su aliento calentó mi sexo haciéndome gemir.

—Me paso todo el puto día pensando en ti —dijo con la voz ronca—, en lo jodidamente bien que sabes —un beso más justo en mi entrada, justo en el lugar perfecto para hacerme volar—, en tu piel —el reverso de su índice me acarició el muslo mientras subía—, en las ganas que tengo de follarte cada segundo de cada día. Así que tenemos un problema.

—¿Por... por qué? —prácticamente jadeé.

—Porque yo siempre consigo lo que quiero.

Deslizó dos dedos dentro de mí al mismo tiempo que su perfecta boca se perdió en el centro de mi sexo. Me comía despacio, asegurándose de que me derritiese, y sus dedos me volvían completamente loca.

—Benedict —murmuré inconexa.

—¿Qué? —respondió inmisericorde.

Se movía dándome exactamente lo que yo necesitaba, lo que yo quería. Podría haberme pasado el resto de mi vida así, renunciar a comer, a beber. Solo eso. Para siempre.

—Es... Es alucinante.

El placer se arremolinó, subió hasta el final de mi espalda, tensó cada músculo de mi vientre.

Las piernas empezaron a flaquearme. La sangre cada vez recorría mi cuerpo más caliente, más densa. Todo empezó a temblar, a girar.

—¡Joder! —chillé.

Y en ese momento tiró de mí y me insertó en su increíble polla. Los dos gemimos a la vez. Volví a gritar. Él apretó los dientes. Aguantó el aire y recuperó el control para hacer que durara más y más.

Llevaba un condón, aunque no sabía cuándo se lo había puesto.

Se movía debajo de mí guiando mis caderas al ritmo más delirante del mundo. Una locura de jadeos, de susurrar su nombre una y otra vez, de morirme de excitación, placer y deseo, de sentir las ganas tan adentro como él conseguía llegar.

—Voy a correrme. —Y creo que casi lo supliqué.

—Todavía no —me ordenó.

Me azotó con fuerza. Todo se multiplicó por mil. ¡El placer era imposible de controlar!

—No puedo aguantar más. —Estaba demasiado cerca.

—De eso nada —rugió Benedict cogiéndome el culo con fuerza, estrechándome contra él, dejando sus labios a un centímetro de los míos—. Este es mi puto espectáculo y aún no he tenido suficiente de ti.

Se movió aún más torturador. Grité. Gemí. Mi respiración era un caos. Mi corazón, un cohete.

—¡Benedict!

—Córrete para mí, preciosa.

¡Y, maldita sea, lo hice! Descontrolada, sintiendo cómo me rompía, como resurgía más yo que nunca, con el placer como *leitmotiv* de mi vida y mis gemidos como la mejor banda sonora.

Benedict tiró de mí, estrellando mi boca contra la suya, y voló al paraíso que había construido para los dos.

Se separó lo justo para que nuestras miradas pudiesen encontrarse, los dos con la respiración echa el desastre más perfecto.

—Feliz cumpleaños, preciosa.

Sonreí y mi corazón lo hizo conmigo.

—Gracias por el regalo —respondí sin que el gesto se borrara de mis labios.

—Hoy es tu día. Puedes pedir lo que quieras.

—Lo que quiera, ¿eh? —repetí dulce e impertinente.

Él me mantuvo la mirada y, sí, me hice un poco más adicta a Benedict Fisher.

—Quiero que te quedes a dormir —dije.

El siguiente minuto en el que no pronunció una palabra se me hizo largo y angustioso. Quizá había llegado demasiado lejos, pero lo cierto era que no me arrepentía. Era lo que quería. Benedict había sido la única persona que había pensado en mí en mi cumpleaños. No quería tener que despedirme de él y ver cómo se marchaba.

Se dejó caer contra el sofá e intimidante atrapó mi mirada.

—Dormir —repitió, y con esa simple palabra pareció darle vueltas a un millón de cosas más.

Yo asentí.

Benedict se humedeció el labio inferior.

—Sabes que va en contra de todo lo que hablamos —dijo.

—Sí —respondí. Una cosa era que lo deseara con todas mis fuerzas y otra que no fuera consciente de cómo él había dejado claro que sería nuestra relación—, y no voy a enamorarme de ti, si es lo que te preocupa.

Una parte de mí tuvo la sensación de que ese futuro que acaba de describir se parecía sospechosamente a una mentira, la otra parte prefirió no indagar.

—Mejor —replicó—, porque no va a salir bien.

—¿Cómo lo sabes?

—Porque ya lo intenté, Livy. Nunca sale bien.

Sonó cansado; más que eso, sonó como si hiciese mucho tiempo que se hubiera rendido con esa parte de su vida. Eso me entristeció por él, pero también por mí. Acababa de dejar claro que no iba a enamorarme de él y, por muy estúpido que sonase, creía que podía existir esa posibilidad. Sin embargo, él estaba en mi sofá, conmigo en su regazo, después de un polvo alucinante de cumpleaños, diciéndome poco menos que el amor siempre estaba condenado al fracaso. No quise creerlo y otra vez volví a dividirme en dos partes: la más sensata apuntó que era un hombre bueno, generoso y guapísimo y, más tarde o más temprano, encontraría a una mujer, se enamoraría como un loco y sería feliz. La segunda, como antes, prefirió no indagar, porque imaginarlo con otra, aunque fuera como hipótesis, dolía, mucho.

—¿Tuviste una novia? —pregunté tratando de que no se notase demasiado cuánto quería saber la respuesta.

Benedict me observó un segundo más.

—Estuve casado —contestó sin levantar sus ojos de mí.

Yo abrí la boca sin saber qué contestar, con urgencia por hablar, decir cualquier cosa en realidad, pero es que no tenía ni la más remota idea de qué. Había estado casado. Eso era más que una novia, más que una chica a la que atar en una cama y mandarla a casa a la mañana siguiente.

Bajé la cabeza pensando si podía preguntar lo que quería preguntar.

—¿Qué pasó? —indagué.

Lo hice. Necesitaba saber la respuesta.

—¿Qué crees tú que pasó?

«No lo sé» fue mi primer amago de respuesta, pero guardé silencio un momento y empecé a pensar todo lo que había pasado y, sobre todo, cómo me explicó lo que hacía con las mujeres.

—¿Fue por el sexo? —murmuré—, ¿porque tú querías experimentar y ella no?

—Queríamos cosas diferentes —especificó—. Por eso las normas son tan importantes, porque te dejan claro lo que puedes esperar de mí, lo que tenemos, desde el principio.

Y tenía razón y estaba siendo justo y yo lo sabía. Sin embargo, a veces deseamos lo que deseamos, aunque sepamos que no deberíamos desearlo.

—Quiero dormir contigo —le dije—. Tengo claro que no es lo que acordamos, pero esta noche no quiero despedirme de ti y quiero que, cuando me despierte mañana, estés en mi cama. Sé que es una estupidez, pero hoy, justo hoy, significa mucho para mí.

Enseguida me arrepentí de haber sonado tan vehemente, porque no quería tener que explicar por qué ese día era diferente, porque me sentía un poco más sola.

Benedict se mantuvo en silencio hasta que dejé de mirar a todas partes un poco avergonzada y regresé a sus ojos verdes. Me observó como si pudiera leer en mí y esa idea me asustó un poco más: no quería que viera a la chica que nadie llama en su cumpleaños, quería que siguiese viendo a la Livy que él me hacía ser.

—Livy, joder —siseó.

Antes de que pudiera responder de ninguna manera, se incorporó brusco, hundió sus manos en mi pelo y me besó con fuerza, estrechándome contra su cuerpo, tumbándome en el sofá y colocándose encima de mí, devolviéndome al paraíso.

El mejor sí del mundo.

25

Veintidós días antes de nuestra boda

La brisa entrando por la ventana me despertó. Abrí los ojos despacio y sonreí al ver las cortinas agitarse con suavidad. Sin embargo, todo se relativizó hasta no importar en absoluto cuando sentí su respiración cálida y pesada a mi espalda y su brazo descansar posesivamente sobre mi cintura.

La noche anterior, después de una sesión de sexo alucinante en el sofá, Benedict se levantó, me tomó de la mano y tiró de mí hasta llevarnos a mi habitación. Me dejó caer en la cama y él lo hizo de inmediato sobre mí. Ni siquiera recordaba a qué hora nos permitió quedarnos dormidos.

Me giré hacia él y me acurruqué contra su pecho. Él soltó algo parecido a un gruñido y reaccionó abrazándome todavía más. Mi sonrisa se ensanchó y aproveché lo cerca que lo tenía para olerlo; el mejor aroma del mundo.

En ese preciso instante mi móvil empezó a sonar en

algún punto del salón. Mi primera intención fue no cogerlo, no pensaba salir de esa cama ni en un millón de años, pero, cuando caí en la cuenta de la hora que era, me preocupé.

Despacio, me deslicé entre los brazos de Benedict, no quería despertarlo, me puse su camisa y corrí procurando no hacer ruido hasta la sala de estar.

Fruncí el ceño al ver el número de mi madre y mi preocupación subió hasta estrellarse contra el techo.

—¿Diga? —descolgué nerviosa.

—Hola, cariño. Soy mamá —me saludó como si tal cosa.

—¿Ha... ha ocurrido algo?

El silencio se hizo al otro lado de la línea.

—No, ¿por qué? —respondió con voz alegre.

—Porque son las —me separé el móvil de la oreja para comprobar la hora. Vaya, ya eran las cinco. De acuerdo, ya casi había dejado de ser tarde para ser temprano, pero aún era de noche—... ni siquiera ha amanecido. Me había preocupado.

Mi madre le quitó importancia con un suave suspiro.

—Sabes que siempre me he levantado muy temprano. Cogí esa costumbre cuando estudiaba y nunca he podido quitármela.

Sonreí. Cuando vivía en su casa, siempre que cualquiera de nosotros nos levantábamos, ella ya llevaba varias horas leyendo, sentada en el sofá del salón.

—Además, en unas horas me iré con Joyce. Quiere ir a comprar cortinas a Bridgeport. ¿No te parece una locura? —añadió entre risas.

—Claro, mamá —respondí por inercia.

—Y tú, ¿qué? ¿Cómo va todo? ¿Algo especial que contar?

Asentí y me crucé de brazos un poco molesta y un poco triste. Ni siquiera se acordaba de qué día había sido el anterior.

—En realidad, sí; ayer fue mi cumpleaños.

Mi madre volvió a guardar silencio y lo siguiente que oí tras un par de largos segundos fue un bufido fugaz e incrédulo.

—¿Estás segura, cariño?

Cerré los ojos, conteniéndome para no gritar.

—Sí, mamá, estoy completamente segura de cuándo es mi cumpleaños.

—No quería decir eso, cariño —replicó cuando se dio cuenta de lo estúpida que había sido su pregunta—, es solo que yo... —oí cómo trasteaba al otro lado de la línea, cómo un cajón se abría, ruido de papeles—... juraría que lo había apuntado en algún lado.

Una sonrisa desencantada se coló en mis labios. Que necesitara tener el cumpleaños de su primera hija anotado para recordarlo decía mucho de la situación. Volví a sentirme Maisie de golpe y, aunque hubiese aprendido a aceptarlo, no me apetecía que nadie me lo recordara.

—Es tarde o muy temprano... —dije tratando de controlar mi enfado—. Tengo que colgar. Hablamos mañana, mamá —aceleré la despedida.

—Sé que lo tengo apuntado en algún sitio —se excusó exasperada y no sé si lo hizo para ella o para mí.

—No te preocupes —repliqué desganada.

—Te lo compensaré —repuso decidida—. Iré a Seattle y pasaremos juntas un fin de semana.

—Mamá, de verdad, no hace falta.

No quería ilusionarme, prepararlo todo y que, al final, en el último momento, lo anulase.

—Claro que hace falta.

—Mamá, en serio...

—Cariño, vamos a hacerlo y va a ser genial.

Dudé. Parecía que esta vez de verdad quería venir. Sonreí. Podría estar bien. Iríamos a cenar, al cine o a ver un musical. Podríamos hablar muchísimo.

—¿Qué tal dentro de dos semanas? —añadió veloz.

—Sí, sería...

—No, espera —volvió a frenarme—. Dentro de dos semanas Robert tiene una convención médica y prometí acompañarlo. ¿Qué tal dentro de tres?

—Sí, perfecto.

—Lo siento, cariño —replicó—. Es el cumpleaños del marido de Joyce. Lleva preparándolo semanas —continuó entusiasmada—. Le ha organizado una fiesta sorpresa y él no se lo espera. Piensa que irán solos a cenar al centro. Podría ir a Seattle el último fin de semana o mejor, ¿sabes qué haremos?, lo dejaremos para el mes que viene y lo planearemos muy bien. Cuando sepa cuándo tiene Robert las vacaciones, me será más fácil decirte qué fines de semana tendré libres. Quiere llevarnos de viaje a los niños y a mí a Hawái. ¿Puedes creerlo? Pienso pasarme una semana leyendo en una tumbona.

—Claro, mamá.

Cabeceé mordiéndome el labio inferior por ser tan rematadamente idiota. La situación no iba a cambiar.

—Te llamo mañana.

—Claro —repetí—. Adiós, mamá.

—Adiós, cariño.

Colgué y dejé el móvil sobre la mesita. Me quedé mirándolo, quieta, con los ojos llenos de lágrimas. Sin embargo, en ese preciso instante decidí que no iba a dejar que me hicieran aquello. Yo no lo merecía y ellos no se merecían tener ese poder. Tomé una larga bocanada de aire y me obligué a echar a andar y regresar a la habitación... con Benedict. Sonreí. De pronto la perspectiva de mi vida había mejorado muchísimo.

Con el primer paso que di en mi dormitorio, la tarima cedió y crujió. Benedict soltó un tenue gruñido y abrió los ojos. Su mirada se deslizó por mi lado de la cama y, al no encontrarme, se incorporó grácilmente y barrió la habitación hasta que se topó conmigo.

Mi sonrisa se ensanchó por su reacción.

—¿Todo bien? —preguntó.

Se movió hasta quedar sentado y se frotó los ojos con las palmas de las manos. Yo me llevé el índice y el pulgar a los dientes. Estaba desnudo y no pude evitar relamerme un poco.

—Era mi madre —contesté lacónica.

—¿Tu hermano está bien?

Fruncí el ceño un segundo, pero, gracias a Dios, recordé la mentira que le había dicho sobre por qué mis padres no habían venido a verme... Él lo recordaba.

—Sí —respondí sin dudar—. Mi madre está acostumbrada a levantarse ridículamente temprano. No se ha dado cuenta de la hora que era cuando ha llamado.

Benedict asintió. Se revolvió el pelo y se levantó de un salto. Se puso los bóxer y los pantalones, ajustándoselos con unos deliciosos saltitos antes de abrochárselos, y recuperó su chaqueta del suelo, donde con la pasión la había abandonado. Recuperó algo del bolsillo interior.

—Tengo un regalo para ti —me anunció girándose hacia mí.

—¿Un regalo? —pregunté con una sonrisa.

—Iba a dártelo ayer —explicó pasándose la mano que le quedaba libre por el pelo—, pero parece que estuvimos algo ocupados —sentenció arqueando las cejas.

No pude evitar que mi sonrisa se ensanchara. Benedict dio un par de pasos en mi dirección, me cogió de la mano y tiró de mí hasta que nos sentó a los dos en la cama, el uno frente al otro.

—Llevas mi camisa —susurró observándome.

Torcí los labios divertida y también miré la prenda sobre mi piel.

—Me sienta mejor que a ti —mentí impertinente.

Benedict sonrió de nuevo y al fin me tendió el paquete. Su gesto se imitó en mis labios, observando la caja plana y cuadrada perfectamente envuelta.

—¿Qué es? —inquirí curiosa.

—¿Qué tal si lo abres?

Toda la razón.

Lo cogí y rasgué el papel con manos rápidas y expectantes, lo que le hizo volver a sonreír. Fruncí el ceño, curiosa, cuando descubrí un paquete negro. No había ninguna pista, solo la palabra LELO grabada, minimalista y discretamente, en la esquina inferior.

—¿Qué es? —volví a preguntar, y mi voz sonó diferente.

Benedict se mordisqueó el labio inferior, sexy, y me hizo un imperceptible gesto con la cabeza para que lo abriera. Cuando lo hice, algo a medio camino entre un suspiro y un jadeo, admirado y de nuevo expectante y curioso, se escapó de mis labios. Eran unas preciosas bragas de seda y encaje negro, que escondían un vibrador, tan discreto que era imposible de descubrir si no sabías que estaba ahí. Junto a ellas había un pequeño mando.

—Quiero que te las pongas para ir al trabajo —dijo con voz grave, traviesa, sensual.

Yo lo miré con los ojos muy abiertos.

—¿Estás loco? —protesté—. No.

Benedict se echó a reír, encantado de haberme escandalizado.

—Va a ser muy divertido —me tentó—, y vas a correrte muchas veces, Livy.

Sus palabras sonaron más que *spicy*, fueron una auténtica locura. Creo que el hecho de que fuera tan elegante, tan frío, hacía que, cuando decía cosas como «correrte», todo se volviera deliciosamente pervertido.

—Tú tendrás el mando —añadió— y decidirás si empezamos a jugar y cuándo.

Me mordí el labio inferior, nerviosa. La verdad es que parecía un plan de lo más apetecible.

—Acepto, señor Fisher.

Benedict dejó escapar todo el aire de sus pulmones sin levantar los ojos de mí, y mi cuerpo, caliente, sobreestimulado, ardió. De pronto mi respiración estaba acelerada y el corazón me latía con fuerza y todo aquello hizo que me sintiera sobrepasada. ¿Cómo podía excitarme de semejante manera? ¿Cómo podía tener aquel control sobre mi cuerpo?

Bajé la cabeza tratando de controlarme y Benedict comprendió al instante lo que me estaba pasando. Que supiera leer en mí de aquella manera era una bendición y un castigo al mismo tiempo. Se deslizó por el colchón hasta quedar más cerca de mí. Colocó su mano en mi barbilla y me obligó suavemente a alzarla para poder atrapar mis ojos.

—Te deseo —susurró.

Y no necesitó decir nada más para hacerme entender que esas dos palabras eran para mí, para demostrarme que quería tocarme tanto como lo quería yo.

Una hora después Benedict se marchó a casa y yo me metí en la ducha para empezar a prepararme para ir a la oficina. No voy a negar que tuviera un último ataque de dudas, pero finalmente me puse las bragas, sobre ellas mis vaqueros y me fui a trabajar.

Tampoco voy a negar que al principio estuviera algo nerviosa. Tenía la sensación de que todos sabían el tipo de lencería que llevaba puesta, incluso quién me la había regalado, pero, cuando Barry preguntó uno por uno quién quería café y se olvidó de que yo estaba allí y tuvo que volver con un «lo siento, Livy. No me había dado cuenta de que habías llegado», después de que Sarah se lo recriminase voz en grito, comprendí que no resultaba ni remotamente sospechosa.

—Livy —me llamó mi jefe, el señor Nichols, con cara de malas pulgas. ¿Por qué demonios estaba siempre tan enfadado?—, reunión.

Recogí todas las demos que había preparado y salí tras él. Nuestro grupo de trabajo estaba convocado a una reunión para hablar del nuevo microprocesador que Benedict quería construir, amén de otros proyectos que ya estaban abiertos y otros tantos que estaban en la fase final.

Llegamos relativamente temprano y la sala de conferencias todavía estaba prácticamente desierta. El señor Nichols me indicó que me sentara a su lado y, agitando las manos, me exigió la primera demo.

—¿Por qué solo funciona en una franja de setenta y cinco teraherzios? —preguntó con el ceño fruncido, aún más molesto que quince segundos atrás.

—Porque como materiales se eligieron el coltán y el silicio en una placa base a dos alturas. A mayor velocidad de transmisión, el *feedback* no sería adecuado.

—¿De dónde te sacas eso? —gruñó.

«De una cosa llamada ingeniería básica», pero preferí guardarme la respuesta para mí.

—¿Qué tal si aumentamos la placa inferior en un milímetro? —propuse—. Eso nos daría espacio suficiente como para colocar otra hilera de nanochips y la franja podría aumentar a ciento noventa y cinco teraherzios.

—Apáñatelas para que sean doscientos.

Me contuve para no ponerle los ojos en blanco. El genio de la informática esa mañana no estaba de humor. Menudo día me esperaba.

El resto de los ejecutivos y líderes de grupo empezaron a entrar y apenas unos minutos después lo hizo Benedict. Estaba guapísimo y yo no pude evitar que una sonrisa de lo más idiota se colara en mis labios al recordar que aquella misma mañana se había despertado en mi cama y, bueno, todas las cosas superpervertidas que habíamos hecho después.

—Empecemos la reunión —dijo tomando asiento en la presidencia.

Alzó sus impresionantes ojos y recorrieron la enorme mesa. Al toparse con los míos, su mirada cambió, solo una milésima de segundo, y una chispa de puro deseo relució en ella.

El microprocesador ocupó la primera hora de reunión. Después de una lluvia de ideas y de que Benedict prestara atención a lo que cada líder de grupo implicado tuvo que decir, decidió darle el proyecto al señor Nichols. La construcción del prototipo en entorno cero era el primer paso.

La reunión continuó avanzando con otros temas. No eran de mi incumbencia, pero, como era lógico, tampoco podía marcharme, así que empecé a hacer los cálculos para llegar a los dichosos doscientos teraherzios como el señor Nichols quería cuando, de pronto, di un respingo en mi silla. ¿Qué demonios había pasado? Había sido como una especie de corriente eléctrica de solo un segundo, justo en el centro de mi sexo.

Miré a mi alrededor. Mi jefe, a mi lado, me observó irritado, pero de inmediato volvió a concentrarse en la reunión. Nadie parecía haber notado nada. Mejor.

Regresé a mis cuentas, pero solo un par de minutos después, la misma electricidad volvió, pero no duró un segundo, ¡duró al menos tres! Fue intenso, vibrante... y no fue hasta que mi cerebro analizó la palabra *vibrante* que no recordé qué bragas llevaba. Automáticamente, miré a Benedict, pero él estaba inmerso en lo que uno de los ingenieros de sistema le estaba contando. Además, yo tenía el mando, lo había escondido en el fondo de mi bandolera. ¿Podían activarse las bragas solas? ¿Estarían programadas? ¿Como ingeniera informática veía factible que unas bragas se descontrolaran y empezaran a provocar orgasmos a diestro y siniestro?

En mitad de todas aquellas preguntas, ¡vibraron otra vez! Mi sexo se encendió de repente y tuve que dar una bocanada de aire para asimilar todo el placer. ¡Por Dios, había sido increíble! Pero ¿qué estaba pasando, joder? Volví a mirar a Benedict por inercia. Sin dejar de prestar atención a la reunión, en un gesto de lo más inocente, alzó la mano que tenía sobre el brazo de la silla, abrió el puño y dejó ver el inicio del mando. ¡Qué cabronazo! ¡Me lo había robado!

26

Veintiún días antes de nuestra boda

Intenté encontrar una excusa para marcharme, pero me pareció inútil. Nada me sacaría de allí hasta que la reunión acabase, así que intenté fingir que no pasaba nada, mantenerme fría. El sexo es algo mental, ¿no? Si mi cerebro se negaba en redondo, mi sexo descontrolado y con muy poco sentido común no tendría nada que hacer.

Pero entonces volvió a vibrar. Por Dios, volvió a vibrar en el lugar exacto en el que las cosas deben vibrar. Me tensé sobre la silla y me agarré con fuerza a la madera de la mesa de diseño. Uno, dos, tres, cuatro, cinco segundos. ¡Joder!

La vibración paró y otra vez tuve que dar una bocana de aire. Empezaba a estar realmente excitada. Tenía la respiración trabajosa y el corazón me martilleaba los oídos, aunque también podía ser porque estaba ¡en una sala con treinta personas más!

«Respira —me pedí—. El sexo es mental», me recordé.

Alcé la mano y me metí un mechón de pelo tras la oreja, pero cuando mis dedos todavía no se habían alejado de mi piel, mis bragas vibraron de nuevo, esta vez más suave, pero más largo, como si el término *profundidad* pudiera aplicarse a un ritmo.

Genial, resultaba que ese cacharro tenías dos malditas velocidades. Una risilla extasiada se escapó de mis labios sin que pudiera hacer nada por controlarla. Todo el mundo me miró. El ejecutivo que estaba hablando aminoró, confuso, el ritmo de sus explicaciones y Benedict, el muy cabronazo de Benedict Fisher, mal disimuló una sonrisa canalla, encantado con la situación.

«El sexo es mental», me repetí, pero empezaba a no estar muy segura de ello.

Mis dedos cobraron vida propia y bajaron por mi cuello. Por Dios. Por Dios. Por Dios.

La vibración paró, pero de inmediato volvió a reanudarse, más fuerte, ¡más intensa! Mis nudillos se emblanquecieron sobre el borde de la mesa. Mis muslos se apretaron por puro instinto. ¡No podía correrme allí en medio!

—Para, para, para —murmuré para mí a un nivel de voz casi inaudible.

Pero la vibración siguió. «El sexo es mental», me repetí. ¡Joder! Pues debo tener la mente más poderosa del mundo.

Resoplé para no gemir. Resoplé para no gritar. ¡Maldita sea! ¡Dios! ¡Santo cielo!

Y paró. De golpe.

Abrí los ojos sin entender nada y solo entonces me di cuenta de que los había cerrado. Busqué a Benedict con la mirada, pero no me estaba observando a mí.

—La reunión ha terminado —anunció, y su voz

sonó diferente, sonó como cuando me hablaba a mí, cuando me ordenaba, cuando me advertía, cuando el deseo pesaba más que todo lo demás.

Todos comenzaron a levantarse. El señor Nichols lo hizo y yo tenía que hacerlo con él, aunque no estaba muy segura de que mis piernas, en aquel momento, fueran a sostenerme. Estaba excitada, enfadada, confusa.

—Livy —gruñó mi jefe, apremiándome.

—Señorita Sutton —dijo otra voz que robó por completo mi atención—, quiero verla en mi despacho.

Asentí, recé por no caerme en redondo y me levanté.

El camino hasta su despacho se me hizo eterno y, al contrario de lo que pensé, no me sirvió para decidir si estaba más cabreada que excitada o, por lo menos, sacudirme la sensación de aturdimiento por haber estado a punto de llegar al orgasmo en presencia de parte de la plantilla de Fisher Media.

La puerta no tardó en sonar a mi espalda. Me giré justo a tiempo de ver a Benedict echar el pestillo y acercarse a mí como un ciclón. Me besó con determinación, casi desmedido, pero yo me aparté de un empujón.

—¿Cómo se te ha ocurrido hacer algo así? —le recriminé.

—Ha sido divertido —replicó sin remordimientos, dando un paso hacia mí, atrapándome por las caderas y atrayéndome de nuevo hasta él.

Volví a zafarme.

—Benedict —me quejé—, dijiste que yo tendría el mando, que decidiría si jugábamos o no.

—No le des más vueltas, preciosa —replicó, negando suavemente con la cabeza, avanzando hacia mí.

Tomó mi cara entre sus manos y me besó de nuevo.

Iba a claudicar. Me temblaban las piernas. Estaba

excitadísima y aquello no eran besos, eran billetes directos al paraíso.

—No —protesté una vez más, alejándolo con mis manos sobre su pecho—. Quiero que, cuando me hagas una promesa, la cumplas.

Benedict me miró directamente a los ojos y yo le mantuve la mirada. Me moría de ganas por estar entre sus brazos, pero lo que teníamos, fuera lo que fuese, tenía una especie de normas que él había impuesto y tenía razón, valían para delimitar lo que podíamos esperar el uno del otro. El día anterior no había sido capaz de comprenderlo, pero en aquel momento en su despacho, con el deseo por las nubes y un orgasmo en la punta de la lengua, lo vi cristalinamente claro: yo también tenía que poner las mías.

—Si voy a continuar con esto, necesito poder confiar en ti —le dejé claro.

También sonó como una súplica, pero no me importó. No se trataba de quedar por encima de nadie, se trataba de pedir lo que quería y necesitaba para que aquello fuera un «nuestro».

Benedict dio un paso adelante y, sin liberar mi mirada, volvió a colocar sus manos en mis mejillas.

—Quiero que confíes en mí —sentenció sin asomo de dudas.

—Quiero hacerlo —confesé.

—Te juro que, cuando te prometa algo, respetaré esas palabras.

Sonreí llena de alivio y de muchas otras cosas más que no fui capaz de entender.

Benedict se inclinó despacio sobre mí. Sus labios casi rozaron los míos y el placer anticipado creció tanto que incluso me mareé.

—¿Estoy perdonado?

Sonreí.

—Estás perdonado.

—Genial porque ahora voy a follarte.

—Por favor.

Reanudó sus besos, lleno de una pasión sin límites. Me obligó a andar hacia atrás hasta que la parte baja de mi espalda chocó con su escritorio. Sus manos volaron a mi cinturón mientras yo me quité una Converse con otra.

—Nunca me lo he montado en mi despacho. Joder —gruñó, mitad divertido, mitad impaciente—, no vuelvas a ponerte unos putos vaqueros.

Me eché a reír por su frustración. Él se deshizo de mis pantalones, mis bragas y mis calcetines en el mismo movimiento y me dio una palmada en el culo, fuerte. Un suspiro se evaporó en mis labios y me dedicó su media sonrisa más sexy.

—Si mi frustración te sigue pareciendo divertida, señorita Sutton, puedo tumbarte sobre mis rodillas. Entonces, vamos a divertirnos mucho los dos.

Me giró entre sus brazos sin ninguna delicadeza, tomó el bajo de mi camiseta y me la quitó por la cabeza lleno de la misma impaciencia, igual que el sujetador.

—Te quiero completamente desnuda —susurró en mi oído, con sus dedos rodeando mis brazos.

Y me dejó caer sobre el escritorio.

Benedict se apretó contra mi trasero, liberó su erección, solo un segundo para enfundarse el preservativo, y me embistió.

—¡Dios! —grité.

Colocó una de sus manos en mi hombro, haciendo sus envites más y más profundos, llegando más y más lejos.

Me revolví sobre la mesa. Gemí. Apoyé la frente en ella. Traté de buscar consuelo. Grité. No lo encontré. ¡Joder, no lo encontré!

—¡Benedict! —Mi mantra.

Y alcancé el orgasmo, sintiendo la misma corriente eléctrica vibrar por mi cuerpo, sintiendo toda su potencia.

Él se dejó caer sobre mí un poco más. Entró, salió y con la siguiente embestida se corrió con mi nombre en sus labios.

Fue rápido. Loco. Descontrolado.

En mitad de mi dicha postorgásmica, Benedict me movió hasta dejarme sentada en el escritorio, se hizo un hueco entre mis piernas y hundió sus manos en mi pelo una vez más. Me besó casi desesperado, como si no acabara de vaciarse dentro de mí, y mi cuerpo le respondió de la misma manera, como si nunca fuésemos a tener bastante el uno del otro.

Sonrió, tratando de controlar sus propias ganas, y dejó caer su frente sobre la mía, incapaz de separarnos todavía.

—Vas a volverme loco, Livy —susurró.

Mi sonrisa se ensanchó, pero también se volvió más tímida, más vulnerable.

—Yo ya lo estoy —me sinceré.

Benedict se separó lo suficiente como para atrapar mis ojos y los suyos se llenaron de muchas cosas, aunque no fui capaz de apresar ninguna.

Sin dudarlo, impulsado por una fuerza más poderosa que la propia gravedad, volvió a besarme y yo volví a disfrutarlo al mil por mil.

27

El martes en el trabajo todo va aparentemente bien. La idea que tuve para el microprocesador está funcionando a todos los niveles y los chicos están llevando a cabo un trabajo realmente increíble. Debería estar contenta, y lo estoy, pero, extrañamente, el no tener que preocuparme por el trabajo y por mi relación con mis empleados me deja mucho tiempo para pensar y, después de lo que pasó en la fiesta, no es una buena idea.

Creí que cuando le pusiera cara a Blair todo resultaría más fácil, que la bajaría de esa especie de pedestal en el que yo misma la había subido, pero lo cierto es que ha pasado justamente lo contrario. Es tan perfecta como di por hecho que sería.

Una hora después me sacude una idea que ni siquiera llega a ser un pensamiento completo. Sin embargo, otra hora más tarde no puedo dejar de darle vueltas. A las doce y media de la mañana del martes, 18 de julio de 2024, estoy mirando la dirección de las oficinas de Wachtell, Lipton, Rosen y Katz en Google Maps. A la una menos diez estoy delante de su recepcionista.

—¿En qué puedo ayudarla? —me pregunta profesional.

—Querría ver a la señora Blair Weston.

Dios mío, esto es una locura.

—Puede decirme su nombre, por fa...

—¿Olivia? —la interrumpe sorprendida la propia Blair desde la puerta principal.

Yo la miro y otra vez, sencillamente, me quedo en blanco.

—Sí —alcanzo a decir—, me preguntaba si podríamos hablar unos minutos.

Ella me observa en silencio sopesando mis palabras y finalmente asiente.

—Claro, acompáñame —contesta haciéndome un gesto con la mano para que la siga.

Atravesamos un pequeño vestíbulo y accedemos a unas oficinas repletas de actividad con el centro ocupado por un número casi interminable de cubículos. A la derecha se distingue una impresionante sala de reuniones y, en cada extremo de la planta, una mesa de caoba flanquea la entrada a un despacho.

—No me pase llamadas —le ordena Blair sin detenerse a un hombre afroamericano sentado tras una de esas mesas. Debe de ser su secretario.

Entramos en la oficina y Blair cierra tras de mí.

—¿En qué puedo ayudarte? —pregunta haciéndome una nueva indicación con la mano, esta vez para que tome asiento en uno de los sillones blancos separados por una minimalista mesita en tonos dorados.

Me siento y ella lo hace frente a mí.

—La verdad es que no sé muy bien qué estoy haciendo aquí —me sincero con una sonrisa nerviosa.

Ella también sonríe, aunque no inquieta.

—¿Es porque ayer hablé con Benedict? —suelta a bocajarro.

La miro conmocionada un solo segundo y acto seguido frunzo el ceño, aturdida.

—No —respondo, y no estoy mintiendo. Puede que haya influido, pero no es el motivo que me ha traído hasta aquí—. Solo quería que charláramos un rato. Siendo completamente sinceras, quería conocerte mejor. Gerald Fisher no deja de repetir que eres una mujer increíble. —Mi voz se evapora al final de la frase. No tengo claro cómo me está dejando a mí misma esa afirmación.

—¿Y tú querías comprobar si era verdad?

Otra vez directa. Parece que Blair Weston no se anda con paños calientes.

—No te culpo —replica y sonríe amable, incluso con empatía—. Yo también tenía curiosidad por conocerte. Y entre nosotras —añade inclinándose con suavidad hacia delante—, lo que Gerald Fisher opine no debería importarte absolutamente nada. Es un completo gilipollas.

Las dos nos quedamos mirándonos, evaluándonos en secreto por si alguna es una aliada de Gerald y la otra acaba de pinchar en hueso, pero no tardamos más que unos segundos en echarnos a reír.

—Tienes razón con ese hombre y nunca me preocuparía porque no me considerara suficiente, pero cuando ayer te vi... —Dejo la frase en el aire—. Eres aún más perfecta de lo que había imaginado —confieso—, así que, si pudieras contarme, no sé, que en el fondo finges trabajar aquí y no eres una abogada de éxito o que coleccionas animales en peligro de extinción disecados, yo podría marcharme sintiéndome mucho mejor.

Blair sonríe y yo suelto una bocanada de aire porque no puedo más con toda esta tensión. Estoy demasiado nerviosa.

—No seas tan dura contigo misma —me reprende—. Eres ingeniera informática y preciosa y más joven que yo —añade enarcando las cejas—. Debería ser yo la que te pidiese que me contases trapos sucios.

Sonrío y esta vez es un poco menos inquieta y un poco más alegre.

—Además, llevas unos tacones increíbles.

Yo bajo mi vista hasta mis Salvatore Ferragamo rojos.

—Muchas gracias —respondo—. Benedict me los compró en Roma.

Blair entorna los ojos, solo un segundo, sin que la sonrisa se borre de sus labios.

—Benedict te ha comprado mucha ropa, ¿verdad?

Dudo.

—Sí —respondo.

¿Qué sentido tiene mentir?

—Y, créeme, te comprará más —sentencia.

Vuelvo a arrugar la frente, confusa.

—No te sigo.

Ella se levanta, camina hasta su mesa y saca un cigarrillo y un Zippo reluciente de una elegante pitillera de imponente platino y diminutas piedras azules. Gira sobre sus pies y se apoya, casi se sienta, en el borde de su escritorio.

—Conmigo también lo hizo —empieza a decir—. Benedict siempre procura proteger a las personas que le importan, pero al mismo tiempo tiene muy claro lo que quiere, cómo quiere que sea su vida, y eso incluye a su esposa.

Sus últimas palabras reverberan en mi mente. Acaba de tirar de la alfombra bajo mis pies.

—Creo que simplemente tuvo un bonito detalle.

Blair asiente.

—O quizá no le guste cómo eres y trata de cambiarte.

La miro y me humedezco el labio inferior sin saber qué contestar.

—Sé que lo conoces desde hace más tiempo que yo, pero estás equivocada —replico.

Quiero creerme mis propias palabras, pero no puedo. Recuerdo cómo interfirió en la relación que tenía con mi equipo, cómo lo hizo antes para nombrarme jefa en el asunto del microprocesador.

—Sus empleados no pueden hablar contigo ni siquiera ahora que estáis casados, ¿verdad?

Continúo observándola, pero acabo bajando la cabeza. Sin embargo, en ese mismo instante vuelvo a recordarme que no tengo nada por lo que sentirme tímida o avergonzada, que yo no soy así, y vuelvo a levantarla.

—Los hombres como él están acostumbrados al poder, al control, y no renuncian a él. Quizá deberías poner tus propios límites, para que las cosas sucedan cuando tú quieras que sucedan.

—¿Tú lo hiciste?

Ella sonríe. No es la misma sonrisa de antes. Ahora parece más triste, pero también tiene más impotencia, más rabia. Las sonrisas pueden decir mucho de una persona.

—Lo nuestro fue un poco más complicado —sentencia, y su voz tampoco suena como antes.

Pienso en todo lo que sé de su historia, en las palabras de Benedict el día que me marché de su casa.

—Siento haberme presentado aquí —me disculpo levantándome.

No es solo que me sienta incómoda, que también, es que estoy siendo una maldita egoísta. Sé cómo terminó su historia con Benedict, por qué terminó. Seguro que a ella le duele verme aquí.

—Lo siento —añado sincera echando a andar.

Blair da un paso hacia mí y el ruido de sus tacones contra el parqué me detiene.

—Estoy contenta de que hayas venido —replica—. Tengo mucho cariño por Benedict y me alegra poder ayudarte. Quiero que os vaya bien. Benedict se merece ser feliz.

Trato de poner en orden mis ideas, pero no soy capaz. Creo que todo se está complicando un poco.

—Además —añade alzando la mano y mostrándome su cigarrillo—, ya tienes un trapo sucio. Soy incapaz de dejarlos. —Las dos sonreímos, pero la mía apenas dura un segundo. Tengo demasiadas cosas en las que pensar—. No tienes que sentirte mal.

—Gracias —digo, porque no sé qué otra cosa hacer—, pero creo que es mejor que me vaya.

Además, ni siquiera estoy segura de cómo va a tomarse Benedict que haya venido a ver a su exmujer.

Blair asiente y me hace un gesto para que vayamos hasta la puerta.

—Todo lo que te he dicho ha sido solo por ayudarte.

Asiento de nuevo. No la conozco, pero creo que está siendo sincera.

—Cuando estuve en tu situación, no supe verlo —sonríe de nuevo, pero no le llega a los ojos y sus palabras parecen convertirse en una confesión—, pero ahora me resulta más fácil. Todo lo que Benedict siente contigo, ya lo sintió conmigo.

Sus palabras me detienen cuando ya estaba a punto

de alcanzar el pomo, creo que incluso me inmovilizan. Acaba de poner voz a todos mis miedos de un solo plumazo.

—Tengo que irme —murmuro.

—Claro.

Salgo y camino de prisa.

—Adiós, Olivia.

Me giro y alzo la mano, nerviosa. Ella sigue bajo la puerta de su despacho, impecable.

—Adiós.

Me falta el aire.

En cuanto mis pies pisan la Sexta Avenida, paro un taxi. Necesito pensar, pero no puedo. Necesito poner cada cosa en su lugar, ver las cosas con perspectiva, pero es que eso tampoco puedo hacerlo. Me encantaría sentirme más segura respecto a ella, pero desde que volvimos a Seattle las cosas se han puesto cuesta arriba: su padre, los míos, el trabajo... ahora Blair. ¿Qué demonios será mañana? ¿Y si es algo que no podemos superar?

Cabeceo. No es verdad. Benedict se casó conmigo. Estamos juntos y, aunque sea difícil, somos felices.

Solo tengo que poner cada cosa en su lugar.

—Buenas tardes, señora Fisher —me saluda Jefferson, sorprendido de que ya haya vuelto a casa.

—Buenas tardes —respondo, pero no me detengo.

Me dirijo a la cocina y empiezo a abrir todos los armarios ante la extrañada mirada del jefe del servicio.

—¿Puedo ayudarla en algo, señora Fisher?

Niego con la cabeza. Termino con todos los muebles altos. Me acuclillo y empiezo con los bajos.

—¿Está segura?

—Sí.

Encuentro lo que busco. Me levanto y me dirijo con el paso determinado hacia nuestro dormitorio. No lo pienso y voy directa al vestidor. Cojo toda la ropa que puedo entre las dos manos y la llevo hasta la cama, dejándola sobre las bolsas de tela que he cogido de la cocina. Los vestidos que Benedict me compró en Roma se extienden sobre el colchón y por un segundo recuerdo aquellos días, todas esas horas en aquella cama sin que importara nada más.

Suelto una bocanada de aire y me obligo a ser fuerte. Tengo que volver a ser yo. Regreso al vestidor y vuelvo con más ropa: vestidos, zapatos, bolsos. No quiero nada de esto. No puedo permitirme desear quererlo. Blair lo dijo, solo quiere cambiarme, y ella lo sabe porque también le sucedió, porque todo lo que Benedict siente primero lo sintió con ella. Y ni siquiera se trata solo de Blair, por mucho que haya sido el detonante. Se trata de cómo soy yo, de la ropa que me gusta llevar, de mi aspecto, de mí. Comencé a ponerme estos vestidos porque creí que debía hacerlo para cumplir expectativas, pero, con toda franqueza, las únicas expectativas que deberían importarme son las mías.

De vuelta en el vestidor, cojo un montón de zapatos. En contra de mi voluntad, empiezo a llorar, pero me seco las lágrimas con rabia con el reverso de la mano. No estoy triste, maldita sea. ¡Estoy muy cabreada! Lanzó un zapato contra la cama buscando desahogarme. ¡Estoy muy cabreada porque su padre no deje de repetir que no soy suficiente para él! Otro zapato. ¡Porque Blair sea jodidamente perfecta! Otro zapato. ¡Porque Benedict no sea capaz de decirme que me quiere! Los lanzo todos y un sollozo me corta la respiración. ¿Y si no puede decirme que me quiere porque no le gusta cómo soy?

—¿Qué pasa?

Su voz me llega amortiguada desde la puerta de la habitación, pero ya desde ahí puedo notarlo sorprendido y preocupado.

Cojo otro montón de vestidos entre las dos manos y con la cara llena de lágrimas los descuelgo con rabia y los llevo hasta la cama, dejándolos caer otra vez sobre las bolsas en la que claramente no cabrán todos. Tengo que buscar más bolsas. Muchas bolsas. No quiero nada de lo que hay aquí.

—No quiero estos vestidos —respondo regresando al vestidor—. No quiero nada de lo que hay aquí.

Benedict frunce el ceño, confuso, pero también se pone en guardia, como si tuviera clarísimo que se avecina una pelea. No lo culpo.

—¿Por qué? —Su voz se endurece.

Dejo más prendas sobre la bolsa, pero estas resbalan y caen al suelo.

—Porque no los quiero —respondo con voz trabajosa, de rodillas sobre el parqué, recogiendo los vestidos, las faldas, todo, y dejándolo sobre la cama.

Benedict observa toda la escena tratando de leer en mí. Es demasiado inteligente y sabe que algo no encaja.

—Eso no es una respuesta.

—Para mí, sí —replico levantándome—. No los quiero, Benedict. No quiero absolutamente nada.

Quiero volver al vestidor, sacarlo todo de allí, pero mis pies se niegan a colaborar y parezco haberme quedado clavada al suelo. Desde que salí de la oficina de Blair, me siento mal, me siento pequeña, y el problema es que ahora, en esta casa de lujo, rodeada de toda esta ropa, subida a unos tacones que en ningún caso habría elegido y que ni siquiera podría haberme permitido, junto a él, me siento tan diminuta que temo perderme y no encontrarme jamás.

—¿Por qué no te gusta cómo soy? —le pregunto.

Benedict me mira como si hubiera tirado de la alfombra bajo sus pies. Frunce el ceño sin dejarme ver qué hay detrás de ese gesto y deja escapar un suspiro atónito y malhumorado. Yo prácticamente me arranco mis Salvatore Ferragamo rojos y los lanzo aún con más rabia contra la cama. Ni siquiera recuerdo la última vez que me puse mis Converse. Nunca me había sentido tan mal en toda mi vida.

No puedo controlarlo y, tras un violento sollozo, rompo a llorar.

Benedict lanza un juramento entre dientes y camina con el paso acelerado hasta mí, pero yo no dejo que me atrape y vuelvo al vestidor a por más ropa.

—Livy —me llama siguiéndome.

—Quiero donarlo todo o devolverlo. Hay cosas que ni siquiera he usado.

No quiero nada.

Voy a coger más prendas, pero Benedict me detiene asiéndome de una muñeca y obligándome a girarme hacia él.

—¿A qué viene esto?

Agacho la cabeza en un inútil gesto para impedir que me vea llorar. Odio llorar y odio hacerlo delante de él.

—¿A qué viene esto? —inquiere de nuevo, tomando mi cara entre sus manos y obligándome a levantar la cabeza para que lo mire a los ojos.

—No me has contestado —le hago ver, dolida.

—Ni pienso hacerlo —replica con una seguridad absoluta, negando también con la cabeza.

Aprieto los dientes aguantando una nueva oleada de

lágrimas. Blair tenía razón y en el fondo Gerald Fisher también. No soy suficiente para él y yo fui la única idiota que no supo verlo.

—No voy a hacerlo porque esa pregunta ni siquiera se merece una puta respuesta —sentencia—. Me gusta cómo eres, cada maldito pedazo de ti, y, si quieres tirar toda esta ropa y vivir en lencería, por mí perfecto, vamos a pasarlo de cine.

Aunque es lo último que quiero, sus palabras me hacen sonreír.

—¿Y por qué me compraste toda esa ropa?

—Porque pensé que te gustaría. Estábamos en Roma, tenía que trabajar y quería que tú tuvieses un día especial.

—¿Y por qué no llenaste la habitación de vaqueros y Converse?

—Yo qué sé, joder —replica frustrado—. Livy, ni siquiera le di tantas vueltas. Solo quería poner el mundo a tus pies.

Su respuesta me llena por dentro de más maneras de las que ni siquiera puedo entender. No lo dudo. No quiero. Y me tiro en sus brazos. Benedict tampoco lo piensa un solo instante y me estrecha con fuerza.

Hace el ademán de alejarnos, pero yo se lo impido aferrándome a sus hombros y hundiendo mi cara en su cuello.

—Por favor —le suplico.

Estoy segura de que tiene muchas preguntas y no lo culpo, pero necesito sentirlo cerca un poco más.

Benedict no dice nada, me da un beso en el pelo y me aprieta más contra su cuerpo, protegiéndome con él.

Después de minutos o puede que horas, qué sé yo, me separo despacio. Benedict deja escapar todo el aire de sus pulmones y me coloca un mechón de pelo tras la oreja con la misma paciencia y ternura con la que me ha estado abrazando.

—Ahora vas a decirme qué te ha pasado —me ordena.

—He visto a Blair —pronuncio al fin, y busco sus ojos cuando lo hago. Necesito ver su reacción.

Benedict se humedece el labio inferior y su mandíbula se tensa y, antes de que pueda decir nada más, se separa un par de pasos.

—Ella solo trató de ayudarme —la disculpo moviendo las manos, caminando hasta él.

—Livy, ¿por qué? —gruñe malhumorado.

—Porque necesitaba saber cómo era, Benedict. Tu padre dijo que no le llegaba ni a la suela de los zapatos y aquellas mujeres, yo...

—Escúchame bien —ruge regresando hacia mí como un ciclón y agarrándome de los brazos—: me importa una mierda lo que mi padre piense y aún menos lo que piense toda esa gente que solo por tener dinero se cree que es alguien. No me conocen —sentencia con seguridad, con rabia, haciendo hincapié en cada palabra—. Demuéstrame que tú sí y entiende de una maldita vez que eres lo mejor que me ha pasado en la vida, más de lo que me merezco.

—¿Y por qué no puedes decirme que me quieres?

Benedict me mira, tratando de decirme con sus ojos verdes más cosas que con sus palabras, y me doy cuenta de que en este preciso instante, para él, todo es tan complicado como lo es para mí.

—Porque soy un completo imbécil —pronuncia.

Suena tan sincero que casi duele y yo no sé qué responder a eso. Al final, todo lo que siento podría traducirse en la palabra *miedo*. No quiero perderlo. Y después de lo que ha dicho, de su voz, comprendo que no solo es complicado para los dos, sino que los dos estamos igual de asustados. ¿Qué se supone que debería decir? «No te vayas nunca», «te querré siempre». ¿Cómo voy a convencerlo de que el miedo es la emoción equivocada aquí cuando mi corazón apenas puede respirar?

—Le pediré a Jefferson que se encargue de toda esa ropa —añade.

Asiento.

Solo quiero que seamos felices.

Benedict se inclina sobre mí, me da un beso lleno de dulzura y muchas cosas bonitas, y sale del vestidor.

Lo observo hasta que se marcha y sencillamente hago lo que quiero hacer. Me cambio de ropa y me pongo uno de mis vaqueros y una de mis camisas de cuadros. Me suelto el pelo, me quito el tenue maquillaje y me deshago de mis lentillas para recuperar mis gafas.

Cuando salgo de nuevo a la habitación, ya no hay rastro de la ropa. Benedict está sentado en la cama, con los codos apoyados en sus rodillas entreabiertas y las manos entrelazadas colgando entre ellas. Lleva uno de esos maravillosos trajes que lo llenan de una elegancia británica, de corte italiano, de un perfecto azul grisáceo, el pañuelo blanco, reluciendo sofisticado y discreto en su bolsillo, los gemelos. No tiene nada que ver conmigo.

Al reparar en mi presencia, alza la cabeza y nuestras miradas enseguida conectan. Despacio, camino hasta colocarme frente a él, que me recorre de arriba abajo con sus impresionantes ojos verdes.

Cuando me detengo, doy una larga bocanada de aire y me encojo ligeramente de hombros.

—Así es cómo soy —le digo.

Y a pesar de todo, algo en mi interior me indica que no tengo por qué esconderme, por qué avergonzarme, que tengo que ser valiente, exactamente como soy, y algo en su mirada alimenta esa idea, como si la forma en la que Benedict me ve fuese todo lo que necesito para sentirme mejor conmigo misma y crecer. Aprendí eso hace mucho. No sé cómo lo había olvidado.

—Así es cómo adoro que seas.

Me coge de la mano y tira de mí hasta sentarme en su regazo. Hunde sus manos en mi pelo y me besa.

El miedo sigue ahí, pero justo ahora, justo en esta cama, ninguno de los dos le deja espacio para quedarse.

28

El miércoles llega demasiado temprano y, antes de que pueda darme cuenta, Benedict y yo estamos en la parte trasera del Lexus atravesando Seattle. La Aguja Espacial se ve a lo lejos, apuntando orgullosa al cielo gris, y la noria combate al suave viento, preciosa y divertida.

—¿Hoy tienes muchas reuniones? —le pregunto a Benedict, quien, como cada mañana, va concentrado en su teléfono, revisando interminables correos.

—¿Sabes que hay gente que opina que hablar por las mañanas está sobrevalorado? —replica burlón.

Me giro hacia él y abro la boca indignadísima.

—¿Cómo se puede ser tan...? —Ni siquiera encuentro la maldita palabra, lo que le hace sonreír encantadísimo ¡e incluso orgulloso!—. ¿Te das cuenta de lo que tengo que soportar, Kane?

Como siempre, Kane me observa a través del espejo retrovisor y sonríe profesional. A eso le llamo yo no tomar partido... Pero entonces, de pronto, tengo la mejor idea del mundo. Me subo las gafas con el índice y empiezo a decirle al chófer que me apoye un poco... en lenguaje de signos. Kane me observa de nuevo a través del espejo sin poderse creer lo que está viendo y Benedict rompe a reír.

—¿Sabes el lenguaje de signos? —inquiere incrédulo.

Asiento.

—Claro que sí y, técnicamente, y con toda probabilidad siendo políticamente incorrectos, no es hablar, así que, si Kane sabe este lenguaje, podremos mantener largas conversaciones sin incumplir las normas. ¿Qué me dices, Kane? —suelto girándome hacia él, moviendo las manos en traducción simultánea—. ¿Lo conoces?

El conductor me observa una vez más a través del retrovisor y se encoge de hombros.

—Mierda —murmuro dejándome caer sobre el asiento.

Benedict ladea la cabeza hacia mí muy sexy y me observa divertido.

—¿Por qué será que no me sorprende que sepas el lenguaje de signos?

—Porque soy una chica superinteresante —replico impertinente.

Se humedece el labio inferior.

—Creo que es más porque eres una empollona.

Entorno los ojos.

—Y tú, un capullo.

Y por supuesto eso también lo traduzco.

Estamos montados en el ascensor de camino a la planta veintiuno de Fisher Media. El pequeño cubículo está en silencio. Tercera planta: cuatro ejecutivos se bajan, dos suben. Quinta planta: uno baja, una sube. Novena planta: dos se bajan, tres suben. Benedict resopla exasperado. Realmente odia a la gente y esta, en concreto, le está haciendo perder el tiempo. Mientras, yo sonrío divertida. El universo se está vengando del señor Fisher por mí. Planta doce: dos bajan, ninguno sube. Y Benedict fulmina con la mirada al incauto único ejecutivo que queda en el ascensor, que comprende que, mejor, se baja ya.

En cuanto las puertas se cierran, Benedict pulsa el botón de parada y se gira hacia mí. Me lleva contra la pared de un solo movimiento y me besa con fuerza.

Al separarse, despacio, sus ojos ya están esperando los míos. Nos miramos en silencio un puñado de segundos y los dos, involuntariamente, sonreímos. El día de ayer fue duro, pero ninguno se rindió y eso es lo que cuenta.

Benedict me da un nuevo beso, más corto, pero también más intenso, reactiva el ascensor y, en cuanto las puertas se abren en mi planta, salgo paseando mis Converse orgullosa. Quiero a Benedict con todo mi corazón. Por eso sé que va a salir bien.

—Buenos días —saludo a Kelsey entrando en la oficina.

—Buenos...

El «días» se le olvida por la sorpresa al verme en vaqueros y camiseta, con las zapatillas, las gafas y el pelo recogido en una sencilla coleta.

Los chicos también me miran extrañados y sorprendidos a la vez. Opto por fingir que no pasa nada. Esta soy yo, de verdad, así que ya pueden acostumbrarse.

Un poco antes de la hora de comer, el teléfono de mi mesa empieza a sonar. Concentrada en el algoritmo que tengo delante, descuelgo.

—¿Diga? —respondo distraída.

—Señora Fisher, soy Valentina Lambert.

—¿En qué puedo ayudarla?

—¿Recuerda quién soy?

La verdad es que no. Me obligo a prestarle atención y hago memoria. En cuanto lo hago, arrugo la frente, preocupada. La doctora Valentina Lambert es la responsable del seguro médico para empleados de Fisher Media.

—Claro que la recuerdo. ¿Ocurre algo?

—La llamaba por el caso de Rory Martínez, la pareja de Kelsey Wilson. Me pidió que la tuviera al tanto de esta paciente y lo cierto es que tengo información que me gustaría compartir con usted.

Asiento.

—Voy enseguida.

Cuelgo, anoto unos números en el margen del documento que estaba revisando y me levanto.

—Kelsey —la llamo echando a andar hacia el ascensor—, acompáñame.

En el viaje hasta la planta doce, la pongo al día de la llamada. Está nerviosa, pero no tiene por qué. Valentina Lambert es una gran directora médica y el seguro de Fisher Media, uno de los más completos. Sea la que sea la solución que han encontrado para Rory, estará cubierta.

—Buenos días —la saludo cuando al fin llegamos a su despacho—. He traído a la señorita Wilson. Me pareció adecuado que escuchara lo que tuviese que contarme.

La directora médica aprieta los labios un solo segundo y me temo lo peor. Frunzo el ceño, pero al darme cuenta de cómo nos observa Kelsey, destenso el gesto y sonrío para infundirle confianza. ¿Qué demonios ha pasado?

—Siéntense —nos ofrece la señora Lambert—. Acabo de recibir los informes de seguimiento de la señorita Martínez emitidos por el Centro Médico de la Universidad de Washington.

Guarda silencio un segundo. Kelsey y yo la observamos expectantes.

—¿Son positivos? —inquiere impaciente.

—Son complicados.

—¿Por qué? —Ahora la que pregunta soy yo.

—Si me permito la libertad de comentarlos con ustedes es porque la paciente ya ha sido informada y por el expreso y continuo deseo que ha mostrado la señora Fisher en que la mantuviera informada de este caso.

Yo asiento apremiando a la doctora. Kelsey agacha la cabeza, preocupada. Es obvio que Rory no le ha contado nada.

—La idea era colocarle a la señorita Martínez una prótesis de última generación, algo relativamente sencillo dado los avances actuales, pero nos hemos encontrado con un problema que, francamente, estábamos muy lejos de esperar.

Otra vez silencio.

—¿Cuál? —inquiere Kelsey a dos mil revoluciones por minuto.

—El cuerpo de la señorita Martínez rechaza el microprocesador que controla la pierna artificial.

—¿Cómo es eso posible?

—Los microprocesadores se construyen para controlar extremidades artificiales unidas a partes del cuerpo que ya han perdido por completo la sensibilidad, funcionalidad y complejo nervioso. Por increíble que parezca, el caso de la señorita Martínez no es así. La porción de pierna que conserva sigue manteniendo una conciencia nerviosa muy alta y rechaza el microprocesador.

—¿Me está diciendo que necesitan un microprocesador más simple que no sustituya la capacidad nerviosa que aún conserva? —inquiero tratando de entenderlo—. Eso debería ser más sencillo.

La doctora niega con la cabeza.

—Es más complicado, señora Fisher. Necesitamos un microprocesador mejor, capaz de entender, respetar y compatibilizarse con la conciencia nerviosa ya existente en la pierna de la señorita Martínez.

Kelsey, como si ya no pudiese contenerse más, suelta un trabajoso suspiro. Está a punto de romper a llorar.

—Hablemos con el MIT —propongo resuelta—, con el Instituto de Tecnología de California, el Caltech. Tienen que estar inventando algún microprocesador en algún sitio que pueda ayudarnos. Lo más complicado de este asunto es la biorrobótica, y esa parte está solucionada. No me puedo creer que sea la pieza más sencilla del puzle la que no encaje.

Se construyen microprocesadores todos los días. Nosotros los hacemos.

—Sé que puede parecer la parte más sencilla, pero ese microprocesador debería soportar mucha información, trabajar muy rápido. Estamos hablando de doscientos teraherzios, y nadie lo ha conseguido hasta ahora.

¿Qué?

—¿Qué? —murmuro sin poder creer lo que acabo de oír—. Repítalo.

La doctora me observa, confusa.

—Decía que entiendo que pueda parecer sencillo...

—No —la interrumpo con un inicio de sonrisa en los labios—. Lo otro. ¿Cuántos teraherzios ha dicho?

—Doscientos.

Sonrío, ¡qué demonios!, me echo a reír. ¡Fisher Media tiene ese maldito microprocesador! ¡Es nuestro microprocesador!

—Señora Fisher... —me llama la doctora sin comprender absolutamente nada.

—Es nuestro microprocesador —repito sin poder dejar de sonreír—. Lo estamos construyendo.

Kelsey se levanta de un salto, pero, una vez que está de pie, no sabe qué hacer. Está conmocionada.

—Aún faltan muchos cálculos, resolver cuestiones y, lo más importante, hacerlo funcionar, pero, aunque parezca mentira, eso es lo más fácil de todo —les explico, y Kelsey sonríe aún más feliz que yo—. Vamos a tenerlo listo en unas semanas y vamos a dárselo a Rory, a todo el que lo necesite.

De pronto tengo una especie de iluminación. Ya sé a qué vamos a destinar el microprocesador. Vamos a ayudar a todas esas personas que lo necesiten en sus prótesis, lo vamos a donar a la biomedicina.

Kelsey me mira emocionada y, como si ya no pudiese aguantarlo más, me da un auténtico abrazo de oso.

—Gracias —dice con la voz llena de lágrimas, pero estoy completamente convencida de que son de alegría—. Muchas gracias, Livy —sentencia separándonos.

Yo asiento. No tiene por qué dármelas. Lo hago encantada. Benedict me dijo que decidiera a qué dedicaríamos el microprocesador y ahora sé que no podría tener una función mejor. Y estoy segura de que él opinará lo mismo.

—Tenemos muchas cosas que hacer —comento dando una palmada—. Doctora Lambert, ¿querrá ayudarnos?

—En todo lo que necesiten —responde con una sonrisa.

—Lo primero es conseguir al mejor especialista en biomedicina que podamos encontrar para que nos ayude en las especificaciones.

—El doctor Hugh Herr, del MIT, es el mejor. Hablaré con él.

Asiento.

—También necesitaremos toda la información técnica que podamos recopilar de los microprocesadores actuales. Eso nos ahorrará muchos ensayos de prueba/error.

—Yo me encargo —se ofrece Kelsey.

—Cuando lo tengas todo, regresa a la oficina y pon al tanto a los chicos —le pido echando a andar hacia la puerta—. Acompáñela usted también, doctora Lambert. Apuesto a que tendrán muchas preguntas.

—¿Usted adónde va?

—A atar el último cabo suelto —respondo con una sonrisa.

No puedo esperar a compartirlo con Benedict.

Me monto en el ascensor y pierdo la cuenta de cuántas veces pulso el botón de la planta cuarenta y dos. ¡Estoy impaciente! Cuando empezamos a construir este procesador, como cada vez que se inicia un proyecto al que puedes dar múltiples usos, no se pensó en ninguno de ellos en concreto. La ingeniería informática es complicada, pero, aunque pueda parecer incompatible, también tiene mentalidad de herrero: lo primero es hacer que funcione, después ya se verá para qué es bueno. Sin embargo, pensar que mejoraremos la vida de la gente con él hace que la perspectiva cambie, que el trabajo valga más la pena.

Las puertas se abren y salgo disparada. Los asistentes de los ejecutivos y los propios mandamases que andan fuera de sus despachos me miran preguntándose si esta mañana me he olvidado de tomar las pastillas, pero no me importa absolutamente nada.

—Buenos días, Betty —saludo a su secretaria sin dejar de caminar, alzando suavemente las dos manos para indicarle que no se preocupe—. No necesito que lo avises.

—Pero... —replica con cara de susto.

—No te preocupes —la consuelo—. No lo entretendré mucho —prometo ya abriendo la puerta—. Solo será un segundo.

Pero cuando entro en el despacho de Benedict, la sonrisa se me borra de golpe.

29

Benedict está apoyado, casi sentado, en su escritorio, con las manos agarradas al borde. Blair ocupa uno de los sillones, frente a él, a menos de un metro de distancia.

Él alza la cabeza y de inmediato sus ojos se topan con los míos; sin embargo, yo los aparto deprisa y ni siquiera sé muy bien por qué. Me siento como si hubiese interrumpido algo, como si me hubiese colado sin llamar donde no pertenezco.

—Livy —me llama Benedict.

Creo que él tampoco entiende esta situación y eso me aturde todavía más. Está en su despacho, no en el mío.

—Yo... lo siento. —Y soy una completa estúpida por decirlo—. Me marcho.

—Livy —vuelve a llamarme.

Pero finjo no oírlo, cierro la puerta y comienzo a andar a toda prisa.

—Adiós, Betty.

—Adiós, señora Fisher. —Hay empatía en su voz y

me inquieta que la haya. No la sientes por alguien si no sabes que va a pasarlo mal.

—Livy —me llama por tercera vez.

Oigo la puerta y pasos acelerados a mi espalda. Echo a correr; teniendo en cuenta cómo llegué antes, nadie se sorprende.

Me planto frente al ascensor y, si antes pulsé mil veces el botón porque estaba deseando llegar aquí, ahora repito la operación para que las puertas se cierren antes de que me alcance. Lo consigo y lo último que veo son sus ojos verdes, la rabia y la preocupación.

Salgo del edificio. Le pondría demasiado fácil encontrarme si me quedo y necesito pensar. ¿Qué hace ella aquí? ¿Es la primera vez? ¿Se han estado viendo a menudo? ¿Por qué?

Empiezo a caminar sin rumbo fijo. Me alejo una decena de calles y entro en la primera cafetería que encuentro. Beberme un café gigante y atiborrarme de galletas con nueces ahora mismo me parece un plan increíble.

—¿Qué le pongo? —me pregunta la camarera, ataviada con un delantal azul y la oreja llena de pequeños aros.

Abro la boca dispuesta a contestar, pero mi móvil comienza a sonar, interrumpiéndome. Miro la pantalla, aunque no lo necesito. Sé que es Benedict y no puedo hablar con él. Silencio la llamada y alzo la cabeza con un resoplido en los labios.

—Un café doble y... ¿tenéis galletas?

—Sí, en el expositor —contesta, señalándome el mueble a mi derecha.

Al girarme para echarle un vistazo, me encuentro con un hombre con el codo apoyado en la barra, esperando su café para llevar. Me está observando. Cuando nuestras miradas se encuentren, sonríe. Es Eric, el chico al que conocí en la fiesta del museo, solo que ahora va vestido más bohemio, como Sting en el videoclip de *Englishman in New York*, con una larga gabardina, una camiseta debajo y un fular al cuello. Además, se ha recogido su melena rubia en un moño alto algo desaliñado, como si fuera un samurái del siglo XXI.

—Hola —lo saludo.

—Hola, Livy.

Me mira sin mucho disimulo, aunque de una manera completamente asexual, y su sonrisa se ensancha.

—Me gusta más tu nuevo *look* —dice.

—Es mi *look* —sentencio—. No tiene nada de nuevo.

Sueno más brusca de lo que se merece, pero ahora mismo estoy enfadada con el mundo. Y pensar que, hace algo así como una hora, era feliz. El destino claramente es bipolar.

—Nuevo o no, me gusta. Eres mucho más tú.

—Esa es la idea —respondo.

La camarera se acerca y le entrega a Eric un café *macchiato* con canela.

—Quiero tres galletas de chocolate y dos de nueces, por favor —le pido a la otra empleada.

—¿Un mal día? —inquiere Eric tras darle un sorbo a su café, caminando un paso hacia mí.

—¿Uno solo? —replico mientras continúo mirando el expositor.

Mi teléfono vuelve a sonar y, obviamente, vuelve a ser Benedict. Resoplo y silencio la llamada de nuevo.

—¿Las cosas no van bien en Fisherlandia?

Me alzo de golpe y lo fulmino con la mirada. Eso ha estado completamente fuera de lugar.

—No tienes ningún derecho a hablarme así, ¿sabes? —protesto—. No nos conocemos lo suficiente.

Eric tuerce los labios.

—Me pareciste mucho más simpática en la fiesta —sentencia pasando a mi lado y dirigiéndose hacia la puerta.

En un principio dejo que se aleje, pero cuando solo lo ha hecho un par de metros, resoplo alzando la vista al techo.

—Lo siento —me disculpo dándome la vuelta, aunque sueno un pelín más impertinente de lo que debería.

Eric se detiene y, tras pensarlo un par de segundos, se gira.

—¿Nos sentamos? —pregunta.

Ahora soy yo la que tuerce los labios, meditándolo. La verdad es que me vendría genial poder hablar con alguien.

—Sí.

Él me indica una pequeña mesa de metal redonda a unos pasos y asiento.

—Entonces, ¿estás bien o no? —pregunta en cuanto me siento, café y galletas en mano.

—No tienes mucho tacto.

—Tacto —refunfuña—, qué aburrido.

No puedo evitar sonreír.

—Ayer fue complicado —me explico partiendo la galleta en trozos—, pero se arregló. Esta mañana estaba feliz y después aún más. En el trabajo vamos a hacer algo increíble. Algo realmente positivo. Va a merecer la pena de verdad y yo solo quería contárselo a Benedict —a cada palabra que pronuncio, me acelero más y me enfado más recordando cómo me he sentido mientras me dirigía a verlo, como me he sentido justo después, ahora—, pero cuando he ido a su despacho, él estaba...

—No quiero decir con ella—. Él no estaba haciendo lo que yo pensaba que estaría haciendo.

Eric bebe otro sorbo de su café.

—Vamos por partes...

Mi móvil suena por enésima vez, interrumpiéndolo. Es Benedict. Tan rápido como miro la pantalla, lo silencio.

—No va a cansarse de llamar —dice resaltando lo evidente.

—No puedo hablar con él.

—¿Qué demonios estaba haciendo en su despacho? —demanda impaciente—. ¿Se estaba tirando a otra? —añade frunciendo los labios en un gesto que no sé enlazar con la pregunta.

—¡No! —me quejo.

—¿Entonces?

Lo miro, pero no contesto. Por un lado, me siento ridícula porque, en realidad, no estaban haciendo nada malo, solo hablaban... y poner el grito en el cielo por ello es lo mismo que admitir que estoy celosa y no lo estoy. Benedict tiene reuniones con ejecutivas todos los días y no me importa. El problema aquí es que es Blair, su exmujer, y no es una exmujer normal. Benedict es complicado, su infancia, su vida lo fue, y ella consiguió que él dejara todo atrás, consiguió que cambiara su forma de relacionarse con las mujeres, que aprendiera que podía amar.

—Tienes pinta de no tener muchos amigos —suelta sin ninguna sensibilidad.

—Oye... —protesto.

—Así que te explicaré cómo funciona —continúa ignorándome por completo—: tú me explicas lo que te pasa, yo finjo que me interesa y te aconsejo; tú finges que valoras mi opinión y después haces lo que te da gana. Sale bien, lo celebramos. Sale mal, vuelves a contármelo y ponemos otra vez en marcha la rueda de la amistad.

Se encoge de hombros y otra vez, aunque es lo último que quiero, consigue hacerme sonreír.

—Estaba con Blair.

Eric me observa.

—¿Su exmujer?

—Sí.

—¿Solo hablaban?

—Sí —respondo como si fuera obvio. ¡Es obvio!

—¿Vestidos?

—Claro que estaban vestidos —contesto veloz—. Benedict no me haría algo así —lo defiendo sin dudar.

—Entonces, ¿cuál es el problema?

—Blair... —trato de buscar las palabras adecuadas— fue muy importante en la vida de Benedict. Marcó un antes y un después. —Eric me mira con cara de no entender a qué me refiero, pero yo niego con la cabeza—. No voy a contarte nada más, pero, en resumidas cuentas, me siento como si fueran los protas de una novela romántica y yo la idiota que se inmiscuye en su relación y que no se da cuenta de que, en el fondo, él y ella acabarán juntos.

¡Por Dios, soy Cameron Díaz en... *La boda de mi mejor amigo*!, o Julia Roberts, nunca me ha quedado claro quién es el personaje principal en esa peli.

Eric vuelve a fruncir los labios a la vez que asiente.

—Y gran pregunta estúpida —especifica—: ¿has hablado de esto con él?

—No.

Sonríe con malicia.

—Las mujeres lo hacéis todo increíblemente complicado —concluye perdiendo su vista por el local mientras le da un nuevo trago a su café.

—He hablado con ella.

Eric deja el vaso de cartón suspendido en el aire a escasos centímetros de su boca al tiempo que me mira de nuevo.

—¿Y qué coño le has dicho?

—En realidad me lo dijo ella a mí —le corrijo—. Me explicó que no tenía de qué preocuparme, pero después me hizo darme cuenta de que había cambiado mi apariencia cuando en el fondo no quería hacerlo. —Niego con la cabeza. Odio esta maldita situación—. No sé... —Resoplo—. Creo que lo peor de todo es esta maldita confusión.

—Habla con él —sentencia.

—No es tan fácil.

—¿Cómo que no? —replica torciendo los labios—. Te está llamando cada dos minutos.

Para darle la razón, mi móvil comienza a sonar sobre la mesa. Los dos miramos la pantalla a la vez. Es Benedict. Voy a cogerlo para silenciar la llamada, pero Eric se me adelanta.

—¿Diga?

Lo miro con los ojos como platos. ¡¿Qué demonios está haciendo?!

—Soy Eric —responde como si atendiera mis llamadas todos los días. Escucha lo que quiera que Benedict esté diciendo y, por la manera en que su expresión cambia, creo que está resultando aún más intimidante que de costumbre—... Livy está aquí. Te la paso.

Me tiende mi iPhone a la vez que se levanta y recupera su café con la otra mano.

—Llámame otro día —dice echando a andar hacia la puerta—. Pondremos en marcha otra vez la rueda de la amistad.

Sonrío, pero no me llega a los ojos. De todas formas, Eric tampoco se queda para verlo. Resoplo otra vez, despacio, y aún más lentamente me llevo el teléfono a la oreja e incluso entonces me tomo unos segundos para pronunciar palabra. No sé si quiero hablar con él.

—Hola.

—¿Quién coño es Eric, Livy?

Guardo silencio un segundo.

—Es un amigo. —La palabra suena rara en mis labios, como si hasta este preciso instante no hubiese sido consciente de cuánto necesitaba uno—. Lo conocí en la fiesta y hoy hemos coincidido por casualidad en una cafetería.

—Por casualidad —repite mordaz.

—Sí, por casualidad —repito todavía más enfadada—. ¿Blair también estaba por casualidad en tu despacho o la llamaste para quedar?

—Livy —me reprende, y suena tan intimidante, ¡pero es que me importa una mierda!

—Maldita sea. Livy, ¿qué?, Benedict.

El silencio vuelve a abrirse paso y lo oigo resoplar cabreadísimo, y me parece el colmo que se atreva a comportarse como un neandertal celoso después de meter a su exmujer en su despacho.

—Ven a Fisher Media. Vamos a hablar. No puedes largarte así —me ordena.

Exploto-como-una-bomba-nuclear.

—¡No me des órdenes! ¡No voy a ir a Fisher Media y no voy a hablar contigo! ¡Necesito pensar!

¡Lo necesito! ¡De verdad!

Antes de que pueda decir nada, cuelgo y, como sé que va a volver a llamar, apago el teléfono y lo dejo bocabajo sobre la mesa a una velocidad pasmosa, con las manos aceleradas y nerviosas. Al terminar, miro mis dedos y me doy cuenta de que estoy temblando. Trato de tranquilizarme y me dejo caer sobre la silla de metal. Las cosas no están yendo como imaginé que irían. ¿Cuántas personas estarán pronunciando esa frase en este mismo instante? Supongo que la vida nunca sale como la planeamos. No se trata de que fuera tan ilusa de pensar que no me encontraría con ninguna piedra en el camino, pero esto se está pareciendo sospechosamente a una carrera de obstáculos.

Lo peor de todo es que lo único que quiero hacer es tirarme en sus brazos y que me abrace y me bese, no sé, hasta que se acabe el mundo. Creo que por eso me he negado rotundamente a hablar con él y por eso he apagado el teléfono. No estoy teniendo ninguna rabieta. Necesito pensar. Necesito poner en orden todo este caos para empezar a entender que tengo que dejar de sentir este miedo a perderlo. No es sano y, desde que se negó a hablar de Blair, y sobre todo desde la fiesta, no he podido dejar de sentirlo.

Me paso una hora entera en la cafetería y un par más caminando sin mucho sentido. Solo falta que rompa a llover para que mi vida resulte oficialmente deprimente. Además, un perro más pequeño que una zarigüeya me persigue ladrándome y acabo corriendo casi dos manzanas cerca de la calle Bell.

Cuando estoy llamando al timbre de casa, ya ha anochecido.

—Buenas noches, señora Fisher —me saluda Jefferson, y creo que está sorprendido o confuso o aliviado de que esté aquí. Es difícil saberlo, es realmente profesional.

—Buenas noches, Jefferson.

Entro y ando despacio hasta el salón. He tenido mucho tiempo para pensar y también he visualizado muchas veces la conversación que estamos a punto de tener.

—Hola —musito deteniéndome en el centro de la enorme estancia.

No estoy arrepentida ni avergonzada.

Benedict, de pie, de cara a los enormes ventanales que nos separan del cuidado patio, no se mueve, con su cuerpo de uno ochenta de altura tenso y elegante a la vez y las manos metidas en los bolsillos, pero sé que me ha oído, incluso que ha sentido cada paso que he dado, porque yo podría notar su presencia con los ojos cerrados en una habitación atestada de gente. Es nuestra condena.

—Has decidido venir —pronuncia sin volverse.

—Te dije que necesitaba pensar.

—Pensar, ¿en qué? —estalla volviéndose, dando un paso hacia mí—. ¿Acaso no pudiste hacerlo mientras estabas con ese tío?

—Es un amigo —replico igual de enfadada—. Necesitaba hablar con alguien, contarle lo que me está pasando. ¡Me estoy volviendo loca, Benedict! —intento hacerle ver, desesperada.

—¿Y crees que para mí es fácil? —ruge en un grito—. ¡Yo no quería que las cosas fueran así! Quería que todo fuese sencillo, como se supone que debe ser.

—¿Y también querías que fuese con Blair? —Mis

palabras lo golpean en un sitio muy profundo y muy oscuro. Ese sitio es el responsable de todos mis miedos—. ¿Qué hacía en tu despacho? ¿La llamaste tú? ¿Cuántas veces os habéis visto desde que regresamos a Seattle?

Benedict ahoga una risa mordaz en un breve bufido.

—¿Y qué te importa si ese fuera el caso? —contraataca—. Tú ya sabes muy bien cómo entretenerte.

—Estás siendo muy injusto.

—¡Te dejé sola en esa fiesta veinte putos minutos!

Su frase nos silencia de golpe porque los dos somos capaces de distinguir el miedo sordo y cortante que hay en ella. Es el mismo que siento yo.

—Estás celoso —replico más calmada, tratando de hacerle entender—, pues imagina cómo me siento yo. Eric es solo un amigo, Blair es tu exmujer.

—Necesitaba hablar con Blair. Necesitaba contarle cosas que solo puedo contarle a ella, joder.

Los ojos se me llenan de lágrimas. Bajo la cabeza para intentar ocultarlas, pero al cabo de solo dos segundos vuelvo a levantarla.

No tengo por qué esconderme. No voy a esconderme.

—¿Y por qué no puedes hablar conmigo? —pregunto, y no lo hago triste, lo hago dolida.

—Porque hay cosas que no quiero que sepas, Livy.

Benedict tampoco se esconde y en su mirada el miedo se alía con la rabia, con el dolor y con otra rabia y otro dolor mucho más antiguos que yo.

—Pero no te importa que ella las conozca.

Quería que sonara como una pregunta, pero en el fondo no lo es. La respuesta está demasiado clara.

Él no contesta y todos los sentimientos se recrudecen en sus ojos verdes.

—Quiero que me lo cuentes.

Me mantiene la mirada. No quiere perderme, pero tampoco va a hablar.

—No.

No duda y automáticamente entiendo que, por mucho que esté sufriendo, por mucho que yo le pregunte o le suplique, va a seguir dejándome al margen.

—¿Y qué se supone que tengo que hacer? —inquiero.

—Quedarte, por favor.

Otra vez ese miedo cortante, esa herida demasiado abierta, demasiado grande.

—No voy a marcharme —replico desesperada, dando un paso hacia él—. ¿Por qué siempre piensas que voy a hacerlo? ¿Porque es lo que Blair hizo?

—Todo es mucho más jodido de lo que crees. —Su voz ronca se transforma en un susurro lleno de demasiadas cosas.

Sus palabras vuelven a tocarme por dentro. Si tiene algún problema, si es complicado, quiero que lo comparta conmigo para poder ayudarlo o, por lo menos, estar a su lado. Solo quiero estar a su lado. Es lo único que deseo.

—Cuéntamelo, por favor —me tropiezo otra vez con la misma piedra.

—¿Por qué te casaste conmigo, Livy?

La pregunta me pilla por sorpresa, pero la sensación se desvanece en una décima de segundo y mis propios miedos entran en juego.

—¿Por qué te casaste tú?

Nos mantenemos la mirada. Ninguno de los dos contesta. Ninguno deja de sufrir.

Benedict se pasa las manos por el pelo, frustrado,

hasta que decide dirigirse hacia su estudio. Lo observo sin saber qué decir. No quiero sentir más miedo, pero resulta imposible no tenerlo cuando estás tan enamorada que duele y él está demasiado lejos.

Me siento muy sola.

Un sollozo me corta la respiración y una idea complicada, triste y peligrosa a la vez, estalla en el fondo de mi mente. Sé que Benedict también la ha sentido cuando se para en mitad del pasillo y se vuelve despacio. ¿Y si todo lo que tenemos para ofrecernos es follar? ¿Y si es la única manera de no perdernos? Me busca con la mirada, me encuentra y los dos salimos disparados hacia el otro, besándonos con fuerza, quitándonos la ropa como si la vida se nos fuera en ello. ¿Y si el único vínculo que nos une es el sexo? Sucede que todo se vuelve intenso, que el miedo se mete bajo las costillas y, cada vez que nuestros labios se tocan, nuestros besos dibujan un te quiero.

30

Me despierto en mitad de la noche. Está lloviendo. Me incorporo despacio. Cojo su camisa, abandonada a los pies de la cama, y me la pongo. Sentada en el colchón, con los pies tocando el parqué, observo las gotas de agua chocar una y otra vez contra el cristal. Todo se está complicando demasiado. Apoyo las palmas de las manos sobre las sábanas y me giro para poder mirarlo. Tiene el pelo desordenado sobre la frente y la expresión relajada. Lo recuerdo exactamente así, en mi cama, en mi apartamento, la primera noche que dormimos juntos. Todo se está complicando demasiado, pero también lo quiero demasiado.

Me levanto lentamente y, frotándome los brazos, me acerco al ventanal. La ciudad parece tranquila, relajada mientras se prepara para volver a empezar. Seattle nos está regalando estas horas de intimidad, como si sin palabras nos dijera «aprovecha para ser feliz y dejarte llevar mientras las luces estén apagadas».

—Livy. —Su voz suena ronca.

Me vuelvo y lo veo incorporarse hasta apoyar un codo en el colchón.

Lo observo y dejo escapar todo el aire de mis pulmones. Es tan atractivo que me abruma.

—Ven —me ordena, como si fuera capaz de leerme la mente y una a una quisiera llevarse todas mis dudas.

No digo nada. Solo obedezco. Quiero dejarme llevar y ser feliz y sé que solo puedo hacerlo en sus brazos.

Benedict tiene una reunión a primera hora, así que, cuando me levanto, ya se ha marchado a la oficina. Mientras me visto, mientras desayuno, incluso mientras voy hasta el trabajo, no paro de pensar que necesito hablar con alguien. Me siento como si todo fuera rápido y lento a la vez, en una especie de montaña rusa que nunca se detiene y te obliga a pensar hasta quedar exhausta.

Aprovechando que estamos en un atasco en pleno Alaskan Way Viaduct, abro Google y pongo el nombre de Eric Lazard. Él mismo me dijo que, cuando quisiese, lo llamase y pondríamos de nuevo en marcha «la rueda de la amistad»; bien, está clarísimo que ahora más que nunca necesito un amigo y él es lo más parecido a uno que tengo.

El navegador se carga y su nombre aparece en un montón de resultados. Es escultor, uno de los más importantes de la cultura *underground* de Seattle. Pincho el segundo enlace. Sonrío. Aparece la dirección de su estudio en el Pike Place Market.

—Kane —lo llamo buscando su mirada a través del espejo retrovisor del Lexus—, cambio de planes. Vamos al 1.527 de la Segunda Avenida.

Al llegar, tuerzo el gesto al comprobar que el estudio aún está cerrado.

—Puedes marcharte —le comunico al chófer saliendo del coche antes de que nadie me abra la puerta—. No te preocupes, iré a Fisher Media en taxi.

Cuando pongo un pie en la acera, el conductor ya está frente a mí, con lo que consigue hacerme dar un respingo. Estoy empezando a pensar que me asusto con demasiada facilidad.

—Puedes marcharte —repito.

—No creo que al señor Fisher le parezca buena idea.

—Pues a la señora Fisher no le parece buena idea que te quedes, Kane —replico subiéndome las gafas antes de cruzarme de brazos.

Voy en Converse y Kane es casi tan alto como Benedict, lo que significa que me saca más de una cabeza. Parecerle mínimamente intimidante es complicado.

Al fin asiente y rodea el vehículo para alcanzar el asiento del piloto. Resoplo aliviada. Parece que alguien me toma en serio.

—Gracias, Kane —le digo justo antes de que se monte.

Él asiente profesional y se marcha.

Ya a solas miro a mi alrededor. No tardo en localizar una pequeña cafetería. Compro dos cafés, galletas y lo espero sentada en el escalón que da entrada a su estudio. Más o menos, tras veinte minutos, un taxi se detiene frente a la puerta y Eric, con una camiseta rota llena de imperdibles, unos vaqueros negros, unas botas militares, con fular y el mismo moño de samurái desfasado, se baja de él.

—¿Se puede saber qué haces aquí? —pregunta levantándose las gafas de sol.

—Poner en marcha la rueda de la amistad. ¿Un *mac-*

chiato con canela? —digo ofreciéndole uno de los cafés. Por suerte recordaba cómo lo tomó la última vez.

—No tienes más amigos, ¿verdad? —replica cogiéndolo.

—Tú eres lo más parecido a uno.

Eric da un paso hacia la puerta. Mete la llave y, tras girarla, la empuja con el hombro.

—Pasa a mi despacho —me ofrece entrando—. Donde sucede la magia.

Lo sigo al interior. La sala, completamente diáfana, no sigue ningún orden: hay estanterías repletas de bocetos y distintos materiales de trabajo por todos lados; en el centro, una enorme mesa llena de polvo blanco y una decena de herramientas rodeando una pieza en pleno proceso de creación. Frente al escritorio se encuentra un sofá, grande y desvencijado, pero muy bonito. La luz lo llena todo y el color blanco resalta borracho de energía.

—¿Qué te ha pasado ahora? —inquiere dirigiéndose al tresillo y tirando las llaves en una de las estanterías junto a las que pasa.

Me reactivo y lo sigo.

Eric toma asiento, casi recostado, estirando la pierna sobre el sofá y apoyando uno de los codos en el brazo mientras le da un sorbo a su café.

Yo me quedo de pie. Estoy un poco acelerada.

—Ayer hablé con Benedict.

Eric asiente.

—Más bien, discutimos —rectifico con un resoplido—. Estaba celoso por ti y yo lo estaba por Blair.

—¿Estaba celoso por mí? —plantea incrédulo.

Alzo la mano señalándolo con ella.

—¿No te parece ridículo? —repongo—. Además,

es más que obvio que eres gay —añado subiéndome las gafas.

—¿Gay? —replica riéndose—. Qué maleducada.

¿No es gay? ¿En serio?

—¿No lo eres?

—¿Y a ti qué te importa?

Frunzo el ceño.

—Se supone que somos amigos.

—No somos tan amigos —me corrige torciendo los labios.

Abro la boca, indignada.

—Te estoy contando mis penas.

—Es que vivir en Fisherlandia es muy complicado —se burla.

—A lo mejor el que estaría encantado de vivir en Fisherlandia serías tú —contraataco impertinente.

Eric se echa a reír.

—Esa ha estado buena, cuatro ojos. Sigue contándome.

Nos pasamos las siguientes dos horas hablando y la verdad es que me sienta de maravilla. No logro llegar a ninguna conclusión con respecto a Benedict, ni siquiera me aclaro mínimamente las ideas, pero por lo menos consigo desahogarme.

A eso de las once me presento en el trabajo. Por suerte, en la oficina todo va sobre ruedas. ¿Quién iba a decirme, después de mis primeros días como líder, que estaría deseando pasar las horas en la oficina, trabajando con mi equipo? Hubiese sonado igual de raro que si alguien hubiese afirmado en Capri que las cosas se acabarían complicando así entre Benedict y yo.

—Livy —me llama Kelsey caminando hasta la mesa de reuniones donde Nevaeh y yo estamos trabajando en la franja de nanochips—, ¿recuerdas que tienes cita con el médico?

Resoplo. Había olvidado el maldito chequeo obligatorio para empleados de Fisher Media.

—¿Podrías hacerme el favor de cambiármela a la semana que viene? —le pido llevando la lente de aumento hasta el tercer nanochip y sujetando con cuidado el soldador de estaño.

—La semana anterior la cambiaste a esta semana.

Resoplo de nuevo. Tiene razón.

—Cámbiala a mañana —repongo—. Prometo que iré.

Kelsey asiente con poco convencimiento.

Yo muevo el soldador, solo un centímetro.

—Livy —me llama Ty entrando en la oficina—, el señor Jones quiere verte en la sala de conferencias.

Alzo la cabeza, confusa. ¿Para qué quiere verme el vicepresidente de Benedict?

Dejo a Nevaeh con los nanochips y voy hasta la susodicha sala. Llamo a la enorme puerta de madera y, cuando me dan paso, entro. Douglas Jones, el mismo hombre que me mandó a casa de Benedict para llevarle una carpeta la noche en la que comenzó todo, está sentado en la presidencia, con las piernas cruzadas en ese gesto tan masculino, muy cómodo y relajado, hablando con Diane Meyers, la directora comercial de Fisher Media.

—Buenos días, Livy —me saluda Douglas Jones al reparar en mí, levantándose y yendo a mi encuentro—. Qué bien que ya estés aquí.

Sonríe amable y yo le devuelvo el gesto, aunque no puedo evitar sentir cierto resquemor. Sigo sin entender para qué me necesita.

—Ya conoces a Diane Meyers, ¿verdad? —nos presenta.

—Encantada de coincidir contigo, Livy —dice desde su silla.

Asiento. Es la primera vez que veo a esta mujer, pero no me gusta. Es la típica ejecutiva que menosprecia a todo aquel que no lo es.

En ese momento la puerta se abre y entra Benedict. Mis ojos vuelan hasta él, que camina seguro y determinado hasta el fondo de la sala. Fulmina a Douglas Jones con la mirada e inmediatamente su vicepresidente sale a su encuentro. Benedict le susurra algo, no más de dos palabras, no logro oír qué. Jones lo mira como si no pudiese creer lo que acaba de decir, pero una sola e intimidante mirada de Benedict es suficiente para que Douglas Jones carraspee y asienta. Regresa hasta la mesa, se inclina sobre Diane Meyers, le comenta algo y ella sonríe con satisfacción y malicia, observándome a mí.

Benedict llega hasta los enormes ventanales. Alza la mirada y nuestros ojos se encuentran, solo un segundo, lo suficiente como para que todo mi cuerpo se tense. Está enfadado, está decepcionado, está frustrado. Esa mirada me deja clavada al suelo.

Douglas Jones vuelve a tomar asiento y activa la tablet que tiene delante. Todas las pantallas de la sala se encienden sincronizadas, mostrando el logo de la compañía. Me sacan de mi ensoñación.

—Livy, por favor, toma asiento —me pide el vicepresidente.

Benedict gira sobre sus talones y pierde su mirada en el *skyline* de Seattle, liberándome.

Me obligo a reaccionar y me siento.

—Imagino que te estarás preguntando el porqué de

esta reunión —comienza a decir Douglas Jones—, pero no podemos empezar sin felicitarte por el increíble trabajo que has hecho con el microprocesador. Doscientos teraherzios es sencillamente impresionante.

—Muy buen trabajo, Livy —añade Diane Meyers.

Benedict no dice nada, ni siquiera se vuelve a mirarnos. Estoy empezando a ponerme nerviosa, con esa clase de inquietud que te recorre la nuca convertida en sudor frío.

—Como ya sabrás —llama mi atención Jones—, Fisher Media es la empresa de tecnología más puntera de la Costa Oeste, pero serlo es un trabajo muy duro y claramente de equipo. Somos más eficaces si aunamos esfuerzos.

—Cada hallazgo hace que nuestra compañía se revalorice —continúa Meyers—. Los potenciales inversores literalmente se pelean para que Benedict se plantee escucharlos, pero, Livy —añade como si fuera una obviedad—, también necesitamos ventas.

—¿Y qué tiene eso que ver conmigo?

Vuelvo a buscar la mirada de Benedict, pero no la encuentro.

—Todo —responde Douglas Jones amabilísimo, lo que me escama todavía más. No se trata de que alguna vez no lo haya sido, sino de que ahora lo está siendo demasiado—. Somos más eficaces si aunamos esfuerzos, ¿recuerdas?

Aparto los ojos de Benedict y sacudo suavemente la cabeza. ¿Qué le pasa a él? ¿Qué está pasando aquí?

—Estaré encantada de... ayudar —continúo sin saber exactamente si esa es la palabra adecuada— a Fisher Media en todo lo que sea necesario y...

—El microprocesador —me interrumpe Douglas

Jones, y su tono de voz cambia. Presiento que se acabaron las sonrisas y los halagos—. Queremos que nos cedas los derechos.

Siento como si hubieran tirado de la alfombra bajo mis pies.

—La doctora Lambert nos informó del uso que pretendes darle al microprocesador. Destinarlo a la biomedicina y a la biorrobótica es una gran opción —toma el relevo Diane—, pero necesitamos saber que estamos en la misma línea sobre cómo desarrollarlo en ambos campos.

De pronto lo veo claro.

—¿Queréis venderlo?

—Queremos que la compañía gane dinero y poder así seguir avanzando, poder seguir creando nuevos logros.

—¿Y ganar dinero con ellos? —lo interrumpo impertinente.

Los dos se quedan callados. Presiento que lo que se acabaron ahora son las sonrisas.

—Benedict —lo llamo. Es imposible que esté de acuerdo con esto. Él quiere hacer del mundo un lugar mejor. Todavía recuerdo todo lo que me dijo en su estudio, porque el microprocesador no era un avance más.

Pero ni siquiera me mira.

—Somos una empresa —replica Diane Meyers interrumpiendo, en un tono de voz que es casi hostil—, objetivamente nos dedicamos a ganar dinero.

Douglas Jones le hace un discreto gesto con la mano tratando de frenarla, como si quisiese hacerle entender que ese no es el camino si quieren convencerme.

—Podemos asegurarnos de que se donará dinero a

obras benéficas —me ofrece el vicepresidente—, entre un uno y un cinco por ciento de los ingresos que genere la venta del microprocesador, y también estoy en posición de prometerte que la señorita... —consulta el papel que tiene bajo su estilográfica—... Rory Martínez será la primera persona en beneficiarse del microprocesador una vez recuperemos la inversión inicial.

Los miro sin poder creer lo que están diciendo. ¿Ventas? ¿Beneficios? ¿Inversión inicial? Ese no era el objetivo.

—Lo siento muchísimo —replico levantándome. Estoy aturdida, pero en mitad de la neblina siento un crepitante enfado. ¿Por qué Benedict está permitiendo todo esto?—. El microprocesador será íntegramente destinado a la biomedicina y a la biorrobótica. Su objetivo es ayudar a la gente.

—Y lo hará —contraataca Meyers—. El Departamento de Sanidad no tardará en otorgar subvenciones. Los seguros médicos cada vez están más abiertos a costear este tipo de avances. Existen fundaciones. Con toda probabilidad, en unos cinco años las prótesis con nuestro microprocesador serán accesibles al setenta por ciento de las personas que las necesiten a un coste muy bajo.

—El setenta por ciento es un gran número, Livy.

Una sonrisa absolutamente atónita se escapa de mis labios.

—¿A ti también te parece un gran número, Benedict?

Otra vez guarda silencio, con la mirada aún en el ventanal, con el cuerpo tenso y las manos en los bolsillos.

Un resoplido se escapa de mis labios. Francamente,

ya no quiero oír nada más. Ni siquiera quiero compartir habitación con ninguno de los tres, incluido Benedict. No sé qué demonios le pasa, pero él me eligió para decidir qué haríamos con el microprocesador y desde luego no va a ser esto.

Sin decir una sola palabra más, me dirijo hacia la puerta.

—Livy... —me llama Douglas Jones.

—Seamos claros —lo interrumpe Diane Meyers, y sus palabras me dejan clavadas en el suelo. No es lo que dice, es cómo lo dice—. Eres una empleada de Fisher Media. El microprocesador se creó en esta empresa, seguís trabajando en el aquí. Quieras o no, nos pertenece.

Trago saliva. Una parte de mí no puede creerse que esté a punto de decir lo que voy a decir.

—Entonces, ya no trabajo en Fisher Media.

31

No me giro para anunciar formalmente mi despido, pero de reojo puedo ver cómo Benedict, al oírme, se da la vuelta, buscándome.

Yo no digo nada y salgo flechada de la sala de conferencias. Entro en la oficina como una exhalación, enfadada, furiosa, triste, dolida.

—¡Joder! —estallo en mitad de la sala de trabajo.

Los chicos me miran alucinados.

—¿Ha pasado algo, Livy? —inquiere Sandra.

Abro la boca dispuesta a decirles que me he despedido, que ya no tenemos el microprocesador, pero me doy cuenta de que no puedo hacerlo. Se merecen una explicación, pero no ahora y no así. No me puedo creer que vayamos a perder todo por lo que llevamos trabajando tan duro durante semanas. No vamos a poder ayudar a toda esa gente.

—Estoy bien —me obligo a mentir—. ¿Qué tal si lo dejamos por hoy? Ya son las cinco.

Todos asienten desconfiados. Despejo veloz mi mesa y me marché. No sé qué va a pasar ahora. No sé cómo va a reaccionar Benedict, ni siquiera sé cómo voy a hacerlo yo y no quiero que, pase lo que pase, ocurra en la nula intimidad de la oficina o, mejor dicho, exoficina. Siento vértigo. Acabo de quedarme sin empleo.

Estoy a punto de montarme en el ascensor cuando oigo pasos acelerados a mi espalda.

—¡Livy! —me llama Kelsey.

Me giro hacia ella, inquieta por si ya se ha enterado de lo que ha pasado con el microprocesador y tema que Rory salga perjudicada.

—¿Podemos hablar un segundo? —me pide.

No parece preocupada y automáticamente me alivia. No se trata de que quiera huir de mis responsabilidades y no contárselo, pero espero convencer a Benedict de que cambie de opinión o, por lo menos, conseguir que la situación no cambie para Rory. Solo necesito tiempo.

—Sí, claro.

Kelsey mira a nuestro alrededor y echa a andar decidida hacia las escaleras al tiempo que me hace un gesto con la mano para que la siga.

—¿Pasa algo? —pregunto.

—Sí —responde rotunda a la vez que se cruza de brazos. Su única palabra coincide con la puerta cerrándose y parece que ha sido el mismísimo Zeus apuntándome con un rayo—, a ti.

Me encojo de hombros, confusa, dispuesta a mentir con mímica, pero el movimiento se queda a medias por una duda aún mayor.

—¿Cómo lo has sabido? —indago.

—¿Recuerdas cómo has entrado en la oficina hace diez minutos? —me hace ver.

La tensión desaparece, pero enseguida se transforma en una más puntiaguda. Me he despedido. He discutido con Benedict. He perdido el logro laboral de mi vida. Nada está yendo como debería.

—Kelsey, te lo agradezco, pero estoy bien.

—Una vez prácticamente me dijiste que estaba siendo idiota por pasar por algo malo sola cuando podía compartirlo contigo.

—Yo no te llamé idiota —me defiendo.

—Pero lo estaba siendo, así que no cometas tú el mismo error. Además, estoy segura de que lo pensaste.

Aunque es lo último que quiero, sonrío.

Ella enarca las cejas dándome a entender que ahora es cuando debo hablar. Yo resoplo. No lo tengo nada claro. ¡Por Dios, ni siquiera sé por dónde empezar!

—Oye —al ver que sigo dudando—, esto es lo que hacen las amigas, ¿sabes? Hablan —sentencia como si fuera obvio.

Otra vez sonrío. Eso ha sido un comentario muy Eric.

—No sabía que éramos amigas.

—Me ayudaste en un bajón —replica veloz—, me demostraste la clase de persona que eres cuando defendiste a Gordon arriesgando tu puesto de trabajo —ese que ya no tengo— y estás haciendo todo esto por Rory. No dudes ni por un solo segundo que somos amigas.

Sonrío y esta vez es una sonrisa sincera. Kelsey me devuelve el gesto.

—Me he despedido —suelto a bocajarro.

La sonrisa no nos dura mucho a ninguna de las dos.

—Pero ¿qué coño, Livy? —prácticamente grita atónita—. ¿Por qué?

—He tenido que hacerlo. No puedo quedarme aquí.

Ella me mira esperando a que continúe, pero no quiero contárselo todo y preocuparla antes de tiempo.

—Han pasado cosas —intento explicarme—. No he tenido otra opción. Supongo que mañana tendré que firmar el preaviso de quince días y, después, se acabó.

—¿Y cómo se lo ha tomado Benedict, quiero decir, el señor Fisher?

Niego con la cabeza.

—No lo sé.

Resoplo por acallar un sollozo. ¿Cómo se ha podido complicar tanto todo?

—Livy, ¿estáis bien? —inquiere llena de empatía.

—Creo que eso tampoco lo sé.

Involuntariamente, un sollozo me atraviesa y las primeras lágrimas empiezan a caer. Kelsey no lo duda. Da un paso hacia mí y me da un abrazo de oso en toda regla, como en la oficina de la doctora Lambert. Y yo no me había dado cuenta de cuánto necesitaba uno hasta este momento. Creo que por eso es tan genial tener amigos. Saben cuándo necesitas un abrazo incluso antes que tú misma.

—No te preocupes, ¿me oyes? —replica—. Todo va a arreglarse. Benedict está loco por ti.

Cierro los ojos queriendo creer sus palabras. El pensar que no pueda ser así da demasiado miedo.

Kelsey me hace prometer que la llamaré si pasa cualquier cosa o simplemente si necesito hablar y, al fin, me da permiso para abandonar las escaleras. Es más mandona de lo que parece.

Al salir del edificio, veo a Kane en la puerta. Cuando él repara en mí, cuadra los hombros, profesional, y se dirige a la puerta trasera para abrírmela, pero yo lo freno alzando con suavidad la palma de la mano y continúo andando.

Obviamente, me encontraré con Benedict en casa, pero quiero ganar tiempo para tranquilizarme y tratar de encontrar la maldita perspectiva en todo este asunto.

—Buenas noches, señora Fisher —me saluda Jefferson.

—Buenas noches.

Entro en el salón seguido del jefe del servicio. Creo que no llevamos ni un par de minutos en la gigantesca estancia cuando la puerta principal se cierra con un sonoro portazo y Benedict aparece irradiando una ira termonuclear.

—¿Por qué coño te has largado?

—¿Y qué pretendías que hiciera? No quiero verte, Benedict. No quiero tenerte cerca. ¿Cómo has podido hacer eso con el microprocesador? —estallo casi en un grito.

—¿Cómo has podido tú volver a ver a Eric? —murmura.

¿Qué?

Abro la boca, pero vuelvo a cerrarla. No sé qué decir. Creo que sencillamente estoy alucinando.

—¿Has tomado la decisión de vender el microprocesador porque yo he ido a ver a un amigo?

Benedict aprieta los labios en una fina línea, manteniéndome la mirada, todavía más cabreado por el simple hecho de escucharme pronunciar *amigo*. En definitiva, un cristalino sí.

—No me puedo creer que lo hayas hecho —le recrimino—. Me dijiste que ese microprocesador era especial, hablamos de a cuánta gente íbamos a ayudar. ¿Es que no significa nada para ti?

—Livy, eres mi mujer —sentencia en un rugido.

—¡No te pertenezco! —replico dando un paso hacia él—. Puedo tomar mis propias decisiones. Y tú solo me estás castigando.

—¡Sí! —grita tan al límite como lo estoy yo—. ¡Te estoy castigando!

—¡¿Por qué?!

—¡Porque estoy muerto de miedo, joder!

Sus palabras nos silencian de golpe y mi corazón pierde un latido. Los ojos se me llenan de lágrimas y el estómago se me encoge de pronto.

Él suelta controlado todo el aire de sus pulmones, sin levantar sus preciosos ojos verdes de mí, luchando en silencio, sintiendo demasiadas cosas.

—Benedict... —murmuro.

—Tengo que irme.

Gira sobre sus pies y se dirige hacia la puerta, y ese puñado de gestos me reactiva.

—¿Necesitas hablar con ella? —lo presiono saliendo tras él y ni siquiera sé por qué lo hago. Ya conozco la respuesta y solo va a hacer que duela más.

—Livy —me reprende.

—Te vas a verla, ¿verdad?

—Livy —repite casi desesperado, pero yo también lo estoy.

—¡Por lo menos ten el valor de decírmelo! —prácticamente le escupo.

—¡Sí! —responde girándose en el centro del vestíbulo—. ¡Necesito verla y necesito hablar con ella!

Otra vez el silencio puede con todo lo demás. Las lágrimas me bañan las mejillas. Va a marcharse con ella, la necesita a ella y no a mí.

Benedict vuelve a mantenerme la mirada. Vuelvo a

sentir toda su lucha, su dolor multiplicándose, entrelazándose con el mío.

—Blair fue la primera persona que me quiso de verdad —susurra con la voz ronca, masculina, triste, furiosa, con el desahucio tiñendo cada centímetro de él—, que lo hizo a pesar de saber todas mis mierdas. Tienes razón en odiarme, en pensar que soy un cabrón egoísta, pero no puedo contártelo. No puedo volver a pasar por eso y, sobre todo, no puedo hacerlo y perderte, Livy. —Su mandíbula se tensa un poco más, su mirada se hace más intensa, el dolor pesa más—. No puedo perderte.

—No vas a perderme —susurro dando un paso hacia él.

Benedict agacha la cabeza, tratando de huir de mis palabras. Necesitar. Confiar. Querer. Permitirse querer. Parecen actos sencillos, pero a veces son más duros que saltar al vacío, más complicados que cerrar los ojos y dejarse llevar, porque se entremezclan con otro puñado de palabras: autoestima, recuerdos, lo que crees que mereces. El amor te llena y te cura, ilumina tu vida, pero también te dice bajito el vacío que sentirás si lo pierdes y el miedo entra en el tablero, dominándolo todo.

Pero yo nunca dejaré de quererlo y podemos luchar juntos contra todo eso.

Cojo su cara entre mis manos. Al sentir el contacto, Benedict cierra los ojos, aliviado, como si necesitara tenerme cerca más de lo que necesita respirar, pero en el último momento, algo, un recuerdo, parece cruzar su mente y da un paso atrás, alejándose de mí.

—Tengo que irme —repite con la voz demasiado triste, con demasiada rabia.

—No —musito con la mía llena de lágrimas.

344

Abre la puerta principal y sale. Yo ni siquiera lo pienso y lo hago tras él.

—Benedict —lo llamo con la voz entrecortada.

Él se detiene, porque da igual lo que pase, ninguno podrá ignorar nunca su nombre en los labios del otro.

—Vuelve dentro, Livy —me pide sin girarse.

—No.

Pero lo que le duele, lo que le hace daño, gana la partida.

Mi marido se monta en el coche y arranca. Yo me quedo allí, de pie, inmóvil, mirándolo, suplicándole, deseando que las cosas fueran diferentes. Benedict mete primera y el motor ruge bajo sus pies. Agarra el volante con rabia. Ladea la cabeza y nuestros ojos se encuentran. Él también querría que las cosas fueran diferentes. Los dedos se le emblanquecen sobre el cuero. También lo desea con todas sus fuerzas.

Pero no lo son.

Benedict devuelve su vista al frente y el coche desaparece calle arriba.

Durante el siguiente puñado de segundos sigo sin moverme, con la cara llena de lágrimas y la mente enmarañada. Se ha marchado. No ha podido confiar en mí. El corazón se me resquebraja un poco más y me doy cuenta de que nunca, jamás, ni siquiera cuando entendí que no encajaba en la vida de mis padres, me sentí tan sola como me siento ahora. Antes me daba miedo perder a Benedict. Ahora me lo da pensar que, quizá, nunca lo he tenido.

Bajo la cabeza y camino desanimada hasta la casa. Entro y mis pies se arrastran sin ningún sentido hacia el sofá. Ni siquiera sé dónde quiero estar. Me dejo caer en el tresillo y, antes de que el pensamiento cristalice en mi mente, rompo a llorar de nuevo. Le he pedido que no se marchara.

Noto unos pasos acercarse. Alzo la cabeza esperanzada, pero todo vuelve a estallar en pedazos cuando veo que es Jefferson. No dice nada, aunque, por otra parte, tampoco puede.

Camina hasta mí y, con cuidado, me cubre los hombros con una suave manta... no porque haga frío, sino para reconfortarme. No puedo evitar levantar la cabeza otra vez y buscar su mirada. Siempre me he sentido como si fuera invisible para Jefferson, la señora Smith y Kane, como si solo fuera un accesorio más de Benedict. Acaba de demostrarme que estaba equivocada.

—Jefferson —lo llamo con la voz tomada—, por favor, sé que no puedes hablar, pero ¿podrías quedarte conmigo? Solo un rato.

Él me mira lleno de empatía y aprieta los labios hasta convertirlos en una fina línea. De pronto, me doy cuenta de la situación en la que lo estoy poniendo. Es su trabajo. Necesita ser profesional.

—Lo siento —añado veloz—. No te preocupes, márchate. Estaré bien.

Le oigo soltar un leve suspiro y, cuando pienso que va a girar sobre sus pasos y marcharse, me sorprende hablando:

—Livy, no se rinda con Benedict.

Busco de nuevo su mirada y grácil, a pesar de sus sesenta años, Jefferson se sienta en la minimalista mesa de centro, frente a mí.

—Benedict es un buen hombre, pero ha sufrido demasiado —empieza a decir con la voz serena, tenue, pero llena de muchísimo sentimiento—. Su padre siempre ha sido el mismo ser cruel y atroz que es ahora, incluso cuando Benedict era un niño. Menosprecios, insultos, golpes... —Mi corazón se encoge y siento un nuevo aluvión de lágrimas mezclado con la rabia hacia Gerald Fisher quemarme detrás de los ojos—. Benedict adoraba a su madre. Cuando tenía seis años, ella, cansada de los malos tratos de su marido, pidió el divorcio. Iba a llevarse a Benedict, pero, como puede imaginar, él no lo permitió. Gerald Fisher le ofreció quinientos mil dólares por renunciar a la custodia de Benedict y ella aceptó. La noche que su madre se fue, Benedict le suplicó que no lo hiciera, que se quedara con él, pero ella se marchó. Nunca más volvió a verla.

Lo miro aturdida, como si no llegara a comprender del todo lo que está diciendo y al mismo tiempo muchas piezas empezaran a encajar.

—La niñez de Benedict fue un infierno, pero desde que su madre lo abandonó, ha sentido que no podía confiar en nadie, que estaba solo, que nunca encontraría a alguien que lo quisiese porque ni siquiera su madre se quedó con él. Está convencido de que no merece que lo quieran.

—Y Blair fue la primera persona que le demostró que lo quería de verdad —termino por él, y mi voz suena tan triste como me siento.

Jefferson asiente.

—Blair fue muchas cosas para Benedict, pero también acabó mal y él dio por hecho que, si no salió bien con ella, no saldría bien con nadie... hasta que la conoció.

Recuerdo cuando le pedí que durmiéramos juntos. Él dijo que estas historias nunca salían bien.

—Ahora vuelve a sentir que todo se le está yendo de las manos y está demasiado asustado, y no ha querido contarle nada de esto porque cree que saldrá huyendo.

—Yo no saldré huyendo —replico vehemente, deshaciéndome de la manta—. Yo lo quiero.

Jefferson sonríe con suavidad, pero muy sincero.

—Y él se pregunta por qué. No cree merecérsela.

Más piezas encajan y también me doy cuenta de que compartimos más miedos.

—Benedict es una persona maravillosa. Es bueno y generoso.

—Lo sé, pero desgraciadamente eso no importa si él no es capaz de verlo, Livy —contesta con tristeza.

Y otra pieza más, una que debí de haber entendido hace mucho o, al menos, desde que empezó esta conversación, cae en su lugar: Jefferson lo quiere como si fuera su propio hijo.

—No sé qué hacer, Jefferson.

—Quédese —me pide.

—Voy a hacerlo —le confirmo.

Jefferson vuelve a sonreír.

—Gracias, Livy.

Sin darme oportunidad a responder, se marcha. Yo vuelvo a acurrucarme bajo la manta y trato de ordenar mis pensamientos... algo que últimamente he intentado hacer demasiadas veces sin mucho éxito. ¿Cómo pudo la madre de Benedict abandonar a su hijo, dejarlo con un monstruo como Gerard Fisher?

Abro los ojos despacio. La estancia está en penumbra. Suelto un largo suspiro y mi mente reconoce poco a poco el techo del salón. He debido de quedarme dormida en el sofá.

Me acomodo al otro lado y, al volver a abrir los ojos, lo veo, a Benedict. Está sentado en la mesita de centro. Aún lleva la misma ropa, pero se ha desabrochado los primeros botones de la camisa y remangado las mangas. Parece muy cansado y, aun así, está guapísimo. Él siempre lo está.

Sus ojos atrapan de inmediato los míos y por un momento nos quedamos simplemente así, mirándonos. Lo echo tanto de menos que me asusta.

—¿Qué hora es? —murmuro.

—No lo sé —responde—. Tarde.

—¿Y cuánto llevas ahí?

—No lo sé —replica con una suave sonrisa que no le llega a los ojos.

Dejo escapar todo el aire de mis pulmones, observándolo, meditándolo. Desde que Jefferson habló conmigo, no he parado de pensar que daría todo lo que tengo por ser la persona que Benedict necesita, por poder llevarme todo ese dolor.

—La primera vez que te vi dormir fue en este sofá.

Los dos sonreímos, pero otra vez no son los gestos felices que deberían ser.

—¿Me viste dormir?

—Cuando bajé, estabas dormida, casi desnuda. Quise ser un buen chico, taparte con una manta y marcharme, pero no podía dejar de pensar en las ganas que tenía de tenerte debajo de mí. Te deseaba como un loco.

—Entonces, parece que estuvimos condenados desde el principio —murmuro tratando de rebajar la tensión con una estúpida broma, pero fracaso estrepitosamente porque esas palabras son la pura verdad.

—Eso parece —sentencia Benedict sin levantar sus ojos de mí.

Otra vez nos quedamos en silencio y otra vez está lleno de demasiadas cosas.

—Siento no ser más comprensiva —digo incorporándome hasta quedar sentada en el sofá—. Te juro que me gustaría ser una de esas mujeres llenas de seguridad que pueden aceptar que su marido sea amigo de su exmujer, pero no puedo.

—Blair y yo no somos amigos.

—Pero cuando necesitas hablar, la necesitas a ella.

Sueno más dolida, más desesperada, de lo que me hubiese gustado.

—Livy...

—Siento que tu padre te arruinara la vida cuando eras un crío y que tu madre...

Al pronunciar esas palabras, la expresión de Benedict cambia en una décima de segundo. La rabia se hace mayor en sus ojos, pero también la tristeza, el miedo.

—¿Quién te lo ha contado? —pregunta con la voz más ronca, más dura y más vulnerable a la vez.

—Eso no importa. Lo que importa es que me da igual todo eso. Yo te quiero —sentencio sin dudas, porque no las hay— y me da igual si tú no puedes quererme a mí. Es algo que ya no puedo elegir. —No me avergüenza sentir lo que siento, aunque no voy a mentir y decir que no me duele la posibilidad de que no me quiera porque me está partiendo el maldito corazón.

Benedict agacha la cabeza y su cuerpo entra en una tensión infinita. Jefferson tiene razón. Ni siquiera puede entender cómo alguien puede quererlo.

—Si hablo con Blair es porque es más sencillo —pronuncia—. No porque quiera herirte.

—Lo sé —murmuro.

Los ojos se me llenan de lágrimas otra vez.

—Siento que tengo un vacío dentro, Livy —dice llevándose la palma de la mano a la altura del corazón y apretándose con fuerza, roto—, como si me faltara algo. Blair lo entiende y lo deja estar, tú intentas llenarlo.

—¿Y eso es malo?

—Eso es complicado.

Sus ojos también se llenan de lágrimas e incluso en este momento no pierde un ápice de masculinidad.

—Necesito que sea sencillo —confiesa.

Asiento suavemente y sin querer entiendo todo lo que quiere decir con esa frase. En el fondo es la misma idea que cuando me advirtió que no me enamorara de él, pero con letras diferentes. No quiere que nadie entre en su vida porque no cree merecerlo, porque piensa que siempre acabarán entendiendo que él no vale la pena y lo abandonarán. No podría estar más equivocado.

—Necesitas que deje de luchar por los dos y yo no quiero hacer eso, Benedict.

—Lo sé —replica peleando contra demasiadas cosas al mismo tiempo.

—Entonces, ¿qué elección me queda?

—Quédate.

Otra vez esa rotunda seguridad de que es lo único que quiere y a la vez todo ese miedo por quererlo, porque yo no desee dárselo. Cabeceo. No es justo.

—No puedes pedirme que me quede y al mismo tiempo que acepte que estés lejos de mí. ¿Te haces una idea de lo injusto que es?

—Lo sé —ruge.

—Benedict, no puedo...

Pero no me da opción, hunde sus manos en mi pelo y me besa con pasión, desesperado, ofreciéndome lo único que piensa que puede darme. ¿Cómo puede estar tan equivocado? Él vale mucho más.

—No puedo —repito apartándome de sus labios.

—Te veo —pronuncia con una sinceridad apabullante, haciendo que crezca entre los dos hasta cegarlo todo—. Te veo, preciosa.

—Eso no me vale —digo con las lágrimas bajando en silencio por mis mejillas.

—Livy —me llama, me suplica, dejando caer su frente contra la mía.

Mi corazón grita su nombre completamente desesperado. Lo necesito. Lo echo de menos. Lo quiero. Mis labios buscan los suyos y Benedict nos une una vez más, con el mismo sordo deseo, con la misma kamikaze necesidad, pero de verdad no puedo. Me odio por no poder, pero no tengo otra opción.

—No puedo —sentencio levantándome y corriendo escaleras arriba.

No puedo no luchar por él.

32

Trece días antes de nuestra boda

—Se está equivocando, señor Nichols —traté de hacerle ver con la máxima amabilidad posible.

—Y una mierda, Livy —replicó malhumorado—. No está saliendo bien porque vosotros no sois capaces de hacer bien vuestro puto trabajo.

Apreté los dientes y aguanté el rapapolvo, aunque sabía que no tenía razón. Muy en el fondo él también lo sabía, por eso estaba tan cabreado.

—El microprocesador nunca podrá alcanzar los doscientos teraherzios si no invertimos los algoritmos —me expliqué.

Era ingeniería informática básica. Si por una carretera de un solo sentido pueden circular cien coches en una hora, por la misma carretera en doble sentido, circularán doscientos.

—¿Acaso no te das cuenta de que, si invertimos los algoritmos, polarizamos la información? —contraatacó

condescendiente, como si yo fuera la persona más estúpida sobre la faz de la tierra.

—Solo tenemos que encontrar la manera de que el
feedback no sea compartido.

El señor Nichols soltó un bufido.

—¿Y cómo piensas resolver eso?

Le mantuve la mirada, pero lo cierto es que no tenía
nada que contestar. Eso ya no era ingeniera informática
básica. Se trataba de hallar, cuando menos, una solución casi revolucionaria. Sin embargo, yo sabía que podíamos lograrlo. La ingeniera informática se reduce a
no rendirse. Si Bill Moggridge lo hubiera hecho en
1982, hoy no existirían los ordenadores portátiles.

—Estoy rodeado de idiotas —gruñó y se largó de la
sala de trabajo.

Cabeceé con la mirada clavada al frente. Podíamos
hacerlo. Ni el fuego me arrancaría esa opinión.

Los siguientes días fueron una locura total. Todas
las ideas de Nichols eran un absoluto desastre y empezó
a intentar convencer a Douglas Jones, el vicepresidente
de Benedict, de que aquello de los doscientos teraherzios, incluso siendo idea suya en un primer momento,
era algo imposible.

Sin embargo, puede que convenciera al vicepresidente,
pero no al CEO. Él veía las posibilidades que supondría
conseguir un microprocesador así y eran prácticamente
infinitas: sistemas de navegación más eficaces, teléfonos
móviles más rápidos, máquinas de diagnóstico más preci-
sas. No iba a renunciar a él.

El jueves, en teoría, debíamos estar dando los últi-
mos retoques para que el prototipo del microprocesador funcionara en entorno cero, algo así como un espacio perfecto donde no hay que luchar contra ninguna

condición adversa o error, es la manera de comprobar que la teoría que has explicado funciona, pero estábamos incluso lejos de tener construido ese prototipo.

El genio de Palo Alto, Arthur Nichols, literalmente se subía por las paredes y, como era obvio, lo pagaba con todos nosotros.

—¡No, joder! —gritó cuando por enésima vez el ordenador dio error—. Revisad los cálculos.

—Los cálculos están bien —contesté mordiéndome la lengua por no llamarlo capullo prepotente.

—Me importa una mierda —replicó haciendo hincapié en cada sílaba—. Repásalos, ya.

—Así es cómo trata a mis empleados, interesante. —La voz de Benedict, controlada e intimidante, hizo que la expresión de Nichols pasara del cabreo absoluto al miedo absoluto, y cómo me alegré. Llevaba días tratándonos como a basura solo porque él no era capaz de encontrar una solución (o escuchar las que le proponíamos nosotros).

Benedict avanzó un par de pasos y sencillamente tomó el control de la situación.

—¿En qué están trabajando ahora, señorita Sutton?

—En el prototipo del microprocesador en entorno cero —respondí.

—¿Está construido?

Miré al señor Nichols. Pensé en mentir. Capullo miserable o no, era mi jefe y éramos un equipo, pero después me di cuenta de que, aunque quisiera, no tenía manera de encubrir semejante desastre. El prototipo era algo tangible, físico, con sus tornillos y sus soldaduras. Si no existía, era imposible fingir lo contrario.

—No, pero estamos muy cerca.

Benedict asintió suavemente y acto seguido se humedeció el labio inferior, un simple gesto con el que consiguió resultar aún más intimidante. Era más que obvio que no estaba nada contento con la situación.

—¿Y puede explicarme por qué no está construido, señor Nichols?

Mi jefe me fulminó con la mirada y dio un paso hacia Benedict.

—Hay algunos matices que nos están resultando significativamente más complicados.

Una respuesta que, en realidad, no decía nada. Si Nichols creía que podía colársela al director ejecutivo de esta empresa, es que no lo conocía en absoluto.

Benedict dejó escapar todo el aire de sus pulmones al tiempo que, con las manos en los bolsillos, empezó a pasearse por la sala de trabajo, bajo la atenta mirada de todos los que estábamos allí. Alcanzó la parte opuesta de la mesa en la que se encontraba Nichols y comenzó a trabajar en una de las piezas del prototipo del microprocesador en escala inversa 1:400.

—El problema, señor Nichols —empezó a decir sin levantar la mirada de lo que sus manos hacían, igual de controlado, de elegantemente sereno, demostrando que estaba muy por encima de las circunstancias y que era mucho más listo e inteligente que mi jefe—, es que quiero resultados —sentenció alzando sus increíbles ojos verdes y dejando la pieza perfectamente montada sobre la mesa. Uau—, incluso cuando existen algunos matices que están resultando significativamente más complicados.

No quise, pero una sonrisa se coló en mis labios. Nichols se lo merecía.

—Mañana por la mañana quiero que el microprocesador funcione en entorno cero —le dejó clarísimo.

Mi jefe apartó la mirada y asintió.

Benedict se colocó bien los puños de su camisa, impecablemente blanca, bajo su traje color carbón, y se dirigió hacia la puerta.

—Y otra cosa —le dijo al señor Nichols, deteniéndose junto a él, bajando su tono de voz, endureciéndolo—: si vuelve a hablarle así a cualquiera de mis empleados, se pasará el resto de su vida laboral empujando un carro de perritos calientes.

Mi jefe tragó saliva y volvió a asentir. Otra cosa que se merecía.

Benedict se marchó y durante los siguientes minutos todos permanecimos en silencio, observando a Arthur Nichols. Era el momento ideal para que se le ocurriera algo o, al menos, preguntara si alguien sabía cómo salir de aquel lío, pero no hizo... nada. Se sentó en su mesa y continúo trabajando en lo que quiera que estuviera haciendo.

Mis compañeros y yo nos miramos sin saber qué hacer y, poco a poco, cada uno volvió a sus tareas. Es decir, no estábamos haciendo nada en absoluto, porque nadie estaba haciendo algo constructivo por sacarnos de ese callejón sin salida.

—¡Esto no puede hacerse! —bramó mi jefe, soltando el soldador de estaño con el que trabajaba de malas formas sobre la mesa—. Es imposible. ¡Es jodidamente imposible!

Se levantó de un salto bajo nuestras miradas, recogió su bandolera y se dirigió hacia la puerta. ¿Se estaba largando? Cuando ya casi había alcanzado el tirador, se giró cabreadísimo y clavó su vista en nosotros.

—¿Qué hacéis todavía ahí? —inquirió como si ni siquiera pudiera comprenderlo—. ¡Fuera!

¡Era increíble! ¡No solo pensaba marcharse, sino que quería que nos largáramos todos!

Mis compañeros empezaron a despejar sus mesas, pero aquello no estaba bien. La empresa había invertido mucho tiempo y dinero. Ese microprocesador era algo importante, ofrecería millones de nuevas posibilidades, cambiaría la vida de la gente. Bill Moggridge, 1982, los ordenadores portátiles. No podíamos rendirnos.

—Señor Nichols —lo llamé caminando hasta él—, no creo que debamos...

—Livy —gruñó mi nombre—, por Dios —añadió hostilmente pausado, supongo que recordando lo claro que había sido Benedict con eso del carrito de perritos calientes—, coge tus cosas y sal de la oficina, por favor.

Obedecí. No me quedaba otra.

Tomamos todos juntos el ascensor y pasamos las veintiuna plantas de bajada en un incómodo silencio y muchas miradas a medio camino entre la confusión absoluta y la incomprensión aún más absoluta.

Sin embargo, ya con los pies en plena Tercera Avenida, mientras observaba cómo mis compañeros se desperdigaban en dirección a las diferentes paradas de autobús y mi jefe se largaba en taxi, me di cuenta de que no podía hacerlo. No podía irme. Tenía que volver e intentarlo. Si me costaba el despido, por lo menos sería con la cabeza alta.

Regresé a la oficina y empecé a trabajar, no en las ideas de Nichols, sino en la mía. Había hecho los cálculos en mi casa unas doscientas veces, sabía que estaban bien. Solo necesitaba resolver el dichoso problema de la polarización. Busqué en internet, leí artículos, comparé ideas, pensé, pensé, pensé. Y a la una menos veinticinco de la madrugada, sentada en el suelo con dos latas de Coca-Cola vacías a mis pies y un paquete de Cheetos Puffs Cheezy Pizza, tuve la idea de mi vida.

Me levanté de un salto, me tropecé con una de las latas y alcancé la mesa principal. Empecé a trabajar deprisa y, a cada paso que daba, sonreía porque las piezas estaban encajando. Lo estaba consiguiendo. El microprocesador funcionaría, Benedict lo tendría y en un futuro increíblemente cercano podríamos ayudar al mundo, de verdad.

A las cinco y cuarenta y siete minutos de la mañana, tomé aire, cerré los ojos y pulsé el botón de «Enter». El ordenador comenzó a analizar el prototipo del microprocesador en entorno cero. Al ochenta por ciento de la ejecución pensé que iba a darme un infarto. Al noventa y cuatro, me di cuenta de que, si no me daba entonces, no iba a darme nunca y, al noventa y nueve por ciento... se paró.

Y fruncí el ceño un segundo.

—No —murmuré—. No. No. ¡No! ¡Maldito trasto! —me quejé dándole un manotazo al lateral del ordenador.

La pantalla se quedó en negro, dejé de respirar, pero un segundo después volvió a activarse y el ansiado pitido que significaba que todo estaba correcto sonó inundando la habitación. ¡Sí! ¡Sí!

—¡Sí! —grité feliz.

¡Lo había logrado!

Mire a mi alrededor sin saber muy qué hacer. ¡Estaba eufórica! Anoté las últimas especificaciones. Subí el archivo a la intranet y me fui a casa para darme una ducha y comer algo antes de tener que regresar al trabajo en unas dos horas. Me lo había ganado, así que me zampé un desayuno de tortitas, beicon, fresas con nata y sirope de arce.

A las siete y media ya estaba de vuelta en la oficina. Podría haberme quedado un rato más en casa, pero quería ser la primera en llegar. No podía esperar para contarles a todos las buenas noticias. Estaba impaciente, muy impaciente, así que cuando me senté en mi silla, en teoría para subir algunos datos de otros proyectos a las hojas de cálculo, en realidad lo que hice fue mirar el reloj en la esquina inferior de la pantalla en intervalos de dos minutos hasta que al final me rendí, eché la cabeza hacia atrás, me agarré al sillón con las dos manos e, impulsándome con los pies, empecé a hacer girar la silla sobre sí misma, cada vez más rápido. Antes de que pudiera darme cuenta, estaba sonriendo, casi riendo.

En uno de los giros, me dio por abrir los ojos y mi mirada se iluminó aún más cuando vi a Benedict al otro lado de los cristales que hacían de pared frontal de la oficina, mirándome con una suave sonrisa en los labios.

Dejé de girar y busqué sus ojos verdes de nuevo y él encontró los míos una vez más. Por un momento tuve la sensación de que en ese preciso instante, en aquel preciso lugar, Benedict no quería mirar a nadie más y la sensación me llenó por dentro. Solté un dulce suspiro y de pronto ese algo de mi estómago adquirió un nombre y entendí todos aquellos libros y pelis y canciones que hablaban de mariposas.

Me mordí el labio sin poder dejar de sonreír y él se humedeció el suyo al tiempo que entornaba los ojos, divertido, como si, sin palabras, estuviera pronunciando una deliciosa advertencia sexual.

La puerta se abrió y el rumor de varias personas entrando me sacó de mi ensoñación; me giré para ver de quién se trataba y, cuando me volví en busca de Benedict, ya había desaparecido.

Mis compañeros ya habían llegado, pero no había rastro del señor Nichols. Estaba a punto de preguntar cuando la puerta sonó con un estruendo y mi jefe apareció con cara de pocos amigos y la ropa del día anterior.

—La cosa va a ir así —dijo dejando su bandolera sobre la mesa de reuniones—. Le explicaremos al señor Fisher que hemos hecho todo lo posible, pero que ese microprocesador no puede fabricarse porque...

—Señor Nichols —lo interrumpí dando un paso adelante.

—¿Qué quieres ahora, Livy? —inquirió veloz, impaciente, exasperado.

Por un momento pensé en callarme y dejar que se las viera con Benedict, pero soy de las que piensan que el trabajo en equipo es el que de verdad alcanza logros y, para bien o para mal, Arthur Nichols y yo estábamos en el mismo barco.

—He conseguido que el prototipo del microprocesador funcione en entorno cero —sentencié y, para qué negarlo, disfruté de haberlo dejado boquiabierto.

Mi jefe frunció el ceño más confuso y sorprendido de lo que lo había visto nunca.

—¿Cómo... cómo lo has hecho? —preguntó atónito.

Iba a responder, pero la puerta volvió a sonar y Benedict, seguido de Douglas Jones, entró en nuestra sala de trabajo.

—Señor Nichols, ¿todo listo para la demostración? —preguntó avanzando por la oficina, comprobando unos datos en el iPad que llevaba entre las manos.

Mi jefe me miró con cara de susto y yo asentí.

—Sí, por supuesto —respondió tratando de sonar seguro—. Livy, por favor.

Fui hasta el ordenador y activé el entorno cero. El *software* se cargó en cuestión de segundos y empezó a analizar el microprocesador. Mis compañeros, y sobre todo mi jefe, contuvieron la respiración hasta que el mismo pitidito que me hizo saltar de alegría la noche anterior a una hora absolutamente intempestiva sonó de nuevo.

Benedict asintió satisfecho. Rodeó la mesa hasta llegar al microprocesador y lo examinó en silencio durante largos minutos.

—¿Cómo han conseguido pasar de los ciento setenta y cinco teraherzios a los doscientos? —inquirió Benedict, aún con la mirada en el prototipo.

Miré a mi jefe, pero él seguía observando al dueño de todo eso con cara de susto. ¿Qué demonios le pasaba? ¿No era capaz de intuir lo que había hecho?

Al no obtener respuesta, Benedict alzó la mirada y fulminó al señor Nichols con ella. Despacio, apoyó las palmas de las manos sobre la mesa y tensó su cuerpo. Más le valía empezar a hablar ya.

—Hemos invertido los algoritmos —respondió, y estoy segura de que hasta rezó para que fuera la respuesta correcta.

Benedict asintió, solo una vez.

—¿Y la polarización de la información?

Mi jefe tragó saliva.

—Livy ha estado más centrada en ese asunto.

Yo di un paso adelante. No me importaba explicarlo. La solución de la polarización era mi parte favorita.

—Para evitar la polarización, aislamos el algoritmo principal en intervalos de diez puntos —empecé a decir—, así logramos que el *feedback* no fuese compartido.

Benedict me miró realmente interesado. Había logrado intrigarlo. Genial.

—¿Y la información se traslada por un mapa nanogenerado?

Sonreí. Sabía que, si alguien podía verlo, era él.

—En realidad, por dos —repliqué un poco insolente y un poco divertida, y Benedict me devolvió una media sonrisa—. El propio *software* del microprocesador genera dos mapas idénticos para trabajar con un *feedback* demo hasta el siguiente punto de información. La idea es muy básica —añadí encogiéndome de hombros—, como la codificación de megabits por segundo de un DVD.

—Puede que sea muy básica, pero también es muy inteligente, señorita Sutton —me felicitó Benedict, y tuve que contenerme para no saltar en sus brazos. ¡Estaba orgulloso de mí! ¡Y yo también lo estaba!

—Ha sido un trabajo de equipo —dejó claro el señor Nichols tras carraspear.

Benedict llevó sus ojos de mí hasta mi jefe y en el camino su mandíbula volvió a tensarse. Desde luego algo no terminaba de cuadrarle.

—Buen trabajo, equipo —nos felicitó Benedict mirándonos a mis compañeros y a mí, no a Nichols, y salió de nuestra oficina sin mirar atrás.

En cuanto nos quedamos solos, suspiramos aliviados y sonreímos. Los chicos me felicitaron y yo me sentí un poco más feliz que hacía dos horas.

El señor Nichols se acercó a mí y flageló a todos mis compañeros con la mirada para que volvieran a sus respectivas mesas y nos dejaran solos.

—Gracias, Livy —dijo al fin.

Sentaba muy bien oír eso.

—De nada.

Él asintió, giró sobre sus talones y dio una palmada para llamar la atención de todos.

—Ya tenemos el prototipo, pero aún nos queda mucho trabajo —anunció—. Quiero todos los cálculos y todas las especificaciones. Empezaremos a trabajar a partir de ahí.

Sonreí y volví a mi mesa.

Más o menos quince minutos más tarde, cuando mi jefe comprobó que la última actualización de datos se había hecho a las seis menos cuarto de la madrugada, me ofreció tomarme el resto del día libre y acepté. Estaba muerta de sueño.

—Hola, señor Fisher —lo llamé por teléfono mientras caminaba hacia la boca de metro.

—Señorita Sutton —respondió tan frío y elegante como siempre.

—Resulta que, como soy una empleada tan fantástica, mi jefe me ha dado el resto del día libre.

—Ajá —contestó rematadamente sexy incluso con algo que ni siquiera era una palabra completa.

—Y estaba debatiéndome entre ir a la Ajuga Espacial, a ver las vistas, o dar un paseo por Pike Place Market...

—O suplicar porque te folle —me interrumpió.

Torcí los labios fingiéndome indignadísima, aunque, en realidad, estaba encantada.

—Qué poca clase, Fisher.

Benedict rompió a reír al otro lado y el sonido hizo vibrar todo mi cuerpo.

—¿Qué tal si te llevo a comer a un restaurante asquerosamente caro?

Simulé meditar sus palabras.

—¿Se come bien?

—No lo sé —respondió burlón—. Yo solo voy allí porque es asquerosamente caro.

Sonreí, hasta casi reír, y dejé atrás la tienda de sándwiches Potbelly.

—Acepto, pero estoy cansadísima. Antes quiero ir a mi apartamento, tumbarme en mi cama y dormir todo lo que pueda.

El silencio inundó la línea y mi cuerpo se estremeció deliciosamente, imaginando lo que estaría imaginando él.

—Mi cama es más grande —susurró con la voz ronca.

Me detuve a un par de metros de la parada de autobús y me mordí el labio inferior sin poder dejar de sonreír.

—¿Y vas a dejarme dormir?

—¿Quién sabe? —contestó desdeñoso.

—En tal caso, tendré que pensármelo, señor Fisher.

—¿Dónde estás?

Había urgencia en sus palabras y me gustó. Me sentí deseada y plena.

—En la parada de autobús de la Primera Avenida con la calle University.

—No te muevas.

Colgó y un par de minutos después el imponente Lexus negro se detuvo junto a la acera.

Kane se bajó en mitad del endemoniado tráfico y me abrió la puerta trasera. Eché a andar como una niña la mañana de Navidad, me faltó dar un saltito de puro júbilo, y entré. En cuanto lo hice, sus manos me agarraron de la cintura y me sentaron en su regazo. Volaron hasta hundirse en mi pelo y estrelló mi boca contra la suya, con fiereza, demostrándome que necesitaba eso tanto como necesitaba respirar, como lo necesita yo.

Entramos en su casa desnudándonos, sin dejar de besarnos, de tocarnos, apoyándonos en cualquier pared que nos diera la oportunidad de estar un poco más cerca.

Caminamos hacia la escalera enredados y Benedict solo se separó de mí para inclinarse y cargarme sobre su hombro, echando a andar hacia su dormitorio inmediatamente después.

Solté un gritito por la sorpresa y me eché a reír encantada.

Benedict me dio una palmada en el culo.

—Lo vamos a pasar demasiado bien, señorita Sutton —me advirtió haciéndome disfrutar de cada letra.

Y, de repente, todo en lo que podía pensar era en camas, en hombres deliciosamente atractivos, en que todo el placer que sentía llevaba el nombre de Benedict Fisher.

Abrí los ojos con una sonrisa satisfecha en los labios. Estiré los brazos por encima de la cabeza y la porción de Seattle que ofrecía el ventanal robó por completo mi atención. Todos los edificios despuntaban en un cielo sin nubes que, poco a poco, se iba llenando de colores naranjas, dorados, rosados, incluso violetas.

Volví a cerrar los ojos y solté un relajado suspiro. No tenía ni idea de cuánto llevaba durmiendo, pero, si ya estaba atardeciendo, debían de ser varias horas. Al sexo increíble le siguió un baño increíble y después almorzamos, pero no en un restaurante, ya que me negué en redondo a quitarme su camisa blanca y unos bóxer que le había robado y Benedict se negaba a que volviera a usar mi ropa. Comimos las sobras de la cena del día anterior que la señora Smith había guardado, previsora, en la nevera.

Después volvimos a su habitación. Yo quería dormir. ¡Me lo merecía! Y, en teoría, él iba a dejarme hacerlo, pero tras un para nada inocente «solo voy a tumbarme aquí hasta que te duermas», siguió una caricia furtiva en la cadera, un «creo que deberías desabrocharte un botón más para dormir más cómoda» y, antes de que me diera cuenta, estaba gimiendo con él entre mis piernas.

Me levanté y sonreí cuando mis pies descalzos tocaron el parqué. Me puse su camisa y sus bóxer de nuevo y salí recogiéndome el pelo en un moño de bailarina un poco desastroso. Aún me quedaban unos pasos para alcanzar el pasillo cuando me pareció oír voces... puede que una discusión.

—Por última vez, quiero que te largues —rugió.

Me puse nerviosa y me preocupé al mismo tiempo. Era la voz de Benedict.

—¿Cuándo vas a dejar de cometer los mismos errores? Por el amor de Dios.

Al acceder a la mitad de la escalera pude ver a Benedict con unos vaqueros y una camiseta oscura, descalzo, de espaldas a mí, con el pelo revuelto y las manos en las caderas. Tenía los hombros tensos y el cuerpo en guardia.

Resopló y perdió la vista en el enorme patio.

El otro hombre tenía cincuenta y muchos; era un poco más alto que Benedict, con el pelo un poco más oscuro y también más canoso. Tenía los ojos claros y los rasgos marcados y lucía un elegantísimo traje, de esos que se ve a la legua que cuestan más de quince mil dólares. Parecía molesto, mucho. No me gustó, como si algo dentro de mí me hubiese gritado que no era buena persona.

Al bajar el último escalón, los dos repararon en mí. Benedict dio un paso en mi dirección y tuve la sensación de que intentaba protegerme. El hombre me miró de arriba abajo sin ninguna delicadeza y lanzó un juramento ininteligible entre dientes.

—Espero que te estés divirtiendo, Benedict —farfulló con una desagradable sonrisa en los labios.

Benedict tensó la mandíbula y apretó los puños con rabia junto a sus costados. Iba a abalanzarse sobre él.

—Livy, sube —siseó.

—No —repliqué.

No iba a moverme de allí. Era obvio que ocurría algo.

—Livy, sube, ahora —rugió con la voz amenazadoramente baja—, por favor —se obligó a añadir para suavizar el tono.

Obviamente quería quedarme y protestar, pero también entendí enseguida que seguir allí y preguntar no iba a llevarme a ningún lado. Era mejor dejarlo solo. Estaba segura de que después Benedict me lo contaría todo.

Asentí tragándome toda mi curiosidad y regresé escaleras arriba bajo la atenta mirada de Benedict. En cuanto alcancé la parte del pasillo que ya no era visible desde la planta de abajo, oí un estruendo, una mano golpeando el mármol de la isla de la cocina.

—No vuelvas a tratarla así, ¿me oyes? —le advirtió Benedict.

—Pues que tenga la decencia de no bajar con tu ropa interior —le espetó él.

Miré avergonzada mi atuendo. Tendría que haberme puesto unos malditos pantalones.

—Puede ir vestida como quiera porque esta es mi maldita casa, y ahora lárgate de una jodida vez. —Su voz se volvió más ronca, más intimidante.

—Ella va a venir.

Cuatro palabras y un sordo y cortante silencio, incluso violento, se apoderó de la habitación. ¿Quién era ella?

—¿Qué? —murmuró Benedict, y lo hizo con una mezcla de asombro, impotencia y rabia.

—Le he pedido que lo haga. Tenéis que hablar.

Otra vez esa angustiosa calma.

—¿Por qué tienes que hacerlo? —gruñó Benedict, como si una parte de él ni siquiera pudiese creerlo del todo—. ¿Por qué no puedes comportarte como un padre normal por una puta vez?

¡Por Dios, era su padre! Traté de hacer memoria, de recordar si alguna vez me había hablado de él, pero lo cierto era que nunca lo había mencionado.

El timbre de la puerta principal sonó.

—No me lo puedo creer —farfulló Benedict.

Se llevó las palmas de las manos a los ojos y acto seguido se las pasó por el pelo hasta dejarlas en su nuca, clavando sus ojos al frente.

Jefferson entró en el salón.

—La señora Blair Weston acaba de llegar —la anunció.

El mundo se tambaleó o quizá empezó a girar demasiado deprisa. Blair Weston, su exmujer.

Benedict torció los labios en un gesto que remarcaba su monumental enfado y alzó la mirada hacia la planta superior. Di un paso atrás antes de que pudiera verme.

—Que pase —siseó.

Solté una larga bocanada de aire. Su exmujer estaba allí. De pronto la sangre me martilleaba acelerada en los oídos. ¿Qué quería? Una parte de mí deseaba quedarse exactamente donde estaba y escuchar todo lo que tuvieran que decirse; la otra comprendió la mala idea que era por muchos motivos y regresé a la habitación. No cerré la puerta. Tenía sentido común, pero también curiosidad.

Unos diez minutos después empecé a oír gritos, frases interrumpidas y juramentos entre dientes. Fuera de lo que fuese de lo que estuvieran hablando, no estaba resultando una conversación muy civilizada.

Yo pude haber hecho cosas mucho más prudentes, pero supongo que hice lo que habríamos hecho todas. Cogí mi móvil y busqué fotos en Google de Blair Weston, también probé con Blair Fisher. Había muchos resultados, la mayoría de ellos relacionados con una prestigiosa firma de abogados. Sin embargo, no había ni una sola foto. Tampoco me sorprendió. De Benedict apenas había imágenes. Era extremadamente cuidadoso con su vida privada y tampoco casaba con la idea de empresario, millonario, mujeriego, así que la prensa le daba bastante espacio.

Resoplé y dejé el teléfono sobre la mesita al tiempo que me senté en la cama. Estaba muerta de curiosidad. «Solo verla», me dije, pero resistí el tirón. Yo también debía darle su espacio a Benedict.

No llegó a la media hora cuando capté un soberano portazo, seguido de otro un poco más suave y, unos segundos después, dos pies acelerados comerse los escalones a bocados de pura rabia.

Benedict irrumpió en la habitación como si fuera un animal salvaje.

—Benedict... —empecé a decir, pero no me dejó continuar.

Tiró de mi mano, me levantó sin ninguna amabilidad y me estrechó con fuerza contra su cuerpo. Sus besos eran bruscos, impacientes. Me tumbó sobre la cama y él lo hizo sobre mí. Sin mediar palabra, tomó su camisa sobre mi piel y la abrió de un solo tirón, haciendo saltar los botones contra el suelo.

Hundió su boca en mi cuello al mismo tiempo que sus caderas se balancearon sobre mí, arrancándome un profundo gemido.

—Benedict —jadeé. Quería dar el salto al vacío, perderme donde él quisiera llevarme, pero sabía, o por lo menos sospechaba, que le pasaba algo. Solo estaba huyendo—. ¿Estás bien? ¿Qué ha pasado?

Su respuesta fue enseñarme los dientes y morderme hasta que volví a gemir absolutamente embargada por un fino hilo de dolor que se fundió con una ola de placer.

Volvió a hundirse en mí, sus pantalones arañaron mis muslos. Volví a gemir.

Se arrodilló flanqueando mis caderas y se deshizo de los bóxer que yo llevaba. Se inclinó de nuevo sobre mí y me besó otra vez con toda esa fuerza, casi resultando tosco, casi llegando a doler. Sus manos desabrocharon veloces sus pantalones, liberaron su erección y colocaron el preservativo.

Traté de calmarme, de buscar un punto zen al que agarrarme. Tenía que saber qué había ocurrido. Necesitaba saber que estaba bien.

—Benedict...

—Cállate —me interrumpió embistiéndome.

Gemí. ¡Grité!

Atrapó mis muñecas y las llevó por encima de mi cabeza, sosteniéndolas con una sola de sus manos contra el colchón.

¿Estaba excitada? Sí. ¿Lo deseaba? Sí. ¿Estaba disfrutando? Sí. Sí. Sí. Pero es que, maldita sea, no se trataba de nada de eso.

Se movía cada vez más brusco, más violento, como si estuviese lleno de un vertiginoso enfado, como si quisiese hacerme ver cómo de duro podía ser.

El placer seguía allí, brillando, pero lo sentía demasiado lejos.

—Más despacio —gemí.

Pero él pareció no escucharme. Apretó más mis manos contra el colchón. Sus embestidas eran más profundas, más furiosas.

—Benedict —lo llamé, pero me acalló con más besos. Besos que no estaban llenos de pasión, ni de deseo, ni de risas, ni de ternura. Eran besos hostiles, hoscos, duros.

—Para —le pedí tratando de soltarme de su mano.

Estaba demasiado lejos de esa cama.

—Benedict.

Estaba demasiado lejos de mí y eso rompió mi corazón

—¡Benedict! —grité con la cara llena de lágrimas.

Él había sustituido el placer por pura rabia.

Benedict me miró a los ojos una sola décima de segundo y se detuvo en seco. Aflojó el agarre de sus manos por algo parecido a la inercia. Yo aproveché para soltarme y lo empujé con todas mis ganas para quitármelo de encima.

Me incorporé deprisa y me bajé de la cama. Recuperé los bóxer y la camisa y me los puse, acelerada. Él también se levantó e inmediatamente buscó mi mirada. Sus ojos estaban salpicados por un montón de emociones: la misma rabia de hacía unos segundos, la misma frustración, la misma impotencia, pero entonces, por primera vez, también vi miedo.

—¿A qué demonios ha venido esto? —casi grité con el llanto entrecortando mis palabras.

—Lo siento, preciosa —dijo dando un paso hacia mí, tratando de agarrarme, pero yo lo di hacia atrás, impidiendo que lo hiciera.

—No se te ocurra tocarme —lo advertí.

—Livy —me llamó avanzando otro paso, tratando de que su voz sonara serena, como si hablara con un animalillo asustado que puede salir corriendo en cualquier momento.

—Livy, ¿qué? —repliqué enfadadísima—. ¿Qué demonios ha pasado, Benedict?

Me sentía dolida, cabreada, triste.

—Estaba furioso —contestó dando un nuevo paso hacia mí, sin rendirse, alzando suavemente las manos para dejarme claro que no iba a tocarme ni a impedirme que me alejara si eso era lo que quería— y he perdido el control.

Negué con la cabeza. Eso no era más que una verdad a medias.

—Hemos follado muchas veces. Sé cómo eres. Tú me estabas castigando.

—No. —Sonó como una clara advertencia.

—Sí —repuse—. ¿Por qué? ¿Qué he hecho mal?

—Basta, Livy —me ordenó manteniéndome la mirada, pero no me importaba. ¡Tenía derecho a saberlo!

—¿Por qué me estabas castigando? —lo presioné.

—Livy —rugió al límite.

—¡¿Por qué?! —chillé desesperada.

—¡No te estaba castigando a ti!

Una iluminación que dolía demasiado lo arrasó todo dentro de mí.

—¿Quién imaginabas que era yo? —murmuré.

—Ella —confesó.

Y no necesitó decir Blair.

Asentí con la cara llena de lágrimas. Mi mente estaba enmarañada y al mismo tiempo funcionando a mil kilómetros por hora. Tenía el corazón a punto de resquebrajárseme, latiéndome tan deprisa que dolía, tan triste como yo.

—¿Alguna vez me ves a mí?

—Siempre te veo a ti —respondió dando a sus palabras una seguridad absoluta.

—Hablo de verdad, Benedict, de verme de verdad, de saber que estoy aquí, que significo algo para ti.

Otra vez me mantuvo la mirada. Las mismas emociones se recrudecieron en ella y el miedo y la culpa pesaron mucho más.

—No.

Asentí de nuevo. Las mariposas, las ilusiones, todas las risas parecían formar parte de la vida de otra persona. Él no era capaz de verme a mí. ¿Cómo podía luchar contra eso?

—Pues entonces esto se ha acabado —sentencié odiándome por pronunciar esas palabras.

—No —replicó veloz, con una desesperación sorda y cortante inundando su voz.

—No me lo merezco —sentencié, y mis lágrimas, mi voz, sonaron más tristes, más desilusionadas.

Me sequé la cara con el reverso de la mano y me sorbí los mocos.

Recuperé mis zapatos y mi ropa y giré sobre mis pies descalzos para salir de la habitación.

—No te vayas —me pidió. Su voz ronca conectó directamente con mi piel, con mi cuerpo, con mi corazón.

Me detuve en seco y me giré despacio.

—¿Y qué opción me queda?

Benedict no contestó.

—Yo quiero una relación de verdad —le dije—. Quiero ser feliz, quiero pensar que puede salir bien.

No necesité concretar más esa frase. No necesité decirle que era una respuesta a la suya, a aquel «nunca sale bien», a la idea responsable de las normas, de la distancia que se empeña en marcar con el mundo.

Él lo entendió todo.

—Livy —me reprendió o me llamó, ¿quién sabe?

—Pero es que a veces puede salir bien, Benedict —repliqué, y no sabía qué me hacía tener tanta fe en esa idea, pero la tenía—. Sé que no he estado casada y que ni siquiera he tenido un novio de verdad, pero estoy convencida de que a veces funciona. Tiene que funcionar —sentencié con vehemencia—. Si no, todo sería gris. —«Frío», pensé, como a veces lo es él—. El problema es que tú eres incapaz de verlo.

Benedict negó con la cabeza suavemente y otra vez todos esos sentimientos volvieron a inundar por completo el espacio vacío entre los dos: la rabia, la impotencia, el miedo.

—Yo ya sentí el amor y lo perdí —siseó—. ¡No puedes juzgarme! —gritó dejando que el dolor tomase cada una de sus palabras, diciéndome con las que no pronunció que esa herida aún estaba abierta.

—No te juzgo —repuse desesperada—. Solo quiero que vuelvas.

«Por favor, vuelve, quédate, llévame contigo. Sé el Benedict que eres cuando te olvidas de todo y simplemente te permites creer», le pedí en silencio.

—No puedo —me advirtió.

—Sí puedes.

—¡No puedo!

Estaba al límite, pero yo también.

—¿Por qué?

—¡Porque no puedo traerla a ella de vuelta conmigo!

Otra vez una frase que consiguió silenciarnos y otras muchas piezas que encajaron.

Pestañeé y una lágrima resbaló por mi mejilla.

—Tú no la dejaste, ¿verdad? —musité—. Te dejó ella a ti.

Benedict tragó saliva y me di cuenta de que estaba recordando un momento concreto.

—Una tarde, cuando llegué a casa, la encontré sentada en el sofá, llorando —comenzó a explicar—. Me costó un jodido mundo que se calmara. No paraba de repetir que me quería, que lo último que deseaba era hacerme daño y, tras al menos diez minutos así, por fin se atrevió a decirlo: pensaba que el sexo tenía que ser algo más, más intenso que lo que hacíamos. Me dijo que, al haber estado solo conmigo, sentía que la curiosidad la estaba matando. Se marchó esa misma noche.

Apartó la mirada y se humedeció el labio inferior en un gesto lleno de masculinidad, pero también tratando de frenar todo el dolor que aquel momento traía consigo.

—¿Y tú decidiste experimentar como ella quería?

Benedict negó con la cabeza sin una sombra de duda.

—No —sentenció clavando sus ojos sobre los míos—.

Lo que hice fue elegir la manera en la que relacionarme con las mujeres.

El sexo por el sexo y nada más. Placer y no amor.

Miré hacia cualquier otro lugar. Estaba claro que ansiábamos cosas demasiado diferentes, pero es que empezaba a pensar que, independientemente de ellas, yo solo las quería con él y eso me asustó todavía más.

—Esto era un juego —dije encogiéndome de hombros y otra vez soné demasiado triste— y es obvio que ya ha acabado.

—Livy —me advirtió, me reprendió, me llamó.

—Benedict, tú no vas a darme lo que yo quiero y yo no puedo seguir.

—¿Por qué?

Su pregunta me pilló por sorpresa.

—¿Por qué, Livy? —me presionó.

—¿Qué quieres decir?

—Lo sabes perfectamente —rugió. No iba a darme tregua. No iba a apiadarse de mí—. Te presentas aquí. Prácticamente me pides que haga contigo lo que quiera y ahora me dices que no puedes seguir. Da la sensación de que te entregas por completo, pero no es verdad, no lo haces. ¿Por qué?

—No quiero seguir hablando —protesté con rabia, un escudo para cubrir el miedo.

—¿Por qué?

No contesté nada. No podía. ¿Cómo iba a decirle que estaba muerta de miedo?, ¿que nunca había sentido que le importase a nadie hasta que lo conocí?, ¿que, en realidad, ya ni siquiera me importaba porque solo quería importarle a él?, ¿que lo quería?... Dios mío, lo quería.

—¡Contésteme, maldita sea!

—¡Porque estoy sola! —estallé. Estaba demasiado asustada. ¡Lo quería! Y él no era capaz de verme—. Porque no tengo amigos y mi propia madre tiene que apuntar la fecha de mi cumpleaños para no olvidarlo y, aun así, ni siquiera recuerda llamarme por teléfono. —La rabia se transformó en otra cosa, en una herida mucho más antigua y profunda—. Lo más normal para mí es que la gente pase a mi lado sin darse cuenta de que existo. Tú cambiaste todo eso. Hiciste que pensara que le importaba a alguien, por eso necesito que me veas a mí.

Su mirada cambió. Sus ojos se tiñeron de compasión, pero eso era lo último que deseaba. Odiaba que tuviera lástima de mí. Me sentí pequeña, culpable, avergonzada. Y, de todas formas, a pesar de mi confesión, la situación seguía siendo la misma y el final, por mucho que doliese, también.

—Esto se ha acabado, Benedict —pronuncié y otra vez me odié por hacerlo.

Él me mantuvo la mirada; sus ojos se llenaron de muchas cosas, pero no dijo nada y yo, sin esperar tampoco respuesta, sencillamente me marché.

Salí de la casa con el paso acelerado. Al verme, Kane se separó del coche donde esperaba apoyado y dio un paso en mi dirección, pero no me detuve, ni siquiera contesté cuando me llamó. Se había acabado. Todo lo que tenía se había acabado.

No cogí el taxi ni el bus y caminé el millón de manzanas que me separaban del sur del sur. Necesitaba pensar, entender que había hecho lo mejor para mí, pero, por mucho que me esforcé, no fui capaz. También quise dejar de llorar y eso fue todavía más complicado.

En cuanto entré en mi apartamento, me senté en el sofá, subí mis Converse al tresillo y rompí a llorar. Quería levantarme, hacer algo útil, lo que fuera, pero mi corazoncito no estaba por la labor. Lo echaba de menos, ¡por Dios!, lo quería. Y nada de eso era buena noticia para mí. Sin embargo, lo peor, sin duda alguna, era el dibujarme a mí misma como una completa idiota. Hasta hacía unas horas estaba segura de que él sentía algo por mí, que lo que teníamos era diferente, pero resultaba obvio que estaba equivocada.

Un relámpago cruzó el cielo oscuro de Seattle, después, un trueno ensordecedor y la lluvia empezó a repiquetear contra las ventanas. El Pacífico noroeste es el Camelot de la lluvia y esta ciudad, su rey Arturo.

En ese mismo segundo llamaron a la puerta. Me giré hacia el recibidor con el ceño fruncido. Me sequé las lágrimas una vez más con el antebrazo y me levanté. Solo habían pasado unos segundos desde la primera vez, cuando volvieron a llamar y de inmediato a golpear la puerta con el puño con fuerza.

—Livy —me llamó Benedict, y mi corazón dio un salto—. Livy, ábreme.

Observé la madera sin saber qué hacer, aunque en el fondo la decisión había estado tomada desde que le había oído pronunciar mi nombre.

Abrí y su presencia, con las dos manos apoyadas en el marco de mi puerta, con el cuerpo ligeramente inclinado hacia delante, elegante, frío, seguro, enfadado, me distrajo sin que pudiese hacer nada por evitarlo.

—Bene...

—¿Por qué no me lo contaste?

No necesitó decir más. Sabía a qué se refería, pero el motivo por el que no podía pronunciar palabra seguía siendo el mismo. Esa conversación terminaría con un «te quiero» y ni siquiera sabía si él querría oírlo.

—Márchate, por fa...

Pero otra vez no me dio opción y le agradecí, llena del alivio más cruel, que no lo hiciera. Destruyó la distancia que nos separaba y me besó, hundiendo sus manos en mis caderas, llevándome contra la pared.

—No quiero que estés aquí solo porque te doy lástima.

No quería ser esa clase de persona. Necesitaba que estuviera allí por mí.

—No te confundas, preciosa —sentenció con una seguridad aplastante, separándose lo justo para atrapar mi mirada—. Estoy aquí porque es el único lugar en el que quiero estar.

Y sucedió que todo lo que había pasado, todo lo que había sentido, incluso negándome a sentir, me golpeó con fuerza. Recordé sus palabras: «acabarás pidiendo cosas que ni siquiera sabías que querías» y entendí que no podía tener más razón, porque, cuando vi a aquella chica tumbada en su cama, nunca pensé que acabaría deseando que me besara exactamente así, que me quisiese.

Benedict me levantó a pulso, me obligó a rodear su cintura con mis piernas y me llevó hasta mi habitación.

—Quiero que me veas a mí —le pedí contra sus labios.

Mi petición le hizo detenerse. No se separó de mí, pero pude notar cómo su cuerpo se tensaba bajo mis manos. Volvió a buscar mi mirada y el miedo volvió a atenazarme.

—No puedo, Livy —contestó sintiéndolo de verdad.

Yo asentí despacio y bajé la mirada, tratando de ocultar que los ojos se me llenaron de lágrimas. Iba a acabarse. Aquello solo iba a ser una despedida. Sin embargo, entonces decidí que, si iba a ser exactamente eso, no quería que me recordara como una chica asustadiza, porque no lo era. Él me había dado el valor para no serlo. Alcé la cabeza y nuestras miradas volvieron a encontrarse. Y como si solo así pudiese luchar por mí, por nosotros, tomó mi cara entre sus manos y me besó, desesperado.

Me dejó caer sobre la cama y su cuerpo cubrió por completo el mío. No se trataba de encajar a la perfección, se trataba de algo más profundo, más íntimo, como si toda su vida hubiera cobrado sentido porque yo estaba en ella, como si toda la mía hubiese cobrado valor gracias a él.

Nos desnudamos despacio, saboreando cada segundo; ninguno de los dos sabía si sería la última oportunidad que nos concederíamos.

Sus manos acariciaron mi cuerpo, las mías se perdieron en su pelo castaño. Al final solo éramos dos personas que no tenían nada, y no me refiero al dinero o a las cosas materiales, al éxito o al trabajo... me refiero al corazón, a entender que formas parte de otra persona, a sentirte querido, amado, a saber que alguien en cualquier rincón del planeta cuando escucha una canción se acuerda de ti.

La boca se nos llenó de palabras bonitas: «te necesito», «me importas», «mi mundo», «verte sonreír», «sentirte a mi lado» y los besos las transformaron en gemidos.

—Benedict —jadeé, bajito, sintiendo cada letra, disfrutando de la idea de que en esa habitación con posters de pelis antiguas y otro de la torre Eiffel, con una cama un poco vieja y una colcha con flores pequeñitas que me recordaba al verano, que siempre olía a la cloro-fila de los árboles, y con vistas a la calle Southern, en aquel preciso instante, el mundo se quedaba fuera y solo éramos nosotros.

Me perdí sin dejar de repetir su nombre. Él se perdió sin dejar de besarme. Y todo lo que quedó después fueron nuestras respiraciones entrecortadas, fundiéndose.

Benedict se dejó caer a mi lado y, sin decir nada, sin ni siquiera mirarme, permitió que su mano recorriera el colchón hasta encontrar la mía y entrelazó nuestros dedos. Si aquella noche hubiera sonado una canción, en aquel momento lo hubiese hecho más fuerte.

Habría sido *You are the reason*, de Calum Scott.

Me despertó el sol entrando por la ventana y un sonido que no pude identificar. Me incorporé y miré a mi alrededor, desorientada. Eran casi las nueve. Los recuerdos lo inundaron todo y busqué a Benedict con la mirada, pero no estaba. Racionalicé el ruido que me había despertado y comprendí que había sido la puerta principal.

No lo pensé. Me levanté de un salto. Me vestí con la primera ropa que encontré, los vaqueros y la camiseta que había llevado a casa de Benedict, me calcé las Converse y salí disparada. Gemí y me detuve en seco cuando el agua me recibió. Estaba lloviendo a mares, pero no me importó.

No tardé en ver a Benedict caminando calle arriba, determinado, pero a la vez tenso, inquieto, dejando que el agua le calara hasta los huesos, pero sin ninguna intención de echar a correr o refugiarse.

Sin dudar, salí corriendo tras él, esquivando a las

pocas personas que se habían atrevido a salir aquella mañana de sábado, paraguas en mano.

—¡Benedict! —grité.

Él se detuvo, apenas un segundo, y reemprendió la marcha.

Seguí corriendo.

—¡Benedict! —repetí.

Se frenó en seco, como si hubiese luchado por no hacerlo, pero ya no pudiese contenerse más. Sin embargo, no se giró.

—¿Por qué te vas? —le pregunté—. Lo de ayer me hizo entender muchas cosas. Puede funcionar.

La noche anterior había sido especial y sabía que él también lo había sentido.

Benedict permaneció callado durante largos segundos, minutos, mientras la lluvia seguía empapándolo todo.

—¿Y qué pasa si sale mal? —pronunció al fin—. Todo se está alejando demasiado de cómo comenzó. Se está pareciendo demasiado a lo que ya tenía. No puedo volver a cometer los mismos errores, joder —sentenció con rabia, pero, sobre todo, con miedo.

Y, al final, de eso se trataba todo. No hablábamos de no querernos, hablábamos de la última vez que fue feliz, de cómo todo estalló en pedazos y que no pensaba permitir que volvieran a hacerle daño.

—Yo no voy a irme —le dije sin dudar, cerrando los puños junto a mis costados. Tenía que creerme.

Mis palabras tuvieron un eco en él. Su cuerpo se tensó aún más. Todos sus sentimientos parecieron recrudecerse y me di cuenta de que había tocado con la punta de los dedos una herida aún mayor sin ni siquiera saberlo.

—Esto se ha acabado, Livy —sentenció.

—No —me negué a aceptarlo.

—Estoy haciendo esto por ti —rugió, ladeando ligeramente la cabeza, dejándome ver un atisbo de sus ojos verdes—. Crees que sabes lo que quieres, que quieres esto, pero estás equivocada.

Negué con la cabeza.

—Esta historia se acaba aquí —concluyó, pero supe, como sabía que necesitaba respirar, que se estaba obligando a decir esas palabras—. Adiós.

Echó a andar. Ya ni siquiera sentía la lluvia. Mi corazón latió más acelerado. No estaba equivocada. Recordaba sus manos sobre mi cuerpo, sus besos, todas las veces que nos habíamos reído, todas las veces que me había hecho sentir sexy, viva, importante, deseada.

—El único que se está equivocando aquí eres tú —solté sin moverme un ápice, con los ojos clavados en él.

Benedict Fisher se detuvo en seco. Sus hombros se movieron con más violencia, presos de su respiración. Su camisa azul empapada marcó los músculos de su espalda, como estoy segura de que en mi ropa se marcaba cada uno de mis huesos.

—Sé lo que quiero —afirmé—. Te quiero a ti.

Salté al vacío. No me importó, porque algo dentro de mí no paraba de gritarme que saltaríamos juntos.

Su lucha interna se hizo tan grande que dolía, estalló y Benedict se giró, devoró la distancia que nos separaba y me besó con anhelo, bajo la lluvia, en una calle cualquiera del sur del sur de Seattle.

—Te veo, preciosa —dijo contra mis labios—. No quiero ver a nadie nunca más.

Sonreí como una idiota y él sonrió también. Despacio, se separó y sus ojos atraparon de inmediato los míos.

—Te quiero, Benedict.

Él dejó escapar, controlado, todo el aire de sus pulmones.

—Cásate conmigo.

Sonreí. No necesité pensarlo. Mi vida cambió en el momento en el que decidí aceptar llevar aquella carpeta al 320 de la Avenida Occidental Sur, en el centro de Pioneer Square.

—Sí —respondí.

Una sonrisa, de verdad, sin ambages, sin escudos, sincera, auténtica, preciosa, se coló en nuestros labios y el beso que nos dimos brilló iluminando toda la ciudad.

Benedict me cogió en brazos y nos hizo girar, hasta que sus labios volvieron a atrapar los míos y cada uno de sus besos dibujaron un te quiero.

—Eres lo único que me importa —susurró.

33

Abro los ojos otra vez desorientada, aunque no tardo más que unos segundos en reconocer nuestra habitación. Doy una bocanada de aire y con ella recupero todas las emociones que sentí ayer, como si respirar implicara recordar y recordar, sentir cosas que dan demasiado miedo.

Me giro hacia el otro lado de la cama y el estómago se me encoge al encontrarla sin deshacer. Benedict no ha dormido aquí.

Decido concederme una ducha, dos minutos, antes de volverme loca pensando en todo lo que ocurrió ayer. Reviso mi móvil. Tengo varios emails de trabajo. Dos de ellos son de Douglas Jones, pero los envío a la papelera sin ni siquiera leerlos. Ya dije todo lo que tenía que decir sobre el microprocesador.

Delante del espejo empañado de vapor tengo un momento de flaqueza y recuerdo a Benedict sentado en la mesa de centro demasiado triste, demasiado enfadado, con demasiado miedo... y el corazón se me rompe un poco más.

Mis Converse bajan silenciosas las escaleras y cuando rechinan sobre el último peldaño, la señora Smith se gira hacia mí, preocupada.

—Buenos días, señora Fisher —me saluda, y su inquietud se hace aún más evidente.

—Buenos días.

Intercambia una única mirada con Jefferson, al otro lado de la cocina, y todo mi cuerpo se tensa. ¿Qué está pasando?

Miro a mi alrededor y encuentro a Benedict sentado en el sofá. Por un momento, una corriente de puro alivio me recorre de pies a cabeza. Al despertarme y ver su lado sin deshacer, me negué a creerlo, pero una parte de mí no pudo evitar pensar que, quizá, se había marchado a buscar a Blair de nuevo y había dormido en su casa.

Sin embargo, solo necesito observarlo un segundo más para darme cuenta de que él también está nervioso, inquieto. Tiene los muslos separados y sus codos descansan en ellos, con sus manos entrelazadas suspendidas en el aire. Su mirada está clavada en el suelo y sus hombros están tensos, como si fueran los de Atlas sosteniendo el mundo.

—Benedict —murmuro dando un paso hacia él.

Mi marido levanta la cabeza, nuestros ojos al fin se encuentran y lo que veo en ellos me deja sencillamente noqueada. Nunca había visto una lucha mayor.

—¿Qué pasa?

Benedict deja escapar todo el aire de sus pulmones.

—Blair ha estado aquí.

En el momento en el que oigo su nombre, creo que dejo de respirar.

—Me dijo que necesitaba hablar conmigo. —Su

mandíbula se endurece un poco más—. Quiere que volvamos.

Todo gira demasiado rápido. Da vértigo.

—¿Y tú quieres hacerlo? —inquiero, y sorprendentemente sueno serena.

—No lo sé.

Mi vida, mi mundo, acaban de desbaratarse a mis pies.

Asiento tratando de controlar todas mis emociones, mi respiración, pidiéndole a mi corazón que lata lo suficiente como para sacarnos de aquí.

Doy una bocanada de aire que llega vacía. Los ojos se me llenan de lágrimas. Nos recuerdo felices en nuestra cama de Capri, dejando que el sol suave y tenue del amanecer bañara nuestras manos entrelazadas.

—Tengo que irme —digo, y consigo que mi voz no refleje cómo me siento, que la poca seguridad que me queda se concentre en la punta de mi lengua—. Tengo que hacer algunas cosas esta mañana. Kane está esperando fuera, ¿verdad? —añado como si no acabaran de romperme el corazón en mil pedazos.

Me giro y concentro mi vista en la puerta.

—Livy —me llama saliendo tras de mí, pero no me detengo. No puedo.

La señora Smith y Jefferson me miran con una mezcla de empatía y ternura, pero no les devuelvo la mirada. Tampoco puedo.

La puerta principal aparece desenfocada en mi campo de visión.

—Livy —vuelve a llamarme, más cerca.

—Aguanta un poco más —murmuro para mí.

Abro. Salgo. Solo queda un poco más.

Al reparar en mí, Kane interrumpe su paseo y se

saca las manos de los bolsillos. Cuando me mira de verdad, su expresión se llena de sorpresa y confusión a partes iguales. Se dirige a la puerta trasera del coche para abrirme, pero yo lo freno con un gesto de la mano.

—Nos vamos ya, por favor. —Mi voz se resquebraja, pero aguanto el tipo.

Kane no dice nada, no pregunta, como si hubiese adivinado que, si pronuncio una palabra más, romperé a llorar.

—Livy, por favor —vuelve a llamarme Benedict.

Me toma de la muñeca y me obliga a girarme; tan pronto como lo hago, sus ojos atrapan los míos, pero también tan pronto como lo hago, me zafo de su agarre y el dolor entre los dos crece hasta inundarlo tanto. Lo quiero tanto que me cuesta trabajo respirar y él no sabe si seguir conmigo.

Benedict mueve su mano, dispuesto a volver a coger la mía, a estrecharme contra él, pero en el último segundo se detiene, se frena, se rinde, no lo sé, y la deja caer cerrada en un puño lleno de rabia justo a su costado.

No sé si me está dejando escapar o ya ha tomado una decisión.

—Me prometiste que nunca te rendirías —murmuro manteniéndole la mirada— y lo has hecho.

Las lágrimas me queman detrás de los ojos. La rabia, la tristeza, el dolor, todo se está haciendo tan grande que casi me impide respirar y el miedo, el maldito miedo, está riéndose de mí, diciéndome que sabía que pasaría esto, que Benedict Fisher nunca fue de la marginada Livy Sutton, que puede que siempre le haya pertenecido a Blair.

Giro sobre mis pies y me monto en el coche. Benedict me sigue. Se queda de pie junto a mi ventanilla, mirándome, haciendo que mi corazón se haga esperanzas, que vuelva a sufrir y que caiga fulminado en el mismo maldito segundo.

Levanto la cabeza, nuestros ojos vuelven a encontrarse. Benedict alza la mano y la apoya en la ventanilla y siento que quiere tocarme a mí.

—Aguanta un poco más —me repito en un susurro, y ni siquiera sé si he levantado lo suficiente la voz como para que sea un sonido.

Kane arranca. El vehículo avanza unos metros y, cuando gira por la primera calle, sin poder controlarlo más, rompo a llorar desconsolada, rota, hundida, triste, sola. Nunca, jamás, me había sentido tan sola.

Han pasado más de veinte manzanas cuando consigo calmarme un poco.

—¿Adónde debo llevarla, señora Fisher? —me pregunta Kane.

—No lo sé —murmuro con la mirada perdida en la ventanilla. De pronto recuerdo la cita con el médico. ¿Por qué no? No tengo nada mejor que hacer—. Al Centro Médico de la Universidad de Washington.

Kane frunce el ceño, confuso, apenas una milésima de segundo y asiente profesional.

Tras informarme en recepción, subo a la cuarta planta, a las consultas externas, y espero a que la doctora Chao me llame. He conseguido dejar de llorar, eso ha sido todo un logro, pero soy incapaz de pensar, aunque tampoco tengo claro que quiera.

No han pasado más de diez minutos cuando un enfermero me llama a consulta.

—Buenos días —saludo al entrar.

—Buenos días —me saluda la doctora tras su escritorio.

Voy a tomar asiento al otro lado de la mesa, pero ella me frena haciéndome un suave gesto con la mano.

—Siéntese en la camilla, por favor.

Miro a mi espalda, diviso la camilla y obedezco. Las piernas me cuelgan. Normalmente sería un detalle que me haría sonreír. Hoy no funciona.

La doctora se levanta y se acerca con la mirada clavada en los documentos que sujeta por la parte superior una carpeta de plástico.

—Como ya sabrá, esta cita tiene como objeto hacerle un examen médico —me explica sin levantar la vista de los papeles—. El seguro médico de Fisher Media exige que sus empleados se lo hagan una vez al año, aunque supongo que ya la habrán informado, señorita... —pasa las hojas hasta dar con mi nombre—, señora Fisher.

Al darse cuenta de mi nombre, enarca las cejas y finalmente sonríe.

—Definitivamente deben haberla informado —añade simpática.

El comentario no tiene ninguna mala intención, pero de pronto estoy muy enfadada, qué coño, ¡estoy cabreadísima! Aunque soy plenamente consciente de que no es con la doctora. Tomo una bocanada de aire y el enfado se hace aún mayor. Mejor. Prefiero estar furiosa que triste.

—¿Podemos darnos prisa? —le pido sin resultar brusca.

La doctora asiente diligente y empieza con las cosas más básicas, como auscultarme o comprobar los reflejos de mis rodillas.

—Necesitaremos una muestra de sangre y otra de orina —me anuncia.

Regreso a la sala de espera. Los resultados tardarán unos veinte minutos. Miro el móvil. Tengo dos llamadas perdidas de Kelsey y una de Eric. También hay varios emails de Douglas Jones. Siguen sin interesarme lo más mínimo, así que también los mando a la papelera.

No hay ninguna llamada ni ningún mensaje de Benedict.

—Señora Fisher —me llama el enfermero—, acompáñeme.

Asiento. Ha sido más rápido de lo que esperaba.

Me guía hasta la habitación contigua al despacho de la doctora Chao y me pide que me tumbe en otra camilla. Me levanta la camisa unos centímetros y me echa un gel helado en el vientre. Yo frunzo el ceño, extrañada.

—¿Van a hacerme una ecografía?

—Es solo una prueba de control —me asegura con una sonrisa.

Debe de ser el seguro de empleados más concienzudo de la historia.

En ese preciso instante entra la doctora. Se sienta en un taburete que desliza hasta la camilla y activa el monitor del aparato junto a mí. Coge la sonda y la aprieta contra mi estómago, deslizándola de un lado a otro. Yo dejo escapar todo el aire de mis pulmones con la vista clavada al frente. Solo quiero que termine.

—Es exactamente lo que había imaginado —concluye sonriente.

Sus palabras me hacen mirarla.

—Señora Fisher, está usted embarazada.

¿Qué?

34

¿Embarazada? La doctora pulsa uno de los botones del ecógrafo y unos latidos rápidos y uniformes toman toda la habitación.

—Yo... ¿eso es?

Mi bebé.

Solo dos palabras y todo cambia. Respiro de nuevo y los latidos, ese suave y perfecto sonido, se meten un poco más dentro de mí. Mi bebé.

—Está embarazada de cuatro semanas —añade la doctora.

—Pero ¿cómo es posible? Tomo la minipíldora.

La médica sonríe llena de una dulce condescendencia.

—La minipíldora es un método anticonceptivo bastante fiable, pero también exige ser muy riguroso.

Guarda silencio dándome la oportunidad de dejar el tema aquí y no preguntar si he olvidado tomarla alguna vez, cosa que ha ocurrido, o si siempre la he tomado a la misma hora, cosa que ha ocurrido en un noventa y nueve por ciento. En mi defensa debo señalar que han sido unas semanas complicadas.

La doctora gira el monitor y mis ojos se posan en la ecografía. Algo casi diminuto se mueve en el centro.

—Aquí está —dice señalando esa cosa pequeñita y preciosa—. Ese es su bebé, señora Fisher.

Otra vez solo dos palabras relativizan la situación. ¿Señora Fisher? Suena raro y extraño. No sé si seguiré siéndolo. Justo en este momento me doy cuenta de algo: no puedo seguir en esta especie de limbo y, por mucho que duela, no solo hablo de estas últimas horribles horas. Desde hace días, semanas, puede que incluso desde que conocí a Benedict, aunque no he sido capaz de verlo, ha sido como caminar sobre la cuerda floja. Y ahora ya no solo se trata de mí. Tengo a alguien más a quien proteger.

La doctora me receta unas vitaminas y concertamos la siguiente cita. Debo volver a verla el próximo mes.

En mitad del pasillo perfectamente iluminado del hospital no puedo evitar plantearme muchas cosas. Una parte de mí quiere correr y contárselo a Benedict. Hacer planes. Pintar la habitación del bebé, comprar ropita. Lo imagino feliz, a nuestro lado. Pero ya no puedo saltar a ciegas y esperar que lo que yo siento sea suficiente por los dos.

Salgo del hospital y le pido a Kane que me deje en el centro, en el Pike Place Market. Siempre me ha gustado este barrio. Insiste en esperarme, pero consigo convencerlo de que se marche. Quiero pasear.

Empiezo a hacerlo sin rumbo, calle tras calle, fijándome en los detalles en los que normalmente nunca me fijaría, pero que son los que convierten una ciudad en un lugar especial: el olor a pan horneado y a tomate que sale de un restaurante italiano en mitad de la calle Pine; tres mujeres charlando, sentadas en los escalones de un edificio cualquiera del Lower Queen Anne mientras una de ellas le hace las uñas a otra; un chico comiéndose a besos a su chica que acaba de salir de un taxi amarillo...

No lloro. Tengo que pensar. Tomar la mejor decisión. Nunca hablamos de tener niños. Además, ni siquiera sé si quiere estar conmigo. Me detengo en seco y me obligo a respirar hondo. Duele, pero mentirme a mí misma no va a solucionar nada. Benedict no sabe si quiere estar conmigo y yo no me merezco eso. También sé que no puedo contarle lo del bebé para obligarlo a elegirme a mí. Eso solo lo hacen las malas de las telenovelas y nunca les sale bien.

La elección debería estar clara, ¿no? Entonces, ¿por qué siento que estoy renunciando a una parte de mí? Vuelvo a estar enfadada, pero también demasiado triste.

—Eres idiota, Livy —me riño en un murmullo, obligándome a seguir caminando.

Y lo quiero como una.

Poco antes de la hora de comer, regreso a casa. Sé que es prácticamente imposible que Benedict esté allí. Eso hace las cosas mucho más fáciles.

Me siento en el borde de la cama con el teléfono en las manos y hago la última llamada que pensé que haría.

—¿Diga? —contesta sin ninguna intención de parecer amable.

Cierro los ojos y me llevo la mano al vientre. Sé por qué hago esto.

—Señor Fisher —me obligo a que las palabras atraviesen mi garganta—, ¿podríamos vernos?

—¿Qué quieres, Olivia?

—Yo...

Necesito otro segundo. Mis labios se niegan a colaborar o, quizá, sea mi corazón.

—Yo...

Otra pausa. No puedo. No quiero.

—No puedo perder todo el día.

Pero es lo que debo hacer.

—Quiero divorciarme de Benedict. —Contengo un sollozo. Las lágrimas ruedan por mis mejillas—. Necesito que prepare todos los documentos. Benedict no puede enterarse.

Ahora es él quien guarda silencio.

—¿Cuánto quieres?

—No quiero nada. —Aprieto la mano hasta convertirla en un puño lleno de rabia e impotencia—. Solo tengo una condición.

—¿Cuál?

—El microprocesador —respondo en un golpe de voz—. Benedict me dijo que yo decidiría qué uso tendría. Quiero un papel que me asegure que se destinará íntegramente a la biomedicina sin ánimo de lucro.

Otra vez silencio.

—Lo tendrás.

—Tiene que estar todo listo para esta tarde, antes de que Benedict vuelva de la oficina. ¿Cree que podrá?

—Los papeles del divorcio llevan preparados desde el día en que os casasteis —sentencia, demostrando una vez más la horrible persona que es—. Estaré en casa de Benedict en dos horas.

Cuelga y, luchando contra cada lágrima, vuelvo a romper a llorar. Ya está y el dolor ha sido sobrehumano.

Cojo mi maleta y la lleno con toda mi ropa y mis cosas de aseo. En mi mochila meto mi ordenador y otros cuantos objetos. Lo hago mecánicamente. Si me paro a pensar, no querré marcharme.

El resto de mis pertenencias las recogeré cuando me haya instalado, aunque todavía no sé dónde. No tengo trabajo, así que alquilarme algo por mi cuenta está descartado hasta que consiga un nuevo empleo. No puedo volver con mis padres a Connecticut. Pienso en pedirle ayuda a Kelsey, pero ella ya tiene que cuidar de Rory y no quiero ser otra carga más. También pienso en Eric, pero no puedo hacerle eso a Benedict, me da igual que todo haya terminado entre nosotros.

Puntual como un reloj, obviamente por lo poco que le importa su hijo y las ganas que tiene de perderme de vista, Gerald Fisher se presenta en casa de Benedict con dos abogados. Me hace firmar un acuerdo de confidencialidad por el que me comprometo a no ir a la prensa a hablar de Benedict. No me conoce lo más mínimo. Me entrega el documento sobre el microprocesador y los papeles del divorcio. No se marcha hasta que no le entrego una copia firmada.

A solas de nuevo en el que fue nuestro dormitorio, miro a mi alrededor, pero decido tener solo recuerdos felices. Quiero a Benedict y voy a quererlo toda la vida, aunque no estemos juntos.

Dejo los papeles sobre la cómoda, me quito el anillo de compromiso y la alianza y los dejo sobre ellos. Cojo mi maleta y salgo de la habitación.

—Vamos a estar bien —murmuro.

Mamá siempre va a cuidar de ti.

Bajo las escaleras y cruzo el salón, agradeciendo que ni la señora Smith ni Jefferson estén. Me da pena no poder despedirme, pero es lo mejor. No quiero que avisen a Benedict.

—¿Se marcha?

La voz de la cocinera me detiene en mitad del vestíbulo.

Miro la puerta principal, solo a unos pasos, y suspiro. Finalmente me giro, pero lo cierto es que no sé qué decir.

—Señora Fisher —me apremia preocupada al ver que no respondo.

—Creo que ahora sería más adecuado señorita Sutton —lo pienso un instante—; Livy, en realidad.

La señora Smith me observa muy inquieta.

—El señor Fisher...

—No —la interrumpo al ver que no se atreve a terminar su propia frase—, Benedict no lo sabe... pero es lo mejor —me apresuro a añadir, y los labios me tiemblan—. Así podrá volver con Blair y serán muy felices. Estoy segura.

Las palabras se evaporan en mis labios y vuelven las lágrimas.

—Livy —me llama la señora Smith llena de empatía.

—No se preocupe —me apresuro a decir secándomelas con el reverso de la mano—. Estoy bien.

Ella vuelve a observarme y tengo la sensación de que lo hace como si fuera mi abuela.

—No, no lo está —sentencia—, así que no me mienta.

Bajo la cabeza algo avergonzada.

—¿Dónde va a vivir?

—No lo sé.

Si le hubiese mentido otra vez, me habría pillado. Lo sé.

La señora Smith da un paso hacia mí y me quita la maleta de la mano.

—Pues ese es el primer problema que debemos resolver.

La cocinera echa a andar de vuelta al interior de la casa.

—Señora Smith, por favor —la llamo—. No puedo quedarme —añado casi desesperada, pero ni siquiera parece escucharme y atraviesa el salón con el paso decidido.

—Señora Smith, por favor.

—Llámeme, Maggie —me corrige.

Sale al patio y yo me detengo en seco, ¿adónde vamos?, pero entonces, con el primer paso que doy sobre el cuidado entramado de losas color terracota, la preciosa casita del servicio, al fondo del jardín, entra en mi campo de visión.

—¿Quiere que viva con ustedes? No... no puedo —trato de hacerle entender.

La señora Smith se para, se gira despacio y, con el andar rebosante de serenidad y dulzura, regresa a mi lado.

—Conozco al señor Fisher desde hace nueve años —replica—. Si hay alguien a quien necesita tener cerca, es a usted, aunque él no haya sido capaz de entenderlo todavía.

Tomo aire manteniéndole la mirada. Todo esto es demasiado difícil. No puedo estar tan cerca de Benedict, verlo todos los días. Por Dios, no puedo verlo con Blair. La señora Smith parece entender todo lo que he dicho sin palabras y aprieta mi mano con fuerza en un gesto lleno de cariño.

—Pero por ahora mantendremos el secreto, ¿le parece? —me propone con una sonrisa.

Le devuelvo el gesto tenue. Es una auténtica locura.

—Sí.

No tengo otro sitio adonde ir.

—Bien —sentencia.

Me da unos dulces toquecitos en la mano para animarme y reemprende el camino.

En cuanto abre la puerta, la estancia se llena aún con más luz, algo harto difícil teniendo en cuenta cómo los ventanales ya dejan pasar el sol tiñéndolo todo de un suave y cálido naranja. La vivienda es pequeña, en tonos vainilla y ocre, pero muy acogedora, como esas casas de los anuncios de la tele donde los abuelos cuidan de sus nietos mientras esperan a Santa Claus, asando malvaviscos en la chimenea.

Está decorada con mimo, con cariño, llena de fotografías y recuerdos en forma de pequeños adornos.

Es un hogar.

—La casa tiene una salida independiente a la calle Jackson. El señor Fisher nunca viene y el cristal de las ventanas, como el de la casa principal, no permite que se vea el interior desde fuera —me explica dejando mi maleta en el suelo y, aunque siga siendo complicado, siento cierto alivio—. Usted dormirá en el piso de arriba. Estará muy cómoda. Jefferson y yo lo hacemos abajo.

Consigue despertar mi curiosidad, y mucho.

—Jefferson y usted... —dejo la frase en el aire—... ya sabe —añado arqueando las cejas con muy poca discreción.

La señora Smith se echa a reír.

—Somos como un matrimonio —me explica—, pero como uno viejo —añade veloz con una sonrisa—, lo que significa cuartos separados y ver juntos la tele después de cenar.

No puedo evitar sonreír.

—Los dos estamos solos —aclara—. Nuestras familias están demasiado lejos. Tener a alguien con quien hablar mientras cenas es agradable.

—La entiendo mejor de lo que cree. A nadie le gusta estar solo —replico, y con esas palabras llegan muchos recuerdos. Recuerdos que empezaron a serlo precisamente cuando Benedict irrumpió en mi vida. Por Dios, ¿ya lo echo de menos?

La señora Smith me contempla unos segundos más. Es una de esas personas increíblemente observadoras, que saben cómo te sientes sin ni siquiera preguntar.

—Creo que le vendría muy bien una copita de jerez —dice alzando ligeramente el índice.

Yo doy la bocanada de aire más larga de toda la historia.

—Estoy embarazada —suelto sin paños calientes.

La señora Smith se frena en seco a los pies de la pequeña estantería baja que hace las funciones de minibar y se lleva la mano al pecho.

—Ahora soy yo la que va a necesitar esa copita.

Sonrío otra vez.

No sé por qué, pero aquí me siento protegida.

35

La señora Smith me deja instalándome y regresa a la casa principal. A eso de la una y media vuelve para traerme algo de almorzar. Intento convencerla de que en lo último que puedo pensar es en comer, pero ella acaba convenciéndome a mí de que me coma el sándwich de ensalada de pollo y manzana.

Ya sola, abro mi *smartphone* y me deshago del geolocalizador. No tengo ni la más remota idea de si Benedict tratará de dar conmigo, pero debo asegurarme de que, si lo intenta, no lo conseguirá. Una parte de mí no quiere hacerlo, pero es lo mejor.

Con mi portátil, reviso todas las webs de búsqueda de empleo que encuentro. Anoto varias direcciones y contacto con dos dueños de tiendas de informática. Acuerdo con ellos encargarme de los arreglos de ordenadores que les lleguen. Con una licenciatura en el MIT y después de haber trabajado en Fisher Media, no me cuesta mucho trabajo convencerlos de mis aptitudes. También voy a varios centros comunitarios y cuelgo carteles ofreciéndome como profesora de informática y matemáticas. Si tengo suerte y consigo varios alumnos, podré ganar suficiente dinero como para pagar las consultas médicas y las cosas que deba ir reuniendo para el bebé. En cuanto pasen los quince días del preaviso de renuncia, dejaré de ser oficialmente empleada de Fisher Media y perderé el seguro médico.

Cuando regreso a la casita del servicio, lo hago por la entrada de la calle Jackson, sin pasar por la casa principal. Estoy muy nerviosa. Ya son las cinco. A partir de esta hora, Benedict podría regresar en cualquier momento y encontrar los papeles.

Estoy leyendo, sentada en el sofá del salón, tratando de distraerme un poco y dejar de pensar, cuando la puerta se abre. No me asusto. Sé que es imposible que sea Benedict, pero, cuando veo a la señora Smith acompañada de Jefferson, me inquieto un poco, no sé cómo va a reaccionar; lleva al lado de Benedict desde que era pequeño y sería completamente comprensible que no me quisiese aquí.

Me levanto y, despacio, dejo el libro sobre la mesa. Me acarició el muslo con la palma de la mano, nerviosa, y doy un par de pasos hacia ellos.

—Hola, Jefferson —lo saludo.

—Señora Fisher —responde, y es obvio que esta situación no le hace la más mínima gracia

—Llámame Livy, por favor. Ya no soy la señora Fisher.

Él no dice nada.

—Entiendo que no quieras tenerme aquí —añado. Tiene todo el derecho—. Lo mejor será que me vaya.

Recojo mi libro y echo a andar hacia las escaleras para rehacer mi maleta. La señora Smith tuerce el gesto y suspira disgustada. Da un paso hacia mí, intentando detenerme, y yo fuerzo una sonrisa para tranquilizarla. Estaré bien.

—Livy —la voz de Jefferson me detiene en mitad de las escaleras.

Me giro despacio con los dedos aún sobre el pasamanos.

—En esta casa siempre cenamos todos juntos a las seis —dice jugueteando con las llaves en su mano hasta que finalmente las deja en un pequeño bol sobre el único mueble del vestíbulo—. No te retrases.

La señora Smith suelta un pequeño gritito de júbilo y yo sonrío aliviada.

—No me retrasaré —contesto.

Él asiente y se dirige hacia el salón mientras que, con la ayuda de la señora Smith, se quita la chaqueta.

Yo suspiro, con la misma sonrisa en los labios, y miro a mi alrededor. Creo que estoy en casa.

Puntuales como un reloj, nos reunimos para cenar. Estoy ayudando a la señora Smith en la cocina cuando la puerta suena. Es Kane. Mi cuerpo se tensa y mis nervios aumentan cien enteros. Si Kane está aquí, significa que Benedict ya ha llegado.

—Deja de preocuparte —me pide la señora Smith con una sonrisa, pero eso es infinitamente más fácil decirlo que hacerlo.

Revisa que todo está listo y me hace una señal para que coja la fuente con el estofado de patatas y la lleve a la mesa. Huele que alimenta y trato de concentrarme en eso. Sin embargo, apenas la he dejado sobre la madera cuando mi móvil empieza a sonar.

Kane me mira confuso y a continuación mira a Jefferson, preguntándole sin palabras qué hago aquí. El jefe del servicio le hace un leve gesto con la mano y la señora Smith, él y yo miramos mi *smartphone* como si fuera una bomba de relojería. No quedan dudas de quién es.

—Creo que debería contestar —murmuro.

Nadie dice nada, pero es obvio que debería hacerlo.

Cojo el teléfono y, tras disculparme, me alejo unos pasos hasta el ventanal del salón.

—Hola —descuelgo.

Solo con la promesa de oír su voz ya sé que será una llamada demasiado complicada.

—¿Dónde estás, Livy? —pregunta acelerado, nervioso.

Trago saliva.

—Es lo mejor, Benedict.

—No, no lo es —ruge—. Dime dónde estás. Iré a buscarte y te traeré de vuelta a casa.

Cabeceo, esforzándome por ignorar esas últimas palabras, luchando porque mi corazón no salte de alegría por oírlas.

—Es lo mejor —repito—. Tú no sabes lo que quieres y necesitas averiguarlo para poder ser feliz. Quizá, cuando lo descubras, quieras volver con Blair y yo no quiero ser un estorbo.

—No tengo nada que pensar —sentencia haciendo hincapié en cada palabra.

—Pero esta mañana sí lo tenías.

Benedict guarda silencio. Sabe tan bien como yo que tengo razón.

—Por eso precisamente tengo que irme —continúo—. Me siento como si estuviera andando por una cuerda floja, sin saber cuándo voy a caerme.

—Livy, dime dónde estás —me ordena aún más impaciente, con el desahucio haciéndose mayor.

—Ha pasado algo —trato de continuar y, sin quererlo, una lágrima cae por mi mejilla— y ya no puedo —resoplo. Tengo que encontrar el valor suficiente como para seguir. Por inercia me toco el vientre y me doy cuenta de que está ahí—. Necesito pisar tierra firme, Benedict. Ahora mismo es lo único que necesito.

—Livy. Joder. —Y la rabia y el miedo se transforman en palabras.

—Sé que estás asustado, pero lo nuestro no se ha acabado porque por un solo segundo haya dejado de quererte, ni porque tú no te lo merezcas. —Callo un instante y una sonrisa se apodera de mis labios por lo que estoy a punto de decir, porque no podría ser más verdad—. Es precisamente por todo lo contrario, porque eres un hombre maravilloso, Benedict, y te mereces ser feliz.

—Si quieres que sea feliz, vuelve —me pide desesperado.

—No puedo.

Benedict resopla al otro lado de la línea. Está al límite en todos los sentidos.

—Sé que lo he hecho todo mal, pero tienes que volver. Tienes que dejarme arreglarlo.

—Benedict...

—Livy, dime dónde estás.

—Lo siento —musito con la voz entrecortada.

El silencio otra vez toma la línea y el dolor se hace casi sobrehumano. Solo quiero correr a sus brazos, olvidarme de todos los problemas, del mundo.

—El microprocesador ya era tuyo —empieza a decir, y su voz se ha recubierto de frialdad, de distancia, ha vuelto a ponerse su coraza—. En cuanto te marchaste de la reunión en la sala de conferencias, le di orden a Douglas Jones de que te enviara por email toda la documentación.

Agacho la cabeza y nuevas lágrimas corren por mis mejillas. Sabía que podía confiar en él. Nunca tendría que haberle pedido ese documento a Gerald Fisher.

—Gracias.

Todos los sentimientos se reavivan, arden, queman. Lo quiero. Lo quiero como nunca he querido a nadie.

—Te necesito, preciosa —sentencia con la voz rota, sincera, triste, llena de miedo y de amor a la vez—. Te necesito como nunca he necesitado a nadie.

—Y yo te necesito a ti —contesto, pero Benedict no escucha mis palabras. Ha colgado.

Me llevo la palma de la mano a los labios tratando de controlar las lágrimas, pero no soy capaz. Estoy destrozada. He tenido que despedirme de la única persona a la que podré querer jamás, la única que me ha hecho feliz, que me ha hecho reír, que me ha hecho sentir especial. Sé que esto era lo que tenía que hacer, los motivos están claros, pero eso no hace que duela menos, porque al final me estoy despidiendo del amor de mi vida.

—Livy —me llama la señora Smith llena de dulzura.

Alzo la cabeza con la mirada perdida en el ventanal. Mi primera reacción es salir corriendo escaleras arriba y llorar hasta quedarme dormida, pero casi en el mismo segundo me doy cuenta de que, por mucho que duela, eso no es una opción. Tengo que ser fuerte. Tengo que serlo por mí, por mi bebé. Me obligo a respirar hondo una, dos, tres veces. Se acabó el llorar.

Toca ser valiente.

Me seco las lágrimas con el reverso de la mano y me giro obligándome a sonreír.

—No voy a decir que estoy bien, porque sería una mentira —declaro con la voz segura, sin dudas. Las dudas también se acabaron—, pero voy a estarlo.

La señora Smith sonríe y asiente manteniéndome la mirada. Tengo la sensación de que está orgullosa de mí.

—Pues a comer —me insta ensanchando su sonrisa.

—A comer —repito.

Voy hasta la mesa y tomo asiento. Pillándome por sorpresa, Jefferson coge la mano que tengo sobre la madera y la aprieta con ternura, dándome ánimos. Cuando lo miro, él está con la vista fija en cómo la señora Smith sirve los platos. Aunque es lo último que quiero, no puedo evitar sonreír. Cuando dije que aquí me sentía protegida, no me equivoqué.

Soy incapaz de dormir, aunque lo cierto es que tampoco me sorprende. A las siete estoy cansada de dar vueltas en la cama, así que me doy una ducha y bajo a desayunar. La señora Smith ya está activa, recogiendo el salón, con algo al fuego que huele de maravilla.

—Buenos días, señora Smith.

—Maggie, Livy, llámeme Maggie.

Sonrío.

—Buenos días, Maggie —reformulo.

—Buenos días, Livy —me sigue el juego con una sonrisa.

Me acerco a ella y comienzo a ayudarla a sacudir y a mullir los cojines del sofá. Ella me mira con aprobación y continúa trabajando.

—¿A qué hora se levanta? —inquiero curiosa.

—Empiezo a pensar que demasiado temprano —responde burlona.

Sonrío. Cojo la pequeña mantita de lana hecha a mano, la doblo y la dejo sobre el brazo del sofá.

—Pero es que tengo muchas cosas que hacer —añade—. Además, sabía que hoy debía estar pronto en la casa principal. Sospechaba que el señor Fisher no habría dormido mucho y no estaría de muy buen humor.

Sus palabras me detienen en seco. La señora Smith, al darse cuenta de mi reacción, racionaliza su propio comentario y hace una mueca de disgusto.

—Perdóneme, Livy. He sido muy poco considerada.

Fuerzo una sonrisa para quitarle toda la importancia.

—No se preocupe —repongo—, pero... —no sé si es una buena idea, pero una parte de mí necesita saberlo—... ¿es cierto?, ¿no ha dormido mucho?

La señora Smith me dedica una mirada llena de empatía y ternura al mismo tiempo, la misma mirada patentada que dedicaría una madre o una abuela.

—Venga a desayunar —dice tomándome de las manos, ignorando por completo mis preguntas—. Le he preparado tortitas.

Quiero seguir preguntando, pero es obvio que no voy a obtener ninguna respuesta.

Me doy cuenta de que lo más importante es que empiece a trabajar en el microprocesador. Rory lo necesita.

Me siento en la cama, en mi cuarto, enciendo mi portátil y abro los correos de Douglas Jones que mandé a la papelera; por suerte aún seguían allí. Sin embargo, con la primera línea, tengo que pararme en seco y repasar el destinatario por si es un error que hayan acabado en mi poder. Benedict no solo me ha dado la posibilidad de decidir qué haremos con el microprocesador, me ha otorgado todos los derechos, tanto los intelectuales como los de explotación.

Miro la pantalla sin saber cómo sentirme. Él invirtió millones de dólares en desarrollo y fabricación, puso a uno de sus equipos a trabajar en él durante meses... y me lo ha regalado todo. Leo el email con más detenimiento y, al final de los números y las cláusulas contractuales, hay dos líneas de Douglas Jones:

> Benedict tiene claro que tú eres la persona que sabe qué hacer con el microprocesador. Siento lo de la reunión. Buena suerte.

Esto es más que un regalo, en todos los sentidos.

Tan pronto como leo el correo, me levanto de un salto con el móvil en la mano dispuesta a llamar a Benedict. Quiero hablar con él, pero, tan pronto como la idea me calienta el cuerpo y me hace sentir más que mejor, comprendo que es algo que ya no puedo permitirme. Tomé la decisión de salir de su vida. Debo ser consecuente.

Resoplo y finalmente llamo a Kelsey.

—Hola —me saluda haciéndome un gesto con la mano desde la pequeña mesa en la que está sentada.

Es un local pequeño y el café es bastante malo, pero no se nos ocurrió otro sitio cerca de Fisher Media donde estuviéramos seguras de que Benedict no entraría.

—Quieres contármelo otra vez, por favor —me

pide abriendo los ojos como platos—, porque sencillamente estoy flipando.

Tuerzo los labios.

—Ya te lo he explicado por teléfono.

—Me has dicho que te has divorciado —me corrige—. ¿En serio pensabas que no tendría algo así como
un millón de preguntas?

Hundo los hombros. No quiero hablar. No he dormido. Llevo toda la mañana obligándome a no pensar
en él. A duras penas he sobrevivido a la llamada de ayer.

Kelsey le da un sorbo a su café y, por la cara de pura
aversión que pone, sé que acaba de arrepentirse, muchísimo.

—No quiero hablar.

—Livy...

—Se acabó porque tenía que acabarse —sentencio—, porque es lo mejor para los dos.

Me lleno los pulmones de aire para evitar llorar. No
pienso llorar.

Kelsey me observa unos segundos, creo que tratando de leer en mí.

—¿Estás bien? —pregunta al fin.

Ahora soy yo la que se toma unos segundos mientras mis ojos van de su taza de café al maltrecho salero
a juego con el maltrecho pimentero y finalmente al
mantelito individual que tengo delante.

—Lo estaré —contesto asintiendo.

Kelsey vuelve a mirarme fijamente.

—¿Y no quieres saber cómo está él?

La pregunta me pilla por sorpresa y por un momento no soy capaz de decir sí o no, y debería tenerlo claro,
debería poder decir «no». Saber cómo está, sea cual sea
la respuesta, va a hacerme daño.

—¿Cómo está?

Algunas cosas son más complicadas que sí o no.

—Mal —responde Kelsey sin paños calientes—. Es obvio que no ha dormido y no ha abierto la boca en las dos reuniones que hemos tenido hoy. Creo que se está encerrando en sí mismo.

Está marcando su distancia con el mundo. El corazón se me parte un poco más.

—¿Podemos hablar de otra cosa?

Kelsey asiente.

—Claro.

Por inercia, le da un nuevo trago a su café y vuelve a poner cara de asco.

—Es urgente que encontremos otro sitio para quedar —afirma.

—Quería contarte que Benedict me ha cedido los derechos del microprocesador.

Kelsey abre la boca sorprendida y feliz y, sin quererlo, una tenue sonrisa se contagia en mis labios.

—¿Vas a volver a la empresa? ¿Trabajarás con él allí?

Niego con la cabeza. No puedo volver, pero eso no significa que vaya a rendirme.

—Trabajaré con él en casa.

—Te ayudaré —añade resuelta, sin darse tiempo siquiera a pensarlo.

Mi sonrisa, en contra de todo lo que pensé esta mañana, incluso cuando entré en esta cafetería, se ensancha.

—No puedo pagarte.

—No me importa —contesta—. Trabajaré en Fisher Media y te ayudaré en la hora del almuerzo, en cada rato que tenga libre y cuando llegue a casa.

412

La miro sin poder creer lo que estoy oyendo. Es una persona increíble.

—Te lo agradezco muchísimo, pero ¿qué pasa con Rory?

—Hago esto precisamente por ella y también por ti. —Otra vez no hay dudas—. Somos amigas.

Me muerdo el labio inferior, nerviosa, y finalmente vuelvo a sonreír. Ella me devuelve el gesto y otra vez por pura inercia se lleva la taza de café a los labios con el resultado esperado, consiguiendo que rompa a reír.

—Por Dios, quítamela de delante, por favor.

Sienta genial tener una amiga.

Quedamos en que Kelsey recogerá todos los documentos y el prototipo del microprocesador y me los llevará a la casita. Invierto la mitad del dinero que me queda en materiales y herramientas y la otra mitad la saco en metálico del cajero.

Faltan unos minutos para las seis cuando Jefferson regresa a la casita desde la principal. Espero a que estemos los tres sentados a la mesa para sacar el dinero, cuatrocientos veintisiete dólares, para ser exactos.

—Hoy he pasado por el banco y he sacado dinero. Quiero pagaros un alquiler —les explico—. No es mucho, pero en cuanto gane algo de dinero, os daré más.

Dejo los billetes sobre la mesa, junto a Jefferson, y me tomo la primera cucharada de la sopa de verduras de la señora Smith.

—Está deliciosa —digo con la clara intención de cambiar de tema, esperando a que acepten sin reticencias.

Jefferson y la señora Smith intercambian una mirada.

—No se le ocurra ofenderme de semejante manera —brama la cocinera, levantándose.

Hundo los hombros. Sabía que no me lo pondría fácil.

—Maggie, es lo justo —intento hacerle entender—. Vivo aquí y como aquí. No puedo dejar que me mantengan.

—Nosotros no la mantenemos, Livy —replica tozuda.

Jefferson clava su mirada en ella y la señora Smith cabecea al darse cuenta de que ha puesto en palabras el motivo real por el que quiero pagar un alquiler.

—Precisamente por eso —incido—. No puedo dejar que él me mantenga. —Mi voz pierde un poco de seguridad, pero me recupero rápido.

La señora Smith resopla con los ojos sobre mí. Sé que me ha entendido.

—Hagamos una cosa —me propone conciliadora.

Rodea la mesa, coge el dinero y se acerca al elaborado mueble del salón.

—Pagará un alquiler y guardaremos el dinero... —ojea el mueble hasta localizar una lata de latón decorada con guardias del palacio de Buckingham—... aquí y más adelante decidirá qué hacer con él —concluye satisfecha.

Mete los billetes y vuelve a dejar la lata en el mueble.

—Lo decidirán —le corrijo.

Ella hace un ligero aspaviento con la mano, dejándome cristalinamente claro lo poco que le importan mis objeciones.

—Un «decidiremos» por lo menos —gimoteo.

Jefferson y la señora Smith sonríen. Me lo tomaré como un sí.

Ya en mi dormitorio, con las luces apagadas, no puedo evitar asomarme a la ventana. La casa principal

414

está a oscuras salvo por nuestra habitación. Atraída por una fuerza mayor que la de la gravedad, me siento en la cama, apoyo los brazos en el alfeizar y la mejilla en ellos, con la mirada puesta en ese trocito de cristal. Saber que está cerca, aunque él ni siquiera sepa que estoy aquí, de alguna manera, me hace sentir un poco mejor.

36

Las semanas van pasando y poco a poco van pareciéndose más las unas a las otras. Arreglo ordenadores y teléfonos móviles, doy clases y trabajo todo lo que puedo en el microprocesador, además de ayudar a la señora Smith. Estamos avanzando muchísimo.

Sin embargo, el primer ensayo con el microprocesador en una pierna biomecanizada ha sido un absoluto fracaso. Rory no consiguió hacerse con ella, ni siquiera logró ponerse de pie.

—El problema es que no lo estáis enfocando bien —dice Eric robándome un puñado de patatas fritas y dirigiéndose a su mesa de trabajo.

Después del desastre, Kelsey y yo lo llamamos para cenar juntos. Lo habíamos hecho mucho las últimas semanas. Desde que los presenté, Kelsey y Eric congeniaron a la perfección y, a falta de un lugar mejor, el estudio del Pike Place Market se había convertido en nuestro cuartel general.

—¿A qué te refieres?

—A que tú, como todos los frikis de las ciencias

—se queja, y automáticamente pongo los ojos en blanco—, no eres capaz de ver más allá de lo que tienes delante de las narices. No es un trozo de metal, ni siquiera un robot —sentencia—, es una pierna, ha de tener aspiración de serlo. Si no, ¿qué sentido tiene todo esto?

Esparce varios dibujos sobre la mesa y empieza a trabajar en uno de ellos.

Comienzo a reflexionar sobre sus palabras. En ese momento Kelsey regresa al estudio desde la calle.

—¿Qué tal está Rory? —pregunto.

Después del día de hoy no queríamos dejarla sola, pero insistió en que pasaría el resto de la tarde con sus amigos, que necesitaba despejarse, y nos pidió por favor que hiciéramos lo mismo.

—Está mejor —responde Kelsey—. Estar con sus amigos le sienta muy bien.

No podría entenderla mejor. Además, me alegra mucho que toda la historia del microprocesador consiguiera animarla para volver a salir, aunque sea muy muy muy de vez en cuando.

—¿Por qué Rory nunca quiere salir con vosotras? —inquiere Eric.

—Porque necesita despejarse y un poco de espacio para ella —contesta Kelsey—. Eso es muy sano.

—Yo creo que lo hace para huir de ti —replica nuestro amigo.

—Si ya sabes la respuesta, para qué peguntas —contraataca ella—. Ey —protesta—, ¿me has robado las patatas?

Él se encoge de hombros sin una pizca de arrepentimiento mientras yo, sentada de lado en un desvencijado sillón, con las piernas colgando por los lados, asiento.

—Maldito marica despiadado —sisea divertida, entornando los ojos sobre Eric.

Él hace un mohín de lo más decadente.

—Otra vez os equivocáis.

—¿En qué? —repone ella—. ¿En lo de marica o en lo de despiadado?

Yo rompo a reír y Eric finge no oírla.

—No entiendo por qué nos mantienes en esta duda insana —protesto cuando mis carcajadas se calman—. ¿Eres gay o no?

Eric no responde.

—Vamos —gimoteo alargando infantilmente todas las vocales.

Ningún resultado.

—¿Te gusta más Beyoncé o Adam Levine? —le propongo.

Uno, dos... diez segundos de silencio.

—Sé que me estás escuchando —le reprendo.

—Vivir en los suburbios de Fisherlandia te está afectando, preñada —suelta burlón.

Yo tuerzo los labios.

—Para tu información, abandoné Fisherlandia hace casi cuatro meses.

—Tendrás valor —replica con una sonrisa mordaz—. Te has mudado a veinte metros.

—Pues es una casa mucho más bonita que este tugurio —realzo lo evidente mirando a mi alrededor.

—Pues a mí me gusta —interviene Kelsey—. Tiene un toque a medio camino entre buhardilla de pintor del Moulin Rouge y, no sé... —ella también mira a su alrededor—... un cabaret que no estuviera tan de moda como el Moulin Rouge.

Una sonrisilla socarrona se escapa de mis labios.

—Decid lo que queráis, pero es un gran lugar —pronuncia Eric mientras sigue trabajando en su dibujo—. Además, es todo lo que se supone que el estudio de un gran artista no debe ser —recalca satisfecho.

Kelsey y yo nos miramos y a continuación lo observamos a él. Eric Lazard no es una persona a la que haya que motivar mucho para que suelte grandes discursos acerca de lo que es la vida, más bien es su especialidad, así que el hecho de que no lo esté haciendo ahora es, cuando menos, sorprendente.

—¿Qué quieres decir? —pregunta Kelsey.

—Exactamente eso —se reafirma misterioso.

Al ver que no lo seguimos, resopla condescendiente, deja caer el lápiz sobre su boceto y se gira hacia nosotras.

—¿Nunca os han dicho que no podíais hacer algo que deseabais hacer con todas vuestras fuerzas? Porque a mí me ha pasado. De pequeño, no sé, debía de tener diez años, mi padre me llevó a una juguetería y me ofreció que eligiera lo que quisiese. Después de dar algo así como tres concienzudas vueltas, vi una Barbie Malibú alucinante y la cogí dispuesto a llevármela. Mi padre me miró y dijo «no puedes quedarte eso, Eric. Mejor esto», añadió con una caja de un Transformer enorme en la mano. Yo quería esa muñeca, pero me tocó jugar con el puto Optimus Prime el resto del verano. Cuando me mudé aquí, hace muchos errores, decidí que se iban a acabar los «no puedo» e iban a empezar los «puedo»: puedo llevar botas militares teñidas de morado, pasar de ser simpático con quien no quiero serlo, asumir que para crear solo necesito una maldita mesa. Los «puedo» liberan, señoritas.

Las dos nos quedamos mirándolo, reflexionando cada una por nuestra cuenta sobre sus palabras.

—La primera vez que le dije a una chica que me gustaba —empieza a contarnos Kelsey— tenía quince años. Yo sabía que a ella también le gustaba, la había pescado mirándome algo así como un millón de veces, pero, cuando fui a darle un beso, se apartó y dijo «no podemos», y esas dos malditas palabras me persiguieron durante años, como si hubiesen conseguido convencerme de que lo que sentía estaba mal. Nada ni nadie debería tener ese poder. ¿Os imagináis lo increíble que sería que, cada vez que alguien tiene un sueño imposible en cualquier parte del mundo, otra persona le dijera «puedes conseguirlo»? Algo así como un: «nadie tiene por qué morir gusano si no es lo que quiere. Todo el mundo puede ser mariposa».

Sonrío.

—Es una gran frase —sentencio.

—Sí —replica Eric burlón, devolviendo su vista a su diseño—, muy motivacional. ¿Y qué hay de ti, cuatro ojos? —me instiga—. ¿Cuál es tu «no puedo»?

Lo pienso. Recuerdo mi infancia, la pequeña Maisie y todo lo demás. Recuerdo cómo fueron mis años de instituto, de universidad. Mi «no puedo» fue «no puedes encajar». Recuerdo cómo fue mi vida con Benedict y esa sensación cambia por completo y brilla. Cabeceo. No quiero pensar en él.

—Mi «no puedo» es ahora —me lamento echando la cabeza hacia atrás hasta que el techo entra en mi campo de visión—. Quiero que la pierna biomecánica funcione.

—Te lo he dicho antes —replica Eric—: tu problema es que no lo ves como una pierna. Necesitas a alguien que vea el exterior, donde tú solo ves el interior, lleno de piezas y cables.

Eric da un trazo largo y definido, moviendo su muñeca llena de gracia. De pronto lo veo claro.

—Te necesitamos a ti —digo levantándome con una sonrisa en los labios.

—¿Qué? —inquiere desconcertado.

—Tú lo has dicho. Necesitamos a alguien que vea la parte exterior, que la haga ser una pierna.

Al entender por dónde voy, Kelsey empieza a dar palmaditas, feliz.

—Tú eres un escultor increíble —añado—. Tú puedes crear esa pierna.

—Sí —pronuncia Kelsey absolutamente encantada.

Eric nos mira con cara de susto.

—Pero yo nunca he hecho algo así. Trabajo con arcilla blanca —repone realzando lo obvio.

—¿Y qué? —contraataco—. Pues ahora trabajarás con un tejido ultrarresistente, mezcla de policarburos y polímeros en refrigeración hidrogenada —le explico como si fuera algo tan común como las témperas—. El color puedes elegirlo tú —bromeo.

Eric me mira boquiabierto y, tras unos segundos, rompe a reír.

—Sí —responde como si no acabara de creerse del todo que está aceptando—. Lo haré.

Kelsey y yo gritamos de alegría y empezamos a dar saltitos y palmaditas. ¡Va a ser increíble! ¡Hemos dado un paso más!

Con la emoción, nos chocamos con el desvencijado sillón en el que estaba sentada, se le rompen dos patas y cae a plomo contra el suelo. El ruido nos calla a los tres de golpe y fija nuestra atención en lo que queda en pie del mueble.

Yo asiento un par de veces contemplando el desastre.

—Tu «puedo trabajar en el estudio que quiera» necesita muebles nuevos —afirmo, y los tres estallamos en carcajadas.

Cuando regreso a casa, esta noche como todas hasta ahora, me siento en la cama, cruzo los brazos sobre el alfeizar de la ventana y apoyo mi mejilla en ellos, observando la ventana de Benedict, la única que tiene luz en toda la casa. Están pasando cosas increíbles: el bebé, el microprocesador, y lo único que quiero de verdad es compartirlo con él, como si necesitase que él sonriese conmigo para que la felicidad fuese completa.

—Te echo de menos —murmuro.

Esta noche, como todas hasta ahora, me quedo dormida en la ventana.

Salvo que esta vez mi teléfono suena.

—Buenos días, Maggie —la saludo entrando en la cocina.

Hoy tengo un poco de prisa. Tengo cita para hacerme la ecografía. Estoy de veinte semanas.

—Buenos días, Livy. ¿Un zumo de naranja?

—No puedo —digo robando una manzana y dirigiéndome a la puerta principal—. Debo irme.

Voy en bus hasta el Centro Médico de la Universidad de Washington y subo hasta la tercera planta, donde una enfermera me dice que debo esperar.

Como siempre que tengo un momento, saco mi móvil y empiezo a trastear en él. Hay un algoritmo que me trae de cabeza, pero pienso resolverlo sí o sí. Entonces, una chica embarazada de unos seis meses se sienta frente a mí y a su lado lo hace un chico, más o menos de su edad. Ella dice emocionada que el bebé ha dado una patada, le coge la mano y la coloca sobre su barriga. Él abre mucho los ojos y sonríe, una sonrisa increíble, con una felicidad casi infinita. Cuando encuentra la mirada de ella, esa sonrisa se transforma en otra llena de intimidad y cosas bonitas y la besa suavemente en los labios.

Yo suelto un tenue suspiro y por un momento cometo el peligroso error de imaginarme cómo sería todo, este momento en concreto, si Benedict estuviera a nuestro lado. Me imagino los besos, las risas, me imagino lo felices que seríamos.

Una lágrima cae por mi mejilla, pero me la seco rápidamente.

—No pasa nada, peque —susurro poniendo una mano sobre mi cada vez más prominente panza—. Nos tenemos el uno al otro.

—Señorita Sutton —me llama la enfermera.

Doy una bocanada de aire y me obligo a sonreír. Todo va a ir bien.

Al regresar a casa, ya casi es la hora de almorzar.

—¡Maggie! —la llamo entrando a la casita desde la calle Jackson—, ¡Jefferson!

Voy hasta la cocina, pero no hay nadie.

—¡Maggie! —vuelvo a llamarla asomándome a las escaleras.

Me encojo de hombros con una sonrisa y dejo las llaves sobre el bol, en el pequeño mueble del vestíbulo. Las de Jefferson están aquí, supongo que las ha olvidado cuando se ha marchado a la casa principal.

Me dirijo de nuevo a la cocina con la ecografía entre las manos. Mi pequeño ya pesa trescientos gramos y mide dieciséis centímetros y medio. Cuelgo la foto con un imán de la Aguja Espacial en el frigo y mi sonrisa se ensancha.

—Si sigues así, vas a ser el niño más alto de tu clase, peque —le digo.

Cojo una botellita de agua fría, casi helada, y le doy un trago. En ese momento llaman la puerta principal. Debe de ser Jefferson.

Regreso al recibidor. Abro.

—Livy...

Su voz. Sus ojos. Él. Creo que el mundo ha dejado de girar.

37

BENEDICT

La última noche que pude conciliar el sueño fue después de que Livy y yo discutiéramos por el imbécil de Eric Lazard y porque encontrara a Blair en mi despacho. Fue la última noche que dormí con ella entre mis brazos y, aunque estaba muerto de miedo, sentirla cerca, como cada jodida vez, me dio paz.

Al día siguiente en la oficina, cuando Kane me dijo que había dejado a Livy en el estudio de Lazard, creí que iba a volverme loco. Por eso cuando Douglas Jones entró con la documentación sobre el microprocesador, no lo pensé. Quería castigarla porque no podía dejar de imaginarla con ese tío, no podía dejar de pensar que él no tendría que protegerla de su propio padre, que podría decirle que la quería, hacerla feliz.

Después fui a hablar con Blair porque necesitaba contarle a alguien precisamente eso, que me sentía como un puto psicópata por tener ganas de ir a partirle la cara a un tío solo porque había sido amable con mi mujer, que necesitaba que Livy fuera capaz de entender cómo me sentía, pero que yo no podía decírselo porque no podía hablarle de lo jodido que estaba porque mi madre se largara, porque la propia Blair lo hiciese, que sabía que estaba siendo un egoísta de mierda por ponerla en esa posición, que me sentía como un auténtico cabrón.

Blair no dijo nada, no intentó consolarme, ni saber más. Solo me llenó un vaso bajo con Caorunn y hielo y me dejó hablar.

A la mañana siguiente, cuando fue Blair la que se presentó en casa, tendría que haberle dicho que se largara, pero no lo hice, y cuando me dijo que se había dado cuenta de que se había equivocado, que seguía enamorada de mí, que volviésemos, fue como si alguien me susurrase «eh, ahí está el camino sencillo. Solo tienes que cogerlo y volverás a estar bien», y oí la palabra *bien*, no *feliz*, porque algo dentro de mí ya sabía que solo podría ser feliz con Livy.

Livy se había rendido y yo quise tomar su cara entre mis manos y besarla solo para demostrarle que se equivocaba, pero es que no se estaba equivocando y todos esos sentimientos volvieron como un maldito ciclón: «no te la mereces», «¿por qué una chica como ella iba a querer a un cabrón con el corazón tarado como tú?», «ni siquiera tu madre fue capaz de quedarse a tu lado».

Tuve todo el día para pensar y decidí muchas cosas, pero todas se rompieron en pedazos cuando vi su anillo de compromiso sobre los papeles del divorcio. Recordaba perfectamente el día que se lo había comprado, como nos habíamos presentado en Cartier con la ropa empapada por la lluvia el mismo día que le pedí que se casara conmigo, cómo hinqué la rodilla en el suelo de la propia tienda, cómo ella sonrió feliz y se tiró en mis brazos, tumbándonos a los dos mientras la icónica cajita roja con letras doradas salía rodando por las impolutas losas blancas.

Aquel día fui feliz y otros días felices irrumpieron en mi mente y en mi jodido corazón: cuando la besé el día de nuestra boda, adelantándome a lo que quiera que el cura tuviese que decir porque ya no aguantaba más; nuestra luna de miel en Capri; la primera vez que la vi dormida en mi cama; todas las malditas veces que la había tenido debajo de mí.

La llamé. Joder, solo quería saber dónde estaba, traerla de vuelta. Había comprendido tantas cosas... pero ella ya no quiso regresar. «Ha pasado algo y no puedo. Necesito pisar tierra firme.» Tenía razón. Se lo había puesto demasiado difícil. Guardé los anillos y los papeles del divorcio, pero no los firmé y mucho menos los entregué.

Todos los días empezaron a ser grises; no era capaz de dormir... pero por algún extraño motivo necesitaba estar en nuestra habitación, como si allí, de noche, cuando todo salvo nuestro dormitorio estaba a oscuras, fuese el único momento en el que la sentía un poco más cerca.

Le dije a Blair que no quería volver con ella. Eché a mi padre definitivamente de mi vida. Busqué a Livy en cada rincón. Hablé con sus padres. Su madre me dijo que no sabía nada y recordaba haber hablado con ella la semana anterior, puede que la otra... o quizá ya hacía tres. Tendría que haberme controlado, pero no lo hice y acabé diciéndole que tenía una hija maravillosa que no se merecía y que algún día se arrepentiría por no haber sido capaz de verlo. Su padre no aceptó ponerse al teléfono, pero la decimonovena vez que llamé en media hora, Candance, su mujer, me dijo que Livy no estaba con ellos y me advirtió de que Beau, el padre de Livy, estaba cabreadísimo conmigo porque pensaba que le había faltado al respeto. También tendría que haberme controlado, pero no lo hice y le dije que solo estaba siendo un padre de mierda y que Livy se merecía algo mejor, pero que no se preocupara porque yo pensaba cuidarla siempre. Un minuto después él me estaba llamando a mí. Lo primero que me dijo fue que yo era un marido de mierda; lo segundo, que tenía razón. Hablamos durante más de una hora.

Incluso fui a ver a Eric Lazard a su estudio. Según él, no sabía nada de Livy... igual que Kelsey.

Cada día que pasaba era una puta tortura, porque cada día que pasaba la echaba más de menos. Estaba desesperado.

Una mañana, habían pasado casi cuatro meses desde que Livy se marchó, Blair se presentó en casa. Le dije que se fuera, pero pareció no importarle. Entró, me sirvió una Caorunn con hielo y me convenció para que habláramos.

—Te sentirás mejor.

La miré sentada en mi sofá, observándome con esa cara de niña buena que se le da tan bien poner, pero es que yo ya no quería eso.

—Márchate —le pedí echando a andar hacia mi estudio.

—¿Aún no la has encontrado?

Dio un sorbo al vaso de ginebra que había preparado para mí y se inclinó para dejarlo sobre la mesita. Sus palabras me detuvieron en seco. No quería hablar de ella con Blair. Blair no se lo merecía.

—Las chicas como Livy, cuando deciden desaparecer, son muy difíciles de encontrar. Sin amigos, sin conocidos, sin una casa familiar a la que volver. Está acostumbrada a estar sola. Además, es lo suficientemente inteligente como para poder arreglárselas con un ordenador desde cualquier cuchitril de cualquier ciudad.

Fruncí el ceño a la vez que agaché la cabeza. Odié la descripción que hizo de ella, pero sabía que tenía razón: si se lo proponía, podría desaparecer. Por Dios, ni siquiera su maldita madre había caído en la cuenta de que hacía tres putas semanas que no sabía nada de ella. Sin embargo, lo que más me molestó fue aquella frase, «está acostumbrada a estar sola», porque no se lo merecía, joder. Cualquier imbécil con menos corazón que ella tenía una familia que lo cuidaba, una docena de amigos y, con un poco de suerte, encontraría a una chica que se colaría por él. ¿Por qué ella estaba sola? La culpabilidad lo arrasó todo dentro de mí, cortante. «Ha acabado sola por tu culpa, cabrón de mierda.»

El dolor fue sobrehumano.

Caminé hasta Blair, rescaté la copa y me la bebí de un trago. El alcohol bajo ardiente por mi garganta, pero no me calmó. Me sentí solo, como cuando tenía seis años y vi a mi madre recorrer el vestíbulo tratando de no hacer ruido, con una maleta en la mano, bajo la atenta mirada de mi padre, como cuando le pedí que no se marchara pero ella lo hizo igualmente, como cuando miré a mi padre después y, más que nada, cuando él me miró a mí.

Odiaba sentirme así. Lo odiaba con todas mis fuerzas... y Blair lo sabía.

Se levantó y dio un paso hacia mí. No me moví. Ella alzó las manos, las colocó en mis hombros y se estrechó contra mi cuerpo.

—No tienes por qué sentirte solo —susurró contra mis labios—. Yo estoy aquí. Siempre voy a estar aquí.

No sé en qué jodido universo me pareció bien besarla, ni en qué otro darle una segunda oportunidad.

Al día siguiente estaba en el asiento trasero del Lexus, delante de las oficinas en Seattle de Wachtell, Lipton, Rosen y Katz, esperando a que Blair apareciera.

Salió del edificio tan elegante como siempre. Se despidió de una compañera y entró en el coche con una sonrisa.

—Buenas noches, señorita Weston —la saludó Kane.

—Buenas noches —le respondió, y en ese momento dejó de existir para ella.

Blair se giró hacia mí y empezó a contarme qué tal le había ido el día, a preguntarme por el mío, pero yo no podía dejar de pensar en todas las veces en las que Livy había intentado hablar con Kane; todas las veces en las que incluso había mantenido una conversación, olvidándose de que él no tenía permitido responderle... cuando le preguntó si estaba secuestrado, cuando intentó comunicarse con él por lenguaje de signos. Cuántas veces le había arrancado una sonrisa a él, a la señora Smith, a Jefferson, como en aquel instante estaba sonriendo yo, solo con pensar en ella. Livy era la cosa más especial que había tenido en mi vida y no había sido capaz de verlo. No había sido capaz de entender que ella era diferente, mejor que Blair, que yo.

—Benedict, ¿estás bien?

Que la quería.

¡Joder, la quería! Fruncí el ceño, confuso y sorprendido a la vez, y sentí que esa revelación marcaba cada uno de mis huesos.

—Benedict —volvió a llamarme Blair.

—Tienes que irte —afirmé sin dudar.

Ella me miró como si hubiera tirado de la alfombra bajo sus pies.

—Volver es un error, Blair —le dejé claro—. No saldría bien.

—Pero yo te quiero —repuso— y soy yo lo que necesitas, la persona con la que debes estar, Benedict. Estamos hecho el uno para el otro.

—Tienes razón —contesté, porque, qué coño, la tenía, pero yo estaba cansado de lo que se suponía que debía querer—, pero yo no te quiero a ti. Estoy enamorado de Livy.

Y decirlo en voz alta sonó de maravilla.

—Lo siento, Blair.

Ella me estudió con la mirada durante unos segundos, casi un minuto, y de pronto cuadró los hombros.

—Te estás equivocando —me espetó con rabia.

—No lo creo —repliqué impertinente.

—Cuando esa... —se tomó un instante para buscar la palabra adecuada— marginada se presentó en mi despacho, ¿sabes qué era lo único que quería? Que yo le contara algún defecto mío porque le parecía mucho mejor que ella. Yo —dijo haciendo hincapié en ese pronombre— soy la mujer de tu vida. Yo te enseñé que todo podía ser diferente.

—Y ella me enseñó que podía ser mejor —sentencié sin un solo resquicio de duda—. Y sí, puede que sea una marginada, pero ¿a quién coño le importa?, si yo también lo soy. Tener dinero no te convierte en una persona mejor, ni el trabajo, ni la ropa que lleves, es el corazón, y en eso ella es mejor que todos nosotros juntos.

Blair me miró absolutamente atónita. Finalmente,

bufó indignadísima, se revolvió tratando de encontrar su carísimo bolso y salió del vehículo.

—Te vas a arrepentir —siseó con los pies ya en la Sexta Avenida.

Fruncí los labios solo un segundo a la vez que me coloqué bien la chaqueta de un único tirón.

—Voy a ser feliz —le aseguré.

De verdad.

En cuanto llegué a casa, subí a nuestro dormitorio, cogí el teléfono y, sin poder dejar de dar inconexos paseos delante de la ventana, llamé a Livy. Podría haberlo hecho en el coche, pero, no sé por qué, quería hacerlo justo en esa habitación.

Tras cinco interminables tonos, contestó.

—Livy —la llamé y soné impaciente, pero no me importó, tenía tantas cosas que decirle...

Ella guardó silencio, pero no colgó. Sabía que estaba al otro lado de la línea. La sonrisa de tonto enamorado se esfumó de mis labios y mi cuerpo se tensó, pero eso tampoco me importó. Se trataba de no rendirse, de demostrarle que pensaba cumplir mi palabra.

—Sé que me estás escuchando —continué—, así que voy a hablar: no voy a firmar el divorcio, Livy, y no voy a deshacerme de esos anillos, jamás. —Mi voz se volvió más ronca, más indomable—. Voy a estar esperándote hasta que decidas volver, porque eres mi mujer, y eso significa que no va a pasar un solo día sin que luche por ti.

Hice una pequeña pausa, pensando las palabras que quería decir, y me di cuenta de que había dos que necesitaba pronunciar, pero que no podía utilizarlas en ese momento porque sonarían como un arma. Además, con toda franqueza, tampoco me las había ganado.

—No quiero que me lo pongan fácil nunca más —dije y colgué.

Esa noche tampoco pude dormir, pero tuve la extraña sensación de que, si estiraba la mano, podría tocarla.

A la mañana siguiente me levanto impaciente y, en realidad, no sé por qué. Trabajo en mi estudio antes de ir a la oficina, pero cuando al fin decido marcharme a Fisher Media, recuerdo que quiero comentar un par de cosas con Jefferson. Lo busco en la cocina, la biblioteca, el salón. No hay rastro de él. Me resulta extraño. Quizá esté enfermo. Tuerzo los labios. No quiero pensar en esa idea. Debe de estar en su casa. Lo mejor será que vaya a comprobarlo.

Cruzo el jardín y llamo. El sol atraviesa las nubes del cielo de Seattle e incide en las paredes color tierra de la casita, llenándolo todo de una suave luz, como en esas fotos de atardeceres de verano donde todo es dorado y no puedes evitar sonreír porque te recuerda la palabra *hogar*.

Pero entonces, la puerta se abre, la veo y todo mi maldito mundo deja de girar.

—Livy... —susurro.

No puede ser verdad.

Ella me mira asustada y da un paso atrás. La barro con la mirada tratando de descubrir si estoy sufriendo una puta alucinación. Está preciosa. El pelo rubio un poco más largo, sus increíbles ojos azules tras esas adorables gafas de pasta, su naricita respingona de sabionda, sus labios. Es ella, joder. Es mi chica.

Bajo por su sudadera recorriéndola como si pudiera

tocarla y me doy cuenta de que... Frunzo el ceño. Ni siquiera sé cómo me siento ahora mismo. Está... está embarazada.

Doy un paso en su dirección, pero de inmediato ella lo da hacia atrás.

—Livy —repito.

Todo se relativiza, cambia, se transforma, crece, no lo sé. La deseo más. La quiero más. ¡Está embarazada!

Deja que atrape su mirada un segundo más y se dirige con paso acelerado al interior de la casa. No dudo. Entro y la sigo. Ella se detiene en el centro del salón y lo cierto es que no sé cómo ubicar este momento, a ella en esta casa, a los dos aquí. Está embarazada.

—¿Cuánto tiempo llevas viviendo aquí? —No lo pregunto enfadado, ni siquiera sorprendido. Estoy en un puto estado de shock.

—Benedict —contesta, y mi nombre en sus labios suena diferente, mejor—, por favor, márchate.

—No —replico—. Livy, tenemos que hablar.

Doy un paso en su dirección, pero ella vuelve a darlo hacia atrás. Me mira asustada y una chispa de dolor brota en sus ojos. Esa mirada me golpea en el centro del pecho hasta dejarme sin aliento y la rabia se vuelve insoportable, como la puta culpabilidad, el desahucio. No quiero que se asuste de mí, que le duela tenerme cerca.

—Dime que estás bien —le pido.

Eso es lo único que me importa.

Livy me mantiene la mirada inquieta y un suave suspiro se escapa de sus labios.

—Estoy bien.

Sus palabras me calman, pero no lo suficiente. El corazón me late tan desbocado que va a romperme las malditas costillas.

—Estás embarazada.

Al decirlo en voz alta, se vuelve real y otra vez tengo ganas de reír, de gritar.

—Sí —murmura—. Estoy embarazada de cinco meses.

Hace cinco meses estábamos en Capri. Sonrío. Hace cinco meses era tan feliz que me costaba respirar, aunque no fuese capaz de entenderlo.

—Livy —la llamo dando un nuevo paso hacia ella.

Soy plenamente consciente de que tendría que controlarme, darle su tiempo, pero no quiero, joder. Llevo cuatro meses buscándola como un loco, echándola de menos.

—No —murmura muerta de miedo.

Aprieto los dientes. Así de bien lo has hecho con ella, campeón. No te la mereces. Nunca vas a hacerlo. Bajo la cabeza. Esas frases se repiten una y otra vez. Están a punto de eclipsarlo todo... pero la miro. Me concentro en ella. En que mi corazón se siente en casa cuando la tengo cerca y elijo luchar, por ella y por mí, y todos mis demonios pueden volverse de cabeza al infierno.

Busco sus ojos. Necesito que sepa que voy a cuidar de ella, que se acabaron las dudas, los secretos. Necesito que sepa que la quiero.

—Vámonos a casa.

—Yo ya estoy en casa —replica.

No aparta su mirada para decírmelo y ahora mismo me parece la chica más valiente sobre la faz de la tierra. Yo tampoco aparto mis ojos de ella y simplemente dejo que todo lo que me hace sentir crezca hasta inundarlo todo. Sé que Livy también lo siente, que no ha dejado de quererme. Estamos conectados de una manera que

435

ninguno de los dos entiende y que estalló incluso antes de tocarnos cuando la vi por primera vez en aquella reunión, en el ascensor, la primera vez que oí su voz.

La puerta suena y el rumor de unos pasos se hace más débil hasta llegar a nosotros. No me importa quien sea. El maldito universo podría explotar en llamas que yo no me movería de aquí.

—¿Señor? —La voz sorprendida de Jefferson nos trae de vuelta a la realidad.

Livy agacha la cabeza mientras se seca una lágrima que corre por su mejilla.

Me giro hacia mi jefe del servicio, con la mandíbula tensa y hasta el último centímetro de mi cuerpo en guardia, cabreado como lo he estado pocas veces en mi vida.

—Ella está viviendo aquí y no me lo has dicho —gruño, le advierto, yo qué sé, ni siquiera puedo pensar—. Sabías que he estado removiendo cielo y tierra para poder encontrarla. ¿Por qué coño no me lo has contado? —rujo a punto de gritar.

¡No me lo puedo creer, joder!

Jefferson me mantiene la mirada sin un gramo de culpabilidad.

—Con toda franqueza, señor, porque no se la merece.

Aprieto los dientes, luchando por contenerme. Doy un paso hacia él, pero uno a mi espalda me distrae.

—Benedict, no —me detiene Livy.

Me giro hacia ella. ¿A quién pretendo engañar? Jefferson, la señora Smith, Kane solo han intentado protegerla. Lo que intenté hacer yo y fracasé como un puto idiota.

—Yo les pedí que no dijeran nada —continúa caminando hacia mí y la tensión de todo mi cuerpo va cambiando, transformándose, porque cada vez la tengo más cerca. Lo entiendo. Sé por qué lo han hecho, pero pienso mantener la boca cerrada porque si estiro la mano ya casi puedo tocarla—. Por favor, no los despidas. Solo estaban tratando de ayudarme.

Con la última palabra, da el último paso y su olor a frutas y a vainilla me sacude. Una media sonrisa se dibuja en mis labios. Livy se da cuenta.

—Tengo que irme —dice.

Trata de alejarse, pero yo soy más rápido y la agarro de la muñeca. Su piel contra mis dedos lanza una corriente eléctrica que despierta hasta la última de mis terminaciones nerviosas, hasta el último deseo, el último recuerdo. Ella también lo siente, porque sus ojos se clavan en mis dedos y su respiración, que nunca llegó a calmarse del todo, vuelve a acelerarse.

—Tengo que irme —repite en un murmullo, pero no se mueve.

Atrapo sus ojos con los míos, recorro el espacio hasta que nuestros cuerpos casi se tocan, apretando un poco más mis dedos alrededor de su muñeca.

—Prométeme que no volverás a huir.

Mi voz suena ronca, casi instintiva, porque esas palabras no las ha pronunciado mi cerebro, han salido directamente desde mis costillas.

Ella da una bocanada de aire al tiempo que me mantiene la mirada.

—Te lo prometo —pronuncia con la voz clara, segura.

Por un momento tengo la sensación de que hemos vuelto a mi cocina, con ella pidiéndome ser aquella chica que estaba en mi cama, conmigo diciéndole que teníamos un acuerdo, como si una canción que empezó a sonar en el momento que sellamos aquella especie de trato volviera a hacerlo con fuerza ahora, como si en el fondo, a pesar de todos los errores, de estos cuatro meses, nunca nos hubiésemos separado.

Y otra vez estoy seguro de que ella también lo ha sentido.

Livy mueve la mano y yo me obligo a soltarla. Mis ojos parecen retenerla un segundo más y finalmente sale con el paso acelerado.

La observo hasta que la puerta principal de mi casa de servicio vuelve a cerrarse. Suelto todo el aire, controlado, tratando de recuperarme. Está aquí. Está embarazada. Me paso las manos por el pelo y sin quererlo sonrío como un auténtico idiota.

—Está aquí —murmuro como si necesitara decirlo en voz alta para poder creérmelo del todo.

Está aquí.

38

—¿Y qué piensas hacer? —pregunta Eric.

Lo miro sin saber qué contestar mientras giramos para tomar la calle de su estudio con su mesa nueva de una tienda de segunda mano a tres manzanas.

—Esa pregunta no me gusta —me quejo.

—Porque es la única que tienes que hacerte de verdad —sentencia.

Entorno los ojos. Que tenga razón no significa que quiera oírlo.

—¿Por qué no vuelves con él?

—No puedo —suelto sin ni siquiera pensarlo.

—¿Por qué?

—Porque no puedo —repito.

Eric bufa sin ninguna amabilidad.

—Eso es la respuesta de una niña de cinco años.

—Y tú estás siendo muy poco considerado —protesto—. Estás haciendo cargar una mesa a una embarazada.

Mi clara intención: cambiar de tema.

—Eres una embarazada bastante idiota, así que no cuenta.

—¿A qué ha venido eso? —replico molesta, soltando la mesa.

Eric la arrastra unos centímetros por inercia y acaba torciendo los labios, soltándola también.

—Corrígeme si me equivoco —empieza a decir llevándose una mano a la cadera y señalándome con la otra—, estás algo así como supermega enamorada de él y es obvio que él está loco por ti.

—Benedict no está loco por mí —repongo con la boca pequeña, porque no sé si estoy mintiendo o no, porque no sé si me conviene o no estar haciéndolo.

—En el momento en el que te fuiste, pudo haber firmado los papeles del divorcio y sacarte de su vida, pringada cuatro ojos. Si no lo hizo fue porque no quiso.

—¿Y qué pasa con todo lo demás?

—¿Qué es todo lo demás?

—Blair, su padre...

—Blablablá —se burla abriendo y cerrando la mano como si fuera una boca.

—La diferencia social.

—¿Diferencia social? —repite mitad indignado, mitad a punto de echarse a reír—. ¡No estamos en un capítulo de «Falcon Crest»!

—¿Y esto? —le hago ver señalando mi abultada panza con las dos manos.

Eric asiente un par de veces y su expresión se torna más seria. Parece que por fin lo ha entendido. Suelta un suave suspiro, meditando lo que va a decir, y se sienta en la mesa.

—Llámame loco, Livy —doy un paso hacia él y apoyo las dos manos en la madera. Tengo la sensación de que va a decir algo realmente importante—, pero hay parejas valientes, auténticos adelantados a su tiempo, que... ¡incluso crían a sus hijos juntos! —sentencia casi en un grito, levantándose y claramente dándome otro rapapolvo.

Lo fulmino con la mirada y vuelvo a coger la mesa.

—Tú no me entiendes —me defiendo.

Eric también agarra la madera de nuevo y reemprendemos la marcha.

—El problema es quién te entiende —replica.

Seguimos caminando cargando el mueble. Estamos a unos metros de la puerta del estudio cuando un ruido muy fuerte, un portazo, suena. Los dos miramos hacia el callejón junto al estudio y vemos a una chica afroamericana salir corriendo de una de las puertas traseras que dan a la pequeña calle sin salida. Está llorando y, tras darle una patada a un cubo de basura llena de impotencia, se sienta en los escalones de otra de las puertas del callejón. Está muy triste. No debe de tener más de quince o dieciséis años.

Al pasar junto a ella, hago el intento de detenerme. Quiero saber si está bien o necesita ayuda, pero Eric tira de la mesa, tratando de que continúe andando. Yo lo miro y él niega con la cabeza con los ojos muy abiertos.

Me giro hacia la chica.

—No, pringada —me susurra Eric.

—¿Estás bien? —le pregunto.

La muchacha me observa un par de segundos y devuelve su vista al frente.

—Sí, estoy bien —responde justo antes de sollozar otra vez.

Tuerzo los labios. Es obvio que no lo está. Voy a dar

un paso hacia ella, pero Eric tira de la mesa, obligándome a darlo hacia él.

—Vámonos —susurra de nuevo.

—¿Qué pasa contigo? —me quejo murmurando también. Parecemos dos teleñecos—. ¿No tienes sentimientos, Lazard? Está llorando.

—Te ha dicho que está bien —replica—. Métete en tus asuntos.

—No —sentencio.

Suelto la mesa y camino hasta ella. Me giro y fulmino a Eric con la mirada para que me siga. Él lleva la vista al cielo y farfulla, pero obedece.

—¿Qué te pasa? —le pregunto otra vez a la chica, tratando de sonar lo más amable y dulce que puedo.

Ella guarda silencio. Eric me da un golpe en el hombro para indicarme que nos vayamos, pero no me rindo.

—A veces hablar sienta bien —trato de convencerla.

Sigue callada.

Quiero ayudarla, pero no puedo hacerlo si no quiere hablar. Miro a Eric y los dos nos damos media vuelta.

—Es mi madre —suelta la chica al fin.

Los dos regresamos sobre nuestros pasos.

—Quiero participar en los campeonatos de atletismo estatales —continúa—, pero la inscripción es muy cara y además tendría que comprarme unas zapatillas nuevas. He encontrado un trabajo para poder pagarlo todo, pero mi madre no quiere darme el permiso. —Eric y yo nos miramos—. Yo solo quiero correr, es lo que me hace feliz, pero ella dice que no puedo.

Solo dos palabras, «no puedo», y otras muchas se nos pasan por la cabeza a Eric y a mí en el mismo microsegundo.

—Los «no puedo» son un asco —sentencio convencidísima.

La chica alza la cabeza y nos mira con los ojos muy abiertos.

—¿Dónde habías conseguido el empleo?

—En un supermercado en Yesler, en la calle Washington Sur, en el turno de noche.

Eric suelta un silbido y a continuación una sonrisilla llena de malicia.

—No va a durar en ese turno ni dos minutos —dice inclinándose sobre mí, de tal forma que solo yo puedo oírlo—, y el supermercado en pie, tampoco.

En contra de mi voluntad, sonrío, pero le pego un manotazo del que se queja demasiado.

—Tu madre tiene razón, ese trabajo no es una buena idea —ella resopla malhumorada en ese gesto tan de adolescente—, pero dile que no se preocupe, porque has encontrado otro muy cerca de casa.

Ella vuelve a mirarme sin saber a qué me refiero. Eric, que ha comprendido a la perfección por dónde voy, se gira hacia mí.

—Oh, no —dice negando con la cabeza—. Ni hablar.

—Trabajarás aquí —le explico señalando la puerta del estudio—, con nosotros.

—¿En el estudio del escultor? —repone la chica—. No sé si a mi madre va a parecerle buena idea.

—¿Perdona? —replica Eric indignadísimo.

—Tú dile que ahora es un sitio respetable —continúo diciendo con una sonrisa, ignorando por completo las reticencias de Eric y divirtiéndome bastante a su costa por la cara que ha puesto con ese «perdona»—. Nos dedicamos a cosas de ingeniería.

La chica sonríe de oreja a oreja.

—Muchas gracias —contesta feliz.

—De nada —respondo, y su gesto se contagia en mis labios.

La muchacha se levanta, da un par de saltitos como si no pudiese contenerse más y echa a correr hacia la puerta de la que había salido.

—¡Por lo menos dinos cómo te llamas! —comenta Eric.

—¡Amalia!

—¡Pues aquí, Livy y... —la chica desaparece en el interior— Eric —continúa desdeñoso—, por si te interesa saberlo, y, no sé —añade sardónico—, pásate cuando quieras! Sí, señor, justo lo que necesitábamos —murmura—. Te dije que no te pararas —me riñe.

Pero yo sigo sonriendo feliz y sé que en el fondo él también está contento.

—Somos oficialmente el comando anti los «no puedo» —sentencio orgullosa.

—Por favor, cállate.

Regresa a coger la mesa y yo voy tras él.

—¿Y has pensado cómo vas a pagarle? —me pregunta—. Porque todo lo de la pierna es altruista y tú no tienes un centavo.

—Daré más clases de informática y arreglaré más ordenadores. Me las apañaré —sentencio.

No hay dudas.

Más o menos una hora después estoy abriendo la entrada principal de vuelta a casa. Entro en la cocina y cojo una botellita de agua. Estoy bebiéndomela cuando, por pura casualidad, veo las pastillas para la tensión de la señora Smith. Miro la hora. Tiene que tomárselas ya.

Cojo el bote y me dirijo a la puerta de atrás, la que da

al jardín. Justo antes de agarrar el pomo, dudo, pero en realidad no debería. Benedict ya sabe que vivo aquí. Sin embargo, creo que es algo mucho más complicado que el simple hecho de que me descubra o no. Se trata de volver allí, a esa casa. Cabeceo. Prefiero no pensarlo. Además, no tengo opción, la señora Smith necesita sus pastillas.

Abro la puerta y, con el primer paso, mis pies chocan con algo. Bajo la mirada y no puedo evitar sonreír... como lo hacía antes.

Hay un precioso osito marrón de peluche en el pequeño escalón que separa la entrada de la casita de las baldosas de color terracota del patio. Lo cojo y mi sonrisa se ensancha un poco más. Sé que es de Benedict.

Miro hacia la casa y ese sentimiento de sentirlo cerca, de necesitarlo, de quererlo, brilla con fuerza. Esta mañana todo ha sido demasiado complicado e intenso a la vez. Me he sentido como si tiraran de la alfombra bajo mis pies y al mismo tiempo la idea de lanzarme en sus brazos y no bajarme jamás ha seguido luchando contra viento y marea, contra todo lo demás, como si mi corazón, después de cuatro meses de triste letargo, por fin hubiese vuelto a despertar y a sonreír.

Huelo el peluche y lo aprieto justo antes de echar a andar.

—Tu primer regalo, peque —le digo.

Y es de papá.

—Livy —me llama la señora Smith saliendo de la casa principal.

—Ha olvidado sus pastillas —digo sacándome el bote de color naranja del bolsillo.

Ella sonríe.

—Justo acabo de recordarlo e iba a buscarlas.

Coge el bote que le tiendo y camina un paso más hasta colocarse a mi lado.

—Jefferson me ha contado lo que ha pasado esta mañana —me explica—. ¿Cómo está?

—Estoy bien.

Maggie me mira y, por cómo lo hace, sé que me ha creído. Me alegra porque es la verdad.

—Maravilloso —sentencia dándome una dulce palmada en el antebrazo.

Entra en el interior de la casa y la sigo.

Un par de horas después, estoy trabajando en mi habitación cuando mi móvil, sobre la cama, empieza a sonar.

—Número oculto —murmuro mirando la pantalla—. ¿Diga?

—¿Señora Olivia Fisher?

—Es... —carraspeo, parece que las palabras no están por la labor de obedecer—... señorita Olivia Sutton, en realidad.

—Oh.

Se hace un segundo de silencio al otro lado de la línea y a continuación el rumor de una persona hablando con otra con el auricular mal tapado.

—Disculpe el malentendido —dicen al fin.

—No se preocupe. ¿En qué puedo ayudarlo?

—Soy Sebastian Colt y la llamo desde NanoTechs.

¿Qué? Abro los ojos como platos. No puede ser. NanoTechs es una de las compañías tecnológicas más importantes de Estados Unidos.

—¿En qué puedo ayudarlo? —repito sin saber qué otra cosa decir.

—Como imaginará, nos gusta estar al día de todos

los avances en tecnología y nos han llegado unos rumores muy bien fundamentados de que tiene algo grande entre manos.

Sonrío nerviosa.

—No sé qué le habrán contado —murmuro.

—Un microprocesador capaz de funcionar a una velocidad de doscientos teraherzios —replica a bocajarro—. ¿Eso es cierto, Olivia?

—Sí, y, por favor, llámame Livy.

—Perfecto, Livy.

No sé por qué, pero me siento culpable. No quiero hablar con otra empresa del microprocesador.

—¿Podríamos reunirnos para hablar de él?

Niego con la cabeza.

—Si lo que pretenden es comprarlo...

—Pretendemos poder trabajar juntos —me frena—. Piénsalo, Livy, podrías hacer grandes cosas en Nano-Techs.

Tiene razón, pero no quiero pensarlo. Si el microprocesador no puede estar en Fisher Media, no debe estar en ningún otro lugar.

—Se lo agradezco, pero no estoy interesada.

Sebastian Colt vuelve a guardar silencio. No voy a negar que lo entienda. Supongo que no pasa todos los días que alguien rechace una oferta para trabajar en NanoTechs.

—Cómo quiera —responde al fin—, pero no puedo prometerle que no volvamos a intentarlo.

Su respuesta me hace sonreír. Desde luego, no les falta tesón.

Cuando esa noche cierro la puerta de mi habitación dispuesta a acostarme, no puedo evitar quedarme apoyada en la puerta observando el pequeño cuarto, solo iluminado por la lamparita de mi mesita y, antes de que el pensamiento cristalice en mi mente, corro hasta la cama, me pongo de rodillas en ella y empujo con fuerza el bastidor de la ventana hacia arriba para abrirla.

Por inercia, por instinto, qué sé yo, me muerdo el labio inferior al ver a Benedict, guapísimo hasta decir basta, con el costado apoyado en la puerta que da acceso al jardín, con la camisa blanca remangada, con el pantalón de traje oscuro, con sus ojos verdes atravesando la distancia que nos separa, convirtiéndonos en una nueva versión de Romeo y Julieta en la escena del balcón de nuestras vidas.

Cruzo los brazos sobre el alfeizar de la ventana como tantas veces y apoyo mi mejilla en ellos. Ninguno de los dos dice nada. Cuando el corazón necesita tener cerca a alguien, da igual que no sea lo más indicado, incluso cómo sea de complicado. Por eso existen las canciones de amor y los libros románticos. Cuando el corazón decide, tienes que decidir con él.

Me levanto temprano y me paso toda la mañana yendo de un lugar a otro, cogiendo más encargos de arreglo de ordenadores que sé que podré acabar en un par de horas. Quiero asegurarme de que tendré dinero para Amalia.

La tarde me la paso trabajando y, por fin, a las siete y media, bajo para cenar algo.

La señora Smith y Jefferson se han pedido la noche libre para ir a ver *Los miserables* a la Seattle Opera.

Abro el frigo dispuesta a prepararme algo cuando veo un bol de ensalada *caprese*, mi preferida, en la balda de arriba.

—Señora Smith —digo cogiéndolo y retirando el

papel de plástico mientras cierro la nevera con la cadera—, es la mejor.

Me sirvo un plato, me dejo caer en el sofá y enciendo la tele. Pienso tragarme todos los capítulos que haya de «Grimm» en Netflix.

Aún estoy con el mando en la mano, debatiéndome entre si ver la sexta temporada o hacer antes un repaso de mis capítulos preferidos de la quinta, cuando llaman a la puerta de atrás. Frunzo el ceño, confusa. Elijo un capítulo al tiempo que me levanto y dejo el mando sobre la mesa.

La voz de David Giuntoli suena desde la televisión cuando alcanzo el vestíbulo. Reconozco ese capítulo. Sonrío. Me encanta. Abro la puerta.

—Hola.

Un suspiro se escapa de mis labios. ¿Por qué tiene que ser tan condenadamente guapo?

—Hola —respondo.

De inmediato me pongo nerviosa, con las mariposas haciendo triples mortales en la boca de mi estómago.

—La señora Smith ha hecho ensalada *caprese* —dice levantando ligeramente el plato que lleva en la mano—. Como es tu favorita, pensé que querrías un poco.

Sonrío. Lo ha recordado.

—Te lo agradezco, pero la señora Smith también hizo para mí.

Benedict asiente con suavidad y, como si ninguno de los dos pudiese contenerse más, los dos rompemos a reír. Supongo que ha sido la tensión, pero volver a oírlo reír ha estado genial. Creo que él también ha sentido lo mismo, porque, cuando nuestras risas se calman, sus ojos verdes atrapan los míos y las sonrisas de los dos se cargan de un montón de cosas bonitas.

—¿Cenamos juntos?

—Claro —respondo haciéndome a un lado con la puerta.

Benedict entra y caminamos en silencio hasta el salón. Tomo asiento donde estaba y él deja el plato sobre la mesa junto al mío, acompañado de una botella de agua San Pellegrino sin gas. De los bolsillos delanteros de los vaqueros se saca dos juegos de cubiertos perfectamente envueltos en servilletas de un delicado color vino tinto y, de los bolsillos de atrás, un salero y un pimentero.

—Si te sacas una vela y un violinista de esos vaqueros —digo burlona—, me quito el sombrero.

Benedict tuerce los labios divertido y yo no tengo más remedio que sonreír.

—¿Sabes? —comenta mirando a su alrededor—. Creo que es la tercera vez que he estado en este salón.

—Sí, la señora Smith ya me dijo que no sueles pasarte mucho por aquí.

Una tenue sonrisa se cuela en sus labios.

—Quiero darles su espacio —replica removiendo su ensalada con el tenedor—, que sientan que tienen una vida al margen del trabajo. Se lo merecen.

Sus palabras me hacen volver a mirarlo. Es un hombre maravilloso. ¿Cómo no puede darse cuenta?

—Creo que son felices —comento volviendo a depositar mi atención en mi plato, pero de reojo puedo ver cómo su sonrisa se ensancha—. Lo estás haciendo bien, Fisher.

—Seguro que ahora lo son un poco más.

Frunzo el ceño, confusa.

—¿A qué te refieres?

Benedict finge no oírme con una media sonrisa en los labios mientras nos sirve dos vasos de agua.

—¿Qué estamos viendo?

Yo lo miro divertida, con los ojos entornados, sopesando si voy a aceptar este descarado cambio de tema.

—Estamos viendo «Grimm» —respondo—. Este capítulo es genial —añado encantadísima—: hechizan al prota y se convierte en una especie de zombi. Da mucho miedo —añado asistiendo.

—«Grimm» no da miedo —protesta al borde de la risa.

—Ya me lo dirás después de este capítulo —lo desafío.

Comemos en silencio hasta que Nick es hechizado y se convierte en un zombi sediento de sangre *wesel*. Siempre he pensado que, aunque no haya pruebas, fue Adalind quien lo maquinó todo. Creo que en esos capítulos ella ya estaba completamente enamorada de Nick, aunque un poco resentida por el tema «yo soy una bruja, tú quieres matarme con un hacha de doble filo».

Nick entra en el bosque, ve a Monroe, ¡que en realidad es su mejor amigo!, e intenta comérselo. Doy un respingo en el sofá y me tapo la cara con el cojín, todo bajo la atenta mirada de Benedict.

—¿Cómo es posible que esto te dé miedo? —pregunta otra vez a punto de echarse a reír.

—¡Él es el grimm! —respondo como si fuera obvio—. Si se vuelve un zombi, ¿quién va a detenerlo? Es como si Superman se pasara al lado oscuro. ¿Quién lo detendría?

—Hulk —contesta absolutamente convencido.

Bufo tras el cojín.

—No tienes ni idea de superhéroes —protesto—. El mejor es Star-Lord, de *Guardianes de la galaxia*.

—Star-Lord es un pringado que va por ahí con un walkman con música de los setenta.

Me bajo el cojín, indignadísima.

—Star-Lord no es ningún pringado. Es un inadaptado, el rey de los inadaptados espaciales, y por eso mola tanto. Les demuestra a todos que no tienes que ser como los demás quieren que seas y que no importa que todos te miren como si fueras un marginado, porque son los marginados los que al final salvan la galaxia.

Benedict ladea la cabeza suavemente y sus ojos vuelven a encontrar los míos, recordándome que estar así con él, en cualquier sitio, pero con él, es la mejor sensación del mundo.

—Además, es colega de un mapache que habla —añado solo para romper el momento.

Benedict sonríe. Está claro que conoce las intenciones ocultas de esa frase.

—El mapache es lo mejor.

Su gesto se imita en mis labios y suelto un leve suspiro.

Abro la boca dispuesta a decir algo, pero en ese instante siento al bebé dar una patada y un jadeo de pura sorpresa se me escapa.

—Ha dado una patada —digo feliz.

Benedict se gira hacia mí y me observa con una mezcla de miedo, sorpresa y felicidad.

—¿Puedo? —pregunta alzando lentamente la mano.

Asiento sin dudar.

Coloca su mano en mi vientre despacio, como si temiera hacerle daño al bebé. Yo sonrío. Pongo la mía sobre la suya, diciéndole sin palabras que no tenga miedo, y la muevo por mi tripa hasta donde el pequeño ha dado su primera patada. Unos segundos después, da otra.

Los dos nos miramos y sonreímos, casi reímos de pura emoción.

—Ha sido increíble —susurra Benedict.

Vuelvo a asentir. Ha sido nuestro bebé.

—Ha sido maravilloso.

Nuestras miradas siguen unidas. Su mano se mueve bajo la mía. Sus dedos acarician perezosos mi palma, casi hasta entrelazarse con los míos. El corazón me late de prisa, vivo. Me late como deberían latir siempre los corazones.

Sin embargo, casi en el mismo segundo, recuerdo lo peligroso que es.

—¿Terminamos de ver el capítulo? —inquiero, pero creo que en el fondo se lo estoy suplicando.

Separo mi mano, que de pronto se siente vacía, y me alejo prudentemente de él.

Benedict me observa y finalmente deja escapar, controlado, todo el aire de sus pulmones.

—Claro —responde dejándose caer sobre el sofá. Es lo mejor.

Siento el roce de sus labios.

Abro los ojos desorientada. Estoy en el sofá. Ya no llevo los zapatos y estoy tapada con la mantita que la señora Smith siempre deja sobre el brazo del tresillo. Miro a mi alrededor, pero no hay rastro de Benedict.

Los platos ya no están en la mesita y todo está ligeramente iluminado por la luz que llega desde el vestíbulo.

Me dejo caer de nuevo sobre el sofá y suspiro larga y profundamente. Eric tiene razón. Estoy enamorada de él como una completa idiota, pero no puedo permitirme cometer los mismos errores otra vez.

Dan demasiado miedo.

Cruzo corriendo el pasillo central de la clínica de rehabilitación del Centro Médico de la Universidad de Washington. Estoy nerviosa y feliz al mismo tiempo. ¡Hoy va a ser un gran día!

—¿Dónde demonios estás, Livy? —me riñe Eric por teléfono.

—Llegando —respondo antes de colgar.

¡Joder! Este sitio es inmenso.

—Hola —saludo entrando al fin en la sala doscientos veintidós.

—Hola —me saluda Kelsey nerviosísima, junto a la silla de ruedas donde está Rory. Agachada frente a ella está la fisioterapeuta y la propia doctora Lambert, ajustándole la pierna biomecánica.

Doy una bocanada de aire y camino hasta colocarme junto a Eric.

La doctora y la fisioterapeuta comentan algo y finalmente la primera asiente mirando a Kelsey, que le devuelve el gesto y empuja la silla de ruedas hasta dos barras de madera paralelas que dominan el centro de la habitación.

Sorprendentemente, aunque ya estamos a mediados de noviembre, hoy hace un día increíble. Las ventanas a media altura combaten los rayos de sol y los dejan entrar tibios, llenando la estancia de esa clase de luz que resulta suave y armónica a la vez, cálida y especial.

La fisioterapeuta y la médica ayudan a Rory a levantarse y ella se apoya en las barras.

—¿Cómo sientes la prótesis? —le pregunta la doctora Lambert a Rory.

Ella asiente y se toma unos segundos para verbalizar una respuesta.

—Mejor... creo —responde nerviosa—. Se adapta mejor.

Miro orgullosa a Eric y él me guiña un ojo. Sabía que era la persona indicada.

—Perfecto —dice la doctora apartándose, dejando a Rory de frente a las barras—. Es el momento de que lo intentes.

Rory mira las barras como si tuviesen dos metros de altura y diez kilómetros de largo y su respiración comienza a acelerarse.

—No, no puedo —murmura.

Niego ligeramente con la cabeza. No te rindas.

Kelsey da un paso hacia ella y le da un tierno beso en la mejilla, llamando su atención. Rory se gira hacia la caricia y suelta todo el aire que estaba conteniendo en sus pulmones, como si en ese momento se hubiese dado cuenta de que estaba aguantando la respiración.

—Puedes hacerlo —la anima Kelsey mirándola a los ojos.

Los «puedo» son mejor que los «no puedo». Los «no puedo» son un asco.

Rory asiente y vuelve a fijar su vista al frente. Cuadra los hombros y se agarra con fuerza a las barras. Coge aire y da el primer paso. La pierna responde. Contenemos el aliento. Rory sonríe nerviosa, acelerada, con la respiración echa un absoluto caos. Kelsey se lleva las manos a la boca para contener un sollozo. Un segundo paso. Un tercero.

—¡No!

Rory hace una mueca de dolor, la pierna biomecánica se vence y le obliga a hincar la rodilla en el suelo.

Los cuatro damos un paso hacia ella, pero Kelsey nos adelanta a todos.

—No puedo —dice Rory, con la tristeza tomando sus ojos, agachando la mirada, a punto de echarse a llorar.

Kelsey enmarca su cara entre sus manos y le obliga a volver a levantarla.

—Escúchame bien —pronuncia otra vez mirándola directamente a los ojos—: no vuelvas a decir que no puedes. Tú puedes llegar donde quieras llegar. —Kelsey hace una pequeña pausa y su mirada se llena de luz y de amor—. Tú eres una mariposa, ¿lo entiendes? No lo dudes ni un solo momento.

Rory la observa asimilando cada una de sus palabras y finalmente asiente. Se agarra a las barras otra vez y, despacio, vuelve a ponerse en pie. Kelsey la observa y da un paso hacia atrás. Rory coge aire. Cierra los ojos y mueve la pierna. Un paso. Responde. Dos pasos.

—Vamos, Rory —murmuro.

Tres pasos. Cuatro pasos. Cinco pasos. Abre los ojos. Sonríe. Continúa caminando. ¡Continúa caminando! Rompe a reír sin detenerse y todos la imitamos. Llega al final de las barras se gira y sigue caminando. ¡Lo ha conseguido!

¡Lo ha conseguido!

Se abraza a Kelsey y todos estallamos en aplausos. Eric incluso suelta un aullido.

¡Es increíble! ¡Es sencillamente increíble y maravilloso!

Regreso a casa feliz, pero en mitad del salón, me doy cuenta de que solo hay una persona con la que quiero compartir este momento. Sin pensarlo dos veces, salgo por la puerta de atrás, atravieso el jardín y entro en la casa principal.

Con el primer pie que pongo sobre el parqué elegantemente acuchillado, los recuerdos me sacuden y siento todas las risas, todos los besos que nos hemos dado entre estas cuatro paredes.

—¡Benedict! —lo llamo subiendo las escaleras—. ¡Benedict!

Estoy tan contenta que no puedo esperar. ¡Quiero contárselo todo!

Apenas he subido unos cuantos escalones cuando oigo pasos acercarse al salón. Sonrío. Es él. Sé que es él.

—¿Livy? —inquiere confuso, deteniéndose a los pies de la escalera.

Y otra vez no lo dudo, ni siquiera lo pienso. ¡No quiero! Bajo de prisa y me tiro a sus brazos. Benedict me estrecha contra su cuerpo y yo vuelvo a sonreír.

—Lo hemos conseguido —anuncio tan feliz que a duras penas puedo contenerme—. El microprocesador ha funcionado, la pierna también. Rory ha vuelto a andar.

Benedict me aprieta con un poco más de fuerza.

—Es maravilloso —replica tan feliz como yo—. Estoy muy orgulloso de ti, preciosa.

Esa única palabra me hace separarme despacio y buscar su mirada, aún entre sus brazos.

—Me has llamado preciosa.

Benedict sonríe, la sonrisa que guarda solo para mí.

—Y pienso llamártelo siempre —sentencia con su apabullante seguridad brillando hasta cegarlo todo.

—Benedict —lo llamo, pero en el fondo no sé qué decir, ni siquiera sé si he usado su nombre para pedirle que pare o para suplicarle que no lo haga jamás.

—Livy, tú eres lo único que necesito. Déjame hacerte feliz.

Sus palabras me llenan por dentro. Solo quiero decir que sí. Solo quiero olvidarme de todo y precisamente ser eso, feliz, porque sé que solo podré serlo con él, pero es que, por mucho que yo lo desee, nada ha cambiado. ¿Por qué cometer el mismo error?

—No puedo —niego separándome, huyendo de sus brazos.

—Livy.

—No puedo hacerlo —trato de hacerle entender—, nada ha cambiado.

—Te equivocas —contesta avanzando hacia mí—. Todo ha cambiado.

Lo miro sin entender a qué se refiere.

—Maldita sea, Livy —gruñe pasándose las manos por el pelo y girando sobre sus pies, alejándose un par de pasos.

—¿Qué ha cambiado?

No contesta.

—Benedict —le imploro.

—¿Cómo es posible que no te des cuenta? —pregunta girándose de nuevo hacia mí, atrapando mis ojos azules con los suyos verdes—. Tú lo has cambiado todo, preciosa. Te quiero.

39

Dos palabras, ocho letras, y todo a mi alrededor gira, se desvanece. Doy una bocanada de aire y por un instante temo estar soñando, despertarme en mi apartamento al sur del sur sola.

Acaba de decirme que me quiere.

—Benedict... —murmuro.

Él deja caer sus brazos justo a sus costados y su mirada cambia, como si se estuviera entregando sin condiciones, como si, por primera vez desde que toda esta locura empezó, me estuviera dando todo lo que es.

Pero he aprendido por las malas que las cosas no son tan sencillas, que Benedict Fisher no lo es.

—Solo dices eso porque crees que es lo que quiero oír.

Benedict niega con la cabeza.

—Lo digo porque es lo que siento.

Si fuéramos dos personas normales, si esto hubiera ocurrido al principio de nuestra historia, esas dos palabras tendrían suficiente valor, pero yo ya di ese salto al vacío, ya me di de bruces contra el suelo y estuve a punto de no poder levantarme.

—No —murmuro.

Sin darle ocasión a decir nada, sin dármela a mí, salgo de la casa y cruzo el jardín con el paso acelerado.

—Livy —me llama saliendo tras de mí.

No me detengo. No puedo y ese «no puedo» también es un asco, pero es que no puedo permitirme poder.

—Livy, joder, para —me pide.

—No.

—¿Qué quieres? —prácticamente grita deteniéndose en el centro del jardín, deteniéndome con esa pregunta a mí también—. La jodí, me rendí, pero tú también me prometiste que no lo harías y no lo has cumplido.

Me vuelvo con un «¿qué?» incrédulo en los labios.

—¿Cómo puedes atreverte a decirme algo así? —le recrimino.

—Porque es la verdad —contesta sin dudar, sin arrepentirse—. Yo no te lo puse fácil...

—Tú me lo pusiste muy difícil —lo interrumpo con rabia—. Siento que Blair se fuera —continúo con la voz llena de las lágrimas que no me permito llorar—. Siento que tu madre se fuera...

—No hables de ello como si supieses lo que fue —me interrumpe ahora él a mí—. Yo tenía seis años, joder —añade con un enfado, el dolor de toda una vida, inundándolo—. ¿Te haces una idea de cómo me sentí cuando le pedí que no se fuera y, aun así, lo hizo?

Los ojos se le llenan de lágrimas que él tampoco se permite llorar y algo dentro de mí, a pesar de todo, solo quiere consolarlo.

—Me sonrió —continúa con la voz demasiado triste—, me dijo que no me preocupara y se largó, dejándome solo con el monstruo de mi padre.

Benedict deja escapar todo el aire de sus pulmones, tratando de calmarse. Se pasa las manos por el pelo y en ese preciso instante una sola lágrima resbala por su mejilla.

—Me enamoré de Blair. Ella me hizo sentir que podía ser feliz y la quise como un loco, pero se largó —ruge intimidante, pero sé que no está enfadado conmigo, lo está con el mundo, con su madre—. Dolió. Joder, dolió muchísimo, pero no fue ni una décima parte de cómo me sentí cuando te fuiste tú.

—Yo no quise irme —le rebato.

Yo quería estar cada día de mi vida con él.

—Lo sé —sisea.

—Fue muy duro.

Por el amor de Dios, sigue siéndolo.

—Lo sé.

—Pues, si lo sabes, ¿qué quieres? —le suplico.

—Quiero que me creas —replica al límite en todos los malditos sentidos—. Livy, te quiero.

Las lágrimas me queman detrás de los ojos. Ojalá pudiera decir que sí, ojalá pudiera dejar que mi corazón tomara las riendas y fuera feliz.

—Lo siento, Benedict, pero no puedo —digo frente al hombre al que jamás he podido mirar sin quedarme un segundo de más embobada. No me culpéis, tiene los ojos verdes más bonitos del planeta—. No puedo creerte —sentencio.

Él no dice nada, porque sabe que no hay nada más que decir. No es cuestión de palabras. Se trata de confianza, de fe, de saber que el amor va a ser suficiente.

Entro en la casita, cierro a mi paso y, apoyada contra la puerta, rompo a llorar.

Esta vez el «no puedo» ha ganado.

Esa noche, después de fregar los platos, por mucho que insiste la señora Smith, no me quedo a ver un rato la tele, una serie sobre la reina de Inglaterra, y subo a mi habitación. La ventana está abierta y algo me impide cerrarla, supongo que el que soy rematadamente idiota y aún sigo escuchando a mi pobre corazón.

Me meto en la cama y me acurruco bajo la colcha, y no es solo porque estamos a finales de noviembre, sino porque necesito sentirme protegida.

No sé cuándo, no sé si han pasado un par de minutos o una hora, un suave sonido, la voz de James Blunt, entra por la ventana inundándolo todo. Me incorporo despacio, como si me sacaran de un sueño y me asomo al jardín.

Mi corazón se hincha de esperanza kamikaze cuando veo a Benedict apoyado, casi sentado en la mesa del jardín, con los brazos tensos bajo su camisa azul remangada, agarrando el borde de metal a su espalda. Desde su iPhone suena *Time of our lives*, la misma canción que lo hacía mientras corríamos por nuestro hotel de Capri, la que bailamos en la fiesta del museo. Y de pronto, nuestra versión de Romeo y Julieta se transforma en una peli de los ochenta, con el chico bajo la ventana de la chica, dejando que la música hable por él.

Bajo, sin ni siquiera calzarme unos zapatos, salgo de la casita y atravieso el jardín con el paso decidido, con la mirada clavada en él. Benedict se separa de la mesa y da un único paso en mi dirección, diciéndome muchas más cosas que las que caben en las palabras.

Entrelaza nuestras manos y yo recorro la distancia que me separa de él. Benedict me estrecha contra su cuerpo y todo a nuestro alrededor deja de importar mientras la música sigue sonando, mientras me siento completa, viva, especial.

Nos mece despacio, dejando que la canción pese más, que lo que sentimos el uno por el otro pese más, que todos los recuerdos, que todo lo que compartimos, pese más.

Sus manos. Su cuerpo contra el mío. Su olor. Si es un sueño, no quiero despertarme nunca. Este es el lugar en el que quiero estar. Él es la única persona que necesito que me vea.

Su aliento calienta mi pelo. Me giro persiguiendo sus labios.

De pronto nos detiene y se inclina sobre mí, su mano se aferra a la mía y sus dedos se marcan al final de mi espalda.

—La canción —susurra con sus labios casi acariciando los míos— ha acabado.

Un gemido se escapa de mi boca y busco su mirada, que ya esperaba la mía para atraparla.

—Será mejor que me vaya —digo menos convencida de lo que debería.

Benedict me libera de sus manos y doy un paso atrás. Nuestras miradas siguen conectadas hasta que mis pies hacen el trabajo más duro de su vida, giran sobre sí mismos y me llevan de vuelta a la casita.

Entro en mi habitación con el corazón rebotándome contra el pecho, haciendo auténticas cabriolas para seguir ahí. Trato de respirar, de controlarme, de repetirme que esto es lo que debo hacer, pero no soy capaz.

Mi móvil sobre la mesita comienza a sonar. Es Benedict.

—Bene...

—Quiero darte tu espacio —me interrumpe con la voz impaciente, acelerada—. Dejar que tú marques el ritmo. Me comporté como un gilipollas y sé que ahora es lo que tengo que hacer..., pero no puedo —sentencia, y suena tan sincero que duele—. Esta noche no puedo y sé que estoy siendo un egoísta de mierda, pero es que tampoco quiero. Necesito besarte.

Sus palabras me atraviesan, me llenan de la mejor calidez del mundo. Bajo la cabeza y los ojos se me llenan de lágrimas.

—Solo un beso —me pide, y suena vulnerable, desesperado—. Solo un beso o voy a volverme completamente loco.

—Está bien.

Dejo el teléfono sobre la cama y, con las piernas temblándome, bajo las escaleras deprisa, cruzo el vestíbulo, abro la puerta y Benedict entra como un ciclón. Me estrecha contra su cuerpo y estrella sus labios contra los míos salvaje, indomable, lleno de un deseo sin límites y de aún más amor, haciéndome sentir todas las cosas que siempre me ha hecho sentir, demostrándome que entre nosotros las palabras *necesitar*, *querer*, *poder* se conjugan porque son lo mismo, porque, cada vez que me ha besado, sus besos han dibujado el más sincero de los te quiero.

Sus manos se hunden en mi pelo y me lleva contra la pared del vestíbulo, aislándonos del mundo. Siento su cuerpo encajar contra el mío, llenarlo de calor mientras su boca conquista la mía, tentando al placer, a la suerte, al maldito universo.

Se separa y nuestras respiraciones aceleradas se entrelazan una vez más.

—Hasta mañana, Livy —susurra.

Te quiero. Te quiero. Te quiero.

Y, sin más, se marcha.

40

—Es increíble —dice Kelsey feliz. Creo que no ha dejado de sonreír un solo segundo desde que ha llegado al estudio esta mañana—. ¡Rory caminó quince minutos seguidos! ¡Quince! —repite pletórica—. ¿Sabéis lo que significa?

—¿Que tuvo que aguantarte quince minutos mirándola con cara de idiota? —replica Eric.

Su comentario me hace sonreír. Kelsey lo mira mal, pero, aproximadamente dos milésimas de segundo después, vuelve a sonreír y Eric lo hace con ella.

—Lleva todos estos materiales a la estantería del fondo —le pido a Amalia.

Ella asiente y se pone manos a la obra.

—La doctora Lambert dice que sería maravilloso poder llevar esa nueva tecnología a todos los pacientes de la clínica de rehabilitación.

Asiento. No he dejado de pensarlo desde que empezamos con todo esto. La idea era ayudar a todas las personas que pudiésemos. Desgraciadamente, conseguimos crear el microprocesador y la pierna biorrobótica de Rory gracias a los materiales que costeó Fisher Media cuando aún trabajábamos allí. Sin una empresa de esas magnitudes detrás, es imposible.

—Haríamos felices a muchas personas —sentencia Kelsey.

—Lo sé.

Seguimos trabajando cuando alguien llama a la puerta. Nos miramos extrañados y de inmediato hacia el exterior.

—Tienes un cliente —le comento extrañada a Eric.

—Yo no tengo clientes —replica limpiándose la arcilla de las manos en un trapo y lanzándolo sobre la mesa.

—Por eso esto es un tugurio —sentencia Kelsey.

—Mira quién habla, la novia de robolesbiana.

Se enzarzan en una lucha de mohines y finalmente Eric se dirige a la puerta.

—¿Qué? —pregunta con su habitual tacto.

Responden algo que no logro oír. Eric se gira desconfiado, nos mira y vuelve a llevar su vista hacia el exterior.

—Sí, claro —dice haciéndose a un lado con la puerta e indicándoles con la mano que pasen.

Entran una mujer alta y pelirroja, seguida de un hombre algo más bajo y con el pelo negro azabache. Kelsey y yo nos miramos. ¿Quiénes son?

—¿Olivia Sutton, por favor?

—Sí, soy yo.

—Hablamos por teléfono, ¿me recuerda? Soy Sebastian Colt.

Por inercia llevo mi vista hasta la mujer y en ese preciso instante caigo en la cuenta de quién es.

—Y usted es Ariadna Holmes.

Ella asiente orgullosa; no le faltan motivos, es la dueña y fundadora de NanoTechs.

—Hemos oído que el ensayo de ayer con el microprocesador fue todo un éxito.

Entorno los ojos, confusa y también con cierto resquemor.

—¿Cómo lo saben?

—Lo sabemos —interviene Ariadna—. Por eso no nos gustaría perder un solo segundo más. Queremos el microprocesador y os queremos a vosotros. Decidid el sueldo que consideréis y también la prima por empezar a trabajar en nuestra compañía mañana mismo.

Uau. Trago saliva. Esta mujer tiene claro lo que quiere.

—Se lo agradezco mucho, pero ya se lo dije al señor Colt por teléfono. —Dudo, ¿quién demonios no dudaría? ¡Nos está ofreciendo un cheque en blanco!—. El microprocesador no está en venta. Su misión es ayudar a las personas. Queremos que sea algo altruista.

Eric, a unos pasos de la puerta, me mira y asiente. No necesito cruzar una palabra con Kelsey para saber que ella también está de acuerdo. Los tres tenemos claro por qué hemos hecho esto.

Ariadna Holmes mira a su alrededor y asiente suavemente al tiempo que lleva de nuevo la vista a mí.

—Tuvo que ser increíble ver a vuestra amiga Rory Martínez caminar de nuevo. —No hay malicia en sus palabras, pero digamos que ha sabido elegir muy bien el momento en el que ponerlas en la palestra—. Saber que lo estaba consiguiendo por su esfuerzo, pero también por el vuestro. Imagínate poder ayudar a diez personas en su situación cada día. Diez personas que pue-

467

den volver a correr, a valerse por sí mismas, a abrazar a sus seres queridos.

Bajo la mirada, pensando justo en esa idea. Es exactamente lo mismo de lo que hemos estado hablando algo así como hace quince minutos. Hacer feliz a mucha gente, como a Rory.

—Pero ustedes no son una oenegé —replico—. Querrán sacar provecho y la mayoría de esas personas no podrán pagarlo.

—Ahí es donde te equivocas —sentencia orgullosa—. Sabemos lo importante que es para ti que esas personas puedan acceder a tu tecnología de forma gratuita, así que te propongo lo siguiente: trabaja con nosotros, concédenos la explotación del microprocesador y, a cambio, NanoTechs, a través de su fundación, correrá con los gastos de todas las personas que no tengan recursos y que necesiten estos avances en biomedicina. Piénsalo, Livy. ¿A cuánta gente crees que podrás ayudar?

Mantengo silencio, pero mi cerebro ya está empezando a hacer cálculos: miles, millones de personas... las víctimas de las guerras, del terrorismo, los soldados heridos, cualquier persona en cualquier parte del mundo.

—Tengo que meditarlo.

Ariadna Holmes sonríe.

—Por supuesto. Venid a vernos mañana —me pide, y al mismo tiempo me presiona. Un día no es demasiado tiempo para pensar.

La dueña de NanoTechs gira sobre sus carísimos zapatos y sale del estudio seguida de Sebastian Colt.

—¿Qué vas a hacer? —pregunta Kelsey en cuanto nos quedamos solos.

—No lo sé —respondo sincera.

—No me parece buena idea, Livy. Tendrías que ceder los derechos del microprocesador —me advierte— y dejaría de ser tuyo.

—Has trabajado demasiado para regalárselo a esa pelirroja —sentencia Eric.

Yo cabeceo.

—No se trata de quién se lleva la gloria por el microprocesador. —No me importaba cuando dejé que Benedict creyese que el señor Nichols lo había hecho funcionar y no me importa ahora—. Yo solo quiero ayudar. La habéis oído, si cedo los derechos, su fundación se hará cargo de todas las personas sin recursos que necesiten biomedicina —pronuncio haciendo hincapié en esa premisa. Lo pienso y sonrío feliz—. Ayudaríamos a millones de personas.

Los dos se quedan callados, reflexionando sobre mis palabras. Desde que la doctora Lambert nos dijo en su despacho que Rory necesitaba un microprocesador de doscientos teraherzios, el objetivo de todo nuestro trabajo quedó claro. ¿Por qué no dar ahora el siguiente paso? ¿Por qué no hacer que tanta gente como podamos sea tan feliz como lo es Rory?

—Tengo que pensar —digo recogiendo mi chaqueta y dirigiéndome a la puerta.

Utilizo para hacerlo todo el camino hasta Pioneer Square. En la casita, sigo dándole vueltas y más vueltas, y cuando veo a Kane entrar, me doy cuenta de que necesito saber la opinión de alguien más.

Atravieso el jardín y entro en la casa principal. Todo está en silencio. Los recuerdos me sacuden como cada vez, pero, también como cada vez, aguanto el tirón y me concentro en no sentir todo lo que cada rincón de esta casa me hace sentir.

469

—¡Benedict! —lo llamo asomándome al pasillo que lleva a su estudio.

No responde. Miro a mi alrededor. No hay rastro de él. La escalera entra en mi campo de visión. Me muerdo el labio inferior, pensativa, pero me decido a subir. Soy plenamente consciente de que la última vez lo hice como una exhalación, pero en aquella ocasión me moría de ganas de tirarme en sus brazos y celebrar lo que había pasado con Rory... bueno, lo de tirarme en sus brazos sigue siendo así.

Llego a la planta de arriba, echo un vistazo al pasillo. Está vacío. Mis pies deciden por mí y me dirijo a la habitación de Benedict. A un par de pasos creo que me falta el aire, pero, otra vez, aguanto el tirón.

—Benedict —vuelvo a llamarlo antes de entrar, pero no contesta.

El dormitorio se levanta a mis pies y todos los recuerdos que traté de controlar se desatan dibujando delante de mí todas las risas, los besos, cada segundo que pasamos juntos. Fui tan feliz que casi no podía respirar, pero también sufrí demasiado. Alguien debería crear un microprocesador que cerrase las heridas. Sería el invento del siglo.

Doy un paso hacia el interior y mis ojos se pierden en la inmensa cama. Si quiero olvidarme de los recuerdos, está claro que ese mueble en concreto no me va a ayudar.

Reclamo una bocanada de aire tratando de controlar cada uno de mis sentimientos y me obligo a llevar la mirada a cualquier otro lugar y, entonces, la veo, sobre su mesita de noche, la ecografía. El corazón me da un brinco y da igual cuánto luche porque no puedo evitar sonreír. Cuando desapareció del frigorífico de la casita di por hecho que la señora Smith la había cogido para colocarla en un marco, como dijo que haría, pero la tenía él.

—Vuelvo a encontrarla curioseando mi habitación, señorita Sutton.

Su voz ronca, grave, me hace girarme. Benedict me barre con la mirada de arriba abajo a la vez que una media sonrisa se cuelga de sus labios. Han pasado muchas cosas desde que vi a aquella mujer en esta cama.

Cabeceo tratando de mantener el control, solo un segundo.

—Quería hablar contigo. Por el microprocesador.

Benedict asiente. Sin mediar palabra, da un paso hacia mí y me toma de la mano, obligándome a caminar con él de vuelta a las escaleras. No pide permiso y la cálida sensación de nuestros dedos entrelazándose serpentea por todo mi cuerpo, como si mi mano, por fin, hubiese regresado al lugar que le pertenece.

Nos lleva hasta la cocina. Me deja junto a uno de los taburetes y rodea la isla para sacar dos botellitas de agua de la nevera.

—¿A qué le estás dando tantas vueltas?

—¿Tanto se nota? —replico con una tenue sonrisa.

Mi gesto se contagia en los labios de Benedict como respuesta. Supongo que me conoce demasiado bien.

Abre una de las botellas y la deja frente a mí junto a un vaso.

—Ariadna Holmes se ha presentado hoy en el estudio. Se ha enterado de que las pruebas con Rory fueron un éxito y quiere comprar el microprocesador.

—¿Y qué le has contestado?

—La primera vez que se interesaron por él, les dije que no estaba en venta y ni siquiera me molesté en escu-

471

charlos, pero cuando hoy han vuelto... —Dejo la frase en el aire y dudo como dudé esta misma mañana—. Me han dicho que, a través de su fundación, se ocuparán de que el microprocesador llegue a todo aquel que lo necesite, aunque no tenga recursos. Podré ayudar a muchísima gente.

—Si quieres financiación, yo te la daré —replica sin dudar—. Vuelve a Fisher Media.

—No estamos hablando de eso —... creo. ¡No puedo volver a Fisher Media! ¡Sería una locura!

—¿Y de qué estamos hablando, entonces? ¿Quieres ayudar a toda la gente que lo necesita? Yo te daré los medios y podrás construir todos los microprocesadores que quieras.

—Ariadna Holmes ya me ha ofrecido eso.

—Ariadna Holmes solo quiere aprovecharse de ti.

—Te estás comportando como un idiota condescendiente.

—Y tú, cómo una cría que no entiende lo ingenua que está siendo. NanoTechs no es una opción.

—¿Por qué? —Estoy muy cabreada—. ¿Porque lo has decidido tú?

—Livy... —me reprende.

No tendría que haber venido. Ha sido una idea horrible.

—Tienes que respetar mis decisiones —le dejo claro, y tengo la sensación de que he entrado en un bucle infinito del que no consigo salir— o, al menos, intentar entenderlas. Ariadna Holmes respeta mi trabajo.

—No —rebate sin un gramo de arrepentimiento—. Ariadna Holmes quiere sacar el máximo beneficio de todo lo que tú has conseguido. ¿Cuánto tiempo crees que tardará en poner unas condiciones imposibles para acceder a la ayuda de la fundación a las personas que necesiten el microprocesador? No puedes ser tan inocente, Livy.

—No —casi grito, levantándome—. Tú tienes que dejar de pensar que lo soy. Te lo dije una vez y te lo repito ahora: puedo tomar mis propias decisiones. Tú solo quieres ponerme en contra de Ariadna Holmes para que vuelva a Fisher Media.

—¡Sí, joder! —me interrumpe—. ¡Porque tu sitio está allí!

Cierro los puños con fuerza junto a mis costados.

—¡Maldita sea, Benedict! ¡No necesito que tú me salves!

Por un momento los dos nos quedamos en silencio. Benedict se pasa las dos manos por el pelo hasta dejarlas en su nuca a la vez que suelta controlado todo el aire de sus pulmones.

—¿Cuánto tiempo va a durar esto, Livy?

No está jugando. No está enfadado. Esta situación es tan difícil para él como lo es para mí, pero de verdad no puedo olvidarlo y simplemente volver con él.

—Me has hecho mucho daño.

Sé que no es la respuesta que quiere escuchar, pero es la única que puedo darle.

—Me equivoqué, Livy, y tienes razón, lo hice todo demasiado mal, pero eso no cambia lo que sentimos, lo que siento por ti.

—¿Y qué quieres que haga? —pregunto casi desesperada, y son otras palabras para la misma súplica.

—Que me dejes traerte de vuelta a casa.

Los ojos se me llenan de lágrimas. Quiero saltar, quiero volver a ser feliz, pero no puedo.

—No puedo.

Benedict asiente y noto cómo su coraza se rearma delante de mí.

—¿Vas a venderle el microprocesador a Ariadna Holmes?

—Sí —contesto manteniéndole la mirada.

Es él quien la aparta, solo un segundo, la pierde en los inmensos ventanales, en la ciudad de Seattle, y vuelve a llevarla hasta mí.

—Te estás equivocando.

—Puedes ser, pero es mi equivocación y, si quieres demostrarme que las cosas van a ser diferentes, que puedo volver y confiar en ti, tienes que aceptarlo.

La mirada de Benedict se recrudece sobre la mía al tiempo que se humedece el labio inferior.

—Haz lo que creas que tienes que hacer —concluye al fin, y soy consciente de que pronunciar cada una de esas palabras le ha supuesto un esfuerzo titánico.

—Gracias.

¿Por qué siento que estamos hablando de mucho más que del microprocesador?

Esa noche, cuando me asomo por la ventana, Benedict no está y más que nunca echo de menos las pelis de los ochenta.

41

Tal y como me sugirió Ariadna Holmes, el sábado por la mañana, Eric, Kelsey y yo nos presentamos en Nano-Techs. Sus instalaciones son increíbles, exactamente como uno se imagina que son las empresas tecnológicas, con empleados charlando sentados en enormes pufs de colores chillones y máquinas de pinball.

Atravesamos un atrio iluminado con millares de lucecitas LED y la propia Ariadna Holmes sale a recibirnos, de nuevo en compañía de Sebastian Colt.

—Están liados —murmura Eric cuando están a unos pasos, lo que provoca que Kelsey y yo tengamos que contener una sonrisa.

—Me alegra que hayas decidido venir, Livy —dice la dueña con una sonrisa, tendiéndome la mano.

Se la estrecho y todos nos encaminamos por unas inmensas escaleras blancas de metacrilato y acero hacia la planta superior. Conforme más nos adentramos en el edificio, más sentido va cobrando la palabra *excesivo*: todo moderno a la perfección, aséptico a la perfección, ecológico a la perfección. Espero equivocarme, pero, normalmente, cuando algo es tan absolutamente perfecto, en realidad no suele ser más que un disfraz. La vida real nunca es tan milimétricamente perfecta.

—Pasad por aquí —nos anima a acceder a la sala de reuniones.

En cuanto entramos, la sensación de antes se intensifica. A la enorme mesa que corona la estancia hay al menos una docena de ejecutivos. Las pantallas están llenas de gráficos muy favorecedores acerca del potencial del microprocesador y frente a cada asiento un dosier muy grueso, imagino que con la misma información. De pronto tengo un *déjà vu* de la reunión que tuve con Douglas Jones y Diane Meyers, solo que aquí no hay ninguna directora de marketing amenazándome veladamente con perderlo todo si no acepto... o al menos eso espero.

Nos sentamos donde nos indican y Ariadna Holmes lo hace en la presidencia.

—Imagino que no esperabas ver a tanta gente —comenta la propia Holmes—, pero aquí nos gusta hacer las cosas así —añade con vehemencia.

Asiento. Estoy nerviosa, aunque creo que la palabra que se aproxima más es *incómoda*, como si algo no parara de gritarme a pleno pulmón que no debería estar en esta sala.

—Tu microprocesador está siendo todo un éxito —continúa—. Aún es algo en *petit comité*, pero todo el mundo ha oído hablar de él. Estás levantando mucha expectativa, Olivia, por eso creemos que...

La puerta suena de golpe, abriéndose con rabia, interrumpiéndola. Todos nos giramos hacia ella y el corazón me da un vuelco cuando veo entrar a Benedict como un maldito tren de mercancías, ignorando por completo a la ayudante de Ariadna Holmes, que lo sigue sin dejar de repetir que no puede estar aquí.

Me busca con la mirada y camina determinado hacia mí, irradiando esa incombustible seguridad.

—Benedict Fisher —susurra atónita Ariadna Holmes.

—Tenemos que hablar —me advierte deteniéndose a mi lado.

Yo lo observo alucinada ¡y muy enfadada! ¿Qué demonios está haciendo aquí?

—Livy —me advierte.

Aprieto la mandíbula.

—No tengo nada que hablar contigo.

—Sí, sí tienes.

Nos mantenemos la mirada otro puñado de segundos, creo que incluso desafiándonos en silencio. No puede presentarse aquí e irrumpir en mitad de una reunión. ¡Se suponía que iba a respetar mi decisión, maldita sea!

Coge los brazos de mi silla y se inclina sobre mí.

—Por las buenas o por las malas —me susurra al oído como el bastardo arrogante que es.

Se separa apenas unos centímetros para mirarme a los ojos y una chispa brilla en ellos, como si yo lo alimentara hasta hacerlo sentir invencible y verse capaz de sacar a una chica cargada sobre su hombro de una reunión llena de ejecutivos.

Me dedica su media sonrisa dejándome esa idea perfectamente clara.

Mierda.

—Vale —gruño levantándome para ir con él y evitar que no monte semejante espectáculo—. Será solo un segundo —me disculpo con Ariadna Holmes, que asiente odiando un poco más a Benedict.

—¿Qué demonios te crees que haces? —mascullo en mitad del pasillo en cuanto la puerta se cierra a mi espalda.

Puede que haya decidido salir, pero estoy MUY cabreada.

—No puedes hacerlo.

—Ya hablamos de esto, Benedict. Es mi decisión —respondo haciendo hincapié en cada palabra.

—Y te juro por Dios que quería respetarla —replica y con esa simple frase tira de la alfombra bajo mis pies.

Abro la boca, pero su respuesta me ha dejado demasiado confusa y acabo cerrándola.

Benedict se pasa las manos por el pelo, exasperado, y da un paso hacia mí.

—Iba a mantenerme al margen —continúa tratando de sonar más calmado—, pero no puedo. No puedo dejar que pierdas nada más.

Nos mantenemos la mirada. Esa frase hace que mi corazón suspire triste, pero aguanto el tirón y guardo silencio esperando a que continúe.

—El puto plan era callarme, demostrarte que respetaba tu decisión y ser feliz contigo para siempre, pero sé cuánto te importa ese microprocesador, todo lo que quieres hacer con él, así que a la mierda el plan. Ariadna Holmes te está mintiendo, a ella no le interesan las personas como Rory. No se lo vendas, por favor —me suplica—. Si esto significa que voy a tener que aprender a echarte de menos el resto de mi vida, lo aceptaré porque lo que más me importa es que seas feliz.

Cabeceo, tratando de ignorar cómo todo mi cuerpo ha brillado al escucharlo. No puedo dejar que me hechice otra vez. Me da demasiado miedo volver a sufrir.

—Benedict —protesto.

—Lo siento —Esas dos palabras roban mi atención, rápidas como un maldito rayo—. La jodí siendo tan estúpido de no dejarme sentir lo que tú me haces sentir, no pasando página con Blair, con mi madre. —Traga saliva—. Pensé que te había pedido que te casaras conmigo para asegurarme de que te quedarías, como si hubiese sido cosa del puto miedo, pero es una estupidez —sentencia con una seguridad absoluta—. Lo hice porque ya te quería, aunque no fuese capaz de entenderlo, porque, en realidad, me enamoré de ti la primera vez que te vi, la primera vez que me hiciste reír, la primera vez que me desafiaste. Te vi —dice subrayando cada letra porque para mí, para nosotros, significa mucho más— en la sala de reuniones y nunca he dejado de hacerlo, pero es que estaba tan asustado, tenía tanta rabia.

—¿Y ya no la tienes? —pregunto con una lágrima resbalando por mi mejilla.

—No —responde con la sonrisa más bonita del mundo—. Yo ya solo quiero ser feliz y eso es gracias a ti.

Tengo que luchar con todas mis fuerzas para no volver a soñar, a volar.

—Sé que no te merezco —continúa—. No por mi pasado, sino por cómo me comporté contigo, pero pienso luchar cada día para compensarte. Y aunque no volvamos, quiero que sepas que no pienso dejar que el miedo gane nunca más, Livy.

Asiento, pero aparto la mirada tratando de controlar el nuevo aluvión de lágrimas. Estoy muy orgullosa de él. Maldita sea, estoy muy enamorada de él.

—Si no puedo confiar en Ariadna Holmes —me obligo a reencauzar la conversación—, ¿cómo pretendes que lo consiga? No voy a volver a Fisher Media.

—Pues no lo hagas —contesta—. ¿No ves lo lejos que has llegado sola?

Cabeceo.

—Benedict, no soy más que una marginada que construyó un microprocesador porque no tenía amigos con los que irse a tomar una cerveza.

Él sonríe.

—No —replica sin dudar—. Tú eres Star-Lord.

Su sonrisa se contagia en mis labios y de pronto recuerdo mi propio discurso sobre el prota de *Guardianes de la galaxia*, todo aquello de demostrar que no hay que ser como los demás quieren que seas y que no importa que todos te miren como si fueras un inadaptado, porque son los inadaptados los que al final salvan el universo.

Benedict da un paso hacia mí y ya siento mi cuerpo recargándose de fuerza.

—La Livy que yo conozco es la chica más valiente del mundo y jamás se rinde, ni siquiera se rindió conmigo. —Su dulce sonrisa se contagia en mis labios. Esas palabras significan muchas cosas para mí—. Sería una auténtica lástima que empezara ahora.

Lo que soy vuelve a brillar con fuerza. La Livy que nunca pienso dejar de ser.

Me separo despacio. Benedict me mantiene la mirada, su sonrisa se ensancha. Tomo aire sin liberarme de sus ojos y finalmente entro de nuevo en la sala de reuniones. Todos enmudecen al verme. Kelsey y Eric llevan de inmediato su vista hasta mí. Yo asiento suavemente para indicarles que no tienen de qué preocuparse.

—¿Podemos continuar la reunión? —inquiere Ariadna Holmes.

—Sí —respondo y tomo asiento.

La dueña de NanoTechs empieza un discurso muy

elaborado acerca de sus logros, de los de su empresa, pero yo no puedo dejar de pensar en *Guardianes de la galaxia*. Recuerdo cómo ninguno de ellos encaja en ningún sitio hasta que se encuentran. Recuerdo cómo hay un momento en el que cualquier persona con un poco de sentido común se habría metido en sus asuntos en vez de intentar salvar el mundo frente a los malos, pero entonces sería un asco de mundo, ¿no?

—¿Cuánta gente tendría acceso a las prótesis biorrobóticas a coste cero a través de la fundación? —la interrumpo.

Ariadna Holmes frunce el ceño, confusa.

—No entiendo tu pregunta —finge para ganar tiempo.

—Quiero un número —la presiono.

—Es imposible cuantificar...

—Teniendo en cuenta todos los gráficos que hay aquí —replico impertinente indicando las pantallas—, no lo creo. Trabajemos con hipótesis: respecto al cien por cien de personas que necesiten el microprocesador en su prótesis, ¿cuántas lo recibirían de forma completamente gratuita?

Ella no responde e intercambia un par de miradas con Sebastian Colt, que tampoco sabe qué hacer o decir.

—¿Un treinta? —continúo levantándome—. ¿Un cincuenta? ¿Un sesenta?

—Sí —responde descolocada—, ¿por qué no?

Se obliga a sonreír, pero es una sonrisa que no engaña a nadie. Benedict tenía razón. Esas personas no le importan absolutamente nada.

—Pues no me vale —contesto, y mi sonrisa sí es real y, sobre todo, muestra orgullo y satisfacción—. Quiero el cien por cien.

—Livy, ¿te has vuelto loca? —susurra Kelsey a mi lado, levantándose.

Yo me giro hacia ella con la misma sonrisa.

—No, claro que no —repongo—. Pero ¿por qué hacer esto solo para ayudar a unos cuantos y que unos pocos se enriquezcan cuando podemos ayudarlos a todos?

—No tenemos dinero —me recuerda Eric—, ni medios.

—Pediremos ayudas estatales, créditos, inventaré otro microprocesador con el que, yo qué sé, hacer que las aspiradoras sin cables funcionen de una maldita vez —añado sin dejar de sonreír—, no me importa, pero esto es nuestro. ¿De verdad vamos a dejar que se lo queden ellos? —digo señalando vagamente a la nube de ejecutivos—. ¿Recuerdas cómo te miró Rory en la sala de rehabilitación?

Kelsey asiente.

—Podemos hacerlo otra vez. Todavía no tengo ni la más remota idea de cómo —me sincero—, pero lo conseguiremos. Tú mismo lo dijiste, Eric: ser un marginado tiene más ventajas —le recuerdo sus palabras en la fiesta del MoPOP—, y yo siempre lo he sabido, solo que lo había olvidado —añado con una sonrisa nerviosa, pero sincera, acelerada, pero feliz. ¡Podemos hacerlo!

Mis amigos continúan mirándome y poco a poco mi sonrisa va contagiándose en sus labios. Sé que van a estar a mi lado, siempre y, Dios, qué bien sienta.

—Eres una pringada —sentencia Eric burlón, levantándose.

—No, soy Star-Lord.

Y no lo dudo más. No quiero. Salgo disparada de la sala de conferencias y miro a mi alrededor hasta encontrarlo. Corro hasta él y me freno a unos pasos. Benedict me mira, de verdad, queriéndome como soy, dándome el valor para quererme yo.

—No nos rendiremos —digo con una sonrisa.

—Jamás —sentencia con mi gesto en sus labios—. Los caminos fáciles están sobrevalorados —añade burlón.

—Y nos veremos siempre.

—Y nos querremos más —replica.

Me muerdo el labio inferior conteniendo una sonrisa, delante del hombre al que, siempre que miro, me quedo un segundo de más contemplándolo embobada.

—Llévame de vuelta a casa —le pido.

Benedict sonríe, la sonrisa que guarda solo para mí. Se deshace de la distancia que nos separa, me tiro en sus brazos y él me estrecha contra su cuerpo, besándome con fuerza. Mi corazón comienza a latir, a ilusionarse, a soñar, y ya no le pongo frenos.

Benedict Fisher cambió todo mi mundo la primera vez que oí su voz.

—Te quiero, preciosa.

—Te quiero.

Epílogo

—Preciosa —la llamo entrando en la habitación. Automáticamente frunzo el ceño. ¿Dónde se ha metido?—. ¡Preciosa!

Bajo las escaleras y sonrío al verla sentada en uno de los taburetes de la cocina, hablando con la señora Smith, que está cocinando al otro lado de la isla. No oigo lo que mi cocinera dice, pero Livy se echa a reír y no puedo evitar hacerlo con ella. Es la cosa más bonita de todo el jodido universo.

Apoyo la palma de la mano sobre el granito, me inclino sobre ella y le doy un beso. Besarla también es lo mejor del jodido universo.

—¿Lista? —le pregunto contra sus labios.

Ella asiente sin separarse un ápice de mí. El instinto se despierta y el deseo lo arrasa todo. Quiero meterla en mi cama. Quiero hacerle de todo.

—¿Estás segura de que quieres ir? —susurro.

Mi voz se vuelve más ronca. Joder, se me están ocurriendo muchas cosas.

Livy me mira a través de sus largas pestañas y se muerde el labio inferior.

—Estoy a punto de tomármelo como un no —comento sin arrepentirme de una sola palabra— o, mejor aún, como un «por favor, señor Fisher, hazme todo lo que quieras».

Ella frunce los labios conteniendo una sonrisa y se baja del taburete fingiéndose ofendidísima. En el fondo la idea le ha gustado tanto como a mí.

Al ver que no me muevo, se gira hacia mí y entorna los ojos, divertida.

—¿Qué pasa contigo, Fisher? —me increpa insolente—. ¿No puedes pensar en otra cosa?

Niego con la cabeza a la vez que frunzo suavemente los labios.

—No —contesto—, y tú tampoco —añado rebosante de seguridad.

Abre la boca dispuesta a rebatir mis palabras, pero al darse cuenta de que no puede, acaba cerrándola. Yo no aguanto más, voy hasta ella, hundo mis manos en su precioso pelo rubio y la beso con fuerza. Cuando me separo, ella aún tiene los ojos cerrados, completamente entregada. Sonrío y el neandertal y yo sacamos pecho, orgullosos, y acabo dándole un beso corto y dulce en la punta de la nariz.

Livy sonríe, la sonrisa que solo guarda para mí, y tengo que contenerme para no alzar la cabeza y aullar. Estoy completamente enamorado de esta chica.

—Vámonos —sentencio cogiendo su mano y tirando de ella.

Nada más poner los pies en la Avenida Occidental Sur, con el suelo de adoquines rojos y decenas de árboles, oímos a unos músicos callejeros. Están cantando una versión del *How long will I love you*. Livy, como ya intuía, sonríe de oreja a oreja y se dirige hacia ellos. Yo resoplo displicente, solo para hacerla rabiar un poco. Ella me mira, tuerce los labios divertida y no tengo más remedio que sonreír y seguirla. Olivia Rose Fisher se me metió bajo la piel por ser exactamente como es y me dio el valor suficiente para enfrentarme a todo.

Después de más de dos horas caminando, llegamos al complejo deportivo de Southwest, que básicamente también está al sur del sur. Accedemos a las gradas. Livy mira a su alrededor y me señala entusiasmada el sitio donde están sentadas Kelsey y Rory.

—Allí —me indica con una sonrisa.

Avanzamos entre los asientos. La verdad es que hay más gente de la que pensaba para un campeonato de atletismo. Livy rompe a reír cuando ve a tres universitarios sin camiseta, cada uno con una letra pintada en el pecho, formando la palabra *run*, corre.

—Un mensaje conciso —bromeo.

—Hola, chicas —las saluda Livy.

Ellas responden y todos nos sentamos. Apoyo los codos en la bancada trasera y dejo caer la cabeza hacia atrás hasta que los rayos de sol inciden en mis Ray-Ban Wayfarer negras. Hace un día increíble para estar a mediados de diciembre.

Eric no tarda en aparecer. No es mi persona favorita, pero es amigo de Livy y la cuidó cuando yo no pude hacerlo. Todos los días tengo ganas de liarme a hostias con él cada vez que pienso que está en su estudio, a su lado, pero digamos que estoy consiguiendo mantener al neandertal a raya.

—Cuatro ojos, estás enorme —se queja burlón al verla—. ¿Qué tienes ahí dentro, un bebé o un equipo de baloncesto?

Ya está de seis meses. Nuestro pequeño mide treinta y siete centímetros y pesa un kilo. Creo que no podría estar más orgulloso de ninguno de los dos.

—Cállate —se defiende ella—. ¿Cómo es posible que tengas el mal gusto de meterte con una embarazada?

—Me mueve la igualdad social —replica sin dudar.

Se sienta junto a Rory. Livy se gira hacia mí y, por un momento, solo nos miramos. Al cabo de unos segundos, se muerde el labio inferior conteniendo una sonrisa y otra vez ese montón de ideas con ella desnuda, en nuestra cama, vuelven a ocupar mi mente.

—Eres un pervertido —se queja en un murmullo.

Me conoce demasiado bien.

—Nunca me lo he montado en un campo de atletismo —la provoco con las palabras saliendo de mis labios en un susurro, haciendo imposible que alguien que no sea ella pueda oírme.

Livy me observa y acaba entornando los ojos suavemente.

—Quizá hoy sea tu día de suerte, Fisher.

—No lo dudes, preciosa.

Nos seguimos mirando y, por una porción de tiempo indefinida, el mundo sencillamente deja de existir. Si no somos nosotros, ¿a quién coño le importa?

—¡Ey, mirad! —grita Kelsey—. ¡Es Amalia!

Todos nos incorporamos. Las chicas la saludan y ella, desde la pista, levanta la mano con una sonrisa enorme. El juez de línea llama a las corredoras y todas se colocan, concentradas.

—¡Vamos, Amalia! —grita Livy.

—¡Demuéstrales quién manda, hermana! —añade Kelsey.

—Eres blanca —se queja Eric.

—No me infravalores —protesta Kelsey provocando que Eric la mire francamente mal y todos los demás sonriamos.

El juez alza la mano con el revólver de fogueo.

Dispara.

Todas salen disparadas. Joder, Amalia corre realmente rápido. Cuarta. Tercera. Toman la primera curva. Segunda. Una curva más. Enfilan la última.

—¡Corre! —grita Livy.

Ya ve la meta. Adelanta a la primera.

¡Joder! ¡Ha ganado!

—¡Sí! —grita Kelsey abrazándose a Livy—. ¡Sí! ¡Sí! ¡Sí!

—¡Ha ganado! —repite Livy feliz, tirándose a mis brazos.

Me equivocaba, podía estar aún más orgulloso de mi chica. Tiene el corazón más grande del mundo.

Esperamos a la entrega de medallas y regresamos caminando hasta el estudio. Livy quiere recoger unos papeles. Mañana tendrá una presentación de las prótesis biorrobóticas con la doctora Lambert en la Universidad de Washington. A la charla acudirán varios representantes del Comité de Ayuda al Refugiado de las Naciones Unidas. Un artículo de Reese Montolivo en el *New York Times* removió bastantes conciencias, a ese tío se le da de miedo conseguirlo, y la ONU ha fomentado una partida de ayudas para financiar el uso de prótesis de primera generación y la rehabilitación de todos los refugiados o víctimas de guerra que así lo necesiten.

—Quiero asegurarme de que lo llevo todo —le dice Livy a Kelsey, revisando una de las estanterías.

Me acerco a la mesa de trabajo de Livy y empiezo a

curiosear. Hay varias piezas que enseguida llaman mi atención. Las cojo y comienzo a probar cómo montarlas. Serían perfectas para la amplificación de una placa base de dos puntos de una centrifugadora.

—Si quieres los dosieres que usamos para la presentación en el Caltech, te los he enviado por email esta mañana.

—Eres la secretaria de oficina más maravillosa del universo —sentencia mi mujer.

No voy a negar que sigo pensando que estaría mejor trabajando en Fisher Media, donde yo podría distraerla unas doce veces al día. Este estudio cochambroso sigue pareciendo de todo menos una empresa de ingeniería. Sin embargo, Livy, Kelsey y Eric están consiguiendo sacarlo adelante. Pidieron un crédito del National Bank y abrieron la empresa a pequeños accionistas, desde la propia doctora Lambert hasta Jefferson y la señora Smith con una lata llena de billetes de veinte pavos, pero el paso definitivo lo dieron cuando Hugh Herr, el mejor especialista en biorrobótica del planeta, se puso en contacto con ellos para subvencionarlos sin poner condición alguna. Él mismo lleva dos piernas artificiales y, como le dijo a Livy, «solo quiero que, todos los que alguna vez han pensado que no podrían volver a andar, recuperen la esperanza». Un tío de los buenos, sin duda.

Monto la base y empiezo a trabajar con las piezas que me sobran.

—Ey, madre de inadaptados —la llama Eric en una clara referencia a la Khaleesi de *Juego de Tronos*.

—Ey, puede que ella sea más guapa, pero yo soy más lista —replica Livy, y acto seguido se echa a reír por su propia broma.

El sonido atraviesa mi cuerpo y lo hace vibrar. Podría pasarme el resto de mi vida escuchando esa risa.

—Tengo que irme —concluye Eric.

—¿Adónde? —inquiere Kelsey curiosa.

—A donde a ti no te importa —replica.

—¿Tienes una cita? —contraataca.

Él abre la boca dispuesto a contestar, pero parece pensárselo mejor y la cierra.

—Sí —responde al fin—. Tengo una cita. Nos vemos mañana.

Las chicas se quedan boquiabiertas, pero él, sin dar mayores explicaciones, se marcha. Kelsey y Livy se miran y de inmediato corren hacia el desvencijado sofá bajo los enormes ventanales.

—¿Dónde están? ¿Dónde están? —murmuran.

—¡Ahí! —grita Kelsey señalando un punto de la ventana.

Las dos parecen aún más atónitas.

—Es una chica —comenta Livy sin poder creerlo.

—Maldito cabrón descarado —musita Kelsey—. ¡Es hetero!

—Me debes cinco pavos —le recuerdo a Livy con una sonrisilla.

Estaba claro que a ese imbécil le volvían loco las chicas.

—No me lo puedo creer —comenta Kelsey aún sin dar crédito.

—Alucinante —sentencia mi mujercita levantándose del sofá.

—Bueno —claudica Kelsey—, nosotras nos vamos. Tenemos entradas para el cine. ¿Os apuntáis?

Livy y yo cruzamos una sola mirada y mi chica niega con la cabeza y una sonrisa. Mejor. No quiero compartirla.

Las chicas se despiden y, cuando nos quedamos solos, Livy echa a andar hacia mí. Ajusto un par de tornillos.

—¿Qué estás haciendo, Fisher? —pregunta curiosa.

Yo dejo caer el destornillador sobre la mesa.

—Había pensado en hacer algo increíblemente complejo que llevase a la humanidad un paso más allá y demostrase el origen del universo —explico grandilocuente—, pero al final me he decidido por algo más importante.

Muevo la mano y le enseño un pequeño coche de juguete.

Livy lo mira y su precioso rostro se ilumina con la sonrisa más cálida del mundo.

—Tú sí que entiendes las cosas que tienen valor, Fisher —sentencia.

—¿Sabes? —replico dejando el coche sobre la mesa, rodeando su cintura con mis brazos, bajándolos peligrosamente hacia el final de su espalda y estrechándola contra mí. Ella no duda y rodea mi cuello con los suyos—. Tuve una buena maestra.

—Una chica muy inteligente, sin duda alguna —replica insolente.

—Y preciosa.

Livy vuelve a sonreír con timidez, como si no pudiese creerse todavía que es la chica más bonita sobre la faz de la tierra. Algo dentro de mí vuelve a gritarme que jamás he sido tan feliz y no tengo más remedio que besarla con fuerza.

—Te quiero, Benedict.

—Te quiero.

Quiero todo lo que me hace sentir.

Ya no tengo miedo.

Playlist

Something just like this, Copyright: ℗ 2017 Disruptor Records/Columbia Records, interpretada por The Chainsmokers y Coldplay.

Blow your mind, Copyright: ℗ 2017 Dua Lipa Limited under exclusive license to Warner Music U.K. Limited. Tracks 3, 6, 7, 8, 9, 13, 14 2016 Warner Music U.K. Limited. Tracks 4, 15, 17 2015 Warner Music U.K. Limited. © 2017 Dua Lipa Limited under exclusive license to Warner Music U.K. Limited, interpretada por Dua Lipa.

Far l'amore, Copyright: Blanco y Negro Music, interpretada por Bob Sinclar y Raffaella Carrà.

Arrivederci Roma, Copyright: © 2014 bright & undefiled, interpretada por Dean Martin.

Hello Seattle, Copyright: ℗© 2009 Universal Republic Records, a division of UMG Recordings, Inc., interpretada por Owl City.

Bedroom Floor, Copyright: ℗ 2017 Hampton Records Limited under exclusive license to Capitol Records, a division of Universal Music Operations Limited © 2017

La Navidad es la excusa perfecta para enamorarse.